塔の上の婚約者

ジョアンナ・リンジー
さとう史緒 訳

A GENTLE FEUDING
by Johanna Lindsey
Transl...

A GENTLE FEUDING

by Johanna Lindsey

Published by K.K. HarperCollins Japan, 2021

塔の上の婚約者

おもな登場人物

シーナ――ファーガソン氏族長の娘
デュガルド――ファーガソン氏族長
ナイル――シーナの弟
エルミニア――シーナのおば
ウィリアム（ウィリー）・マカフィー――シーナのいとこ
アラスデア・マクダフ――シーナの婚約者
ジェームズ（ジェイミー）――マッキニオン氏族長
コーレン――ジェームズの弟
リディア――ジェームズのおば
ブラック・ガウェイン――ジェームズのいとこ
ウィリアム（ウィル）・ジェムソン――ジェームズと敵対する男

1

一五四一年五月上旬
スコットランド　アバディーンシャー

流れゆく雲の合間から明るい月が姿を現した。月明かりに照らし出されたのは、荒涼たる山岳地方（ハイランド）の大地と五人の男たちが落とす黒々とした影だ。男たちは五人とも、険しく切り立った崖の背後に隠れている。崖のはるか下に流れているのは、偉大なるディー川だ。雄大な銀色の川は、ケアンゴームズ山脈とそびえ立つロッホナガー山の間を蛇行しながら流れている。

山脈の雪解け水が大量に斜面から流れ落ち、ディー川の流れをいっそう激しくしている。そのディー川の奔流をちょうど横断しているのがグレンモアという土地だ。お世辞にも肥沃な大地とは言えないが、そこにマッキノン一族の小作地がぽつぽつと散らばっている。

小作地にある農園はどこも寝静まっている。というか、この渓谷全体が静寂に包まれている。五人の男たちに聞こえるのは、はるか眼下を流れる川の音と、彼ら自身の荒い吐息だけだ。彼らは崖の背後にしゃがみ込んでいた。川を渡ってきたせいで濡れた体が冷えている。

　月が最高地点に達して自分たちの影が消えるのをひたすら待ち、五人のうち一番背の高い男の合図で仕事に取りかかる——それが今夜の手順だった。やり遂げるには苦痛を伴う仕事だ。それだけに、一番背の高い男と同じく、一族の男たちもぴりぴりしている。

「サー・ウィリアム、月がてっぺんまでのぼりました」

ウィリアムは体を硬くした。「ああ」そう言うと、金色と灰色の格子縞の肩かけをほかの面々に手渡した。今夜のために特別に作らせた品だ。「これから仕事に取りかかるが、一つの失敗も許されない。いいか、我らのではなく、ファーガソン一族のときの声をあげろ。それに、全員を殺してはならない。皆殺しにすれば、ときの声を聞く者が一人もいなくなってしまう」

　五人の男たちは隠れていた場所から離れ、それぞれの馬を集めると剣を引き抜き、たいまつの明かりを灯した。彼らのぞっとするようなときの声が夜のしじまを切り裂いたのは、まさにその瞬間だった。行く手にある小作地は七つ。だが彼らはそのうち三つしか襲撃しない予定でいる。マッキノン一族の小作人たちは、農夫としてだけでなく戦士としても優秀だからだ。こんな少人数で攻撃するとしたら不意討ちしかない。

それでも一番めの小作地に住まう家族は、小さなあばら家に火を放たれる直前にかろうじて目を覚ました。家があっという間に炎に包まれ、家畜たちもすべて虐殺されたにもかかわらず、そこに住む小作人と彼の家族は剣を手に取った。だが彼らが天の恵みを賜ることはなかった。地獄の業火に閉じ込められ、さらに苦しんで命を落とす羽目になったのだ。

二番めの小作地に住んでいたのは、結婚したばかりの若夫婦だ。まだわずか十五歳の新妻はときの声を聞き、恐怖とともに目覚めた。その恐怖が倍増したのは、夫の怒りに駆られた表情を見た瞬間だ。夫は彼女を箱型のベッドの下にどうにか隠すと、応戦するために外へ飛び出していった。そのあと夫の身に何が起きたのか、彼女は知るよしもない。わらで作られた小屋には煙が充満し、窒息寸前だ。いまさらながら彼女は後悔した。兄の反対を押しきって愛する男性と結婚したけれど、そうしなければよかった。でも後悔するにももう遅すぎる。

三番めの小作地は、最初の二つに比べればまだましだったが、それでもさほどの違いはなかった。先の二つに比べると大きな農園で、住んでいるのはアラン老人と成人した息子たち三人、義理の娘一人と孫、召使い一人だ。運のいいことにアランは眠りの浅さに悩まされていたため、物音を聞きつけて起き、新婚夫婦の小作地に火が放たれる様子を目撃した。そこで三人の息子たちに武器を取るよう大声で叫び、近隣の人々へ警告しろと孫息子を走らせた。そのあと、この孫息子から知らせを聞いたサイモンは、ただちに氏族長のところへ向かうことになった。

襲撃者たちは、アランの小作地で激しい抵抗にあった。何しろ、屈強な戦士が四人も揃っているのだ。年老いているとはいえ、アランはまだ棍棒を振るうことができ、粘り強い抵抗を見せた。彼の息子のうち一人が死に、もう一人が負傷し、アランもとうとうくずおれたが、その直前、助けに駆けつけたマッキノン一族のときの声があたりに響き渡った。彼らの声を聞いたとたん、襲撃者たちはその場から逃げ去った。

夜明け前の一番暗い時間に凄惨な光景を目の当たりにし、若き氏族長ジェームズ・マッキノンは激しい怒りを募らせずにはいられなかった。馬の歩みを止め、いとこであり友でもあるブラック・ガウェインが、新婚夫婦の小屋に駆け込む姿をじっと見つめる。わらでできた小さな小屋は、花嫁を迎えるためにほんの数カ月前に建てられたばかりだったが、いまでは見る影もない。かろうじて残っているのは、背の低い石壁と屋根のほんの一部だけだ。つい先ほどまで冗談と笑い声に満ちていたはずなのに。

ジェームズはガウェインのために祈るような気持ちだった。小屋のなかに誰もいなければいいのだが。だが、それがはかない望みであるのは百も承知だ。真っ黒に焼け焦げた扉の外に、若い小作人が倒れている。頭部を半分切断された、無残な死体だ。

この地域は領地の境界線に当たり、農園に住んでいるのはマッキノン氏族の男たちだ。

彼らの役割は、丘陵の上にあるキノン城で暮らすジェームズを守るため、この地域で警戒の目を光らせることなのだ。

キノン城はここからかなり遠く離れた場所にあるが、そんなことはなんの言い訳にもならない。ここに住まう者たちが襲撃されたとき、氏族長である自分がすぐ助けに駆けつけられなかったのは紛れもない事実なのだ。こんなことをしでかしたのが誰であろうと、そいつらがマッキノン一族の怒りを買うのを恐れていないのは火を見るよりも明らかだった。これから奴らに目にもの見せてやる。

ブラック・ガウェインはよろめきながら、真っ黒に焼け焦げた建物の残骸から出てくると、煙にむせながらもほっとしたような顔でジェームズを見た。だがジェームズは、まだ安心できずにいた。

「ちゃんと確かめたのか、ガウェイン？」彼は重々しい声で尋ねた。

「ああ、妹はこのなかにはいない」

「だが本当にたしかなのか？」ジェームズはもう一度確認した。「これから丘陵を捜索して時間を無駄にするつもりはない。襲撃される前に、きみの妹がこの家から逃げ出したというたしかな証拠がない限り――」

「くそっ、きみを呪ってやる！」ガウェインは感情を爆発させたが、氏族長であるジェームズから厳しい目つきで見つめられると、自分の配下の男たちを大声で呼び寄せた。苦悶の表情で、今回は木切れ一片も残さずひっくり返し、小屋のなかを徹底的に捜せと彼らに命じる。

命を受けて三人の男たちがなかへ入ったが、彼らはすぐに戻ってきた。腕に抱えていたのは少女の遺体だ。「彼女はベッドの下にいた」仲間の一人が力なく報告をする。

ガウェインは妹の亡骸（なきがら）を受け取ると、大地にそっと横たえ、上から覆いかぶさった。

ジェームズは馬の手綱を握る指先に力を込めた。「少なくとも、彼女は焼け死んだわけじゃない」ひっそりと口にする。ほかにかけるべき言葉が見当たらない。「ほとんど苦しむことはなかっただろう」

ブラック・ガウェインは顔をあげようとしない。「たしかに焼け死んではいない。だが死んだことに変わりはない」すすり泣きながら言葉を継ぐ。「くそっ、妹はここに住むべきじゃなかった！　だから、あのろくでなしとの結婚はやめろと言ったのに。妹はこんなところにいるべきじゃなかったんだ！」

ジェームズにはそれ以上何か言うことも、することもできなかった。できることがあるとすればただ一つ。こんな惨状を生み出した張本人たちに、きっちり代償を払わせることだけだ。

ジェームズはキノン城から十数人の男たちを引き連れて、馬でここへやってきた。彼ら全員が、一番めの小作地で何が起きたか目の当たりにすることになった。三番めの小作地で敵の襲撃はどうにか食い止められたが、そこに住む男たちの二人が命を落とした。アラン老人と彼の末息子だ。しかも彼らの家畜もむごたらしく殺され、そのなかには、ジェームズ自身がアランに与えた二頭の立派な馬たちも含まれていた。

怒りのあまり、心がぱっくりと割れたかのようだった。これは普通の不意討ちではない。どう見ても許しがたい虐殺だ。こんなひどいまねをしたのは、いったいどこのどいつなのか。生き残った氏族の者たちから話を聞き、襲撃者たちの様子を確かめなければ。少なくともなんらかの手がかりは得られるだろう。

候補として、すでにさまざまな氏族の名前が脳裏に浮かんでいるが、亡くなったアラン老人の息子ヒューが口にしたのは、ジェームズにとって一番ありえない名前だった。

「ファーガソンだ。ファーガソン一族のしわざだ。間違いない」ヒューが苦々しげに言う。

「やったのは、あのいまわしい低地人(ローランダー)たちだ」

「きみはその目で、あのデュガルド老人の姿を見たと言うのか？」ジェームズは瞳を光らせ、強い口調で尋ねた。

かぶりを振ったものの、ヒューは引き下がらなかった。「ときの声は明らかにあいつらのだった。それにプラッドの色もだ。これまでファーガソンとは嫌というほど戦ってきた。自分のと同じくらい、奴らのプラッドの色ならよく知っている」

「だがこの二年間は一度も戦っていないぞ、ヒュー」

「ああ。二年間を無駄にしたってわけだ」ヒューはつばを吐いた。「二年もあればファーガソンの奴らを根絶やしにすることができたはずだ。もしそうしていたら、いまこうして親父と弟を死なせなくてもすんだ」

ジェームズは慎重に言葉を選んだ。「いや、それだけでは意味がない。おれたちの一族も含めて、ファーガソン一族のものに似たプラッドはいくらでもある。ときの声は誰にでもまねできるし、プラッドの色は暗闇ではよく見えない。その二つ以外にたしかな証拠がなければならない」

「サー・ジェイミー、あんたは本当にファーガソンのしわざかと疑問に思っている。ここにいる誰一人、そんなあんたを責めやしない」先ほどサイモンによって襲撃を知らされた、この地域に住む小作人が声をあげた。「おれだって、まさかファーガソンのときの声を聞くことになるとは思いもしなかった。二年も平和な状態が続いたんだからな。だが襲ってきた奴らが川をくだって逃げていくときにあげていたのは、たしかにファーガソンのときの声だった」

「おれは川を上流までのぼって、被害をこの目で確かめてきた」別の男が口を開いた。「サー・ジェイミー、このむごたらしい事態にあんたはどう対処するつもりなんだ？　おれたちはそれを聞くためにこうして待っているんだ」

臣下たちの挑むような態度を目の当たりにして、ジェームズは衝撃を受けた。ここに集まっている男たちのほとんどは、彼よりも年上だ。ジェームズはまだ二十五歳。そのこと自体は悪いわけではないが、少年のようにハンサムな風貌のせいで、実際の年齢より下に見えてしまう。ジェームズと親しい者たちは、彼が手厳しい判断を下すこともいとわない激しい気性の持ち主だと知っているが、ここに集まっている男たちは、彼の父親が亡くなってジェームズがマッキノン一族の長となった二年前以来、ほとんど彼と顔を合わせたことがない。その間、彼らが氏族長のそばで戦う機会もなかったのだ。

「きみたちは、おれに復讐させたがっているんだな？　もちろん、きみたちやおれを襲撃してくる者がいたら、相手が誰であれ、おれは一も二もなく報復をするつもりだ」ジェームズは男たちの視線を堂々と受け止め、一人一人と目を合わせた。そのはしばみ色の瞳に宿っているのは、ぞっとするほどの冷酷さだ。「だが正当な理由もなしに、長い間守られていた平和を乱してまで、ふたたび争いを始めるつもりはない。きみたちはこの復讐を必ず果たすことになる。おれはここできっぱりとそう誓う。だが報復する相手は、この罪を犯した奴らだけだ。それ以外の者であってはならない」

「ほかにどんな証拠がいるというんだ？」

「理由だ！」ジェームズは激しい口調で答えた。「おれが必要としているのは証拠ではない。おれの父親の時代、きみたちはずっとファーガソンと戦ってきた。だがきみたちも知っての通り、彼らはもはや力のある一族ではない。おれたち一族にはファーガソンの二倍の人数がいる。彼らはマカフィー一族と結びついたが、それでも数のうえでおれたちが優位なことに変わりはない。デュガルド・ファーガソンが望んでいたのは、おれたち一族との長年の確執を終わりにすることだった。おれ自身のおばからも、彼らとの争いは二度とすべきではないと強く言われた。だからおれも和平に同意したんだ。実際、二年前の最後の戦い以来、おれたちが彼らを襲撃したことも、おれたちが彼らから襲撃されたこともない。それなのに、なぜ今夜突然こんなことが起きたんだ？　おれが納得できるような理由を誰か教えてくれないか？」

「理由？　そんなものはない。だが証拠ならここにある」アランの長男が前に進み出て、ジェームズの足元にプラッドの切れ端を放り投げた。さまざまな色合いの緑と金色の格子柄に、灰色の縦縞模様が入っている。

そのとき、三十人近くの男たちが姿を現した。ジェームズの弟コーレンによって集められた、キノン城付近に住む小作人たちと彼らの息子たちだ。

「これで決まりか」ジェームズは含みのある言い方をすると、ブーツを履いた片足でプラッドをゆっくりと踏みつけた。紛れもなくファーガソン一族のプラッドだ。「これから馬でアンガスシャーまでいっきに南下する。奴らはおれたちがやってくるのを予想しているだろう。だが、これほど早く追いかけてくるとは思っていないに違いない。いまから馬を飛ばせば、夜明けには着くはずだ」

2

　ジェームズはゆっくりと、慎重に移動していた。露に濡れた大地には依然として、すべてを包み込むような霧がおりている。南エスク川を横断してきたせいで、体がぐっしょりと濡れていた。川を横断するための浅瀬を探して、二キロも遠回りをしなければならなかったのだ。睡眠をとることもなく、ひたすら南を目指して馬を走らせてきたせいで、ひどく疲れている。その間もあれこれと考え、不機嫌にならずにはいられなかった。心が乱れて、なんだか落ち着かない。何かがおかしい。このすべてがどこか間違っている。だがどこがおかしいのか、自分でもわからなかった。

　いまジェームズは一人で移動している。ほかの男たちは、夜明けの霧が立ち込める川の端に隠れさせている。自分と弟コーレン、それにブラック・ガウェインが三手に分かれて、このあたり一帯で待ち伏せしている敵方がいないかどうかを探っているところだ。襲撃の前、氏族長として必ずやるように心がけていることはいくつかあるが、この偵察もその一つで絶対に欠かすことがない。しかも、ジェームズは偵察を自分自身で行うようにしている。別に勇気があるところを周囲に見せつけるためではない。氏族の男たちの運命が、この自分の両肩にかかっているという責任感からだ。

柔らかな風が吹いて目の前の霧が晴れ、さほど遠くない場所にある木々に覆われた渓谷が一瞬見えた。だが次の瞬間、ふたたび霧が濃くなり、あっという間に見えなくなった。霧に乗じてジェームズは馬を進めた。一瞬でも木々の姿が見えてどこかほっとしている。ここへやってくるまで不毛な荒野とヒースが茂る丘しか見ていなかったからだ。

ファーガソン一族の領土のなか、こんな東の果てまでやってきたことは一度もない。それにこんな春の季節に、ローランダーを襲撃したこともなかった。襲撃に最適な季節は秋だ。どの川も水が豊かだが、流れは浅い。それに、夏の間に草を食(は)んでいるせいで家畜たちは丸々と太り、市場でも一番高値で売れる。過去にデュガルド・ファーガソンの本拠地エスク塔を目指したときはエスク川をまっすぐ渡るようにしていたのだが、今回は川の水量が多すぎてそうできなかった。そのせいで時間を無駄にしたといっても、ほんのわずかな遅れにすぎないが。あと一時間以内に、襲撃者たちに追いつける自信がある。たとえそいつらがどの道をたどって逃げたのかわからなくてもだ。このまま奴(やつ)らに勝利を祝う時間を与えるつもりはない。

ただ心のなかで、激しい怒りの感情と理性がせめぎ合っている。あの場ですぐに〝南へ向かう〟という決断を下したが、この決断は本当に賢明なものだったのだろうか？　もう少し慎重に考えたほうがよかったのでは？　報復のためにファーガソンの領地へのり込んできたのは、動かぬ証拠を突きつけられ、こうするしかなかったからだ。あの襲撃で命を落とした男たちは、氏族長である自分に復讐を果たすことを求めているに違いない。あのプラッドの切れ端がいい証拠だ。

それなのに……いったいなぜだろう？　あれ以外、証拠の品が出てこなかったことが引っかかっている。まさに狂気の沙汰としか言いようがない、むごたらしい襲撃だった。もっと証拠の品がいろいろ出てきて当然のはずなのに。これからおれがやろうとしているのは、本当に正しいことなのだろうか？

その疑問に対するたしかな答えがわからない。それゆえ、目の前の仕事にどうしても集中できずにいる。もともと、おれにはファーガソン一族を一掃するだけの強大な力がある。デュガルド・ファーガソンがその事実を知らないはずがない。ほかの氏族の力を借りずとも、マッキノン一族だけでじゅうぶんファーガソン一族を打ち負かせるだろう。そのうえ、ジェームズの女きょうだい二人の結婚を通じて、マッキノン一族は北方で権力を誇る二つの氏族と同盟を結んでいるのだ。

必要とあらば一度に五百人以上の男たちを集められることもデュガルド老人はよく知っているはずだ。二つの氏族が一回めの同盟を結んだ三年前にも、それからジェームズの父が死んだ直後、ジェームズ自身が新たなマッキノンの長として初めて――そして結局それが最後となったが——ファーガソン氏族を襲撃し、二度めの同盟を結んだときも知っていたはずだ。その襲撃のあとも、デュガルド老人は報復しようとしなかった。牛二十頭、馬七頭、さらに百匹近くの羊を失うことになったにもかかわらずだ。デュガルド老人は、自分の氏族がもはやマッキノンに太刀打ちできないことを理解していたのだろう。当然ながら、ジェームズもまたその事実に気づいていた。

ジェームズ自身、ファーガソンとの長年にわたる確執をもはや続けたいとは思えなかった。だからわざとリディアおばに相談し、〝わたしの説得のおかげでジェームズが両氏族の確執を終わらせた〟と思わせ、彼女に花を持たせるようにした。案の定、おばはその考えを喜んで受け入れ、ジェームズはおばを喜ばせられたことでほっとした。そもそもリディアおばからは、両氏族の確執を永遠に終わらせるためにデュガルドの四人いる娘の誰かと結婚するようすすめられ続けていたが、そこまでする気はさらさらなかった。一度めの結婚があまりに悲劇的な結末を迎えたせいで、結婚などもう二度とごめんだと考えている。

ジェームズはしかめっ面をした。もしおれがどこへ向かったかを知ったら、リディアおばはどんな反応を見せるだろう？　邪悪な一面が顔を出し、徹底的な破壊を求めていると知ったら？　おばは現実世界から離れ、二度と正気を取り戻せないかもしれない。じゅうぶんありえることだ。

四十七年前、マッキノンとファーガソンの確執が生じて以来、リディア・マッキノンは必ずしも正気を保ててきたとは言えない。彼女はその原因となった出来事を目撃していたものの、自分が見たことをけっして誰にも話そうとはしないのだ。そう、なぜデュガルドの父ナイル・ファーガソンが、ジェームズの祖父母を殺害したのかを。その出来事をきっかけに、その後十年も続く残忍きわまりない戦争が始まることになった。その十年の間で、両氏族とも男たちの半数の命を失うことになったのだ。その後ようやく戦争が終わり、両氏族ともときどき相手を襲撃するだけになった。襲撃といっても、ただ家畜を盗み出す（リフティング）だけだ。ハイランドでは、その種の襲撃はもはや呼吸するのと同じくらい当たり前のことになっている。

きっと、いまは亡きナイル・ファーガソンは頭がどうかしていたのだろう。デュガルドも同じなのかもしれない。普通ではない部分があるなら許されるべきだ。なんなら大目に見てやってもいい。結局、おれのおばだってそういう傾向が少し見られるのだから。そうだろう？

一つの結論に達し、ジェームズは冷静さを取り戻した。頭のおかしな一人の男のせいで、氏族全体を罰することはできない。今回の一連の出来事にひどく動揺していたが、ようやく落ち着くことができた。そう、ある種の報復は必要だろう。だがファーガソン一族全体を滅ぼすことはない。

霧は立ち込め続けているが、ジェームズは木々に覆われた渓谷を馬で着実に進んだ。このまま行けば、あと数分でこの渓谷を通り抜けられるだろう。木々の広がりは百メートルほどしかなかったはずだ。氏族の男たちが待機している場所から一キロも馬を走らせていないはずだが、小作地が一つも見当たらない。おれは本当にファーガソン一族の領土にいるのだろうか？　そんな疑問さえ浮かんでくる。もしかすると、川を横断するための浅瀬を探しているうちに目測を誤り、馬ではるか下流のほうまでやってきてしまったのかもしれない。

物音が聞こえたのはそのときだ。一瞬で馬から飛びおり、慌てて身を隠す。だがもう一度物音が聞こえ、それがなんの音かに気づいた。くすくす笑いだ——それも女の。

ジェームズは馬を置いたまま、足音を忍ばせながらワラビの茂みと木々の間を進み、音のするほうへ向かった。こんなに朝早い時間だ。空はまだピンクがかった灰色で、あたりには霧が立ち込めている。

霧がわずかに晴れた瞬間、我が目を疑った。一人の若い女性が小さな池に腰まで浸かっている。彼女の頭上は霧で覆われ、まるで水の妖精（ケルピー）のようだ。とてもこの世のものとは思えない。

少女はむき出しの胸あたりに水しぶきをあげ、ふたたび笑い声を響かせた。なんと耳ざわりのいい笑い声だろう。ジェームズはすっかりその少女に魅せられ、根が生えたようにその場に立ち尽くし、水遊びをする彼女を見つめていた。水と戯れているその姿は本当に楽しそうだ。

池の水は身も凍るほど冷たいに違いない。まだ早朝なのだ。それなのに、少女は寒さにまるで気づいていない様子だ。ジェームズもしばらく彼女を見ているうちに、寒さなど気にならなくなっていた。

彼女は、これまでジェームズが目にしてきたどんなものよりも美しく見えた。というか、こんな美しいものを目にしたことは一度もないと断言できる。彼女がこちらのほうを向いたとき、その愛らしさを思い知らされた。真珠のように白く輝く肌と、艶やかな濃い赤色の髪が驚くほど対照的だ。赤はほぼ紫色に近く、輝きを放った髪はとても長い。胸のまわりでその髪が二房跳ねており、毛先が水面にふわふわと漂っている。そしてあの胸ときたら！　なんとそそられる眺めだろう。豊かな乳房はふっくらと丸みを帯び、若さゆえ誇らしげに上向き、冷たい水のせいで胸の頂がつんと尖(とが)っていた。腰はほっそりとして、華奢(きゃしゃ)な両肩と平らな腹部を強調するかのようだ。彼女が動き回るにつれ、水面から腹部が見え隠れし、同時に柔らかそうなヒップが揺れているのも見える。繊細な顔立ちだが、瞳の色だけがわからない。色がわかるほど近くにいるわけではなかった。水面が反射しているせいで、透き通ったブルーに見える――ありえないほどの輝きを放った、明るい瞳だ。おれが勝手にそう想像しているだけなのだろうか？　もう少し近づいて、彼女をよく見てみたい。

いや、本当にしたいのは、彼女と一緒に池に入ることだ——くそっ、なんて愚かなことを。こんなことを考えたのは、きっと彼女のせいだ。どういうわけか、あの少女はおれに奇妙な影響を与えている。だが、もしおれが近づけば彼女ははかなく消え去り、結局このすべてが現実ではなかったことを証明するかもしれない。あるいは、叫び声をあげて逃げ出すか。でも、もし彼女がどちらの行動もとらなかった場合はどうなる？　あの池に浸かったままおれを迎え入れ、体に触れるのを許してくれたら？　彼女に触れたくて指がむずむずする。

理性などどこかへ吹き飛び、服を脱いで池に入ろうとしたとき、少女が口を開いた。そのとたん、水面にしぶきがあがり、彼女は手を伸ばして何かを手に取る。いったいどこからあの物体は落ちてきたのだろう？　ジェームズは目を大きく見開いた。ということは、やはりこの少女は妖精か？　何もないところから、自在に何かを呼び出せるのだろうか？

よく見ると、その物体は石鹸のかたまりだった。少女は石鹸を泡立て体を洗い始めている。なるほど、目の前の光景に合点がいった。この少女は池で体を洗っているのだ。別に不思議なことは何もない。ジェームズはようやく理性を取り戻した。とはいえ……まるで意思を持っているように、石鹸がいきなり水面に落ちてきたのはなぜだ？　反対側にある高い土手に視線をやると、男が一人いるのが見えた。いや、男というよりも少年だ。少女に背を向けて、岩に腰かけている。少女の護衛だろうか？　まさか。だがその少年が彼女の周囲を警戒していることに変わりはない。

ジェームズはひどくがっかりした。ということは、自分はあの美しい少女と二人きりではなかったのだ。少年の存在を知り、意識が現実に引き戻された。ここをすぐに離れなくては。こんなところでうろうろしていた愚かさを指摘するように、渓谷の間から朝一番の陽光が差し込み始めている。ここで無駄な時間を過ごしたのは明らかだ。弟もガウェインもすでに、氏族のほかの者たちが待つ川沿いへ戻っているだろう。彼ら全員がこのおれを待っているはずだ。

ジェームズは突然何もかもが嫌になった。あの少女を見ているうちに、とても現実とは思えない世界へ連れていかれたような錯覚に陥った。目の前の美しい光景と、少し前に目の当たりにした凄惨な光景のあまりの違いに、ぞっとせずにはいられない。それでもなお、おれには、これから起きるであろうことを止められない。むしろ、いま目にしている夢のような光景はすぐに忘れられるはずだ。

ジェームズは最後にもう一度、名残惜しそうに少女を見つめた。太陽の光を受けて水面のあちこちがきらきらと光り、彼女の髪が炎のように真っ赤に輝いて見える。

ジェームズはため息をつき、体の向きを変えた。最後に見た神秘的な少女の姿は、今後も長いこと、記憶に深く刻み込まれるだろう。

馬にまたがり、氏族の男たちが待つ場所へ戻る間も、あの少女のことしか考えられなかった。いったい誰なんだ？　ファーガソン一族の一員である可能性はある。どこかの小作人の娘なのかもしれない。とはいえ、にわかには信じがたかった。あんな美しい娘を、屋外にある池で自由に水浴びさせる親がどこにいるだろうか？　それに、あの少女がこれから襲撃しようとしているファーガソン一族かもしれないとは考えたくない。ファーガソンの領地をたまたま通りかかった物乞いだと考えるほうがまだいい。

そう、彼女が物乞いの可能性はある。施しを受けにエスク塔へ立ち寄る前に、体を洗っていたのかもしれない。この国には物乞いがたくさんいる。教会の数が多く、人々の信心が篤（あつ）くて慈悲深い低地地方（ローランド）ならなおさらだ。だが、あれほど美しい物乞いがいるだろうか？　彼女はいったい何者だ？　どうすれば正体を知ることができるのだろう？

いますぐあの渓谷へ引き返し、彼女が何者か突き止めたい。そんな衝動に襲われたが、行く先に氏族の男たちの姿が見えてきた。いまや霧もすっかり晴れ渡っている。はるか遠くの、要塞化された丘のてっぺんにエスク塔が見えている。荒野のあちこちに散らばるいくつもの小作地も。いまこそ、反撃のときだ。

だが少し前までとは違い、この地域一帯を徹底的に破壊する気になれない。あの愛らしい少女のせいで、激しい怒りが和らいでいる。リディアおばのことを思い出し、戦争になればおばがどんな精神状態になるか考えたせいもあるだろう。目には目を。それはきっちりと実行するつもりだ。だが情けは忘れたくない。

男たちと合流すると、彼らに自分の気持ちの変化を説明した。氏族長ジェームズの言葉は法律と同じだ。彼のやり方が寛大すぎると感じた者たちがいても、それを口にしたら最後、法律に反することになる。

その朝、ファーガソンの三つの小作地が完全に破壊された。穀物が踏みつけにされ、家畜はすべて奪われた。だが、女子どもが命をとられることはなかった。彼らはみな、家が燃やされている間、脇に立たされ、その様子を見つめさせられたのだ。襲撃されて、自ら武器を取った小作人たちは命を落としたが、抵抗しようとしなかった小作人たちは死なずにすんだ。

復讐を果たしたあとも、ジェームズはすぐその場から立ち去ろうとはしなかった。あえてデュガルド・ファーガソンが姿を現すのを待っていたのだ。今回火を放った小作地はどれも、エスク塔の胸壁からじゅうぶんに見えるはずだ。だがたとえその様子を見ていても、ジェームズが率いる大軍に太刀打ちできるはずがないとデュガルドにはわかっている。そういう意味では、これほど効果的な復讐方法はない。何しろ、敵にこれ以上ないほどの恥をかかせたのだ。氏族の男たちが勝利に満足すると、ジェームズは撤退した。

そして、またしても確執が始まった。ジェームズはそれがどうにも気に入らない。遠方のファーガソン一族以外にも、すでに近隣の氏族たちとの争いが絶えないのだ。だがファーガソン一族がこの状態を望んだのだから、いたしかたない。

とはいえ、そのあと長時間馬に揺られて戻る道すがら、ジェームズは今後の襲撃の計画をまるで立てることができずにいた。頭に思い浮かぶのは、あの人里離れた渓谷にいた美しい少女のことばかり。真珠のような白肌と炎のような深紅の髪を持つ、あの神秘的な乙女はいったい……。

3

一五四一年六月
スコットランド　アンガスシャー

シーナ・ファーガソンはエスク塔の胸壁から、眼下に広がる荒野を見おろしていた。どこからどう見ても穏やかそのものの光景だ。もともと早起きゆえ、こうして夜明けの空が輝き始めるのを見ているが、壁から身をのり出し、ピンク色のヘザーの花々が咲き乱れる大地を眺めているうちに腹立たしくなってきた。この塔から出ることを禁じられているせいだ。短い散歩に出るのさえいけないと言われている。十数人の臣下たちを引き連れていくと言っても、外出は許してもらえない。

こんな不公平なことがあるだろうか。近ごろは窮屈でたまらない。すべてはあのマッキノン氏族のせいだ。先月、彼らは二年続いていた休戦協定を破った。思えば、なんて平和で気ままな二年間だっただろう。子どものころのように自由を謳歌（おうか）することができていた。

氏族長デュガルド・ファーガソンの四人いる娘のうちの長女であり、父の一番のお気に入りの世継ぎとして、シーナは常に大切に扱われてきた。だが待望の男子が誕生して、事情が変わった。弟ナイルが生まれてからも、シーナが父のお気に入りであることに変わりはない。ただし世継ぎではなくなり、ただの娘になったのだ。

でも不思議なことに、シーナはナイルの存在を腹立たしく思ったことが一度もない。弟がこの世に生まれ落ちた日からずっと彼を愛してきた。当時シーナは六歳。甘やかされて育ったおてんば娘で、下のきょうだいとして妹が三人続いたせいもあり、男の子の誕生にすっかり夢中になったのだ。

シーナとナイルが強い愛情で結びついていることに、みんなが驚いた。年齢から言えば、ナイルは一歳しか違わない姉フィオーナと一番仲よくなって当然なのに、彼はシーナにまとわりついて離れようとしなかった。シーナはそんな弟を面白がり、ナイルが赤ん坊から少年へ成長する間もたっぷりと愛情をかけ、二人は切っても切れない関係になった。いまではシーナも十九歳。結婚適齢期をとっくに過ぎている。かたやナイルはまだ十三歳。まだまだ振る舞いも子どもっぽい。

ただ今回、ナイルは珍しく大人らしい判断を下した。父親の〝シーナがエスク塔から一歩も外へ出るべきではない〟という考えに同意したのだ。もはやこんな田舎であっても、絶対に安全とは言えない。たとえ日中でもだ。シーナにしてみれば、それがなんとも腹立たしかった。というのも、日中に襲撃を行うのはマッキノン一族だけで、ファーガソンを含め、ほかの氏族たちは夜陰に乗じて攻撃をしかける。マッキノン一族だけが、大胆にも昼日中に襲撃を行うのだ。

先月、マッキノン一族に急襲されたときの恐怖は思い出したくもない。あの攻撃のせいで、シーナの人生のすべてが変わることになった。あの日を境に自由を失っただけでなく、結婚を迫られるようになり、家族とも言い争いが絶えなくなったのだ。もともと妹たちとはそれまでもよくけんかをしていたが、新たに父とも言い争うようになり、シーナの心は引き裂かれそうだ。どうしてこんなふうに家族と争う必要があるのだろう？　自分の愛する男性と結婚したいという考えは間違っているのだろうか？　そういう相手がいまだに見つからないのは、わたしのせいなの？

たしかに、まだ子どもだったころ、結婚とは強力な同盟を生み出すものだという話を聞かされたことはある。でもこの二年間、そんな話が出ることは一度もなかった。だから、自分には恋愛結婚が許されたのだと考えていたのだ。父自身でさえ、そう言わんばかりの態度をとっていた。妹たちから〝シーナを早く結婚させてほしい。順番を待っていると、いつまで経っても自分たちが結婚できないから〟といくら懇願されても、シーナの味方をしてくれたのだ。ちなみに、妹たちは三人ともすでに相手を見つけ、結婚する気満々でいる。まだ十四歳のフィオーナでさえもだ。彼女たちはなんの問題もなく〝恋愛結婚〟と

〝強力な同盟〟を両立できる相手を見つけ出していた。シーナだけがそういう運に見放されている。

しかしデュガルド・ファーガソンは、これまでけっしてシーナをせかそうとはしなかった。それに三人の妹たちの誰にも、一番上の姉より早く結婚することを許そうともしなかった。もし許せば、シーナに恥をかかせることになるからだ。ところが、ここへきてすべてががらりと変わってしまった。シーナはいま、大きな力を誇る氏族の男と結婚する必要に迫られている。それも一カ月以内に自分で相手を見つけられなければ、父が選んだ相手と結婚しなければならない。あまりに突然の変化にあぜんとするしかなかった。どうして父はわたしにそんなことを要求できるのだろう？　いつだってわたしを愛してくれ、お気に入りの娘としてよく〝エスク塔の宝石〟と呼んでくれていたのに。

でも心の奥底で、その理由はわかっている。認めたくないけれど、本気で父を責めることはできない。父は自分の氏族を守るために、強力な同盟を結んで守りを固めようとしているのだ。今後、ファーガソン氏族は三度の結婚式を執りおこなうことになるだろう。次女マーガレットの相手は、ずっと前にシーナに振られて妹に求婚したサー・ギルバート・マグワイアだ。マーガレットは十七歳になったばかりだが、ギルバートとの結婚をすでに一年半も待ち続け、ようやく結婚式を迎えようとしている。十六歳の三女エルスペスの結婚式の準備も調えられている。夫となるのは、父デュガルドが諸手（もろて）をあげて賛成している相手ギリオナン・シバルドだ。残るはシーナだけ。だが一生ともに過ごしたいと思える相手は見つからない。

「こんなところにいたんだな。気づいてよかったよ。これできみももう、朝霧に乗じて馬で逃げ出すことはできない」

シーナが振り返ると、母方のいとこウィリアムが立っていた。

追い払うように手をひらひらとさせ、体の向きを変えてふたたび夜明けの空を眺める。

「あとをつけ回すのはやめて、ウィリー」

「前にも注意したはずだ。わたしのことをウィリーと呼ぶな」

「だったらウィリアム」シーナは肩をすくめた。いとこであろうとなかろうと、彼のことを本気で嫌いになりかけている。「どう呼ぼうと違いがあるかしら？　わたしにはあなたと話す気なんてないのに」

「きみは本当に手厳しい女だな。わたしはただ、きみにとって最善の利益は何か考えてあげているだけなのに」

「いまこそわたしを結婚させるべきだと父を説得したのも、わたしにとって最善の利益を考えてのことだとでも言いたいの？」シーナは鋭い口調で尋ねると、紛れもない憎しみを込めたまなざしでウィリアムを射ぬいた。「わたしには、あなたが気にかけているのは自分の最善の利益だけに思えるの。でも結局、あなたが何も得ることはない。だって、わたしは絶対にあなたとは結婚しないから！」

「はたしてそうかな」ウィリアムはそっけなく答えた。

シーナは笑い声をあげた。といっても楽しさとは無縁の、乾いた笑い声だ。

「ウィリー、あなたがやろうとしているのは、あなた自身の主張と矛盾することだわ。あなたは、ほかの氏族の男性とわたしを結婚させたほうがいいと、すでに父を納得させている。だから当然、父はわたしをマカフィー一族であるあなたと結婚させるつもりなんてないはずよ。だって、ファーガソンはすでにマカフィー一族と同盟を結んでいるし、父がうちの一族に求めているのは新たな血だから――あなたが父をそう説得したせいでね」

ウィリアムはシーナの辛辣な言葉をあっさり無視した。

いつもそうだ。彼は自分の気に入らないことはすべて無視する。

「デュガルドはわたしたちの結婚に同意する。間違いない」

「どうしてそう言いきれるの？」シーナは冷笑を浮かべた。「あなたにこの確執を終わらせるための手段があるとでも？」

「いや、そうじゃない。だがフィオーナの結婚で、事態はぐっとよくなるだろう。フィオーナはオグルヴィ氏族長の弟との結婚を強く望んでいるんだ。考えてもみろ、シーナ。オグルヴィ一族との同盟は、ほかの氏族三つ分の同盟と同じ価値がある。マッキノン一族でさえ、恐れをなして引き下がるかもしれない」

「わらにもすがる思いとはこのことね」シーナはあざけるように言った。「あのマッキノンを引き下がらせるものなんてあるはずがない。わたしと同じように、あなただってよくわかっているはずよ。マッキノンは野蛮な高地人(ハイランダー)だもの。マッキノンも彼の氏族も、誰かを殺すのだけが生き甲斐(がい)なのよ」

　ウィリアムはこともなげに続けた。「だがオグルヴィと姻戚関係になれば、きみのお父上もさぞ安心するだろう。きみがわたしと結婚することに反対しないはずだ」

「あなたはいつも肝心なことを忘れてしまうようね。わたしはあなたと一緒になりたくなんてない」シーナはそっけなく答えた。「ねえ、どうして？　今年も、去年も、おととしも、あなたに同じことを告げてきたわ。それなのにあなたはまったく聞く耳を持たない。だから、ここでまた言わせてもらうわ。これが最後になるよう祈るような気持ちよ。わたしは、あなたを、愛していない。それに、自分の父親ほどの年齢の相手と結婚するつもりもない。あなたのことを傷つけたくはないけれど、あまりにしつこすぎる。叫び出したくなるくらいに」

「だったらマッキノンと結婚させられてもいいのか？」ウィリアムは怒ったように叫んだ。

　シーナは真っ青になった。あえぎながら尋ねる。「冗談でしょう？」

「いや、大まじめだ」彼女が怖がっているのを見て、ウィリアムは満足げに答えた。「この確執を終わらせるために、マッキノン氏族長と結婚するのはどうだ？　もしわたしがすすめたらデュガルドはその考えに飛びつくだろう。すでに彼の頭にもその考えはよぎっているからな」

「あなたってひどい嘘つきね！」

「いいや、なんなら父親に尋ねてみるといい。その結婚話がまとまれば、さらなる流血騒ぎも家畜の盗み出し（リフティング）も終わらせられるからな。今回の条件は、どう見てもファーガソン一族にとって好都合だ」

シーナはみぞおちがねじれるのを感じた。ぞっとすることではあるけれど、ウィリアムの話は理屈が通っている。しかも、父はこれまでもよくウィリアムの忠告を聞き入れてきた。でも本当に、あのマッキノン氏族長とわたしを結婚させるだろうか？　彼の最初の妻は結婚初夜に、夫の残酷なしうちのせいで自殺に追い込まれたというのに？　少なくとも噂（うわさ）ではそう聞いている。そんなひどい男と結婚するなんて！　考えるだけでも我慢ならない。

「彼がわたしと結婚するはずがないわ」シーナは首を振りながら、絶望したようにささやいた。

「いや、結婚するはずだ」

「マッキノン氏族長にとって、わたしは宿敵ファーガソンの一員なのよ。彼はわたしたち氏族全員を忌み嫌っている。ふたたび攻撃をしかけてきたのがいい証拠だわ」

「だが、あの男はきみを自分のものにするだろう」ウィリアムはきっぱりと言いきった。「きみを見た男なら誰でも、我がものにしたいと思うはずだ。しかも、傲慢で大胆なマッキノンのことだ。ただきみを形だけの妻として迎えるだけではすむまい。きみにすべてを与え尽くせと要求してくるはずだ」

「あなたは本気で、わたしをマッキノンと結婚させるつもりなの？」シーナはひっそりと尋ねた。

ウィリアムはシーナの顔を見つめ、心底怖がっている様子に満足したように答えた。

「わたしはきみを自分のものにしたい。だがそれが無理なら、この確執を終わらせるために、きみをマッキノンのもとへ嫁がせる。このままだとファーガソンだけでなくマカフィー一族も共倒れになるからだ。だからこそよく考えるんだ、シーナ。頭を働かせればすぐにわかることさ。そのころを見計らって、わたしはもう一度きみに求婚する。今度は違う答えが聞けるのを楽しみにしているよ」

シーナが見守るなか、ウィリアムはその場から立ち去った。体が小刻みに震え出している。もちろん、野蛮きわまりないハイランダーよりもいとこを選ぶことになるだろう。たとえ、ウィリアムとの結婚が考えただけでぞっとすることでも。ただ、父は本当にわたしにそんなことを強いるつもりなのだろうか？　恐ろしい宿敵の氏族長とわたしを結婚させる？　いいえ、父に限ってそんなことはない――たとえ、この不和を終わらせるためだったとしても。父はわたしを愛しているし、あのマッキノンが野蛮人であることも知っている。ジェームズ・マッキノンにまつわる身の毛もよだつような恐ろしい話をわたしに聞かせてくれたのは、父本人なのだから。子どものころから、マッキノンは闘いと殺戮(さつりく)を繰り返してきた。何しろ、彼自身の妻が、彼に触れられるのを拒否して自ら死を選んだほどなのだ。いくらウィリアムでも、父を説得することはできないだろう。

シーナは胸壁を離れ、ナイルを捜しに出かけた。弟なら、わたしに勇気を与えてくれるはずだ。でもだからといって……わたしの抱える問題はまだ解決してはいない。誰かと結婚しなければならないことに変わりはない——それも一刻も早く。

4

一五四一年八月
スコットランド　アンガスシャー

シーナが目覚めたのは、まだ夜明け前の、誰もが寝静まっている時間だ。ほんの数分で長くて豊かな髪を結いあげ、膝まであるゆったりした上衣(チュニック)とプラッドを身につけて、少年の扮装(ふんそう)をした。片手にろうそくを掲げ、もう片方の手に小さな包みを持ち、自分の部屋からこっそりと抜け出す。この小部屋を与えられて以来、妹たちから離れて過ごす気楽さから、ずっとここで寝起きしている。

狭い階段を五段くだり、別の階段を五段あがると、ナイルの寝室に通じる。エスク塔はいくつかの階層に分かれていて、それぞれの階に小さな部屋がずらりと並んでいる。ただ二階だけは、通路の両脇に広々として落ち着ける部屋が二つあるだけだ。一階には倉庫と地下牢(ちかろう)がある。

シーナたちが暮らしているのは、塔の形をした比較的新しい建物だ。歳月が移り変わるにつれローランド一帯には、どっしりとした巨大な城と置き換えられるように、そういった尖塔（せんとう）型の建物が建てられるようになった。一族が集まる場所としてエスク塔が建てられたのは、わずか一世紀前のことだ。胸壁には銃眼が設けられ、屋根に沿って欄干が並び、一応要塞化されてはいるが、みんなが集まるための小さな本部といった印象だった。ごくあっさりとした建築様式の六階建ての塔は背が高く、一般的な城に比べて難攻不落とは言いがたい。

シーナが育ったのは、常にローランドとハイランドの争いが絶えることのない境界地域だ。争いの拠点となるのは、いつもその境界線だった。というのも、その二つの地方が文化面でも言語面でも違いすぎているせいだ。ただ、ファーガソン一族は二つの地方の特徴をそれぞれ受け継いでいた。

ハイランダーはゲール語を母国語とする、ひどく野蛮な民族として知られている。教会も一教区に一つしかなく、なかには一つもない教区もある。信心深さや敬虔（けいけん）さとは無縁と言っていい。実際、ほかの人々とは異なり、ハイランダーは戦争を生き甲斐（がい）としているのだ。

いっぽうローランダーは、ハイランダーに比べてより文化的な生活を送っている。彼らはイングランド人と親しい関係にあって、大修道院があちこちに見られ、教会も数多く点在しているため信心深い。とはいえ、実際のところ、カトリック教の神父や修道士たちの多くは信心深いとは言えない。神に熱心に祈らずとも、その地位が世襲により連綿と受け継がれることがほとんどだからだ。

ハイランドとローランドのちょうど間で暮らしているファーガソン氏族は、彼らとの関係のバランスを必死で保とうとしてきた。ファーガソンの母国語は、ローランダーが使う英語だ。しかし、ファーガソン氏族はゲール語も話せる。もともと、何世紀も前のハイランド出身の氏族だからだ。しかもイングランド王室やイングランド人たちと直接やりとりすることがほとんどないせいで、ゲール語を忘れることはまずありえない。ただし、ファーガソン氏族が身につけているのはイングランド風の服だ。シーナには一人、アバディーンで修道女をしているおばもいる。ただし、その地の人々はお世辞にも信心深いとは言えず、教会へ行くのも一カ月に一度程度らしい。

小さな氏族として、対立する両地域の真ん中に挟まれているのは、けっして居心地のいいものではない。たびたび大きな氏族たちの抗争に巻き込まれることになる。最近起きた、強大な力を誇るハイランダー、マッキノン氏族との争いがいい例だ。もっと南のほうに居住するローランダーたちは比較的穏やかな生活を送っているが、ファーガソン氏族にそんな贅沢(ぜいたく)は許されない。だからこそシーナも、父が同盟を望み、その目的を果たすために娘たちを政略結婚させなければいけない事情は理解している。

弟の部屋の扉を開けると、ナイルはまだぐっすりと眠っていた。おかまいなしに、すばやく体を揺さぶってみる。ナイルは目を開けたが、シーナの出で立ちを見て不満げにうめき、上掛けを引っ張りあげて顔を隠してしまった。姉がこんな格好をするのは、塔の外へ出るときだけだった。

「行きましょう、ナイル」シーナは弟の体をもう一度揺さぶった。

「嫌だ」

「太陽がのぼる前に戻ってくるから」シーナは言い張り、上掛けを引きはがした。「わたし一人だけで外出させたくないでしょう?」

シーナの決然とした声を聞き、ナイルは不平をこぼすことしかできない。「姉さんのせいで、ぼくたち二人とも皮はぎの刑になっちゃうよ」

「誰にも気づかれたりしないわ」

「こんなことはもうやめてよ。ぼく自身じゃなくて姉さんが心配なんだ。最近、塔を離れるのはとても危険なんだよ。どうするつもりなの?　もしも――」

「あの男の名前は言わないで!」シーナはぴしゃりと言った。「あのいまわしい名前を耳にするだけで、もううんざりなの」

「名前を言わなかったからといって、事実が変わるわけじゃないよ。休戦協定を破って以来、彼はこの三カ月の間に五回もここを襲ってきている。まるで自分の領地みたいに、ぼくらの土地へ馬をのりつけてくるんだ。もし荒野でばったり彼と出くわしたら、ぼくはどうやって姉さんを守ればいい？」

「そんなことが起きるはずないわ。あなたもよくわかっているはずよ。彼はこんな朝早くに襲ったりしてこない。太陽がじゅうぶんのぼりきるまで待ってから襲ってくる。その残虐な行為が、紛れもなく自分のしわざであるとわからせるためにね」

「もし彼が戦術を変えたとしたらどうする？」

「あの氏族長は傲慢きわまりない男よ。わざわざこちらを驚かせるために、攻め方を突然変えたりするはずないわ」シーナはあざけるような笑みを浮かべた。「さあ、早く着替えて出かけましょう。今日の門番はウィルソンよ。目がほとんど見えないから、彼の脇をすり抜けても絶対に気づかれないわ」

そのあとすぐ、二人は荒野を走りながら横断していた。馬にのれば時間は稼げるが、いままで馬にのって塔から脱出したことは一度もない。今回はちょうど巡回の者たちに遭遇したため、すでに出発が遅れている。たった五人に巡回させてもマッキノン一族の大軍に太刀打ちできるはずはないのだが、まったく警戒しないよりはましだろう。ここ最近、そういった警戒態勢がことに重要になってきている。デュガルドは、小作地だけでなくこのエスク塔そのものがマッキノン一族に襲撃されるのではないかという恐れを日に日に募らせているのだ。

空がすでにピンク色に染まってきたが、外に出たいというシーナの望みは少しも薄れなかった。たとえ、あの渓谷でわずかな時間しか過ごせなかったとしても、やはり出かけたい。今日は城での入浴の日だ。一緒に風呂に入らないことで妹たちを驚かせ、鼻を明かしてやりたかった。わたしがどこで入浴をすませてきたか、妹たちは思いつきもしないだろう。そう考えると頬が緩む。といってもこれは、とかく口やかましい妹たちに仕返しするためにやっている、いつものいたずらのほんの一つにすぎない。一番口やかましいのがマーガレットだ。いつだって父の前で〝シーナは勝手気ままだし、無責任すぎる。こんなにだらしなくて、失礼で、怖いもの知らずなシーナを妻にしようとする男なんて一人もいない〟と文句を言う。

幸い、父はマーガレットよりもわたしのことをよく知ってくれている。本当のわたしは勝手気ままでもなければ、もちろん無責任でもない。それに父は、わたしが泳ぎと乗馬をこよなく愛しているのも知っている。だからこそエスク塔から出ることを禁じたのだ。ただ、少し失礼な一面はあるかもしれない。でもそれは父と言い争いをするときだけだ。

シーナはため息をついた。最近父との言い争いが増えている。特に一カ月前、わたしの夫となるべき相手の名前を一方的に告げられてからはなおさらだ。きっと父はわたしのためを思ってそうしたのだろう。でも、よかったのは一つだけ。いとこのウィリアムが夫候補から外れたことだ。

「今日はあなたも一緒に水浴びをしない？」小さな池を見おろす高台に到着すると、シーナは弟に尋ねた。「もう水もじゅうぶん温かいはずよ。ほら、気持ちよさそう！」

「そうしたら、誰が姉さんのことを守るんだ？」ナイルはかぶりを振ると、お気に入りの岩にどっかりと座った。その岩からなら、この渓谷全体に広がる荒野が一面見渡せる。

「でも、あなたは今年の夏、まだ一度も泳いでいないわ。わたしと同じくらい泳ぐのが好きなのに。春に誘ったときは、まだ水が冷たすぎるからと断っていたわね。そのあとすぐに、あんな問題が起きて……」

「やっぱりここへ来るべきじゃなかった」

弟の苦虫を噛みつぶしたような顔を見て、シーナはにやりとした。「心配しすぎよ。あなたの冒険心はどこへ行ったの？　今年の夏は、釣りに連れていってほしいと一度も言い出さなかったわね。雷鳥狩りも」

「それは、ぼくが釣りや雷鳥狩りをしたくないからじゃない」

「ええ、わかってるわ――例の問題のせいよね」シーナはため息をつき、弟の背後にしりぞくと服を脱ぎ始めた。「マッキノンのせいで、わたしたちの今年のお楽しみはすべて台無しにされたわ。もうじき寒くなって、こうやってここにもやってこられなくなる。前は週に二回水浴びを楽しんでいたのに、このシーズンはたった四回しか楽しむことができなかった。この先結婚したら、わたしはどこで泳げばいいの？」

「マクダフ氏族に嫁いだら、水泳も許されなくなるだろうね」ナイルは一瞬大人っぽい表情を見せた。

「その話はやめて。さもないと、結婚の誓いに同意しないわよ」シーナは鋭い口調で答えた。澄みきった水のなかへ飛び込み、しばらくして水面から顔を出したそのとき、頭上から弟が尋ねる声が聞こえた。

「そもそも姉さんにそんな選択肢があるの？」

　思わず眉をひそめた。そう、わたしに選択肢なんてあるのだろうか？　わたしの結婚相手として父が目をつけたのは、アラスデア・マクダフだった。アラスデアはこの縁談に乗り気だ。マクダフ氏族が居住している地域は、ちょうどファーガソンとマッキノンの中間地点にある。マクダフ氏族はマッキノン一族と懇意にしているため、アラスデアならデュガルドとジェームズ・マッキノンの和解を手助けできるだろう。

　シーナはサー・アラスデアのことをほとんど知らない。彼と初めて顔を合わせたのは婚約した当日だった。彼はハンサムで、いとこのウィリアムほど年をとっていなかったが、それでも三十三歳。シーナが望んでいるほど年若いわけでもない。だが父が娘の好みに合わせ、風采もよくて比較的若い夫を選んだのは明らかだ。シーナにもそれはよくわかっている。ただ父は、マクダフ一族に共通する傲慢さまでは見抜けなかったに違いない。シーナはその特徴にきちんと気づき、アラスデア・マクダフがどうしようもなく自己中心的な男であることを見抜いていた。結婚すれば、彼は妻にさまざまな制限を押しつけてくるだろう。夫のプライドにかけて、わたしを従わせようとするはずだ。

　シーナはいらだったように答えた。「ずいぶんと意地悪ね。こんなときにわたしの苦しい立場を思い出させるなんて」ナイルに聞こえるよう叫び、腹立ちまぎれにつけ加えた。「見知らぬ相手と結婚させられるなんて、本当にぞっとする。あなたが羨ましい。そんな目にあうことがなくて」

「でも父上からは、今度問題を起こしたら、イングランドの裁判所送りにしてやると脅されているんだ。ぼくはもうじゅうぶん大人だから、いたずらをしたり規則を破ったりするのは許されないって」

「ええ、その通りよ」

「だったら訊きたい。ぼくはいま、ここで何をしている？」

「わたしを守ってくれているの。もし二人とも見つかったら、わたしがあなたをお父様から守ってあげるのと同じようにね。心配しなくていいのよ、ナイル。こんな取るに足らないことのせいで、お父様があなたを遠くへ追いやるはずがないわ」

「姉さんはいま、自分の命を危険にさらしているんだ。取るに足らないことだなんて言えないよ」ナイルは言い返した。「ほら、早くして」

　弟はせかすように石鹸を放り投げてきた。これ以上泳いでいるわけにはいかない。シーナは体を洗い始めながら眉をひそめた。

わたしはなんて浅はかだったのだろう。ナイルは見知らぬ他人だらけ――それも全員イングランド人――の裁判所へ送られるのではないかと、本気で怖がっている。それなのに、わたしは自分のひとときの楽しみのため、こうして父の怒りを買う危険を冒している。とても正しいこととは言えない。ナイルがこの峡谷まで付き添ってくれたのは、わたしを愛しているから――ただそれだけだ。もしこのせいで弟を厄介事に巻き込むようなことがあれば、けっして自分を許せないだろう。

「この埋め合わせは必ずするわ、ナイル。もしこの次あなたが問題を抱えたときは、わたしが責めを負う。昔みたいにね」

「ああ、姉さんはいつだってそうしてくれた」

「今度そうなった場合、お父様はどんなお仕置きができると思う？　あと二カ月で結婚する身の、このわたしに」

「革鞭（かわむち）でぶつかも」

「まさか。そんなお仕置きをするには、わたしは大人になりすぎているもの。とにかく、遠くへ追いやられる心配をする必要はないわね。でもわたしが結婚していなくなったら、あなたは一人になってしまう」

「そうしたらぼく、襲撃に出るよ。父上もそう約束してくれたんだ。冒険の旅にいっぱい出かければ、問題を起こす暇なんてないさ」

「まるで襲撃に出かけるのを楽しみにしているような口ぶりね」シーナは衝撃を受けていた。

「ああ、マッキノン氏族をやっつけるのが楽しみなんだ。どんなことをしてでも、マッキノンの氏族長に会いたい」

シーナは大きくあえいだ。「冗談でしょう？　彼はあなたの首をはねるわよ。残忍な奴なんだから……間違いないわ」

「ぼくは彼のそういう噂を信じていないんだ」

「でも盗みも殺しもする男なのよ！　この数カ月で、うちの氏族が六人も命を落としたのを忘れたの？」

「彼の氏族にも同じくらい死者が出ているはずだ。父上が名誉のために、彼らを襲撃したせいでね。でもマッキノンは勇敢だ。それは姉さんだって否定できないよね？　というか、ぼくたちが知っているなかで一番勇敢な男かもしれない」

「彼が大胆だってことは否定しないわ。でも彼を褒める必要はないはずよ」

「ぼくは彼の勇気を尊敬してる」

「好きなだけ尊敬すればいいわ。でも彼と直接顔を合わせないよう、ひたすら祈るのよ。さもないと、気づいたら柩のなかから彼を尊敬しているなんてことになる」

シーナは沐浴(もくよく)を終えると池からあがり、髪を三つ編みにし、服を身につけ始めた。

そのとき、ナイルがせっかくの心地よさを台無しにするようなことを言い出した。「いとこのウィリアムが今日戻ってくる」

にわかに心配になり、思わず目を閉じた。「本当に？」

「うん」

「ナイル、お願いだからわたしのそばにいてね。もしわたしが一人でいるところを見つかったら、彼はまた脅しつけてくるはずだから」

「マッキノンと結婚させると脅されたあと、ずっとウィリアムのことは避け続けてきたじゃないか」

「ええ。それに運のいいことに、彼が遠くへ行っている間、お父様がマクダフとの結婚話を決めたから。ウィリアムが戻る前に結婚する予定だったのよ」

「ってことは、姉さんはサー・アラスデアが夫になっていいの？」

「ウィリアムよりはいいわ。でも、まだ実際に結婚しているわけじゃない」シーナは指摘した。「ウィリアムには、問題を起こす時間がまだ残されている。彼がかっとなって、腹いせに何かやらかすのではないかと心配なの」

「どうして父上にそう言わないの？」

シーナはかぶりを振った。「ウィリアムが否定するだけだもの。わたしがありもしないことを想像しているだけだろうと主張して、お父様は彼の話を信じるはず。お父様はわたしがウィリアムのことを忌み嫌っているのを知っているし、彼を信用しているの。お母様のお気に入りのいとこだから」

シーナはとっさに後悔した。どうして母の話なんかしてしまったのだろう？　母はナイルを産んで数日後に亡くなった。愚かにも、ナイルはそのことで自分を責め続けているのだ。母の話をしたら、弟は動揺するに決まっている。父から猫可愛がりされたこともあって、シーナ自身は母とさほど仲がよかったわけではなかった。だが、ナイルは母のことをまったく知らないのだ。

「ごめんね、ナイル。さあ、行きましょう。陽がのぼらないうちに家に戻るのが一番ね」

二人が無事にエスク塔へ戻り、厨房の裏からなかへ入ったとき、あたりが急に騒がしくなった。巡回の者たちが全速力で馬を走らせ、意識不明の捕虜を連れて戻ってきたのだ。どうやら、捕らえられた男はマッキノン氏族の一員らしい。噂は屋敷じゅうにあっという間に広まった。

その夜、デュガルド・ファーガソンは得意の絶頂にあった。地下牢に放り込んでいるマッキノンの捕虜と引き換えに、この夏彼らに奪われたファーガソンの家畜の返還を要求すればいい。市場へ売りに出すのにぎりぎり間に合うだろう。結局、今年は実入りのいい、よい一年になりそうだ。

捕虜の男を殺そうとは思わない。自分たち自身の首を絞めるのも同然だ。捕虜を殺せば、マッキノン氏族が総出で攻め込んでくるだろう。きちんとした戦いの場で敵方の男を殺すのと、捕まえた捕虜の命を奪うのはまったくの別物だ。

その日の夜、床についたシーナは地下牢にいる捕虜のことなど気にもとめていなかった。心に引っかかっているのはウィリアム・マカフィーだ。彼がこの塔に客として滞在する間、なんとかして避けるための方法をあれこれ考えていた。

いっぽうのナイルは、その夜まんじりともせずにいた。地下牢にいる捕虜の男のことしか考えられない。本物の、生きたマッキノン氏族の男が、うちの地下牢にいるなんて！

5

ジェームズ・マッキノンはひどい頭の痛みのせいで目覚めた。頭のうしろに、ちょうど卵くらいの大きさのこぶができている。目を開けてみたが、暗闇しか見えない。だから目を閉じることにした。そうでなくても頭が割れるように痛い。いま、どこにいるのだろう？　もしかして目が見えなくなったのか？　そんな簡単なことを考えるのさえ億劫だ。とはいえ、頭がずきずきしているせいで、ふたたび眠ることもできない。そうしているうちに、あたりの様子が少しずつわかってきた。

頬に当たっているひんやりとしたものは、固い大地だろう。あたりの空気は淀んでいて、どこか臭う。むき出しの膝がむずむずするのは虫がはっているせいだろう。いや、虫よりもっとひどいものかもしれない。上体を起こして害虫を振り払おうとしたとたん、頭に強烈な痛みが走り、しかたなく体をそっと横たえた。

ここはいったいどこだ？　ふとそのことが気になり始めた。思い出せるのは、突然ファーガソン一族に囲まれた瞬間だ。彼らはどこからともなく現れたようだった。だがあれはどう考えても、おれが背後に注意を払うのを怠っていたせいだろう。かつてあの美しい少女を見た峡谷の池を、じっと見つめていたのだ。もし馬からおりて、少女が現れるのを愚か者みたいにひたすら待っていなければ、ファーガソンの者たちに囲まれ、剣を引き抜く前に頭を強打されることもなかったはずだ。

間違いない。おれは捕らえられたのだ。そう考えると、この湿った空気や悪臭も説明がつく。ここはエスク塔の地下牢だろう。不意に笑い出しそうになった。これほどの愚か者がいるだろうか。まるで恋に悩む少年のような振る舞いだ。この数カ月、あの渓谷をもう十回以上も訪れている。あの少女をふたたび見たいという一心でだ。いや、それだけではない。できれば彼女が何者か知りたいと考えていた。だが、少女はあれから一度も姿を現さなかった。おれの予想通り、通りかかっただけの物乞いだったのだろう。彼女に会うことはもう二度とない。

いつもと同じく、今日も渓谷へは一人で馬にのってやってきていた。弟コーレンにさえ行き先は告げなかった。あの少女が忘れられないことは、誰にも打ち明けていないのだ。弟がおれの身を心配し始めるまで二、三日はかかるだろう。しかもそうなったとしても、まさかこのおれがファーガソン氏族の地下牢に捕らえられているなどとは、誰も考えないに違いない。

デュガルド老人から解放されるまで、おれは何日くらいこの地下牢で過ごさなければならないのだろう？　もちろん、デュガルドはおれを解放するはずだ。あの老人に、マッキノン氏族の一員を捕虜として捕らえ続けておく金の余裕などあるはずがない。たとえおれが何者かわかったとしても、解放するに決まっている。

　頭の上で木がきしる音が聞こえ、ジェームズはにわかに警戒を募らせた。もしも上げ板が開かれる音が聞こえなければ、自分の頭がおかしくなったのかと心配になっていただろう。頭上から妖精のようなささやき声がした。

「あなたは本当にマッキノン？」

　声は聞こえるが、姿は見えない。あるのはただ漆黒の闇だ。ただ、上からひんやりとした新鮮な空気が入ってきたのがありがたい。ジェームズは思いきり息を吸い込んでから答えた。「姿が見えない相手と話す気はない」

「わざと明かりを持ってこなかったんだ。誰かに見つかるかもしれないから」

「だったら早く立ち去ったほうがいい」ジェームズはややユーモアを交えて言った。「マッキノンの者と話をしているところを見られるのは、おまえのためにならない」

「ということは、本当にあなたはマッキノン？」

　ジェームズは何も答えなかった。すると、上げ板がすばやく閉ざされ、数分後ふたたび開かれた。天井の狭い入り口に見えるのは、小さくて丸い頭だ。濃い赤色のくしゃくしゃの髪をしている。上から照らされたろうそくのほのかな明かりのおかげで、ジェームズは自分が穴のなかにいるのがわかった。地下牢は約二メートル四方で、大地を掘って作られているせいで床は固い。四方の薄汚れた壁をよじのぼることはできるかもしれないが、天井の中央に上げ板がある。たとえ上げ板までたどり着けたとしても、鍵がかけられているに違いない。

ジェームズは前にこれと同じような地下牢を見たことがある。とても便利な代物だ。脱出不可能なため、わざわざ護衛に見張らせる必要がない。ただし、どちらかといえば石造りの地下牢のほうが好みだ。少なくとも空気が淀むことがないし、石の隙間から光が差し込む可能性もある。

「何も食べていないんだね」

ジェームズはゆっくりと上体を起こし、壁に寄りかかると、痛みを和らげるために頭のうしろに片手を当てた。「食べ物が見当たらない」

「そこにある袋のなかだよ」少年は指を差した。「上から投げおろしたんだ。虫に食べられないよう口を縛ってある」

「気が利いているな」ジェームズはそっけなく答えると、袋を手に取って口を開いた。なかに入っていたのは、押し麦パンのかたまり一つと雷鳥の小さな肉のかけらだけだ。農夫にはご馳走(ちそう)だろうが、ジェームズはもっと贅沢(ぜいたく)な食事に慣れている。「もし囚人に与えられる食事がこれだけなら、おれはもっとましな食事をするためにここから脱出しなければいけないようだな」

「わかっているでしょう？　あなたは客じゃないんだ」少年が硬い口調で答える。

「囚人でも、おれのことは嫌な思いをさせないよう扱うべきだ」ジェームズは生まれながらに備わった傲慢さを隠そうともせず、さりげなく答えた。「だがデュガルド老人はおれの怒りなど気にかけていないらしい」

「うん。でも、あなたは大胆なんだね。捕らわれているのに、平気でそんなことを言うなんて」

「それで、おまえは誰なんだ？」

「ナイル・ファーガソンだよ」

「もちろんファーガソン一族の者だろう。だが誰の子だ？」

「デュガルドの息子なんだ」

「あの一人息子か？」ジェームズは驚いた。「もっと小さかったはずだ」

「ぼくはもう十三歳だ」ナイルは憤然たる面持ちで答えた。

「もうそんなになるのか？　ファーガソンはずいぶん頑張って、ようやくおまえを授かったと聞いている」ジェームズは含み笑いをしたが、また頭がずきんと痛み、低くうめいた。

「けがをしているの？」ナイルは本当に心配そうに尋ねた。

「小さなこぶができただけだ」

囚人が肉を手で裂きながら食事をしている間、ナイルは無言のまま彼を観察した。いま見おろしているのは、ずいぶん体の大きな男だ。緑と金色のプラッドには、細くて黒い縦縞が三本、二列に並んで入っている。プラッドがゆったりとしているため、はっきりした体型まではわからない。でもこうして見ているだけで、服の下にあるのが驚くほど強靭な肉体であることが想像できる。囚人はまだ若く、少年のような顔つきを見せるときもあるが、力強い顎と引き結ばれた唇、鷹のように鋭いかぎ鼻から察するに、強烈な個性の持ち主なのだろう。しかも嫌になるほどハンサムだ。

「金髪なんだね」ナイルは唐突に言った。

ジェームズはにやりとしながら少年を見あげた。「ほう、気づいたな?」

「マッキノン一族には、氏族長みたいに見事な金髪の者はほとんどいないって聞いたことがある」

「ああ、そうだ。金髪なのは、ノルマン人の祖先の血を引く者だけだ」

「ノルマン人? 本当に? あのエドワード王と一緒にやってきた人たち?」

「ああ。数世紀前にさかのぼる話だが。おまえは歴史をよく知っているんだな」

「姉さんとぼくには、いい歴史の先生がついてくれていたから」

「姉さんたち、の間違いだろう? たしかおまえには姉が四人いるはずだ」

「ぼくと一緒に勉強した姉は一人だけなんだ」

　ナイルは不意に口をつぐんだ。うっかりシーナの話をしてしまった自分が腹立たしい。このハイランダーの前で大好きな姉の話をするなんて、罰当たりなことに思える。そもそも、こんなところにやってくるべきではなかった。見つかったらどうするつもり？　でもどうしても好奇心を抑えられず、自分から尋ねずにはいられない。

「マッキノン氏族長のことをよく知っているの？」

　囚人は笑った。顔の表情が優しくなる。「ああ。彼のまわりの人間の誰よりも、おれは彼のことを知っている」

「だったら、彼の兄弟なの？」

「いや。なぜそんなに彼のことを尋ねるんだ？」

「いつもみんなが噂（うわさ）しているからだよ。あんなに恐れを知らない男はいないって」

「それを聞いたら、彼もさぞ喜ぶだろう」

「噂通り、氏族長はとっても野蛮なの？」

「彼が野蛮だと誰が言ったんだ？」囚人は低くうなった。

「姉さんだよ」

「おまえの姉貴は彼のことを知らないはずだ」

「でもぼくよりもずっと、彼の話をよく知っているよ」

「だったら、彼については全部おまえも聞いただろう？」

「ううん。姉さんはぼくを怖がらせたくないの」

「なんてことだ！　彼女はおれのことをとんでもない悪人だと考えているんだな。それは何番めの姉貴なんだ？」

ナイルは何も答えず、目を見開いて相手をじっと見つめた。囚人がうっかり口を滑らせたのを、少年は見逃しはしなかった。口を滑らせた本人もまだ気づいていないというのに。

「あなただ！」ナイルはあえいだ。「あなたがマッキノンの氏族長なんだな。父上でさえ、そのことをまだ知らないんだ！」

くそっ。ジェームズは心のなかで自分に悪態をついた。「おまえの気のせいだよ」

「いや、ぼくはたしかに聞いた！」ナイルは興奮したように叫んだ。「あなたは〝彼女はおれのことをとんでもない悪人だと考えているんだな〟って言った。〝彼のこと〟じゃなくて〝おれのこと〟って言ったんだ。あなたがジェームズ・マッキノンなんだね」

「なあ、坊主、教えてくれ。おまえの父親は、いったいおれをどうするつもりでいる？」

「身の代金と引き換えに、あなたを解放しようとしている」

「もしおれがマッキノンの氏族長だと知ったら、彼はどうすると思う？」

「さあ、わからない」ナイルは考え込むように答えた。「たぶん、父上は何も要求せずにあなたを自由にするはずだ。あなただってそのほうがいいだろう？」

「いいや」少年の意外な言葉に驚きつつ、ジェームズは答えた。「それだと、おれの誇りが傷つけられる。何しろ、意識不明のまま捕まったんだ。おまえの父親に勝ちを譲っても気にならないが、問題は領土に戻ったときだ。嘲笑のまとになるなんて我慢ならない」

「何も恥ずかしいことじゃないよ」ナイルは言い張った。「だって五対一だったんだ」

「もし馬にのっていて、五人の敵がやってくるのが見えていたら、全員倒していただろう」

「荒野にいたのに、どうして五人が見えなかったの？」

「おれは荒野にいたんじゃない。木々に覆われた渓谷にいたんだ」

ナイルは息をのんだ。ファーガソンの領地内で、木々に覆われた渓谷は一箇所しかない。シーナが泳ぎに行っている渓谷だ。

「なぜあそこにいたの？」

ジェームズは少年の声の調子が変わったことに気づかなかった。「誰にも話すつもりはない。おれにとって、恥の上塗り以外の何ものでもないからな」

「もし話してくれたら……あなたがマッキノンの氏族長だってことを忘れてあげる」

ジェームズは即座に答えた。「おまえの言葉を信じていいんだな？」

「うん」

「よし、わかった。ただ話しても、おまえに男の愚かさがわかるかどうかは疑わしいがな。

以前、あそこにある池で水浴びをしていた少女をおれは捜しているんだ」

　ナイルはさっと顔色を変えた。怒りと悔しさで、顔を真っ赤にせずにはいられない。ということは、この男はぼくの姉さんを見ていたのだ！　もし知ったら、シーナはさぞ屈辱を覚えるに違いない。

「彼女を見たのはいつ？」ナイルはかすれ声で尋ねた。

「なんだって？」

「その少女を見たのはいつ？」

「春だ」

「それで、けさも彼女を見たの？」

「いや、池には誰もいなかった」ジェームズは期待を込めて、体を前かがみにした。「おまえはその少女のことを知っているのか？　おれはてっきり彼女は物乞いで、とっくの昔によそへ移ったのだと思っていたんだが」

「あの渓谷で水浴びをするような愚か者は、ファーガソンには一人もいない」ナイルは硬い口調で嘘をついた。「きっと彼女はどこかへ行ったんだろう」

「そうだな。自分でも、もう一度会えるとは思っていない」ジェームズは切なそうに同意した。「彼女はただこの地を通りかかっただけなんだろう。それでも……望みを捨てきれていないんだ」

「もしもう一度彼女を見つけたらどうするつもり?」

ジェームズはにやりとした。「おまえはまだ幼い。おれの答えの意味がわかるとは思えないな」

「姉さんが言っていた通り、あなたは野蛮人だ!」ナイルは腹を立て、ぴしゃりと言った。「もう二度と話さない!」

ジェームズは肩をすくめた。この少年はまだうぶなのだ。男としての欲望を抱いたりはしないのだろう。だからそういう欲望を理解できないに違いない。

「好きにすればいいさ、坊主」ジェームズは短く答えた。「だが約束は守るよな?」

「ああ、ぼくから言い出したことだ。約束は守る!」

上げ板が閉じられ、かんぬきをもとに戻す音が聞こえると、ジェームズは少年をからかったことを後悔した。あの少年と一緒にいると楽しかったのに。

自分の部屋に戻っても、ナイルはまったく眠れずにいた。しばらくすると怒りがようやくおさまり、先ほどの一件について冷静に考えられるようになった。

あのマッキノンの氏族長が、うちの地下牢のなかにいる!　その事実を自分一人の胸にしまっておくのは至難の業だ。それに、あのマッキノンの氏族長が姉さんの裸を見ていたという事実も。シーナのことをどこかの男がこっそり盗み見ていたと考えるだけで腹が立つ。相手が宿敵ならなおさらだ。とはいえ、すんだことはすんだこと。もう二度とシーナがあの池で裸で泳がないようにする以外に、できることは何一つない。

それ以外のことはどうすればいい？　ジェームズが何を望んでいるか理解できないほど、ぼくはうぶではない。あのマッキノンの氏族長は、姉さんに欲望を募らせている。もし池にいるシーナを見つけたら、その場で辱めていたかもしれない。あんな大人の男にぼくは太刀打ちできない。そういう事態にならなかったのは、運がよかっただけだ。マッキノン氏族長は、ぼくとシーナが立ち去って数分後にあの池にやってきたのだろう。だが、彼が姉さんを捜していた事実に変わりはない。

あいつに絶対に知られてはならない。彼が欲望を募らせている少女と、シーナ・ファーガソンがまったくの同一人物であることを。

6

シーナは裁縫室にいた。今日身につけているのはお気に入りのドレスだ。ドレスの明るい黄色と、ゆったりと肩に垂らした髪の燃えるような赤が実に対照的で、彼女の美しさをもっとも引き立ててくれる一枚と言っていい。いまは使用人二人の手を借りて、結婚式用のドレスを仕立てているところだ。でも幸せな気分とはほど遠い。ドレスそのものはとてもすばらしかった。ベルベットとシルクをふんだんに用いていて、少し色みが違う二つの青を基調にしたデザインだ。濃いほうの青色は、この瞳の色とほぼ同じ。けれどウェディングドレスを見ても喜びを感じられない。このドレスを着ることで、わたしは我が家から離れて見知らぬ他人に縛りつけられることになる。

裁縫室はシーナにとっての格好の隠れ場所だった。妹たちはまだベッドで寝ているから、いまのところ、彼女たちにわずらわされるのを心配する必要はない。シーナの結婚が決まっても、妹たちの敵意はいっこうに弱まらなかった。一番ひどいのがマーガレットだ。ギルバート・マグワイアとの結婚をこれほど長く待たなければいけなかったことで、シーナを責め続けている。そのうえ妹たち三人はこれまでも、シーナが父親似であることに腹を立ててきた。父デュガルドはかなりの男前なのだ。体つきは大きすぎないが、がっしりしてたくましい。髪の毛はシーナと同じ濃い赤色で、五十歳近くだというのにほとんど色褪(いろあ)せず、白くなっているのはこめかみのあたりだけだ。瞳の色もシーナと同じく澄んだ青色だった。

父に比べると母の器量は十人並みで、妹たちは三人とも母親にそっくりだった。三女エルスペスは父から青い瞳を受け継ぎ、褐色の髪にもわずかに赤色が混じっているが、マーガレットとフィオーナは母の輝きのない瞳と地味な褐色の髪を受け継いでいる。

妹たちともう少し似ていればよかったのにと、シーナ自身も考えたりする。美人と呼ばれるのはいいことばかりではない。厄介だし、迷惑な場合もある。

妹たちとの不仲はひどくなるいっぽうだ。彼女たちはわたしにほとんど憎しみに近い感情を抱いている。とはいえ、妹たちと仲がよかったことは一度もない。初めて生まれた子どもとして、常に父デュガルドのそばに置かれ、いろいろなことを学んできた。ナイルの誕生がもう少し早ければ、絶対に父から授けられることはなかった知識だ。父からはよく釣りや狩りに連れていかれ、五歳のときには初めて自分の子馬を与えられた。ちょうど四女フィオーナが生まれた時期で、父は息子を持つのをあきらめたのだろう。そのころからシーナは、常に母親のまわりに群がっている妹たちに興味を持てずにいた。歳月が経(た)つにつれ、彼女たちとの溝は深まるばかりだ。

こんな苦しみを味わわされるのは、もとはといえば、わたしを特別扱いした父デュガルドのせいだ。でも父を責める気にはなれない。父にとって何より優先すべきはファーガソン一族だ。その気持ちはよくわかる。

こうして裁縫室にいるのは、ウィリアム・マカフィーを避けるためでもあった。あのいとこがわたしを捜し出そうとしても、まさかこの部屋にいるとは思わないだろう。ウィリアムの何がそんなに嫌いなのか、自分でもよくわからない。ただ、ウィリアムの顔に浮かんでいるかすかな冷酷さには、子どものころから気づいていた。

ウィリアムがシーナに関心を寄せ始めたのは、彼女がわずか十二歳のときだった。いつもシーナを脇に引っ張っていって話しかけたり、なんやかんやと叱ったり、ナイルと遊んでいるところを邪魔したりした。ウィリアムが結婚を申し込んできたのは、シーナが十六歳のときだ。そのときからいまに至るまで、彼へは嫌悪感と恐れを抱き続けている。

ウィリアムが父デュガルドに対して大きな影響力を持っているのはたしかだろう。ただ、父は一度何かを決断すると、心変わりをすることがほとんどなかった。今回父がわたしとマクダフとの結婚を決めたことに、さすがのウィリアムも反論はできないはず。ただしウィリアムが粘り強く説得すれば、父も心変わりをすることはありえる。アラスデア・マクダフと結婚するのは嫌だけれど、実際に結婚するその日まで、わたしがあのいとこから逃れられる保証はどこにもない。

いまもウィリアムと父は階下にある大広間で、捕らえたマッキノンの男を使って身の代金をどう要求するか話し合っている。できることならナイルも同席していますように。そうすれば話の内容を弟から教えてもらえる。

その考えに呼び出されたかのように、ナイルが裁縫室に飛び込んできた。「ああ、ここにいたんだね！　ずいぶん捜したよ」

シーナはにやりとした。「ええ、そうでしょうね。それで、何をそんなに慌てているの？」

ナイルが使用人二人をちらりと見たのに気づき、シーナは二人を部屋から追い払った。

「さあ、いったい何が心配？」シーナはかたわらにある椅子を軽く叩いたが、ナイルはよほど興奮しているらしく、座ろうともしない。

「誰にも言わないつもりでいたんだ！」弟は堰を切ったように話し出した。薄青の瞳を燃えるように輝かせている。「だけど秘密になんてできない。どうしても姉さんに話さなくちゃ。でも話すのは姉さんだけだよ」

ナイルの大げさな言葉を聞き、シーナは笑みを浮かべた。弟はささいなことにもすぐ興奮してしまうたちだ。どれほど取るに足らないことであっても、しばらくは大騒ぎする。

「ぼく、地下牢に行ったんだ！」

「いつ？」

「昨日の夜遅くだよ」

シーナはもはや面白がる気分にはなれなかった。「あそこには行ってはいけないってこと、知っているでしょう？」

「うん、でも行かずにいられなくて」弟はすなおに認めた。「彼にどうしても会わなくちゃと思ったんだ」

「それで、会えたの？」

「うん」ナイルはにやりとすると、早口でつけ加えた。「体が信じられないほど大きくて、すごく自分に厳しいんだ！　あと、大人の男同士みたいな話し方をしてくれた――ほとんどの時間ずっとだよ」

「彼と話したですって？」シーナは衝撃にあえいだ。

「うん、話したよ。それも長い時間。でもね、ぼくが姉さんに話さなくちゃいけないのは、そのことじゃない。話したいのは、うちの地下牢にいるのがジェームズ・マッキノン本人だってことだ。彼はマッキノン氏族の小作人じゃなく、あのマッキノン氏族長なんだ！　噂通りの大胆不敵な人だった」

シーナは寒気を感じ、不意にうまく呼吸ができなくなった。

しかし次の瞬間、ナイルは姉よりもさらにひどい寒気を感じることになった。背後で、次女マーガレット・ファーガソンが悲鳴に近い声をあげ、二人を驚かせたからだ。

「あのマッキノンが？」

裁縫室の扉は完全に閉められていなかったため、マーガレットにいまの話を聞かれてしまったのだ。妹が駆け出してその場をあとにすると、シーナはようやく口が利けるようになった。「ナイル、早くマーガレットのあとを追って！　お父様に告げ口しに行ったに決まってるわ」

ナイルは戸口に走り寄ったが、すでにマーガレットは大広間に通じる階段を駆けおりていた。彼女が何か叫んでいる声が聞こえてくる。

彼はシーナのほうを振り返った。これほど意気消沈した様子の弟は見たことがない。

「ぼく、どうすればいいんだろう？」

弟のみじめそうな様子を見て、シーナの胸は痛んだ。「心配することないわ。あなたは地下牢の近くまで行くことを禁じられてはいないんだもの。お父様は怒ると思うけれど、あなたに罰を与えたりしないはずよ」

「そうじゃないんだ、シーナ。ぼくが言っているのは彼のことだよ！　あなたのことは絶対に話さないと約束しちゃったんだ」

シーナはかちんときた。こともあろうに、弟は宿敵マッキノンとの約束を破ったことに心を痛めている。たとえ相手が氏族長であっても、そんな心配はすべきでない。ナイルにぴしゃりと言った。「だったら最初からわたしにも話すべきではなかったわね」

「でも姉さんはほかの人とは違うもの」弟は必死で訴えた。「姉さんが誰かに話したりするはずない」

「ええ。だけど、いま実際に何が起きているか、あなたにもわかるでしょう?」

シーナはひたむきに自分を信じてくれている弟をいとおしく思った。それでも、彼にははっきりとわからせなければならない。

「わかってるよ」ナイルはほとんど泣きそうだ。「このことで、彼はぼくのことを嫌いになっちゃうだろうな」

「どうしてそんなに彼に夢中になっているの?」シーナは問いただした。「あなたはファーガソンなのよ。それだけでもう、彼はわたしたち全員を嫌いに決まっているでしょう?」顔を背け、声をひそめる。「わたしはただ、あなたがこの秘密を守り続けてくれたらよかったのにと思っただけ。ウィリアムがこの事実を利用して、わたしが恐れていることを父に吹き込むのではないかと心配なの」

ナイルはさらに打ちひしがれた様子になった。「だったらぼく、父上に嘘をつくべきなのかな?　全部マーガレットの聞き間違いだって言ったほうがいい?　ただの冗談だったって言うこともできるよ」

「いいえ、嘘をつくことはできないわ。お父様は絶対にマッキノン本人と直接話をするに決まっているもの。彼が自分の身元を秘密にし続ける理由はないわ」

「彼は捕まったことをとても恥じているんだ」

「まったくもう。男たちときたら、いったい何を考えているのかさっぱりわからない。彼はもうすぐ解放されるはずだし、解放されたらそのことに感謝すべきなのに。とにかく、お父様がこのままマッキノンの氏族長を勾留し続けるはずはないわ」

そのとき氏族の一員が戸口へやってきて、階下で呼ばれているとナイルに告げた。

「ねえ、シーナ、一緒に来てくれるよね？」ナイルはすがるような目をしている。

「ええ。わたしがその場からいなくなったあとも、ウィリアムとお父様を二人きりにしないと約束してくれたら一緒に行くわ。これからどうすべきか話し合うために、お父様はわたしを大広間から出ていかせるはずよ。でも、ウィリアムがどんな提案をするのかどうしても知りたいの。だから、あなたは絶対にその場に残ってちょうだい」

「うん。二人が許してくれたらそうするよ」

父デュガルドはシーナの予想以上に動揺していた。大広間へ足を踏み入れたとたん、ウィリアムがこちらを見る。いとこの顔に浮かんでいる満足げな表情が、何か悪いことが起きる前兆のように思えてしかたがない。

ナイルが目の前に立つと、デュガルドは尋ねた。「おまえが地下牢へおりていったというのは本当か？」

「はい」

「おまえにはあの地下牢に行く権利はない。それはわかっているな?」

「はい」

「おまえが姉に話したのは真実か?　あの地下牢にいるのはジェームズ・マッキノン本人なのか?」

ナイルはしばし返事をためらった。待たされてかっとしたのだろう、デュガルドは手の甲で息子をぶった。シーナは息をのみ、怒りに目をきらめかせながらナイルのそばに駆け寄った。

「この子をぶつなんて!」シーナは父親に向かって叫んだ。「ひどいことなんて何もしていないのに」

「捕らえられた人物がジェームズ・マッキノンだと知っていたのに、それをわたしに話そうとしなかった」

「話すつもりだったのよ」

「いつだ?　わたしがただの小作人と考えていた男の身の代金を要求したあとにか?　なんてことだ!」デュガルドは声を荒らげた。「息子はわたしに隠し事をしようとし、娘のほうはそんな弟をかばおうとするとは!」

「隠し事?」シーナは鋭い口調で尋ねた。「もしお父様が地下牢へおりていって、あの男と直接話したら、彼が何者かは簡単にわかったはずよ」

デュガルドはシーナをにらみつけた。とはいえ、娘の言い分が正しいのは明らかだし、自分はこうして言い争うことで時間を無駄にしているも同然だ。地下牢にあのジェームズ・マッキノンを監禁しているという事実で肝を冷やしている。マッキノン一族はいまこの瞬間も、エスク塔を攻撃する計画を立てているに違いない。

「彼を解放しなければ」デュガルドは弱々しくつぶやいた。まるで敗北を認めたかのような言い方だ。

「そんなに慌てることはない」ウィリアムが口を開いた。「あの男は我らによって負傷させられ、恥をかかされたんだ。けっしてそのことを快くは思っていないだろう。あいつはいまだって、解放されたらすぐにどんな復讐(ふくしゅう)をするか、あれこれ筋書きを考えているはずだ」

「だが彼を地下牢に閉じ込めておくわけにはいかない」

「いや、閉じ込めておける。あと二、三日なら問題ないだろう。その間に一族を守る手立てを考え出せばいい」

「何か名案があるのか?」

「ああ、彼らとの確執を永遠に終わらせる方法が一つある」

シーナは体をこわばらせた。「お父様、彼の言うことを聞いてはだめ！　地下牢の男を早く自由にして。解放するのと引き換えに、この確執を終わらせると約束させればいいでしょう?」

「マッキノンの約束の言葉などなんの価値もない」ウィリアムがそっけなく言った。

「あなたに何がわかるというの!」シーナは目を光らせ、ウィリアムをにらんだ。

「くだらない言い争いはやめろ」デュガルドは腹立たしげに口を挟んだ。「シーナ、これはおまえには関係のないことだ。ここから出ていくんだ」

「でも――」

「出ていけ! 今夜、結婚式の打ち合わせでおまえの婚約者がやってくる。ちゃんと支度をしろ」デュガルドはシーナが早足で大広間から出ていくのを確認すると、今度は息子を見た。「おまえも出ていくんだ、ナイル。もう絶対にあやまちは犯すなよ。もしまたあの地下牢に近づいたら、今度こそおまえをイングランドの裁判所送りにするからな!」

シーナは階段の途中で弟がやってくるのを待っていた。大広間から離れすぎているせいで、ウィリアムが父に何を言っているかは聞こえない。でも、いとこがどんな話をしているかは、聞かなくてもわかっている。

「ナイル、どうすればいい? あのマッキノンと結婚させられるなんて……」

「そんな話はしないでよ」ナイルは叱りつけるように答えた。

「ウィリアムなんて大嫌い!」シーナは憤懣やるかたない様子で叫んだ。「彼を殺してやりたいくらいだわ」

「姉さんは何も起きていない前からいろいろと心配しすぎだよ。今回、父上がウィリーの話を聞き入れるとは思えない。だって姉さんはもう婚約しているんだもの。もしマッキノンと結婚するなら、マクダフとは破談にしなくちゃいけない。そうしたら彼らといがみ合うことになるんだ」

「関係ないわ。マッキノンとの結婚より大切なものがあると思う？」

ナイルは眉をひそめた。「たしかに。だけど、やっぱり姉さんは心配しすぎてると思うんだ。マッキノンが姉さんを受け入れるとは思えない。どうして彼が姉さんを妻として受け入れる必要がある？」

「わたしもウィリアムにそう言ったわ。でも彼から宣言されたの。〝どんな男もわたしを見たら求めずにはいられないだろう。マッキノンだって同じだ〟って」シーナはみじめな気分で答えた。「ああ、どうしてこんな見た目に生まれついたのかしら？」

ナイルは気分が沈むのを感じた。マッキノンの氏族長はすでにシーナの姿を見ている。そして実際に姉を求めているのだ。シーナが前からジェームズ・マッキノンを恐れていたことを考えると、心配を募らせている姉を責めることはできない。ぼくが姉さんを助けられたらいいのに。そうするためにはどうすればいいんだろう？

「マッキノンはまだ、求めている女性が姉さんだと知らない。だから大丈夫」ナイルは我知らず口にしていた。

シーナは弟の言葉に興味を引かれ、眉をひそめた。「それはどういう意味？」

「つ……つまり、マッキノンはまだ姉さんの姿を見たことがない。だから自分が本当に姉さんを求めているかどうかもわからないはずだ」

「そうね。でも、もしお父様がわたしを彼に見せたらどう？」

「その必要があれば、ぼくが姉さんをどこかへ隠す」

ナイルの答えを聞いて、シーナは改めて気づかされた。結局、弟はまだ子どもにすぎないのだ。

「わたしもそうできればいいのにと思うわ。でもね、こんな広い荒野のなかでは誰一人隠れることなんてできないのよ。それに氏族長に逆らってまで、わたしを家にかくまってくれる小作人がいるとは思えない」

「だったらぼくが別の方法を考える。だから心配しないで」

弟のために、シーナは笑みを浮かべた。「頼りにしているわ。だって、わたしにはジェームズ・マッキノンと結婚する気なんてまるでないから。結婚するなら、死んだほうがましだまし」

7

突然光が差し込み、ジェームズが目を覆うと、上げ板から大きな包みが投げ込まれた。これは寝具か？　枕までついている！　思わず眉をひそめた。なぜこんなに特別扱いをされるのだろう？

一瞬光は消えたがすぐにまた差し込み、天井の出入り口から縄ばしごが垂らされて、一人の男がはしごをおりてきた。男は体にロープを巻きつけていて、そのロープに二つの重たそうな袋が縛りつけられている。男は床に着くなり、二つの袋をどさりと地面におろし、ジェームズに顔を向けた。

「ディナーだ」男が袋を指し示しながら言う。「ワインとろうそく、それにとりあえず必要そうなものが入っている」

ジェームズは表情を変えなかった。「あんたたちは囚人全員にこんな贅沢(ぜいたく)なもてなしをするのか？」

「回りくどい言い方はやめよう。直接会ったことは一度もないが、おまえが何者かは知っている。わたしはデュガルド・ファーガソンだ」

一応礼儀を守るべく、ジェームズは立ちあがった。「それで、あんたはおれを何者だと考えているんだ?」彼はずばりと尋ねた。

デュガルドは赤い眉を片方だけつりあげた。「おまえはジェームズ・マッキノンだ。だがおまえはそのことを否定するんだろうな」

ジェームズはため息をついた。「いいや、否定するつもりはない。それでこれからどうなるんだ、ファーガソン?」

「これ以上ここへいてほしくないが、実際、いまおまえはこの地下牢にいる。だから、わたしはその事実を利用して恩恵を受けたいと考えているのだ。この機会を逃すほど間抜けではないからな」

「なるほど」ジェームズはため息をついた。「ということは、おれの氏族とすでに連絡をとっているんだな?」

「いや」デュガルドはややためらいながら答えた。「彼らと交渉するつもりはない。交渉するのはおまえとだ」

「おれと?　どんな?」

「おまえに、わたしの娘の一人と結婚してほしい」

ジェームズは体をこわばらせたものの、驚きの表情を浮かべないよう努めた。まさかこんな提案を受けるとは思いもしなかったのだ。

「なるほど。あんたのまわりには、あんたの娘を忌み嫌っている奴がいるらしい。そんな提案をあんたにさせたそいつは、いったい誰なんだ?」

デュガルドはしかめっ面をした。ウィリアムからは〝娘の一人〟ではなく、シーナを嫁に行かせるべきだとはっきり言われた。ウィリアムはシーナを忌み嫌っているのだろうか? そう考えると、なんだかわけがわからなくなる。シーナをマッキノンの妻として差し出せというウィリアムの提案を聞き、最初は驚いた。しかし、実は自分でも以前から、娘の一人をマッキノンに嫁がせるのはどうかと考えていた。ウィリアムの提案を聞き、やはりそれがいいと確信したのだ。

「その言い方は気に入らないな、マッキノン」

「おれはあんたの提案が気に入らない!」ジェームズはぴしゃりと言い返した。「おれにはもう一度結婚する気など毛頭ない。たとえ再婚するとしても、その相手は絶対にファーガソンにはならない」

「わたしが自分の娘を喜んで差し出したがっていると思うなよ!」デュガルドは鋭く言った。

「だったら、どうしておれたちはいま、こんなことを話し合っているんだ?」

「わたしが平和を求めているからだ」

「へえ、本当に？」ジェームズはそっけなく答えた。「ふたたびこの敵対関係を始めたのはあんたのほうだ。相手に手を出す前にそう考えるべきだったな」

デュガルドは驚いた。「休戦協定を破ったのはわたしじゃない！　おまえのほうだ！」

もしこれほど哀れな老人相手でなければ、ジェームズは笑い出していたかもしれない。デュガルド・ファーガソンに関するおれの見解は正しかったのだ。

この男は頭がいかれている。間違いない。こんな正気を失った男とは、何を議論しても無意味だ。

ジェームズはため息をついた。「もしあんたが本当に平和を望んでいるなら与えよう。おれが約束する」

「なあ、若いの。わたしだっておまえの言葉を受け入れたい。だが口約束をそのまま信じるほど、わたしも間抜けではない」

「だったら、このまま話し合っていても平行線をたどるだけだ」

「ああ。おまえは永遠にここから出ることはできない――おまえがわたしの娘の一人を妻として受け入れ、これ以上わたしたちを厄介事に巻き込まないと約束しない限りな」

「なあ、じいさん」ジェームズは冷たく言った。「わかっているはずだ。おれをここに閉じ込めておけばおくほど、あんたたちは大きな危険にさらされることになるんだぞ」

「それはどうかな。おまえの命が危険にさらされるとなれば、マッキノン一族がわたししたちをむやみに攻撃するとは思えない」

ジェームズの怒りは爆発寸前だった。「あんたはすでにおれの命を脅かしている。氏族の男たちがそれを許すはずがない。れんが石の一つに至るまで、この塔を破壊し尽くすだろう」

「そうなったら、おまえも死ぬまでだ!」デュガルドは怒りに任せて怒鳴った。これはウィリアムが言っていた通りの展開ではない。それでもなお、この計画をまっとうし、どうにか平和を取り戻さなくては。

「ここに長いこと勾留されれば、おまえの気持ちも変わるだろう」デュガルドはとりあえずそう続けた。とはいえ、本当にそうなるのか、あまり自信が持てない。

彼の言葉を聞き、ジェームズははらわたが煮えくり返る思いだった。ということはこの男は、おれがこの地下牢にいることをまだマッキノン側に伝えていないのだ。だったら、ここは別の戦術を試してみよう。

「よかろう、ファーガソン。だったらあんたの娘と結婚しよう。ただし、あんたがこちらの条件に同意したらだ」

デュガルドは驚き、警戒を深めた様子だ。「おまえは条件をつける立場になどない」

「だったら、もうこの話はなしだ」

デュガルドはジェームズをにらんだ。「条件とはなんだ? 一応聞いてやろう。わたしは分別のある男なんだ」

「おれは一度結婚したことがある」

「ああ。知らない者はいない」

ジェームズは肩をすくめた。あの結婚の悲劇的な結末は誰もが知っている。だが真実を知る者はほとんどいない。

「結婚式当日まで、おれは妻のことを知らなかったし、彼女のほうもおれを知らなかった」ジェームズはそっけなく言葉を継いだ。「そのことについて、これ以上詳しく話すつもりはない。いままで誰にも詳しい話はしたことがないからだ。こう言えばじゅうぶんだろう……あの結婚は最初から間違いだった」

「そのこととわたしの娘に、なんの関係があるというんだ？」

「もし結婚前に体の相性さえ試していたら、妻となる女が男をひどく恐れ、指一本触れられるのさえ耐えられない女だとわかっていたはずだ。あれ以来、相手を試してからでなければ、二度と結婚などしないと心に誓った。だから、あんたの娘四人のうち一人を選び出す前に、四人全員を試させてくれ。それが条件だ。同意するか？」

ジェームズが話し終える前に、デュガルドはすでに顔を真っ赤にしていた。「おまえに娘たちを試させるなんて言語道断だ！　手を握るのさえ許さんぞ」低くうなりながらつけ加える。「それに、おまえに選ばせる娘たちは三人だけだ。四人じゃない！」

そのころにはジェームズも余裕を取り戻していた。だから、どうしてもファーガソンをからかわずにはいられなかった。「いや、あんたには娘が四人いるはずだ。それも、誰一人まだ結婚していないんだよな？　おれに差し出せないという残りの一人は、いったいどんな問題を抱えている？」

「彼女は婚約している」

「これは驚きだな、じいさん。ここで起きていることをおれが何も知らないと思っているのか？　この数カ月で、あんたが縁談を三つもまとめたことに気づかず、相手がどの氏族か知らないとでも？　おれに差し出せないのが末娘なら、なぜはっきりそう言わないんだ？」

「おまえは末娘も自分のものにすることができる。ただ、おまえに良識のかけらでもあれば、あの子のことは選ばないはずだがな。年齢差がありすぎる」デュガルドは反論した。

「おまえが自分のものにできないのは、わたしの長女だ」

「なぜだ？　彼女は恋愛結婚でもするのか？」

「いや、長女だけはまだ結婚を望んでいない。もしわたしたちが和平に同意すれば、あの娘も結婚する必要がなくなる」

「ふうん……わかったぞ。彼女はあんたのお気に入りの娘なんだな？　野蛮なマッキノンに嫁に出すには惜しいってわけか？」

デュガルドはそれについては何も答えなかった。「なあ、若いの、おまえがこの地下牢に飽きたときには、わたしの娘たちを見せよう。そのときに選べばいい」

それを聞き、ジェームズの余裕はどこかに吹き飛んだ。冷たい声で言い放つ。「結婚前に妻を試す必要があると言ったのは冗談じゃないからな」

「ここにしばらくいれば、おまえの気も変わるさ」

そのあと、ジェームズはまたしても一人きりになった。デュガルドがやってきたことで怒りが倍増している。このままだと、氏族の者たちにさぞやばかにされることだろう！このおれが解放されないなどという可能性は、これっぽっちも考えていなかったのだ。

とはいえ、いままでもそれほど状況を憂いているわけではない。おれがここにいるとマッキノン氏族に知らせることさえできればいいのだ。デュガルド老人は強がってみせただけだろう。実際にマッキノンから攻撃されたら、おれを解放するしかないはずだ。だがおれがこの地下牢にとらわれていることを、誰がマッキノンに伝える？

それから数時間、復讐（ふくしゅう）についてあれこれ考えているうちに、気づくと空になったワインの入れ物が転がっていた。だが、怒りのあまり酔いはやってこない。こちらが望んでもいない妻を苦しめるための方法を、数えきれないほど頭のなかで思い描いてみる。一番最高の復讐は、デュガルド・ファーガソンを殺さないままで捕らえ、おれが娘をどういたぶっているか毎日聞かせてやることだ。それが奴のお気に入りの娘でないのが、つくづく残念だが。

全身から怒りが発せられていた。最初に結婚をさせられたときでさえ、こんなに追い詰められたようには感じていなかった。

そもそもマッキントッシュ一族の娘とは結婚などしたくなかった。彼女は可愛らしい娘ではあったが、見ず知らずの他人だったのだ。父が望んだ縁談だったから、結婚したまでのこと。父親の意向に背こうとはこれっぽっちも考えなかった。だがその後、父親もおれもその結婚を大いに後悔することになった。マッキントッシュの氏族長は、自分の娘の死をおれたちのせいだと非難し、結婚によって結んだせっかくの同盟関係をあっさりと破棄して、ふたたび敵対する道を選んだのだ。

上げ板がきしる音が聞こえた。どうやら誰かが様子を見に来たようだ。だが激しい怒りのせいで、デュガルドとはもう話したくない。

「ファーガソン、もしあんたなら放っておいてくれ。あんたの娘を妻にしたあと、どんなふうにいたぶってやろうかと考えている途中なんだ」はっと息をのむ声が聞こえたため、ジェームズは腰をかがめて天井の出入り口を見つめた。「もしじいさんでなければ、おまえは誰だ？」

「ぼくだよ」

「ぼく？　名を言え」ジェームズはうなるように尋ねた。

「ナイル・ファーガソンだ」

「いま、ようやくお出ましか？」ジェームズは冷笑を浮かべると、固い壁にもたれた。

「わずか数時間前に約束は守ると誓った坊主がここへやってきたのは、優越感に浸るためか？　約束を信じようとした愚かなマッキノン氏族長をあざ笑いにやってきたのか？」

「あなたを裏切るつもりはなかったんだ」ナイルは弱々しく、不安げな声で答えた。

「だがいま、おまえはそうやって嘘をつくことでおれをさらにこけにしようとしている。なんとも中途半端な裏切り行為だな」

「でもぼく、姉さんに話しただけなんだ」ナイルは言い返した。「姉さんなら秘密を守ってくれるはずだから」

「だったら、その尻軽女が――」

「姉さんのことをそんなふうに呼ぶな！」ナイルは激しい怒りを募らせ、ジェームズの言葉をさえぎった。そのことにジェームズだけでなく、ナイル自身も驚いたようだった。しばらくして少し落ち着きを取り戻すと、ふたたび少年は口を開いた。「姉さんは誰にも話していない。ぼくが話しているのを立ち聞きした別の姉さんが父上に告げ口したんだ。あっという間に駆け出していって止められなかった。でも責任逃れをするつもりはない。悪いのはぼくなんだ。こうして危険を冒してまでここへやってきたのは、そのせいだよ。どれほど無念か、あなたに伝えたかった」

「おれがどれほど無念かは、おまえにはわからない」ジェームズは辛辣な調子で言った。「もしこの瞬間おまえの首に両手をかけることができたら、おれを裏切るとどんな仕返しをされることになるか、思い知らせられただろうに」

実際にジェームズの両手で首を絞められているかのように、ナイルはひどく苦しげな息遣いになった。「あなたをそんなに怒らせるなんて、父上はなんと言ったの？」

「無意味な質問をするな。何も知らないふりはよせ！」ジェームズの怒りはもう爆発寸前だった。

「でも父上はぼくに何も教えてくれなかったんだ。ぼくがあなたの正体を言おうとしなかったせいで腹を立てている」

「だったら教えてやろう。おれたちはもうすぐ義理の兄弟になるんだ」ジェームズは皮肉たっぷりに言った。

「まさか、そんなの信じない！」ナイルはかすれ声で答えた。「父上が姉さんをあなたに渡すはずがない。姉さんはお気に入りの娘なんだ」

ジェームズは考え込むように眉をひそめた。「おまえは、おれが姉貴と結婚するのを気に入っていないようだな？」

「なぜ結婚しないといけないの？」

「結婚するまで、おまえの父親はおれをこの穴から出すつもりがないからだ」

ナイルは大きく息をのんだ。「でも、あなたの氏族たちが攻めてくるはずだ」

「デュガルドはおれの命を奪うと脅しつけることで、マッキノン氏族を足踏みさせようとしている。すべて奴の思うつぼだ。おまえの父親は、おれをおまえの姉貴と絶対に結婚させるだろう」

「でも、あなたと結婚するくらいなら姉さんは死を選ぶはずだ」ナイルが低くうなる。

ジェームズは思わず笑った。氏族長デュガルドお気に入りの長女が、その息子のお気に入りでもあるのは火を見るよりも明らかだ。ならば、ナイルがそれほど大切に思う姉こそ、おれの結婚相手だと思わせよう。おれを裏切ったこの少年は苦しんで当然だ。たとえわずかな間でも。

「たしかに、一度おれのものになったら、おまえの姉貴は死を望むようになるだろう。だがおれがそうはさせない」ジェームズは不安をかき立てるような言い方をした。

「まさか本当に姉さんを傷つけたりしないよね？」

「いいや。おれは無理強いされるのが大嫌いなんだ」

「でもそれは姉さんのせいじゃない」ナイルが必死に言い返す。「しかも、姉さんはこの件に関して何か言う権利さえないんだ！」

「おまえの父親はそんなことまで考えていない。だからおれもそうするまでだ」ジェームズは暗い声で答えた。

ナイルは恐ろしさに打ち震えた。こんな強烈な復讐心をあらわにされたのは初めてだ。とても自分の手に負える相手ではない。不安と恐怖は募るいっぽうだった。

「あなたはぼくの姉さんをまだ一度も見ていない。姉さんはとても美人なんだ。妻にできたら、きっと嬉しくなるはずだよ」

「坊主、おまえにはわからないだろう」ジェームズはそっけなく答えた。「たとえ、おまえの姉貴がスコットランド一の美人でも、そんなことは関係ない。彼女はおまえの父親の娘だ。それだけでも、おれにとっては彼女を苦しめるじゅうぶんな理由になる。おまえの姉貴と結婚して領土に戻ったら、二度と彼女をおれの城から出すことはない。永遠に塔に幽閉して、一日に二度、彼女のもとを訪ねるんだ。一度めはひっぱたくために、二度めは強姦するために。おまえの姉貴はそういう人生を送ることになる」

しばらく口をつぐんだあと、ジェームズはふたたび言葉を継いだ。「どうだ、もう言うことは何もないだろう、坊主?」

「考えていたところなんだ……もし本当に姉さんをそんなふうに扱うつもりなら、ぼくはあなたを殺さなければならないって」

ジェームズは乾いた笑い声をあげた。「ああ、好きなようにやってくれ。だがわかっているだろうな? そんなことをすれば、おまえはその手で自分と大切な姉貴の——いや、おまえの家族全員の首をかき切るのも同然だと。マッキノンの氏族長を殺したことを、おまえが誰かに吹聴（ふいちょう）することはない。その前にこの世から抹殺されるからな」

　上げ板が叩（たた）きつけられるように閉められると、ジェームズは唇を引き結んで低くうなった。少年を挑発しても、くすぶっている怒りはいっこうに和らがない。

　一時間ほど経（た）ったころ、上げ板がふたたび開かれた。出入り口からナイルが顔を突き出したのを見て、ジェームズは肩をすくめた。この少年が先ほどの話を自分の胸だけにしまっておけるとは思えない。あんなに恐怖に打ち震えていたのだ。

「もう一度ここへ来たということは、あれから父親と直接話し合ったんだな？」

「ううん。父上の気持ちを変えようとしても、いいことは何もないもの。それに言った通り、父上はいまぼくに腹を立てているんだ。どのみち、ぼくの話なんて聞こうとしない」

　ジェームズはほっとしていた。この少年は、おれを嘘つきだと非難するためにわざわざ戻ってきたわけではないらしい。自分の大好きな姉が、おれの花嫁候補から外れている事実はまだ知らないのだ。

「だったら、なぜここへ戻ってきたんだ、坊主？」

「あんなことを知った以上、明日姉さんと顔を合わせることはできないからだよ」ナイルは打ちひしがれた様子で言った。「姉さんが苦しめられるなんて我慢できない。あなたの話を聞いて、姉さんがあなたについて話していたことは全部本当だったんだと思い知らされたよ。姉さんは、あなたのところへ嫁ぐくらいなら死んだほうがましだと言っていたけど、それも当然だ」

「おまえは、おれがまた妻を自殺に追い込むと考えているのか?」ジェームズは語気荒く尋ねた。「いや、彼女は死なせない。今度は死なせないようにする!」

「死んだほうがましかもしれないけど」ナイルはためらいがちに答えた。

「坊主、おまえはまだ学ぶことがたくさんあるようだな」ジェームズは冷笑を浮かべた。

「生きている限り、希望はあるものだ」

「あなたのせいでほとんど絶望的な気分だけど」それでもナイルは懇願するように言った。

「あなたにお願いしに来たんだ。どうか姉さんを傷つけないで。姉さんは何も悪くないんだ。お願いだよ」

ジェームズはひそかにその言葉に心を打たれた。この少年には勇気がある。それに自分の姉を心から愛している。

「なあ、坊主、よく聞けよ。おれはおまえの姉貴になんの同情も覚えていない。おまえが懇願すべきは、おまえの父親だ。実際この件に関して、おれは何一つ決めることができないんだから」

「いや、違う。もしその気になれば、あなたは姉さんのことを丁重に扱えるはずだ」

「だがあいにく、おれはその気になれない。どうしてそんなことをしなきゃならない?おれが野蛮人だってことを忘れたのか?」

「だったら、姉さんとあなたを結婚させるわけにはいかない」

「この結婚話を止められるなら止めてみろ。そうなれば、おまえに心から感謝するよ」ジェームズは軽い気持ちで約束した。どう考えても望みのない状況だし、この少年の言葉をまじめに受け取るつもりもなかったからだ。

「だったら、あなたを逃がす」しばし考えたあと、ナイルはぽつりと言った。

「なんだって?」

「ぼくがあなたを逃がす」少年は決然たる口調だ。「それしか方法がない。あなたがいなくなれば、姉さんをあなたから守れる」

ジェームズは文字通りその場で飛びあがった。興奮をどうしても抑えきれない。「まじめに言ってるのか、坊主?」

「まじめじゃないなんて、ぼくがいつ言った?」

「だったら、いつ逃がすつもりだ?」

「いまだよ。塔のみんなが眠っている間に」

出入り口から縄ばしごがするするとおりてきた。しかし、あと少しでジェームズの手が届くというときに縄ばしごはぴたりと止まり、突然数メートル上に引きあげられてしまった。

あまりに落胆したせいで、ジェームズは我を忘れた。「坊主、どういうつもりだ? 残酷なゲームを楽しんでいるのか？」

「違うよ。ただ、あなたが両手でぼくの首を絞めるって言っていたのを思い出したんだ。そこから出て自由になっても、ぼくのことを殺さないよね？」

ジェームズは笑い声を立てた。「心配することないさ、坊主。もしこの塔からおれを逃がしてくれたら、おまえとは一生の友だちになる」

縄ばしごが完全におろされると、ジェームズはぎこちない動きながらも、すばやくはしごをのぼり始めた。この少年をだまして信じさせることなど簡単だ。だが先ほど言った言葉は本気だった。もしエスク塔から無事に脱出できたら、おれはこの少年に借りを作ることになる。そのことを絶対に忘れるつもりはない。

「うわあ、思ったよりずっと大きいんだね」はしごをのぼり終えてジェームズが隣に立つと、ナイルは恐ろしげに言った。

「おまえはおれが思っていた通り、ちっちゃいな」ジェームズは低くつぶやいた。こうして地下牢から脱出した以上、一刻も早くここから逃げ出したい。「さあ、馬屋の場所を教えてくれたら――」

「だめだよ、馬屋には行っちゃだめ！」ナイルはあえいだ。すでに自分の決断を後悔している様子だ。「うちの男たちが寝ているから、すぐに見つかっちゃうよ。そんな危険なまねはしないで」

「だが坊主、おれは自分の馬がなければ、ここから逃げることができないんだ。心配するな。必要がない限り、誰も殺さない。せっかくあの穴から出られたんだ、また逆戻りするようなことはしないさ」

「でも、すぐに警報が出るよ」

「馬にのりさえすれば、誰もおれを捕まえることはできない。なあ、坊主、そんなささいなことをいちいち心配するな」ジェームズは貯蔵庫を通りすぎ、馬屋のほうへ向かい始めた。

ナイルは彼のすぐあとからついてきた。「マッキノン、ぼくが心配しているのは自分のことなんだ」渋々ながら認めた。「あなたはここから去っていく。でもぼくはここに残って、責任をとらなくちゃいけない」

ジェームズが突然振り向いたせいで、ナイルは危うく彼にぶつかりそうになった。

「坊主、おれと一緒に来るか？　歓迎するぞ」

「ぼくは裏切り者じゃない！」ナイルは驚いたように答えた。「こんなことをしたのは、姉さんの身の安全を守るためだ。そうでなければ、あなたを逃がしたりしない」

「わかってるよ」ジェームズは優しい声になった。「それに、おまえには話さなければいけないことがある。実は、おまえの一番上の姉貴だけは――」

ジェームズは打ち明け話を終えることができなかった。近くの階段で明かりが見えたのだ。ナイルはとっさにジェームズを引っ張り、二人は食料を蓄えた大きな樽の間に身を隠した。

「ナイル」女性が少年を呼ぶ声が聞こえる。「ナイル、もし階下にいるなら答えて。ねえ、ナイル！」

「あれは誰だ？」ジェームズはささやいた。

「一番上の姉さんだよ。きっと部屋にぼくがいないのに気づいて捜しに来たんだ」

ジェームズはしゃがんだまま、背筋を伸ばした。「父親やおまえからそんなに愛されている娘なら、一目見てみたいもんだな」

「だめ！」ナイルは慌てふためき、ジェームズの腕に必死にしがみついた。「もしあなたの姿を見たら、姉さんは悲鳴をあげるだろう。たとえ中庭にたどり着けたとしても、姉さんは追いかけるのをあきらめないはずだ。結局あなたはこの先捕まることになる。武器も持っていないんだから」

「たしかに」ジェームズは同意した。「おまえの言う通り、おれには武器が必要だ」

「その点で助けるつもりはないよ。だって武器を渡せば、あなたがぼくの一族を殺す手助けをするようなものだもの。そんなことはできない」

「そうだな。おまえはもうじゅうぶんよくしてくれた。武器は自分でなんとかする」

ジェームズは一枚の板切れに目をつけた。あそこにある階段を無事にのぼりきれば、あの板切れを武器としてどうにか利用できるだろう。

　ところが階段にはまだ明かりが見えている。女性はもはや弟の名前を呼んでおらず、明かりは薄暗くなったが、それはわずかな間だった。すぐに階段のてっぺんから別の人間の声が聞こえてきたのだ。ジェームズは気持ちを引きしめた。

「こんな遅い時間にそこで何をしている？」

　ジェームズには、ナイルがうめいたのが聞こえた。「今度は誰だ？」

「いとこのウィリアムだ」

「ここへおりてくるつもりなのか？」

「わからないよ。静かにして！」

「なあ、いとこよ、説明するんだ」男はふたたび口を開いた。

「あなたに関係ないでしょう、ウィリー！」女性は鋭く言い返した。

「地下牢まで、未来の夫を一目見にやってきたのか？」ウィリアムが低い笑い声をあげている。

「わたしが彼の近くに行くわけないわ。あなただってよくわかっているはず」

「ああ」ウィリアムは同意したものの、底意地の悪そうな口調でつけ加えた。「そうだろうとも、きみはもうじきご対面することになるからな——彼と結婚するときに」

「あなたって本当に卑劣な人ね！」女性は怒ったような声だ。「そこを通して」

「きみはまだ質問に答えていない。ここでいったい何をしていた？」ウィリアムは語気荒く尋ねた。

「眠れなかったの。だから散歩していただけよ」

「婚約を破棄される前に、マクダフと逢引しようとしていたんだろう？」

「もしそうだとしても、あなたにはなんの関係もないことだわ！」

明かりは遠ざかっていったが、男はなかなか立ち去ろうとせず、数分後にようやく男の足音が遠ざかるのが聞こえた。

ジェームズは口を開いた。「おまえの姉貴は、自分のいとこが好きじゃないんだな？」

「ああ、ぼくもだ」ナイルがいらだったように答えた。「だって、姉さんをあなたに差し出すっていうのは、あのいとこの考えなんだ。しかも嫌がらせでそう言い出したんだよ。ウィリアムは本当は姉さんを自分のものにしたかったんだけど、姉さんからはねつけられた。その腹いせのためだけに、今度は姉さんをあなたと結婚させればいいと言い出したんだ」

「そういえば、ここにマクダフが来ているのか？　おまえのいとこは、彼女がマクダフと逢引しようとしていると言っていたな」

「姉さんはそんなことしないよ！」ナイルは憤然として答えた。「でも彼はここにいる。今夜やってきたんだ」

「知っての通り、おれはサー・アラスデアと同盟を結んでいる」ジェームズは含み笑いをした。「もしここにいるなら、彼がおれを逃がした張本人じゃないかと疑われるに違いない」

「本当に？」ナイルは初めて目に希望を浮かべ、いきおいよく尋ねた。

「ああ。おまえの父親は当然、身内のファーガソンよりもマクダフ一族を疑うだろうな」

「でもマクダフ一族はあなたがここにいることを知らないよ」

「そういう話を立ち聞きした可能性だってある。坊主、もっとどっしりと構えろ。どうしようもない場合以外、何もかも背負い込もうとするな」

ナイルは中庭までジェームズを案内した。馬屋と門番小屋を手で指し示しながらささやく。「きっと、みんな寝ているはずだ」

「坊主、おまえも早くベッドに戻るのが一番だ。もし警報が出たら、自分の部屋の外で見つかりたくないだろう？　おれが逃げたことに、朝まで誰も気づかないことを願うよ」

「だったらもう二度と、あなたには会えないんだね？」ナイルは名残惜しそうに言った。

「ああ、坊主。間違いなく、おれたちが再会することはない。それともう一つ間違いないのは、おまえが勇敢な奴だってことだ。おれはおまえのことを忘れない」

「あなたはとてもかっこいい人だね、ジェームズ・マッキノン」ナイルはジェームズと同じようににやりとした。「ぼくもあなたのことを忘れないよ。結局あなたはいい義理の兄さんにはならなかったけど、すばらしい敵であることに変わりはない」

「あるいは、すばらしい友だちと言えるかもしれない」ジェームズは少年の濃い色の髪をくしゃくしゃにした。「おれは本気でそう言っているんだ。だがいまはもう行かなくては。おれを自由にしたことで、おまえが大変な思いをしないよう祈っている」

「きっと大丈夫だよ。あなたが言っていた通り、ここにはマクダフがいる。疑われるのは彼だろう。どのみち、姉さんは彼との結婚を望んでいない。だから彼が責められても、ぼくはどうってことないんだ」

ジェームズは笑みを浮かべた。「おまえはいつも姉さんのことを考えているんだな。とうとうその姉さんの名前を教えてもらえなかったが」

「もし父さんが教えなかったのなら、ぼくも教えない。さようなら、幸運を祈っているよ、マッキノン」

8

　翌朝、シーナが目覚めたのはいつもより遅い時間だった。昨夜遅くに弟を捜しに出かけたせいだ。部屋の小さな窓から、太陽の光がすでに差し込んでいる。手早く着替えをすませてナイルの部屋に駆け込むと、弟はまだベッドのなかにいた。

　起こすまで何度か体を揺さぶらなければならなかった。ナイルは低くうめいただけで目を開けようともしない。

「ねえ、起きて、ナイル」もう一度弟の体を揺さぶる。

「姉さん……放っておいてよ」ナイルは不満げにつぶやいた。「まだ寝足りないんだ」

「その理由が知りたいのよ」シーナは鋭く答えた。真夜中、部屋に弟の姿が見えなかったときの恐怖がありありとよみがえってくる。「昨日の晩、話したくてここへやってきたのに、あなたはいなかった。いったいどこにいたの？」

　弟は答えようとせず、すぐ眠りに戻ってしまった。シーナはいらだち、ナイルの尻をぴしりと叩(たた)いた。優しい叩き方だったとは言いがたい。

「いったいどこにいたのよ?」

「言えないよ……」弟はむにゃむにゃと答えた。「実際知りたくないと思うから」

眉をひそめた次の瞬間、シーナの背筋に冷たいものが走った。弟はマッキノンの氏族長と一緒にいたのでは? それ以外に、わたしが知りたくないと思うことなどあるだろうか?

「あなたが誰にも見つからなかったことを祈るわ」そうささやいたが、眠りの世界にいる弟には聞こえていないだろう。

シーナはナイルを寝かせたまま、弟の部屋をあとにした。大広間にはほとんど誰もいない。使用人が一人、テーブルの上にある食べかけの朝食の残骸を見つめているだけだ。丸い平らなパン(バノック)はすでに冷たくなり、ポリッジとクリームが入ったボウルはほとんど手つかずのまま。

その光景を見て不安をかき立てられ、シーナは使用人に尋ねた。「アリス、いったい何があったの? お父様や男の人たちはどこ?」

「わたしもそれが知りたいんです、お嬢様」アリスは怒ったように答えた。「中庭で騒ぎがあったようで、見張りがお父上のところへ飛んできました。そのあと、みながここから出ていってしまったんです」

シーナは小さな中庭へ向かおうとしたが、大広間の扉へたどり着く前に、マーガレットとエルスペスに行く手をさえぎられた。

「ここにいたのね」マーガレットがいつものように不愉快そうな調子で話しかけてきた。

「こんなに大きな騒ぎになっているのに、いままでどこにいたの？」

「たったいま、おりてきたところよ」シーナは答えた。「何があったの？」

「あの大騒ぎが聞こえなかったなんて」エルスペスはあえいだ。「マッキノンが逃げ出したのよ。お父様がはっきりそう言ったわけではないけれど、もちろんマクダフが逃げる手助けをしたんだわ。彼以外に誰がそんなことをすると思う？」

「これであなたの婚約が破棄されなければいいんだけど」マーガレットはシーナに冷たく言った。「わたしはもうこれ以上、結婚式が延期されるなんて我慢できない。ギルバートもよ」

二人は長姉が示した反応には気づかないまま、その場から立ち去った。シーナはしばし立ち尽くすことしかできず、そのうち、急に血の巡りがよくなったように全身がうずき出した。アラステアは、マッキノンがこの塔に幽閉されていたことを知らない。そんな彼がマッキノンを逃がせるはずがない。思わず心のなかで叫んでいた。ああ、ナイル、いったいあなたは何をしでかしたの？

弟に尋ねるまでもなかった。どういうわけか、あのマッキノン氏族長を逃がしたのはナイルだとはっきりわかる。でもどうして？　シーナは深く息を吸い込み、戸口にもたれた。

いいえ、答えならわかっている。ウィリアムの脅しと、お父様の決断のせいだ。残酷きわまりない宿敵と結婚させるくらいなら、彼を解放しよう――ナイルはそう考えたに違いない。

驚きと恐怖が和らぎ、安堵感（あんどかん）がどっと押し寄せてきた。階上へ駆けあがり、弟に感謝のキスの雨を降らせたい。もう、あの野蛮なハイランダーとの結婚にびくびくする必要がなくなったなんて！　おそらくその責任を問われるのはマクダフだろう。ということは、彼とも結婚しなくてすむ。

嬉（うれ）しさに笑みを浮かべていると、ちょうど大広間に人が戻り始めた。父がしかめっ面をしながらこちらを見ている。

「なぜそんなに幸せそうな顔をしている？　喜ばしいことなんて何もないのに」デュガルドは不機嫌そうに言った。

「あのハイランダーがいなくなったことが嬉しいの」シーナは臆することなく認めた。「だって、お父様はわたしを彼と結婚させようとしていたんだもの。そのことを一生許すつもりはないわ」

背を向けていたせいで、シーナはすぐうしろにウィリアムが立っていたのに気づかなかった。いとこはデュガルドのそばにすっと寄った。「なあ、デュガルド、きみは理由を知りたがっていたが、いまそれがわかったはずだ」

シーナは険しい顔つきの父親から、非難がましい表情を浮かべたウィリアムに視線を移した。「それはどういう意味かしら？」

「おまえは昨夜、中庭にいた。それは間違いないな？」デュガルドは淀みなく尋ねた。

「ええ、眠れなかったから。散歩に出たの。それのどこが悪いの？」

「便利な言い訳だ」ウィリアムがぽつりと言う。わざと淡々とした口調を心がけているようだ。

「だったら、あなたはどうしてあそこにいたの？」シーナは目を光らせ、ウィリアムを一瞥した。「あなたもわたしと同じ時間に、ベッドのなかではなく中庭にいたわ。それを忘れたわけじゃないでしょう？」

「わたしには言い訳する必要などない」ウィリアムはシーナをにらみつけた。「なぜなら、マッキノンの氏族長がいなくなればいいと願っているのはこのわたしじゃないからだ。そういう意味では、きみはもうすでに自分がやったと認めたも同然だな」

シーナははっと息をのんだ。ウィリアムが何を言いたいかに気づいたのだ。「あなたはわたしが彼を逃がしたと考えているの？」

「きみか、きみの弟のしわざに決まっている」ウィリアムが即座に答えた。

シーナはかっとなって叫んだ。「よくもナイルのことを責められるわね？　あの子は地下牢へ近づくのさえ禁じられているのよ。従わないわけがないわ」

「おまえの言う通りだ」デュガルドは重苦しい調子で答えた。「あの子がそんなことをするはずがない」

「でも、わたしならすると？」シーナは父親のほうへ向き直った。信じられない。このわたしがそんなことをしでかすと考えるなんて！

でも父は何も答えようとしない。シーナはしだいに不安になった。父は沈黙を貫くことで、わたしを責め立てている。

いつの間にかほかの者たちも周囲に集まり、三人のやりとりを聞いていた。彼らも一様にシーナを非難するような鋭いまなざしを向けている。婚約者アラスデアの姿もあるが、彼でさえ愕然（がくぜん）とした表情だ。

シーナはわざと怒りをあらわにし、婚約者を指さした。「わたしを責める前に、なぜ彼を非難しないの？　マッキノンを逃がす理由なら、わたしよりもこの人のほうがずっとあるはずよ」

突然怒りを向けられたアラスデアは灰色の瞳を光らせ、射るようなまなざしでシーナをにらみつけた。「きみのその訴えに答えるつもりはない」かたくなな調子で言葉を継ぐ。「それに、自分の婚約者に背を向け、身内を裏切るような女と結婚するつもりもない！」

アラスデアが大広間から大股で立ち去るのを見て、マーガレットが悲鳴をあげた。「彼が婚約を破棄してしまった！　シーナはこれを狙っていたのよ」

シーナは思った通りの展開に、瞳をわずかに輝かせた。

だがデュガルドはそれを見逃さず、さらに誤解をして、低くうなった。「マーガレットの言う通りなのか、シーナ？」

彼女は体をこわばらせた。「お父様も知っての通り、わたしは彼との結婚を望んでいなかった。でもお父様、理由を聞かせて。なぜこの件に関してアラスデアを問いただすことなく、彼を行かせたの？」

「地下牢にあれほど重要な捕虜がいたんだ。その捕虜の盟友マクダフを、このわたしが自由に歩き回らせるとでも思ったのか？」デュガルドは鋭く言い返した。「マクダフの部屋は見張らせていた。一晩じゅう、彼が部屋から一歩も出なかったことはすでに確認ずみなんだ」

つまり、あのハイランダーがいなくなった原因は、シーナかナイルにあるということだ。でもナイルは疑われていない。その状態は守らなければ。そもそも、これは弟がわたしのためを思ってやったこと。そのせいでナイルが苦しむようなことがあってはならない。弟がここにいなくてよかった。もしいたら、自分がやったと名乗り出ていただろう。とはいえ、父がこれほど簡単にわたしを疑うなんて……。

「シーナ、これをやったのはおまえなのか？」

「お父様、いまさらそう尋ねてももう遅いわ」シーナは声を詰まらせながら答えた。「お父様はもうすでにわたしが犯人だと考えている。目を見ればわかるわ。どうしてわたしのしわざだなんて思えるの？」

「ほら見ろ、シーナは否定しないじゃないか。彼女は裏切り者だ。つるしあげにされて当然だ」ウィリアムは頭をすばやく巡らせ、畳み込むように言った。考える時間をデュガルドに与えてはいけないことをよくわかっているのだ。

「これは娘が絶望のあまりやったことだ。その件でシーナをつるしあげにするつもりはない」デュガルドはうなった。「シーナは自分がマッキノンの氏族長と結婚させられると考えているが、わたしはそんな話はしていない。ということは、シーナにそう話したのはきみしかいないということになる。きみも、シーナと同じくらい非難されるべきだ。だからこれ以上、この件に首を突っ込もうとするのはやめてくれ」

　ウィリアムには押し黙るだけの分別があった。

「お父様、まさかこの一件を水に流すつもりじゃないでしょうね！」そう叫んだのはマーガレットだ。「お父様は、わたしたちのなかでいつもシーナばかり大切にしてきたわ。でも、シーナはそんなお父様に報いようともせず、こんなしうちを――」

「もういい、マーガレット」

「よくなんてない！　今回は言わせてもらう」マーガレットは引き下がろうとしなかった。

「これ以上シーナのせいで結婚式を遅らせるつもりはないわ。お父様はずっとわたしを待たせてきた。長女のシーナに恥をかかせたくなかったからよ。でもいま、シーナはわたしたち全員に恥をかかせたも同然。婚約を破棄されたうえ、誰も今後シーナを妻にしようなんて考えなくなるはずだもの。自分の家族を裏切るのだから、平気で夫も裏切るだろうと思われて当然よね。シーナは二度と誰からも信頼されなくなる」

「おまえの結婚式は予定通りに行う」デュガルドはマーガレットに告げた。くたびれたような、悲しい声だ。きっと自分でも、シーナを非難するのが早すぎたと気づいたに違いない。でも、後悔するには遅すぎる。

そしてデュガルドはあきらめたように言葉を継いだ。「シーナをエスク塔から出ていかせる」

シーナは父親をまじまじと見つめた。わたしは追放されるのだろうか？　この家からも、家族からも遠く離れた場所へ追いやられるの？

「そんな目で見るな、シーナ」デュガルドはしわがれた声で言った。「これは当然の結末だ」

「わたしはどこへ行かされるの？」シーナは尋ねた。うまく息ができない。

「アバディーンにいるおばのところへ行け。修道院は、おまえにとってうってつけの場所だろう。頭を冷やして、自分が家族に対してしでかした間違いをじっくりと反省するといい。さあ、自分の部屋へ戻れ。おまえがここにいられるのは今日までだ。明日アバディーンへ発(た)つように」

シーナは大広間から走り去った。泣いているところを見られたくない。ありがたいことに、誰も追いかけてはこなかった。涙を拭い、ナイルの部屋へと向かう。弟はまだぐっすり眠っているらしい。シーナは一瞬扉の前で立ち止まり、弟を起こす前にどうにか考えをまとめようとした。

それからとうとう部屋に入ってベッドに腰かけ、弟に声をかけた。「ねえ、起きて。誰かがやってくる前にどうしても話しておきたいことがあるの」

姉の真剣な声に異変を感じたのだろう、ナイルはベッドの上にまっすぐ起きあがった。シーナの顔を見たとたん、何か悪いことが起きたと察知した様子だ。

「まさか警報が出された？」ナイルは尋ねた。「彼がいなくなったことに、みんなが気づいたの？」

「ええ、みんな知っているわ」シーナはみじめな気持ちで答えた。

姉の沈んだ声を聞き、ナイルは自分が責められていると勘違いしたらしい。うっかり真相をもらしてしまった。「しょうがなかったんだよ！　だってマッキノンの氏族長は、もし無理やり結婚させられたら、姉さんをひっぱたいて強姦(ごうかん)して、一生苦しめてやるって言ったんだ！」

「そんな……」シーナはあえいだ。マッキノンの氏族長は、噂(うわさ)よりもさらに非道な男だったのだ。

「彼を逃がすほかなかったんだ。だって彼はこっちの話に耳を傾けてくれなそうだったんだもの。とにかくものすごく怒っていたのは間違いない。無理強いされるのが大嫌いだって言っていた。それに、姉さんに責めるべき点が何もないことも関係ないって。マッキノンは姉さんを何度も繰り返しいたぶってやるって宣言していたんだ」

「だったら、わたしはなおさらあなたに感謝しなければいけないわね」シーナは優しい声で言った。

「感謝？　ぼくのこと、もう怒っていないの？」

「だって、わたしのためにやってくれたとわかっているもの。感謝の言葉しかないわ。だから、これからわたしが話すことを聞いても落ち込まないでほしいの。実はわたし……今回の責任をとることになったわ」

「姉さんが？　でもマクダフが――」

「彼は一晩じゅう監視されていたの。だからみんな、マッキノンを逃がしたのが彼ではないことを知っている。ウィリアムに言いくるめられたせいで、お父様はわたしに責任を負わせたの」

「でも姉さんは――」

彼女は片手をあげて弟を制した。「わたしの話を聞いて。あなたが思っている以上に、わたしは今回のことを前向きに受け止めているの。マクダフとの婚約は破棄されたから、彼と結婚する必要はない。それにあなたのおかげで、マッキノン一族へ嫁がせられることもなくなったわ」シーナは笑みを浮かべた。本当のことだ。自分を取り巻く環境がこれまでよりもよくなったように思える。「わたしは罰を受けて、ここから追放されることになる。といっても、行く先はアバディーンにいるエルミニアおば様のところなの。そんなに悪くないわ」

「姉さんは修道女になるの?」ナイルは驚いたように息をのんだ。

「お父様はそうしろとは言わなかった。だから心配しないで。おば様とはもう何年も会っていないから、きっと楽しい気分転換になるはずよ。しかも、好きでもない相手と結婚させられる心配もなくなったんだもの——少なくとも、しばらくはね。だからね、ナイル、わたしは本当に不幸せなんかじゃないのよ」

「いつかここに戻ってくる?」

「お父様はとても怒っているから、戻ってこられるとは思えない。でも、たとえ修道女にさせられたとしても、愛のない結婚をするよりましだわ」

「まさか本気じゃないよね、シーナ?」

「いいえ、本気よ。わたしたちの両親は愛のない結婚生活を送っていた。あなたは二人が一緒にいるところを一度も見たことがないからわからないと思うけれど、わたしはあの二人の姿をよく覚えている。だからわたしは、愛がなければむしろ結婚しないほうがいいと考えているの」

「ぼく、父上に話すよ」

「やめて！」シーナは鋭く言った。「もしここに残ることになっても、お父様からまた別の男性との結婚を無理強いされるだけだわ。わたしはアバディーンへ行くつもりよ。だからあなたもそれを邪魔するようなことはしないで。それと、自分のやったことを絶対に打ち明けてはだめよ。わかった？　わたしに約束してくれる？」

ナイルは渋々ながらうなずいた。

結局、弟の思い通りの結果とは違ってしまったが、もはやナイルにどうこうできる事態ではない。知らないうちにすべてが決められていたのだ。昨夜、彼はやむにやまれず行動に出た。すべて、愛する姉シーナのために。

「ぼく、いつか姉さんを訪ねるよ」

「ええ、もしお父様が許してくれたらね。いつでも大歓迎だわ」シーナはにっこりと笑ってみせた。

ナイルは突然シーナの体に抱きつくと、涙をぽろぽろと流した。「姉さん、本当に……本当にごめんなさい！」

「いいのよ、ナイル。あなたのせいじゃないわ。どうかわたしのために思い悩まないで。

わたしはアバディーンで楽しくやるつもりよ。そんな北のほうまで出かけたことが一度もないし、どんな場所なのか楽しみなの。お父様とわたしは、少なくともちょっとの間、離れたほうがいい。このエスク塔で、これからもずっとお父様と一緒に暮らしていくことはできないもの」

9

そのあと数週間、シーナはことあるごとにナイルと交わした最後の会話を思い出すことになった。故郷から八十キロほど離れたアバディーンは異国のように感じられる。いつも人でいっぱいの不潔な町だ。いつなんどき、しびんやごみ箱の中身が頭の上から降ってくるかわからない。でも交易の中心として活気があり、わくわくする町であることもたしかだ。港にはいつでも船がひっきりなしに出入りしているし、あらゆる種類の職人たちが働いている。

最初の数日間、シーナは町のあちこちを探検して回ったが、すぐにやめてしまった。もちろん、町には修道院や大学、さまざまな店があり、壮大な光景が広がっている——だがいかんせん、ハイランダーが多すぎるのだ。格好を見ればすぐにわかる。プラッドとブーツの間の脚がむき出しなのはハイランダーである証拠だ。ローランダーたちは脚をむき出しにはしない。必ずタイツか靴下を身につけ、膨らんだ膝丈のズボン（ブリーチズ）を合わせている。ローランダーの農夫たちは長ズボンを穿（は）いている。

だが威圧的なハイランダーたちの数はたかが知れているし、彼らだけならばシーナも避けることができる。ハイランダーよりも悩ましかったのが、町の隅々にいて話しかけてくるおぜいの物乞いたちだ。とにかくアバディーンには貧しい者たちがはびこっている。仕事を探している者もいれば、物乞いを生業としている者たちもいた。

シーナは毎朝、修道院にあるおばの質素な部屋をあとにし、救貧院まで歩いていく。救貧院は石造りの建物だが、いまではもうぼろぼろだ。もともとは旅に疲れたさすらい人たちの休息所として建てられた。彼らがこの町で仕事を探す間の一晩か二晩、温かい食事と清潔なベッドを提供するためだ。だがいまではすっかり朽ち果て、物乞いに汚れた部屋を提供しているのが現状だ。狭い建物ゆえベッドは十床しかない。規則により、宿泊を希望する者も一晩か二晩しか滞在が許されないが、常に新たな宿泊希望者がやってきてベッドが空くことはない。

毎日救貧院に行くことを義務づけられているわけではないが、シーナのおばであるエルミニアは一日も欠かさず顔を出している。そこに暮らす神父が食事の配給を行っているが、高齢のため、彼一人では必要とされている仕事を全部こなすことができないのだ。救貧院に宿泊した者たちは次の宿泊者のために寝具を洗濯し、食器を洗うことが求められているが、その規則は守られたためしがない。それでも伝染病の温床にならずにすんでいるのは、ひとえに毎日手入れを欠かさない修道女たちのおかげなのだ。

疲労困憊（ひろうこんぱい）しているエルミニアおばを見て、シーナは手伝いを申し出ずにはいられなかった。おばの一日は、午前中は救貧院での洗濯と掃除、続く数時間は病院での仕事、さらに救貧院に戻って必要な仕事をこなして、ようやく修道院へ戻る、という繰り返しなのだ。

おばの暮らしぶりを目の当たりにして、シーナは愕然（がくぜん）とするばかりだった。おばは五十歳近いというのに、毎日それほどの重労働をすべてこなしているのだ！　救貧院での仕事を手伝い、おばの一日の負担を少しでも軽くしてあげたいと考えて当然だろう。

シーナは若くて元気があり、どんな仕事もおばの半分の時間ですませることができた。シーナが到着する時間に救貧院には人がいないため、誰にもわずらわされずにすむのもありがたい。最近では午後になると、ひっそりとした修道院で、おばと話をしたり裁縫をしたりしながら過ごすようにしている。いまはまだ、故郷の我が家やかつての生活を恋しく思ったりすることはない。ただ弟のナイルだけは別で、会いたい気持ちが募るいっぽうだ。修道院には若くて元気のある者が一人もいない。それだけにいっそうシーナは孤独を感じていた。

一カ月が過ぎても、故郷からはなんの便りも届かない。ナイルからも父親からもだ。その間、シーナはおばから数えきれないほど新しいステッチを教わり、貧しい者たちの上着やプラッドを繕い、自分自身の服も仕立て直したり繕ったりした。正直に言えば、もう裁縫はうんざりだ。乗馬や狩りに出かけたい。初雪が降る前に泳ぎにも行きたい。シーナは冒険を――あるいは、ちょっとした楽しみを必要としていた。
ナイルはいまごろ、初めての襲撃に出かけているだろう。昔から、秋は襲撃をしかけて家畜を盗み出す（リフティング）にはちょうどいい季節だと言われている。ただし、今年はファーガソン一族がどんなに家畜を盗み出そうと、市場で売ることはまずないだろう。マッキノン一族の襲撃によってあまりに多くの家畜を失っているせいで、売却する余裕などないはずだ。

九月下旬のある朝、シーナは寝具をのせた手押し車を引いて、川沿いを歩いていた。空はひどくどんよりとしている。スコットランド特有の、いつもの曇り空ではない。大きな黒雲があちこちに垂れ込めているのは、もうすぐ嵐がやってくる前兆だ。ふと、これから洗おうとしている洗濯物が心配になった。洗濯した寝具はいつも川沿いに干して、さわやかな風に当てるようにしている。そのほうが、四方を建物で囲まれて風の通りが悪い教会の中庭よりも早く乾くのだ。もし雨が降ってきたら、洗濯物は救貧院の室内に干さなければならない。そうなると乾くのに丸一日かかってしまうだろう。
前に一度そうなったときは、宿泊希望者たちが詰めかけてくる午後遅くまで救貧院にいなければならなかった。もう二度とあの時間帯には救貧院にいたくない。痩せこけた憂鬱そうな顔も、悪臭を放つぼろぼろの服も見たくない。どうかこれから雨が降りませんようにと祈る。

急いで洗濯に取りかかったが、作業を終えるまでには、すり傷だらけの両手を何度もこする必要があった。なんてかわいそうな手。前はあんなに白くてすべすべしていたのに、いまでは赤くなり、あちこちの皮がむけ、ひりひりと痛んでいる。

「手伝おうか？」

シーナは大きく息を吸い込むと、すばやく振り返った。うしろにいたのは馬にのった若者だ。風が強く吹きつけていたせいで、彼が近づいてきたのにちっとも気づかなかった。強風のせいで若者のプラッドがはためいている。シーナの緑色のスカートもだ。

若者はハイランダーだったが、彼のプラッドの色はシーナの氏族のものとよく似ている。少し下くらいの年齢で、顔を見ているとなぜかほっとした。実際、彼はとてもハンサムだったが、安心した気分になったのはそのせいではない。この若者には、シーナをくつろがせるような何かがある。

「そんなことを申し出てくれるなんて優しいのね」彼女は含み笑いをしてからかった。「でも、ハイランドの戦士が救貧院の汚れ物を洗濯している姿なんて想像できないわ」

「きみは物乞いなのか？」振り返ったシーナを見て、若者はハトが豆鉄砲を食らったような顔をした。

彼のひどくびっくりしたような声に、シーナは思わず笑った。「ええ。だからお金をもらうために洗濯しているのよ。そんな必要もないのに、わたしがこの寝具を洗っていると思ったの？」

「いや……だがきみは物乞いのようには見えない」

「ええ、実は物乞いになったばかりなの。つらい目にあって、こうなったのがつい最近だから」

「家族はいないのか？」

「質問ばかりね。あなたと話していると時間がどんどん過ぎてしまう」厳しい声でそう言ったものの、シーナは目を輝かせていた。

同じ世代の相手とこうやって話したのは、ずいぶんと久しぶりだ。しかも相手がこれほどのハンサムならなおさらのこと。彼とこのまま話していたい。でも、もちろん向こうはそうではないだろう。

「じきに雨が降り出すわね。せっかく洗濯物を干しても濡らしそう」シーナはため息をついた。

腰をかがめて最後のシーツを絞ると、川の端にある木々にそのシーツをつるした。ふたたび振り向くと、馬からおりた若者がすぐうしろに立っていた。シーナよりもずっと背が高い。顔を見あげなければならないほどだ。

「きみは本当にきれいだ――こんな美人は見たことがない」若者の声には驚きが入り混じっている。「あの家畜小屋を通りすぎていくきみの姿を見たんだ」

「それでわたしのあとをつけてきたの？」

「ああ」

「それがあなたの趣味？　女の子のあとをつけるのが？」シーナはまたからかった。

だが若者は大まじめな顔で言った。「きみにキスしていいかな？」

だしぬけにそう言われ、シーナは面食らって鋭く答えた。「ほっぺたを張り飛ばされたいの？」

若者は笑い声をあげた。少し肩の力が抜けた様子だ。「生意気な女の子だな。きみを相手にしようとする男は一人もいないに違いない」

「それにあなたは大胆すぎて、わたし好みではないわ」シーナは言い返した。

不安がむくむくと頭をもたげている。若者の瞳に映っているのは、もはや単なる称賛の色ではない。飢えたような表情だ。

シーナは彼のそばを通りすぎようとしたが、若者は両手を突き出し、行く手をさえぎった。

「おれはまだきみを見つけたばかりだ。逃すわけにはいかない。きみは幻かもしれないが、いまここで消えさせるわけにはいかないんだ」

若者がさらに両手を広げるのを見て、シーナは警戒した。もし少しでも動こうとしたら、この男はわたしを捕まえようとするのでは？　この男は若いけれど大柄で、しかもハイランダーなのだ。

「だったら、わたしにどうしてほしいの？」シーナは若者をにらんだ。

「きみは物乞いをするには美しすぎる。おれはきみの男になって、きみの面倒を見たい」

その言葉を聞き、シーナはひどくうろたえた。でもハイランダーとは思いつきで動く生き物のはず。そうでしょう？

「そんなことを言っても無駄よ」シーナはどうにか笑みを浮かべた。「あなたはまだ少年じゃないの。どうやってわたしの面倒を見るというの？」

若者は顔をしかめた。その瞬間、彼の気まぐれで猛々しい一面を垣間見た気がして、シーナはたちまち後悔した。しまった、あざけるように笑うべきではなかった。でもいまさら後悔しても遅い。ハイランダーはあざけりを軽く受け流すようなたちではない。しかも、いま目の前にいるこの若者はひどくプライドが高そうだ。

「きみにあんなことを尋ねるべきではなかった」

若者は硬い口調で答えたが、シーナはほっとすることができずにいた。

「わかってくれてよかった」

「いいや、そうじゃない。おれは兄貴と同じようにすべきだったんだ」

不吉な物言いを聞き、シーナは心が凍りつくのを感じた。

「兄貴ならばきみを奪い去るだろう。だからおれもそうする」

若者はシーナの腕をつかむと、彼女が悲鳴をあげるのも気にせず、体をすくいあげた。いくら悲鳴をあげても、体をばたつかせても、若者はびくともしない。むしろ面白がるような目をしている。

若者は即座に行動に打って出た。シーナの体を馬の背に放りあげるや否や、その背後で馬にまたがり、両腕を彼女に巻きつけて動けないようにした。シーナをがっちり拘束して身動きさえ許さないまま、馬を走らせ、浅い川を渡り、南側の岸へと渡る。

長いスカートもブーツもすぐびしょ濡れになったが、いまのシーナはそんなことなど気にもならない。頭のなかをぐるぐると駆け巡っているのは、エルミニアおばがどれほど心配し、取り乱すかということだけだ。

わたしが忽然(こつぜん)と姿を消したら、おばはどんな行動をとるだろう？　もちろん家族に知らせるに違いない。ああ、かわいそうなナイル。弟は、わたしが逃げ出したと考えるだろうか？　それに父はどう考えるだろう？　父は娘を放り出し、アバディーンへ送った。そもそもその決断のせいで、こんな事態が起きたと言ってもいい。父はさぞ衝撃を受けるだろう！　でもそう考えても、心はちっとも慰められない。

「わたしをどこへ連れていくつもり？」強風にさらされながらも、シーナは大声で叫んだ。

「おれの家だ」

「どれくらいそこにいなければいけないの？」

「当然、永遠にだ」

なんて愚かな質問をしてしまったんだろう。ハイランダーがわたしを野良犬のように拾いっぱなしで放っておくはずがない。それにしても、わたしを永遠に囲うつもりなんて。ただのこけおどしに違いない。どうにかして自分の力でアバディーンへ戻る方法を見つけよう。もしくは、家族がわたしを見つけ出してくれるはず。

このハイランダーの思いどおりにはさせない。

10

それから二キロも進まないうちに雨がぽつぽつと降り始め、とうとう本降りになった。ひどい土砂降りだ。シーナには、この雨嵐が不吉な前兆に思えてしかたがなかった。これからの自分の運命を暗示しているような気がする。馬の背で揺られながら、嫌な予感を拭い去ることができない。

雨嵐が始まると、ハイランダーは自分のプラッドを体から外し、手渡してきた。シーナはありがたくそのプラッドを受け取り、頭からすっぽりとかぶった。

それからは、いったいどこを進んでいるのかわからなくなった。若者は嵐と競うかのように馬をひたすら駆り続けている。あっという間に何キロも進み、ようやく雨がやんで彼が馬のペースを緩めたころには、相当遠くまで移動していた。おそらく出発した場所から三十キロ以上は離れているだろう。

シーナはぐっしょりと濡れたプラッドを頭から外した。プラッドをかぶっていたにもかかわらず、激しかった雨嵐のせいで全身が濡れている。午後であることに間違いはないはずだが、あまりにあたりが暗くて、いまが何時なのかさえわからない。二人の両脇には切り立った山々があり、その山々を取り囲むように巨大な黒雲のかたまりがいくつも浮かんでいる。いま二人がいるのはちょうど二つの山脈の間にある深い谷で、馬は川のほとりを歩いていた。ここはすでにハイランドなのだ。そう気づいて、シーナは体を震わせた。しかもさらに奥へ進もうとしている。涙が出てきそうになったが、どうにかこらえた。わたしを無理やり捕らえたこの若者の前で、自分がいかに困り果て、不安な気持ちでいるかは見せたくない。

二人はゆっくりと移動していた。長旅で馬の息があがっているせいだ。シーナは振り向いて人さらいの顔を見たあと、ふたたび前方をまっすぐに見つめた。

「あなたにはわたしをこのまま拘束する権利はないわ。これを知ったら、わたしの家族はかんかんになるはずよ」

「きみはさっき、家族はいないと認めたじゃないか」若者はそっけなく答えた。

「いいえ、あなたが勝手に勘違いしたのよ」

「まあ、どのみち関係ないさ」若者は楽しげに答えた。「物乞いの家族など気にすることはないだろう。きみはこれからずっとおれのものになる——おれのものになれて、きみは運がいい」

「運がいい？」

「ああ」若者は自慢げに言った。「これからきみに美しい服を与えてあげよう。それに、その深い青色の瞳に似合う宝石もだ。きみは二度と物乞いをする必要がなくなる。むしろおれに感謝すべきだとは思わないのか?」

シーナはいらだった。「あなたはわたしを盗んだのよ」

「結婚したら、きみもおれに感謝するようになる」若者は笑い声をあげた。

「結婚?」シーナは大きくあえぎ、もう一度振り向いて彼を見た。

「ああ、もちろんだ。結婚する気もないのにこんなことをするはずがない。きみだって、おれをそれほどの恥知らずだとは思っていないだろう?」

「でも、あなたはわたしのことを何も知らないわ。それなのに、わたしと結婚したいなんて……」

「だが実際そうなんだ。きみは特別なんだよ。間違いない、おれにはわかる」

「いいえ、あなたと結婚する気はないわ。これっぽっちも!」シーナはやり場のない怒りと同時に、無力さを感じていた。何もかも、自分の手ではどうにもできないことばかりだ。

「いまはそんなふうに頑固に言い張っていても、そのうち気持ちが変わるさ」若者は自信満々に答えた。

シーナの恐れは激しい怒りに取って代わられたが、前方に石造りの巨大な城が見えてくると、ふたたび恐ろしくなった。背の高い塔のまわりに、どす黒い雲が垂れ込めている。

昼からずっと馬を走らせ、五十キロほど移動してきたはずだが、いまでは馬のペースはひどくゆっくりしたものになっている。最後に一キロほど進んだところで、ようやく山脈の間にそびえ立つ城にたどり着いた。もはや夜に近い時間だ。前方にそびえ立つハイランドの要塞は黒々として陰鬱に見える。

「あれがあなたの家？」シーナは声を震わせながら尋ねた。

「ああ」若者は誇らしげに答えた。「寒々しく見えるだろう。だがなかに入ると快適なんだ」

「でも、あんなに大きなお城だなんて」シーナは畏怖の念を覚えながら尋ねた。「あなたはここの氏族長の親戚か何かなの？」

「いや、おれは氏族長の弟なんだ」

そう聞かされても、シーナは希望を持っていいのかどうかわからなかった。氏族長ならば、わたしをすぐにアバディーンへ戻したほうがいいと判断するだろう。でも、その氏族長が弟を甘やかしている可能性もある。

「しばらくの間、きみを隠さないといけない」両脇に伸びた長い塀の中心にある巨大な門番小屋へ近づきながら、若者はぽつりと言った。彼が初めて見せた弱気な姿だ。塀の合間には等間隔で丸い塔が建てられている。

「おれがきみを連れてきたことを知られる前に、兄貴に許しを得ないといけない」

「あなたはお兄さんを恐れているの？」

「恐れる？　まさか」

若者は笑ったが、シーナは引き下がらなかった。「でもわたしと結婚するには、彼の許しが必要なんでしょう？」

「ああ」

「あなたは、お兄さんが自分の弟を物乞いと結婚させると思っているの？」不意に希望が湧いてきた。

「おれがどれだけきみを求めているかわかったら、兄貴だって許してくれるさ」

とはいえ、これまでの様子と比べると、若者はいかにも自信がなさそうだ。反対に、シーナは自信を取り戻しつつあった。

城門が開かれ、二人は広々とした中庭に馬を進めた。前方に見えるのは、両端に塔がついている堂々たる城だ。左側には三階建ての四角い建物が建てられ、二階部分に通じる外階段が二つついている。本館には両端以外にもあちこちに塔が併設され、右側には馬屋をはじめ、壁近くに小さな建物がずらりと並んでいた。

「我が家へようこそ」若者は感じよく挨拶したが、シーナは何も答えなかった。

そのとき、赤毛の少年が馬の手綱を取りに近づいてきた。「ずいぶん早く戻ったんですね、コーレン」

「ああ。兄貴はいるか？」

「広間にいらっしゃいます。ほかの人たちはどうしたんです？」

「好きにさせておいた。急いでここへ戻ってきたから、彼らを待っている時間の余裕がなかったんだ」

「どうしてそんなに急いで戻ってきたんだ、コーレン？」

今度は別の男性の声がした。いったい誰だろう？　シーナは低い声が聞こえたほうを振り返ろうとしたが、若者に視界をさえぎられてしまった。彼の全身から不安が発散している。

「きみには関係のないことだ、ブラック・ガウェイン」

「おやおや」その男性は含み笑いをした。「おまえがここへ誰かを連れ帰ったことを、兄貴は知っているのか？」

「いや、兄貴には言わないでおいてほしいんだ。頃合いを見計らって、おれから直接話すつもりだから」

若者はシーナを馬からおろすと、彼女の体を抱きかかえたまま、すぐにそこから立ち去った。そのせいで、シーナはブラック・ガウェインという男を一度も見ることができなかった。コーレンという若者のこういう傲慢さがどうにも好きになれない。

「コーレンという名前なのね？」

彼が早く体をおろしてくれればいいのに。でも自分でもわかっている。あれほど長く馬に揺られたあと、自分の足で歩くのは大変だろう。

「ああ」

「わたしをどこへ連れていくつもり？」

「おれの部屋だ。そこで過ごせばいい」

「あなたと同じ部屋でずっと過ごすつもりはないわ」シーナは硬い口調で答えた。

「心配するな、きみを困らせたりしないから。結婚するまできみに触れるつもりはない」

そう言われても、本当かどうかわからない。「あなたと一緒にはいられない。適切なことではないもの」

「でも、ほかにきみが休める場所がないんだ」若者はいらだったように答えた。「兄貴にまだ話していない以上、きみのための部屋を与えることはできない」

「だったら早くお兄さんに話して！」

シーナは抵抗しようと身をよじらせた。するとコーレンはシーナを床におろし、片方の腕を彼女の首に巻きつけ、片手で口を覆った。シーナの声を封じたまま体を引きずり、四角い建物の外階段をのぼり始める。

ブラック・ガウェインは二人の姿が見えなくなるまで目で追っていたが、やがてかぶりを振りながら大広間へ向かった。

若いコーレンが愛人を囲いたがっていても、自分には関係のないことだ。たとえその愛人が嫌がっていたとしても。ただ、どうしてコーレンが兄には秘密にしたがっているのかがわからない。氏族長は何も気にしないはずだ。氏族長自身、たくさんの女と遊んでいるのだから。

ガウェインは含み笑いをした。さて、コーレンは氏族の指導者に対して、どれくらい長く秘密を隠していられるだろう？

11

　自分がいる場所が本当はどこなのかをシーナが知ったのは、それから六日も経ったあとだった。六日間ずっとコーレンの部屋に閉じ込められていたが、その間コーレンには名前しか教えず、ほかに何を尋ねられても答えようとしなかった。それほどシーナは強情な女なのだ——それも無類の頑固者ときている。

「ねえ、それは嘘よね、コーレン。お兄さんが愛人と一緒に、自分の部屋に一日じゅうこもりっきりだなんて。食事もしないでずっと部屋にいるというの？」

「新しい愛人なんだ」コーレンは説明しようとした。「愛人が変わると、兄貴はよくそんなふうに過ごすんだよ」

「あとどれくらいこんな話を聞かされなければいけないの？　最初は〝兄貴は忙しい〟、お次は〝兄貴の姿が見当たらなかった〟、その次は〝兄貴の機嫌が悪い〟……今日はまた別の話を聞かされてる。その間、あなたからずっとこの部屋に閉じ込められたままなのよ。もうこれ以上我慢できない」

「シーナ、頼むから――」

「言い訳は聞きたくないわ。あなたに時間をあげることに同意したのは、騒ぎを起こさずにここから立ち去りたかったからよ。それなのに、あなたときたらお兄さんに話すのをずるずる引き延ばしてばかり。結局、六日間も経ってしまった」

「兄貴にはちゃんと話したよ。おれは結婚する心の準備ができたとね」コーレンは申し開きをしようとした。

「でもお兄さんに、わたしのことについては話していないわ。わたしがここにいることをね。彼にどう身を落ち着けるつもりだと尋ねられても、あなたはそれ以上何も言わなかったんでしょう?」

「兄貴はいま、そういう話に耳を傾ける気分じゃないんだ。話をするなら、兄貴の機嫌がいいときにしないと」

「だったら、わたしはあなたのお兄さんの機嫌がよくなるのをひたすら待たなければいけないの?」シーナはいったん言葉を切って続けた。「本当のことを言いましょうか? あなたはお兄さんの返事を聞くのが怖いのよ。あなたは自分で必要以上にすべてを大ごとにしている。もういまではあなたの手にあまるくらいにね。自分でそれがわからないの?」

「でもおれにとって、これは本当に大ごとなんだ」

「そうでしょうとも。だからなんだかんだと言い訳をつけて、お兄さんに話さないようにしているんだわ」

「もし兄貴から、きみとの結婚を許さないと言われたらと思うと、耐えられないんだ」コーレンは意気消沈した様子で答えた。

「もしわたしの気持ちを変えられなかったらどうするの？　そっちのほうが耐えられない、とは思わない？」シーナはやや優しい口調で尋ねた。

「女は気まぐれだから」コーレンは反論した。「ころころと心変わりをする生き物なんだ。だからきみのことは心配していない。おれが心配なのは兄貴だけだ」

「気まぐれですって？　そんな考えを誰に植えつけられたの？　いいえ、答えなくても大丈夫」シーナはそっけなく言った。「あなたの親愛なる、すてきなお兄さんよね」

コーレンは笑い出した。「兄貴がそんなふうに呼ばれるのを聞いたことは一度もない」

「彼はそんなに怖い人なの？」

「ときどきはね。マッキノンは気性が激しいことで知られているが、ジェイミーはなかでも最悪かもしれない」

「マ、マ、マッキノン？」

「ああ。それがどうした？」

シーナは顔から血の気が引いていくのがわかった。

「あなたはマッキノン一族なの？　ジェイミーは――あなたのお兄さんは、あのジェームズ・マッキノンなのね！」

コーレンは色を失ったシーナを見て、不安を感じたようだ。「何か問題でも？　おれは自分が何者か、きみに話したはずだ」

「いいえ、そんな話は一度もしてくれなかった」

「いや、話したさ。絶対に話したはずだ。なんの問題がある？」

「だって……ありえない状況だからよ！」シーナは取り乱したように笑い出した。

コーレンは面食らった。なぜ彼女は突然おかしな態度をとり始めたのだろう？　さっぱりわけがわからない。だがシーナが扉に向かおうとすると、すぐにあとを追い、彼女の腕をつかんだ。

シーナが今度は甲高い声で叫んだ。「わたしに触らないで！」

反射的にコーレンはシーナの頬を張った。あたりに響き渡ったのは鞭を打つような音だ。

シーナは一瞬呆然としたものの、目を光らせて彼をひっぱたき返した。

今度はコーレンがショックを受ける番だった。あとずさり、ぶたれた頬に片手を当てる。

「よくもこんなことを……」

「最初にわたしを叩いたのはあなたのほうよ。やられっぱなしにはならないわ。相手があなただろうと、誰であろうと」

「だがきみは……このおれをひっぱたいたんだぞ！」

「ええ、そうして当然の理由があったから。あなたはなんの理由があってわたしをひっぱたいたの？」

「頭が変になったような行動をきみがとったからだ。きみを冷静にさせようとして叩いた」

「効果はあったかもしれない」シーナはため息をついた。たしかに気持ちがすっきりとして、パニックがおさまっている。「でも、わたしの二倍も体が大きいのに、手をあげるのはひどいわ」さらにつけ加える。「それにわたしは、もうこれ以上ここにいたくない！」

「ああ、きみの言う通りだ」コーレンはすなおに認め、シーナを驚かせた。「こんなに長いこと兄貴に話すのを先延ばしにして、きみをここへ閉じ込めておいたおれが間違っていた。すまない。今夜兄貴に話すよ。約束する」

「なぜいますぐに話さないの？」

「もうすぐ出かけなければならないんだ。前の晩に奪われた馬たちを取り返しに行く」

「どこかの氏族を襲うってこと？　今日これから？」

「ああ。だが戻ったらすぐに、兄貴に話すよ」

「約束よ、コーレン」

彼はうなずき、体の向きを変えて扉のほうへ向かった。だが戸口でつと立ち止まり、突然頬をこすった。「いままで女の子に叩かれたことなど一度もなかった」

「だったら、ちょうどいい頃合いだったかもしれない。だってわたし、あなたのような頑固者には会ったことがないもの」

「おれは、きみのような勇気ある女に会ったことがない」コーレンは含み笑いをした。「マッキノン一族で、男に叩かれて叩き返すような女は一人もいない。そんなことをしたら、相手からさらに手ひどくぶたれることになる」

「あなたは自分の妻に対してもそうすべきだと考えているの？」

「まさか。おれはきみを傷つけるつもりはない」

「もちろん、そうでしょうね」彼女は皮肉たっぷりに答えた。「あなたはいつだって、すべてを自分のやりたいようにやる人だもの。これまでを見ていればわかるわ」

「おれにあと一日くれないか？　今日だけは騒ぎを起こさずにいてほしい」扉から出ていく前に、コーレンは尋ねた。

シーナはためらった。だがためらっていても、コーレンを不安にさせるだけだろう。騒ぎを起こすなんて問題外。そんな危険を冒すわけにはいかない。いったい何事だと、マッキノン一族の誰かが調べにやってくるかもしれない。もしかすると、マッキノン氏族長本人がやってくるかも……。

「今日一日だけよ。それ以上は待たないから」とうとう彼女は答えた。

コーレンはにやりとした。「暗くなるまでに戻らなかったら、きみに食事を持ってくるよう命じておく。心配しないでくれ」

コーレンが出ていくと、シーナはいま聞いたばかりの情報を頭のなかで整理しようとした。

わたしは六日間もマッキノン氏族のなかで暮らしていたのだ！　一族にとって最大の宿敵が、この扉の向こう側にも、隣の部屋にもいる。わたしのまわりの至るところに。彼らの中心に君臨しているのが、あのマッキノン氏族長だ。そう気づいた瞬間、そのことしか考えられなくなり、ベッドにへなへなと座り込んだ。まるでひどい悪夢を見ているようだった。

12

ジェームズ・マッキノンは門番と話し、大広間へ戻ってきた。弟コーレンはまだ城へ戻ってきていないようだ。氏族の男たちのことは心配していない。襲撃はきっと成功しただろう。

つい先日、ジェームズご自慢の種馬のうち一頭が盗まれた。本来なら自分で奪い返しに行くべきところなのだが、この一週間、弟のコーレンはそわそわとして落ち着きがない。だから気晴らしが必要と考え、弟を襲撃に向かわせた。

招待客がいない、ひっそりとした静かな夜だ。埋まっている長テーブルは一つしかなく、席に着いているのは、この城に仕える氏族の者たちだけだ。テーブルのまわりを使用人たちがせわしなく動きながら、食事のおかわりを盛りつけたり、エールを注いで回ったりしている。

一段高い場所にある氏族長のテーブルには、まだ何も料理が出されていない。ジェームズが着席する前に彼の食事を出すことは罪だと考えられている。というのも、ジェームズは冷めた料理が何よりも嫌いだからだ。それを知らずに冷めた料理を出した新入りの使用人は、例外なくジェームズからこっぴどく叱りつけられ、その事実を徹底的に学ばされることになる。ただし、自分に怒りの矛先を向けられない限り、その様子は見ているだけで面白い。それゆえ誰も、新入りの使用人に大切なルールを教えようとはしないのだ。

今夜、ジェームズのテーブルはがらんとしている。不機嫌そうに座っているのはジェシー・マーティンだけだ。ジェームズのせいで彼女はずっと食事を食べられず、料理が出されるのを待ち続け、不機嫌そうな様子だ。

ジェシーは、ジェームズの義理の兄ダビンのいとこであり、三週間前、ジェームズの姉ダフネやその夫ダビンと一緒にキノン城へやってきた。だが夫婦二人が去ってもジェシーはこの城から立ち去ろうとはせず、三週間かけてジェームズの愛人になりたいと粘り強く訴え、ジェームズもようやく彼女の申し出を受けることにしたばかりなのだ。

ただ、ジェームズはジェシーにもう飽き飽きしていた。だがこうして、襟ぐりが開いたベルベットのドレス姿のジェシーを改めて見てみると、認めざるをえない。愛人としてこれほどすばらしい女はほかにはいないだろう。リディアおばがあれほどジェシーを毛嫌いしてなければいいのだが。おばはジェシーを忌み嫌い、北にある塔の自室に閉じこもり、ほとんど姿を現そうとしない。おばは、ジェシーのような厚かましくて積極的な女には我慢できないのだろう。

とはいえ、男にはそういう女が必要な場合がある。特に、妻をめとる気がない男ならなおさらだ。ジェシーは男を悦ばせる方法を知っている。彼女はこれまで四回も結婚をし、結局相手とはことごとくうまくいかず、最終的にもう結婚はしないとはっきり宣言しているのだ。ただ、それが本気の発言かどうか、ジェームズにはわからない。結婚にあこがれを抱かない女に会ったことが一度もないからだ。でも、もしジェシーが心ひそかにおれとの結婚を望んでいるとすれば、彼女は最終的に落胆することになるだろう。

「ようやく食事にありつけるのかしら？」ジェームズが席に着くなり、ジェシーは不機嫌そうに尋ねた。

ジェームズは彼女の皮肉っぽい口ぶりなど気にせず、そっけなく答えた。「ああ、おれがこうしてここに座った以上、すぐに使用人たちが運んでくるだろう。だがきみはおれを待つ必要なんてどこにもないんだ」

「でもあなたが席に着くまで、使用人たちはこのテーブルに食事を運ぼうともしないのよ」ジェシーは辛辣な口調で言ったが、ジェームズの次の言葉を聞いてすぐ後悔する羽目になった。

「一段低い臣下たちのテーブルにも、まだ空きがじゅうぶんにある。すでに食事もたっぷり出されているぞ」

こうして氏族長のテーブルに座って食事をするのは特権そのものだということを、ジェームズはジェシーに思い出させたのだ。

　ジェームズはときにこんなふうに手厳しく、扱いづらいことがある、とジェシーは考えた。それでも彼女はジェームズ・マッキノンを心から求めていた。これほどハンサムな男性にはお目にかかったことがない。しかも金持ちで、氏族長という立場でもある。彼は自分が望むすべてを兼ね備えている男なのだ。いとこであるダビンの結婚式で初めてジェームズを見かけたときにそう気づかされ、それからというもの、うるさくせがんだり、懇願したり、おだてたりしながら、キノン城へ連れていってほしいとダビンに訴え続けてきた。三年かけてようやく彼を同意させ、とうとう念願だったこの城へやってこられたのだ。もうここから絶対に立ち去るつもりはない。

「あら、わたしのことは気にしないで」ジェシーは甘い笑みを浮かべた。「おなかが減るとつい不機嫌になるの。でももう二度とあなたに当たったりしないわ」

　だが、そんな言葉でごまかされるジェームズではない。「きみのその言葉が本当であることを願うよ。この際ここではっきり言っておくが、おれは気難しい女が大嫌いなんだ。言い争いをしたり、がみがみ小言を言ったりする女はごめんだ。女とのそういったくだらない言い争いには我慢ならないし、今後も我慢する気はない。きみはたしかに美人だ。おれとベッドをともにする限り、きみの面倒は見るつもりだが、ベッド以外の場所でおれを束縛することは許さない。そう肝に銘じておいてくれ」

「ええ、わかっているわ。あなたを怒らせるつもりはなかったの」ジェシーはジェームズを安心させ、すばやく話題を変えようとした。「ほら見て。女の子がやってきたわ。きっとわたしたちの……」

ところがジェシーは最後まで言いきることができなかった。食事をのせた大皿を持って厨房（ちゅうぼう）から出てきた少女ドリスは、大広間の端までまっすぐ歩き、寝室のほうへ向かったからだ。彼女が目指しているのが氏族長のテーブルではないのは明らかだった。ドリスが大広間の端にあるアーチ型をした入り口を通り抜けるのを見て、ジェームズはにわかに興味をかき立てられ、腰を浮かせた。

「ねえ、今度はどこに行くつもり？」先ほど謝ったのもすぐに忘れて、ジェシーはいらだったように尋ねた。

ジェームズは答えようとしなかった。ちょうどテーブルを離れようとしたとき、別の使用人ガーティーが彼の食事を持ってやってきた。

「ガーティー」ジェームズは彼女を呼び止めてにやりとした。「おれがテーブルに着いていなくても、そのまま給仕を続けるんだ。ジェシーに食事を出してやれ。どうやら腹が空（す）きすぎて気を失いそうになっているらしい」

年をとった使用人は氏族長を見あげ、目を輝かせながらおごそかに答えた。「かしこまりました、サー・ジェイミー。わたしどももそうなってほしくありませんので」

「ところでドリスはどこへ向かった？」

「ドリスですか？　わたしにはわかりません。ただ、あなたの弟君から、もし暗くなるまでに戻らなければある仕事をしてくれと頼まれたのだと申しておりました」

「ということは、あいつはいま戻ったばかりなんだろうか？」

ジェームズはドリスのあとを追いかけ、石造りの階段を二階まであがった。彼自身の寝室は建物の片翼にあり、反対側には客人用の、より小さな寝室が二部屋ある。でもドリスはそこでは立ち止まらず、廊下の端までまっすぐ歩き、今度は最上階に通じる階段をのぼり始めた。三階にある四つの部屋の一つがコーレンの寝室だ。

「ドリス！」

少女は角を曲がったところから頭を突き出し、三階へ通じる入り口のそばに掲げられたたいまつのところで止まった。

「その食事をどこへ持っていくんだ？」ジェームズはドリスに追いつくと尋ねた。「三階に病人がいるという報告は聞いていない」

「はい、彼女は病気ではないと思います」

「彼女？」

「コーレン様がご自分のお部屋に泊まらせている若い女性です」ドリスは説明した。慎重に言葉を選んでいる様子だが、氏族長に隠し事をするわけにはいかない。

「あいつが部屋に女を泊まらせている？　いったい何者だ？」

「存じあげません、サー・ジェイミー。その女性の姿を見たことがないんです。でもとても奇妙なんです。コーレン様はわたしに、食事を部屋に運んだら必ず外から鍵をかけるようにと念押しされていました。どうしてそのかわいそうな女性は閉じ込められているのでしょう？　正しいことには思えません」

「本当になぜだろうな？」ジェームズは笑みを浮かべた。「さあ、そのトレイを渡してくれ。おれがその女に食事をとらせ、何かできることがないか様子を見てくる」

トレイを運びながら、ジェームズはにんまりとした。ということは、弟は愛人を作ったのだ！　その女のすべてを自分のものにしたいと考えているのだろう。ここ最近、弟の様子がおかしかったのも無理はない。おそらくコーレンは初恋をしたのだ。おれもコーレンくらいの年ごろには、同じように初恋の相手に夢中になった。いまでもよく覚えている。だが熱に浮かされたような時期が過ぎ去ると、二度とそんなふうに夢中になることはなくなった。いま、ああいった胸のときめきを体験しているコーレンのことが羨ましいくらいだ。弟はそれが本当の愛だと信じきっているのだろう。でもある程度時間が経てば、すべては幻想だったと気づくはずだ。

たしかにコーレンの寝室の扉には鍵がかけられていた。ジェームズはにやりとしながら、かんぬきを引き抜き、扉を開いた。部屋のなかは薄暗い。廊下に掲げられたたいまつの明かりがわずかに部屋に差し込んでいるだけだ。

ジェームズは目をすがめた。「おい、娘、どこにいる?」

「ここよ」凛(りん)とした声が聞こえた。

ジェームズは声のしたほうを見たが、依然として女の姿は見えない。顔をしかめながら言葉を継いだ。「この城にはろうそくがたくさんある。コーレンが暗闇に隠し続けなければならないほどきみは醜い女なのか?」

「ろうそくならテーブルの上にあるわ」

「だったら、なぜ使わない?」

「なんのために?」女はそっけなく尋ねた。「この部屋で、ろうそくをつけてすべきことなんて何もないのに」

ジェームズは低く含み笑いをした。どうやら、コーレンはめったにいないたちの女を見つけ出したらしい。男の欲望すべてを満たしてくれる女を。

彼はベッドのほうへ歩み寄った。いまでは目が暗さに慣れて、ベッドの端に座っている女の姿が見えている。とりあえずテーブルに食べ物をのせたトレイを置いた。

「食事を持ってくるのは女の子だと聞いていたけれど、あなたは女の子じゃないのね」女は警戒するように言った。

ジェームズは何も答えないまま、テーブルに置いてあったろうそくを見つけ出し、火をつけた。ろうそくの明るい炎で室内の様子が照らし出されるまで、そう長くはかからなかった。

「さあ、娘、おまえに……」

振り向いて女を正面から見た瞬間、ジェームズは言葉を失った。いま目にしているものが現実とは思えない。現実であるはずがない。繊細そうな楕円形（だえんけい）の顔の輪郭、驚くほど明るいブルーをしたつぶらな瞳、赤紫色に近い豊かな巻き毛。どこか見覚えがある。かつて夢に出てきたことがある女だろうか？

女は好奇心むき出しでジェームズをじっと見つめたままだ。熱心なまなざしにさらされ、ジェームは負けじと背筋を伸ばした。だが何も話すことができない。もし一言でも言葉を発すれば、彼女の姿が忽然（こつぜん）と消えるかもしれない。そう、これはあの幻だ。峡谷の池で水浴びをしていた水の妖精（ケルピー）……。時が経つにつれ、彼女の姿は記憶から薄れていったが、かつて感じた鮮烈な気持ちはいまもそのままだ。

沈黙が続くなか、女はにっこりと笑みを浮かべた。たちまち心臓が止まりそうになる。なんと愛らしい笑顔だろう。すると彼女はくすくすと笑い始めた。

「わたしの姿を見て、男の人たちが振り向くのには慣れているわ」彼女は面白そうに言い、瞳をいたずらっぽく光らせた。「でも、無言のままそんなに見つめられたのは初めてよ。なんだかいい気分」

ほかの女が相手なら、こんなふうにからかわれたことに気を悪くしていただろう。だがこの幻は特別だ。彼女がこんなふうに笑ってくれたのが嬉しい。だから何も気にならなかった。

「おれだって……こんなふうに言葉を完全に失ったことなど一度もない。だがいま、それがどんな状態なのかようやくわかったよ。さあ、教えてくれ。きみはいったい何者なんだ？」

「教えられないわ」

「なぜだ？」

彼女は可愛らしく肩をすくめると、顔を背けた。「コーレンにも何も話していないんだもの。どうしてあなたに話さなければいけないの？」そう小生意気に答えると、トレイに手を伸ばし、シュガーロールを一つ手に取った。

「それはきみがマッキノン一族の人間ではないからか？」

「そんなことがあってたまるものですか」

ジェームズは眉をひそめた。「きみはどこの出身なんだ？」

「あの若者と出会ったのはアバディーンよ」

「だったら家はアバディーンにあるのか？」

彼女はすっと目を細めた。「わたしにはもう家と呼べる場所がないの。でも、あなたはいったい誰なの？　なぜわたしのことをそんなに次々と尋ねてくるの？」

「コーレンからおれの話を聞いていないのか？」

「彼から聞いたのはお兄さんの話だけ。それ以外の人の話は聞いていないわ」

「おれがコーレンの兄だ」ジェームズは手短に答えた。

今度口ごもるのは彼女の番だった。「それなら……あなたが……」

彼女が突然慌てた様子でベッドの上をはい、追い詰められたように壁に背中を押し当てるのを見て、ジェームズは驚いた。彼女は完全に縮こまっている。石造りの壁の向こう側へ姿を消そうとしているかのようだ。

「いったいどうした？」

彼女の瞳に恐怖の色が宿った。

「質問に答えないというのか？」ジェームズは鋭く尋ねた。

「ここで何を？」背後から声がした。

ジェームズが振り返ると、寝室にコーレンが入ってきた。女性は目にもとまらぬ速さで部屋を横切り、コーレンの腕のなかへ飛び込んだ。

ジェームズは突然嫉妬心に駆られた。前から捜し求めていた幻の女性が、いま目の前にいる。数えきれないほど夢見た女性が弟の腕のなかに抱かれている。先に彼女を見つけたのはコーレンだった。

「この女性に何をした？」コーレンは怒ったように尋ねた。

「何をしただと？」ジェームズは怒りを爆発させた。「おれは何もしていない。ただここに立って、彼女と話をしていただけだ。だがおれが何者かわかったとたん、彼女は目の前にいる相手が悪魔であるかのように態度を変えた。いったいなぜだ？　その理由を知りたい」

コーレンは混乱したように眉をひそめた。「シーナ？」質問しようとしたが、彼女はコーレンにしがみつき、何も話せる様子ではない。

「どうなんだ？」ジェームズは一歩も引こうとしなかった。

「兄貴、よしてくれ」コーレンは言った。「彼女が怖がっているのがわからないのか？」

「このままにはしておけない」ジェームズは低くうなった。「彼女が何者か、それになぜおまえが彼女を自分の部屋に閉じ込める必要があったのか、どうしても知りたいんだ」

「ジェイミー、彼女はかわいそうな娘なんだ。家もなく、家族もいない。アバディーンにある救貧院で寝泊まりしていたんだ」

「ということは物乞いなんだな。それで、なぜおまえは彼女を自分の部屋に？」

「いまはそういう話をすべきときじゃ――痛っ！」

シーナはコーレンをつねり、彼から体を引きはがした。「コーレン、彼にすべて話して。いますぐに」

「ほう、やっと口が利けるようになったんだな」

シーナは体の向きを変えてジェームズのほうを見たものの、あとずさりした。ジェームズ・マッキノンと面と向かって話す勇気が出ない。彼についていろいろな噂を聞いているからなおさらだ。

もしこれほどおびえていなければ、ジェームズが弟とそっくりなことにすぐ気づいただろう。コーレンの髪が赤みがかったオレンジ色で、ジェームズは黄色がかった金色であるものの、よく見ると二人は似ていた。マッキノン氏族長は予想以上に若く、しかもハンサムだ。どう見ても残酷なしうちをするような顔つきではない。この男性が本当にわたしが恐れていた宿敵なのだろうか？　いままでずっと心に描いてきた、野蛮きわまりないマッキノンの氏族長のイメージとはまるでかけ離れている。

ジェームズはため息をつくと、ベッドにどっかりと腰をおろした。「なあ、コーレン。堪忍袋の緒がもう切れそうだ。だから最後にもう一度だけ尋ねる。ここでいったい何が起きているんだ？」

コーレンは大きく息を吸い込み、だしぬけに言った。「彼女と結婚したいんだ」

「結婚だと？」ジェームズは笑い声をあげた。「おまえはすでに彼女を自分のものにしているじゃないか。なぜわざわざ結婚なんかするんだ？」

この氏族長は、二人がすでに男女の関係にあると勝手に思い込んでいる。それがわかり、シーナは真っ赤になった。なんて傲慢な考え方だろう。まさしく、わたしが想像していたハイランダーそのものの姿だ。

コーレンは眉を思いきりひそめた。「彼女を侮辱するのは許さない。兄貴が考えているようなことは何もないんだ」

「結婚するというのは、彼女の希望なんだろう？」

「いや、彼女はまだ心を決めていない。結婚を望んでいるのはおれのほうだ」

「コーレン」シーナはもっと詳しく説明するよう警告した。

「わかったよ！」コーレンは怒ったようにぴしゃりと答えた。「彼女は、おれとは結婚しないと言っている」

「だがおまえと一緒にここへやってきたじゃないか？」

コーレンは視線を落とした。「おれが……彼女をさらってきたんだ」

ジェームズはベッドから転げ落ちるいきおいで、朗らかな笑い声をあげた。「コーレン、おまえはどうしようもない奴だな。知らないのか？　この世の中、結婚を望んでいる女なんてうじゃうじゃいる。それなのに、わざわざ結婚を望んでいない女を無理やり連れ帰ることはないだろう？」

「シーナみたいな女はほかにいないんだ」

ジェームズはひそかに納得した。たしかにこんな女はほかにはいない。それだけに、彼女がコーレンと結婚したがっていないと知り、どこかほっとしている。

「実にややこしい事態だ」ジェームズは考え込むように言った。「コーレン、おまえが大まじめなのはわかっている。だがおれは、おまえの望みだけを考えるわけにはいかない。おまえはこの娘を誘拐してきたのだから」

「でも、もし彼女がその気になったら、兄貴もこの結婚を祝福してくれるだろう?」コーレンは言い張った。

ジェームズはシーナという名の女性をじっと見つめた。自分にとって特別なこの女性が、自分の弟と結婚する姿を見ることに耐えられるだろうか? いままで頭に描いてきた幻が、生身の肉体となって現れたというのに。とはいえ、二人の望みよりもおれ自身の望みを優先させることなど、どうしてできるだろう?

これ以上ないほど大きな失望を感じながらも、ジェームズはどうにか答えた。「ああ。もし彼女が望むならば、おまえたちの結婚を祝福しよう。だが、その娘の言い分も聞いておきたい。シーナといったな?」彼女がうなずくのを見て、ジェームズは尋ねた。「きみはおれの弟との結婚を望んでいるのか?」

恐れのあまり、シーナは首を左右に振ることしかできなかった。このまま何も話さなければ、目の前にいる氏族長を怒らせるだけだというのは百も承知だ。でも、どうしても直接言葉を交わす気になれない。

「きみが声を出せるのはわかっている」ジェームズはそう言いながらも、自分の忍耐強さに驚いていた。「もしおれの弟と結婚したくないならば、きみがどうしたいのか、きちんと話さなければならない。そうでないなら、おれもきみを助けることができない」

ここはもう口を開くしかないだろう。シーナはつばで喉を潤したが、ささやくような声しか出せなかった。「わたしは……わたしはここから出たいの」

「どこへ行くつもりだ？」

「アバディーンへ戻りたい」

「兄貴、彼女の話を聞いちゃだめだ」コーレンが慌てたように口を挟んできた。「アバディーンに戻っても、彼女には誰一人知り合いがいない。また物乞いをしてどうにか暮らしていくしかないんだ」

「弟よ、それならおまえはどうしたいんだ？　この娘を無理やりおまえと結婚させることはできないぞ」

「ああ、わかってるさ。だが彼女はここで暮らすことができる。そっちのほうが暮らしは楽になるはずだ」

「そうかもしれない」ジェームズは慎重に答えた。

そのやりとりを聞き、シーナは大きく息をのんだ。つまりコーレンは、わたしをこのまま この城にとどまらせ、時間をかけて振り向かせる計画を立てているのだ。でも、ここに残る気なんてこれっぽっちもない。それなのに、彼らはわたしをここに拘束し続けるつもりなのだろうか？

心配が膨れあがるあまり、シーナは大胆にも尋ねた。「コーレン、なぜわたしをそんなにそばに置いておきたいの？　お兄さんの前で本当の気持ちを話して」

コーレンは振り返り、シーナのほうを向いた。「あんなごみごみした場所で、守ってくれる者も誰一人いないのに、きみが一人ぼっちでやっていくと思うだけで耐えられないんだ。アバディーンにあのままいたら、きみの身に何が起きるかわからない」

「わたしの身に何が起きるかはわたしの問題であって、あなたの問題じゃない」シーナはコーレンに思い出させるように言った。ただ、ジェームズからじっと見られているのに気づくと、彼女はうろたえ、口ごもった。「あ……あなたの弟さんは、もしここにとどまらせれば気持ちが変わるに違いないと考えている。コーレンがわたしをここに残らせたがっている本当の理由はそれだわ」

「ああ、ありえるな」

「でも、そんなことは起こらない」シーナは意見を変えようとはしなかった。「だって、わたしは自分より年下の人間と結婚するつもりがないの。特に、ハイランダーとは絶対に結婚しない」

そう言いきった瞬間、遅まきながら気づいた。いまわたしは、この二人を侮辱したも同然だ。

　だがジェームズは笑い声をあげ、いたずらっぽい笑みを浮かべた。「コーレン、どうやらおまえはここにローランダーを連れてきたようだな」

「そんなの気にするもんか」

「だが、彼女は大いに気にしている」ジェームズはまたしても含み笑いをした。「ローランダーは、おれたちとはまるで異なる人間なんだ。なあ、コーレン、おまえは知らないのか？　彼らはおれたち全員のことを野蛮人だと見なしているんだぞ」

「もし彼女がここに残れば、そうでないことがわかるさ」

「ああ、そうだな」

　シーナはいらだち、腰に手を当てた。「わたしはここにずっといるつもりなんてない。だから、そうわからせることも不可能よ」

　自分に何ができて何ができないかを他者から指摘されるのが、ジェームズは好きではなかった。たとえ、相手が魅力的なこの女性であっても。

「生意気な小娘だな。おれはきみと言い争うつもりはない！」恐怖に目を見開いたシーナがあとずさりするのを見て、さらにいらだちをかき立てられ、ジェームズは怒りの視線を弟に向けた。「もうこんな話し合いはうんざりだ。彼女が震えることなくおれと話せる心の準備ができたら、この問題に決着をつけよう」

ジェームズが大股で部屋から出ていくと、シーナは椅子に崩れ落ち、コーレンに尋ねた。

「いまのはどういう意味？　彼はどうしたいの？」

コーレンはにやりとした。望み通りの展開になったからだ。「きみがここにとどまるってことだよ」

「そんなつもりは――」

「いや、きみはここに残ることになる。兄貴が許すまで、誰もきみをアバディーンに戻すことはできない。しかもきみから納得できる理由を聞かせられない限り、兄貴がきみをアバディーンへ戻すこともないはずだ」

「だったら、自力でここから立ち去るまでだわ」

コーレンは含み笑いを消そうとしないまま、かぶりを振った。「きみをあの場所に戻せる者はおれしかいない。そのときはちゃんと連れ戻すと約束する」シーナから鋭く一瞥されると、彼はにやりとした。「なあ、シーナ。この事態を招いたのはきみ自身だ。なぜ兄貴をあんなに怖がったんだ？　兄貴はおびえているきみを見て面白くなかったに違いない」

「あなたも聞いていたでしょう？　彼はわたしを怒鳴りつけたのよ」

「ああ。兄貴が怒鳴ったのは当然だ。きみは兄貴に言ってはならないことを言ったんだから。兄貴に何ができて、何ができないかなんて、口が裂けても言うべきじゃなかった。兄貴はここの氏族長だ。なんでも自分の思い通りにできる立場なんだよ」

「そんなことはわたしには関係ないもの」

「だったら兄貴にそう言えばいい――もしそんな勇気があればね。でも、兄貴の怒りの矛先がきみに向けられたら、おれもきみを助けることはできない」

シーナは焦った。一刻も早くここから逃げ出す必要がある。でも、そのためにはもう一度、あのマッキノン氏族長と顔を合わせなければならない。悪魔から逃げるために悪魔本人と向き合わなければならないなんて。ああ、神様、どうかわたしに勇気を与えてください。

「もう一度あなたのお兄さんに会うわ――いますぐに」

コーレンは口ごもり、視線を落とした。「やはりきみには教えておくのが筋だろう。兄貴は問題を未解決のままにしておくような男じゃない。ただし怒りを募らせていると、公正な決定が下せなくなる。そういう男なんだ。どういうわけか、きみが自分を怖がっているのを見て、兄貴はいらだちを募らせている。もしいま無理やり答えを決めさせようとしたら、きみが満足できるような決定は下されないだろう」

「つまり、あなたのお兄さんは腹いせにわたしをここへとどまらせようとしたということ？」

「その可能性は高いな。だがとりあえず、ここで運試しをしたいと言うなら止めないよ」

「なんだか面白がっているみたい」シーナは不満もあらわに言った。「ああ、わたしはいったいどうすればいいの？」

「そんなに深刻にならないで、シーナ。ここにいればきみに危害が及ぶこともない。それにもう、おれはきみの存在を隠す必要がなくなったんだ。だから明日は、きみの新しい家をくまなく案内してあげるよ」

13

翌朝、時は慌ただしく過ぎ去ったものの、ジェームズは大広間でぐずぐずしていた。臣下たちのほとんどは食事を終え、すでに仕事に出かけている。大広間に残っているのは、ジェームズのお供の者たち二、三人だけだ。彼らは氏族長が腰をあげるのを待ちながら、一段低いテーブルで朝食を食べている使用人たちと冗談を言い合っている。彼らにしてみれば予想外の穏やかな時間と言っていい。誰も、氏族長がなかなか大広間から立ち去ろうとしない理由を考えたりはしていない。

だがジェームズ本人は、その理由を自分に問いかけていた。こんな遅い時間まで大広間でうろうろしているのは、どう考えても自分らしくない。たとえ差し迫った問題がなかったとしてもだ。このままだと午前の時間を無駄に過ごすことになるだろう。だが彼はテーブルに座ったまま、ひたすら待ち続けていた。本来ならば自分の領地を巡るべきなのだろう。地代は収税吏によって全額集金されてはいるものの、一年のこの時期は、領地に暮らす小作人や労働者たちを自ら訪ね、地代を不当に搾取されている者がいないか確認することにしているのだ。だが今日は、やるべき仕事を何一つこなしていない。

　こうして氏族長のテーブルに座り、待ち続けているのは、一日でいいから愛らしいシーナの姿を見たいせいだ。しかし、そんな理由をほかの誰かに打ち明けるつもりはさらさらない。運のいいことにジェシーは大広間にいなかった。彼女は正午になるまで姿を現さないのだ。

　ジェシーのことはほとんど頭から消えていた。ジェームズの心を独占しているのはもう一人の女性だ。昨日の夕方、シーナの前から立ち去って以来、ずっとこんな状態が続いている。シーナのせいで、昨夜はジェシーをこれっぽっちもほしいとは思えなかったうえ、ベッドに横になってからもずっと眠れずにいた。寂寥感に襲われながら、シーナをあれほど怖がらせるようなことを何かしでかしたのだろうかと、あれこれ考えずにはいられなかったのだ。彼女がこの自分をあんなに恐れているのがどうにも我慢ならない。

　おれが望んでいるのは、弟コーレンが望んでいるのとまったく同じことだ。あの娘にはおれたちと一緒に、ずっとここにいてほしい。どうすれば彼女をとどまらせておけるだろう？　無理やり滞在させることはたやすい。おれにはその力がある。でもそんなことをすれば、シーナはおれを忌み嫌うようになるだろう。彼女によく思われたいと考えているのが我ながら驚きだった。

　いまはただ、一目でいいからシーナの姿を見たい。先ほどから大広間の隅から隅へ、さらにはアーチ型をした入り口へと視線を落ち着きなく走らせている。いったい彼女は何をためらっているのだろう？　間違いなくおれと話したがっているはずだ。自分をここへ残すかどうかに関して、おれがどんな意見なのか知りたいはずなのだが――ジェームズはため息をついた。ただ、シーナの要求はもっともだ。コーレンがしでかしたことを考えれば、アバディーンに戻してほしいと彼女が要求しているのは当然だろう。

なんだか、こうして何もせずにテーブルに座っているのがばかばかしく思えてきた。臣下たちも使用人たちも、いったい氏族長はどうしたのだろうと考え始めているに違いない。だがそのとき、大広間の反対側からようやくコーレンが姿を現した。待っていたかいがあったというものだ。弟の背後からスカートの衣擦（きぬず）れの音がし、美しいシーナが入ってくるのが見えたとたん、たちまち脈拍が跳ねあがった。

コーレンはシーナの手を握り、そっとではあるが彼女を無理に引きずっているように見える。シーナが周囲に目を走らせているのを見て、ジェームズは突然誇らしい気分になった。初めてここを訪れた者にとって、この大広間はさぞ立派に見えるだろう。腰の高さまである羽目板張りの壁と、とりどりに彩色された天井はおよそ城らしくなく、この塔ならではのご自慢だ。背の低いテーブルのそばには詰め物入りの長椅子が置かれている。氏族長のテーブルにはダマスク織りの布張りがされたイングランド製の椅子が置かれ、テーブルの上には銀器と白鑞（ピューター）製の食器が並べられ、生木のテーブルの上にはオランダリネンのクロスがかけられている。大きな暖炉の前には分厚いペルシャ絨毯も敷かれ、くつろげるよう椅子が数脚配置されていた。ジェームズはその椅子に座って、夜をゆったりと過ごすのがお気に入りだ。とにかく、この大広間のありとあらゆるものが一級品だ。そのことに改めて気づき、ジェームズはたいそういい気分になった。

だが、せっかくの上機嫌も長くは続かなかった。シーナがジェームズの姿に気づいたとたん、急に立ち止まり、コーレンの手を振りきって、もと来た道を戻ろうとしたのだ。コーレンが慌てて彼女のあとを追い、どうにか引き止めて体の向きを変えさせたが、抑えた声の言い争いが始まった。コーレンがふたたびシーナの手を取ろうとしたが、彼女はコーレンを押しやり、〝嫌よ〟と叫んでいる。その場にいる誰にも聞こえる大声だ。

コーレンはさぞ困惑しているだろう。ジェームズにはそれが痛いほどよくわかった。いまや、弟とシーナは大広間にいる全員の注目を一身に集めている。しかもみんな押し黙ったままだ。これほど長い沈黙が続いているのは、もちろん、誰をも魅了してしまうシーナの類いまれな美貌のせいにほかならない。

しかしシーナは周囲の注目を集めていることにまるで気づいていないようだ。コーレンが首を振ってため息をついた隙に彼からすばやく離れ、手近にあった架台式テーブルの一番端へ向かった。そして腰をおろすと、誰も彼も無視したまま、テーブルに残されていた料理を食べ始めた。

コーレンは怒ったように一段高くなった壇上へあがると、氏族長のテーブルへ着いた。ジェームズはしばし無言のまま、弟が隣の席に座り、部屋の向こう側にいるシーナをにらみつけるのを見守った。テーブルの上にはじゅうぶんな料理が残されていたが、コーレンは自分の皿に料理を盛りつけようともしない。ようやく一段下のあちこちからほかの者たちの話し声が聞こえ出したが、それでもコーレンはむっつりと押し黙ったままだ。

ジェームズはため息をつき、とうとう口を開いた。「いったいなんの騒ぎだ？」

「彼女は、おれに嘘をつかれたと誤解している」コーレンは鋭い口調で答えた。

弟は兄と目を合わせようともしない。だからジェームズも、コーレンの視線の先を追うことにした。何よりも見たいと思っていた女性の姿がそこにある。

「おまえは嘘をついたのか？」

「いいや」

「だが、なぜ彼女はおまえを信じようとしない？」

「兄貴がここにいるのに、おれを信じるわけがないだろう？」

ジェームズは視線を弟に戻した。「おれになんの関係があるんだ？」

コーレンは体をよじらせ、依然として視線を合わせようとしない。

ジェームズは好奇心がむくむくと頭をもたげるのを感じた。「どうなんだ？」

「彼女はここにおりてくるのを嫌がったんだ。兄貴はもう大広間にはいないからとおれが説得して、ようやくここにやってきた。説得するまでシーナは南の塔に閉じこもり、いくらなだめても扉を開けようとはしなくて――」

ジェームズは眉をひそめた。「彼女を南の塔に連れていったのか?」

「ああ」

「なぜだ?」

コーレンはようやく兄のほうを向くと、目を合わせてきた。ジェームズと同じく瞳を曇らせている。「兄貴が何を勘ぐっているかはわかるけど、おれは面白くないよ。言っただろう? おれはあの娘にはまだ何もしていないし、彼女をおれの妻にするまで手は出さないつもりだ。彼女が処女かは知らない。あえて尋ねようとも思わない。シーナが処女かどうかなんて、おれにはどうでもいいことなんだ」

ジェームズは弟に対して特に謝りはしなかった。ただ話を聞いてほっとしたのはたしかだった。

「だがおまえは自分の寝室にずっと彼女を閉じ込めていた。もうそういう関係だと考えるのが普通だろう?」

「でもおれは、ベッド以外でも眠れるたちなんだ」

「わかった。だったらなぜ彼女を南の塔へ移した?」

「シーナがおれの寝室にいるのを嫌がったんだ。適切なことじゃないと考えているし、おれも彼女は正しいと思う」

「でも、どうしてあの塔へ？　彼女を泊まらせるための部屋は、ほかにいくらでもあるじゃないか」

「シーナが内側から鍵のかけられる部屋がいいと言ったからだ。そうなると、南の塔にある母上の部屋しかない」

　その返事を聞いてジェームズの機嫌は上向いたが、弟の前ではそんなそぶりを見せないよう自分を戒めた。実際、南の塔にあるその部屋は、内側から鍵がかけられるただ一つの部屋なのだ。ジェームズたちの母親は夫ロビーと言い争いになると、いつもその部屋へ閉じこもっていた。母の命令で内側から鍵をかけられるようにしていたせいで、いつでも父を閉め出して困らせることができたからだ。南の塔にある部屋を母が占領したとわかると、城じゅうのみんなが面白がっていたものだ。そしていま、今度は別の女性がその部屋に籠城（ろうじょう）しているというわけだ。

「おまえはさっき、いくらなだめてもあの娘は扉を開けなかったと言っていたな。それはどうしてだ？　彼女はおまえとの結婚は望んでいないが、おまえのことは気に入っている様子なのに」

　コーレンはふたたびシーナのほうを見た。「この大広間に案内しようと思ったんだが、彼女が行きたくないと言い張ったんだ。シーナは……兄貴に会うのを恐れている」

ジェームズはさらに眉をひそめた。「なぜだ？」

「おれにも彼女が兄貴を怖がる理由がわからない。シーナは、おれの知っているどんな女よりも勇気がある。だが突然わけのわからない恐怖にとらわれるときもあるんだ――たとえば昨夜みたいに。けさだって何時間もシーナをなだめすかして、ようやく南の塔からこの大広間にやってこさせたんだ。兄貴と顔を合わせることは絶対にないと誓ったら、ようやく大広間へ行くことに同意してくれた。ところがここへ来てみたら、まだ兄貴がいるじゃないか。どうして今日に限って……」

「そんなの、どうだっていいだろう」ジェームズは怒りを募らせ、短く答えた。「あの娘はここを出ていきたいのか、出ていきたくないのか？」

「出ていきたがっている」

「そうだろうな。だったら、彼女がおれを避けようとする理由がわからない。もしここから出ていきたいならば、彼女はこのおれと話す必要があるのだから」

「ああ、シーナもそれはわかっている。それで、兄貴の心は決まったのか？」

「彼女をここへ連れてこい」

「いま？」コーレンは顔をしかめた。

「ああ、いますぐにだ」

「でも兄貴は怒っているじゃないか。シーナが兄貴の機嫌を損ねたからという理由だけで、彼女を追い出すのはやめてくれよ」

　ジェームズは椅子の背にもたれ、ため息をついた。「あの娘から悪魔みたいに恐れられているせいで、腹を立てているのはたしかだ。おれは彼女を怖がらせるようなことを何一つしていないからな。だが、それを理由にあの娘を追い払おうとは思わない。おまえの言い分はちゃんと聞いた。だから今度は彼女の言い分を聞こうと思う」

「でもシーナは一文なしなんだ。生計を立てる手段もない。もし兄貴に良心があるなら、彼女を物乞いの生活に逆戻りさせるなんてできないはずだ」

「だが、もしここにとどまっても、彼女がおまえと結婚する保証はないぞ」

「わかっているさ。でも、たとえシーナがほかの奴と結婚したとしても、それでもここにとどまらせたほうがいいと思うんだ。アバディーンの薄汚い通りでどこかの悪者どもの餌食になるよりはましだから。あんな危険な町に一人で暮らすには、彼女は美しすぎる」

「そう聞いて安心した。おまえが傷つく姿は見たくないからな」ジェームズは考え込むように答えた。「おまえも薄々気づいているとは思うが、もしあの娘がここにとどまったら、彼女を自分のものにしようとする人間はおまえだけじゃなくなるはずだ。おまえがそうだったように、多くの男たちがあの美貌の虜になるだろう」

「ああ、それは間違いない」コーレンはにやりとした。明らかに兄のことは心配していない様子だ。

ジェームズは一瞬考えたが、すなおに認めることにした。「公平を期すために言っておくが――実は、おれも彼女の美しさに惹かれている」

コーレンは片方の眉をつりあげ、笑った。「そう聞かされてもあまり驚かないのが、自分でも不思議だよ。そうか……だからか！　シーナにあれほど恐れられて、兄貴が腹を立てるのは当然だな」

「兄弟同士が同じ女を求めているんだぞ。笑い事じゃないはずだ」ジェームズは不機嫌に言った。

「わかってるさ。でも、なんだか面白いよな。だってこんなこと、前には一度もなかったから」

ジェームズはよけいに腹が立った。これがゆゆしき状況なのは間違いない。「もしおれが彼女の気を引こうとしたらどうだ？　そんなふうに面白がってはいられないだろう？」

「そんな気になったなら喜ばしいことだよ。もし兄貴が結婚を考えているならね」コーレンはまじめな口調で答えた。「だが、もしもう一人愛人がほしいからというだけでシーナの気を引こうとしているなら、おれも黙っちゃいない。快く受け入れることはできないよ。シーナは恋愛結婚をしたいと言っているんだ。もしシーナが自分の意思で兄貴を選ぶというなら、おれは邪魔するつもりなどない。それに、もし彼女がおれを選んだなら、兄貴は祝福してくれるとすでに聞かされている。これ以上公平な闘いはないだろう？」

「おまえには驚かされたよ、コーレン」

コーレンはふたたびにやりとした。「それに兄貴は大切なことを忘れている。シーナは兄貴の姿を見るだけで震えてしまうんだ。兄貴がそんな彼女を自分のものにできるとは思えない。シーナにとって、兄貴はとんでもなく恐ろしい存在だからな」

コーレンの言葉にかっとなり、ジェームズは語気荒く命じた。「あの娘を早く連れてこい！　彼女を明日までにアバディーンへ戻らせる可能性は残っている。そうすれば、マッキノン兄弟が無益な争いをする必要もなくなるからな」

「兄貴、そう慌てるなって」

「おれは慌ててなどいない！　公平を期したいだけだ。さあ、あの娘をここへ」

コーレンはかぶりを振った。「兄貴がそんなふうに怒鳴りちらしていたら、シーナがそばに来るはずがないじゃないか」

ジェームズはどうにか笑顔を作ろうとした。とはいえ、どう見ても凄みのある笑みだ。皮肉っぽく弟に尋ねる。「こっちのほうがいいか？」

「まさか！　もっとひどい」コーレンは低くうなった。「もしシーナがいまの兄貴を見たら、間違いなく逃げ出すだろうな」

シーナは視界の隅で何かの動きをとらえ、顔をあげた。コーレンが氏族長のテーブルから立ちあがっている。こちらにやってくるつもりなのだろう。とたんに席を立って、逃げ出したくなった。とはいえ、すでに一度騒ぎを起こしている。それも、あの氏族長の前で。またしても騒動を起こさないようにしなくては。

それでも背後にやってきたコーレンから話しかけられると、シーナの心はたちまち千々に乱れた。

「シーナ、兄貴がきみと話したがっている」

「まだ彼と話す心の準備ができていないわ」ささやくように答えた。

「だが兄貴はできている」

シーナは振り向いてコーレンを見た。表情からは彼が何を考えているのかわからない。でも、さらに顔をあげて氏族長のテーブルを見あげる気にはどうしてもなれなかった。そこで自分を待ち受けている人物を見つめるなんて不可能だ。昨夜は一人きりでみじめな夜を過ごした。ジェームズ・マッキノンについて聞かされた、身の毛もよだつような恐ろしい話を一つ残らず思い出していたのだ。

すがるように言う。「お願いよコーレン、本当に――」

「シーナ」コーレンは彼女をさえぎった。「話すべきときが来たんだ」

もはや選択肢はない。そう思い知らされ、シーナは渋々立ちあがった。コーレンにいざなわれて通路を進み、彼に肘をしっかりと支えられながら、一段高くなった壇上へあがった。コーレンに引きずられるようにして近づくにつれ、こちらの動きをすべて見つめるジェームズ・マッキノンの視線を意識せずにはいられない。手厳しく、暗い瞳だ。テーブルの前までやってくると、ジェームズは彼女から片時も目を離さないまま、立ちあがった。

氏族長の前に立たされ、どうにか彼と目を合わせたとき、シーナはジェームズ・マッキノンが歯を食いしばっているのに気づいた。いったいどうして？　彼のほうが神経質になる理由なんて、どこにもないはずなのに。

氏族長を緊張させている原因が自分だとも気づかないまま、シーナは目を見開き、恐怖に体をこわばらせた。無意識のうちに、体の向きを変えて引き返そうとしていたらしい。もしコーレンに腕を取られていなかったら、そのまま うしろに倒れ込んでいただろう。

「火のそばへ連れていってやれ、コーレン」

兄から命じられ、コーレンはシーナを詰め物入りの椅子に腰かけさせた。キノン城の氏族長は彼女に背を向けたまま、暖炉の前に立ちはだかっている。その間にコーレンはシーナの隣にある長椅子に腰かけ、安心させるような笑みを浮かべてみせた。そのとき、ジェームズはくるりと体の向きを変え、まなざしで彼女を射ぬいた。はしばみ色の瞳に浮かんでいるのは物思わしげな光だ。

「シーナ、キノン城の居心地はどうかな？」

その質問を聞いて、シーナはほっとした。ジェームズ・マッキノンもそういう効果を狙って尋ねたのだろう。手厳しいこの氏族長から、まさかこれほど歓待の精神あふれる、さりげない質問をされるとは思ってもみなかった。

「本当にすばらしいお城だと思います」

「ここに住んでもかまわないと思うか？」

うかつだった。ほっとするのが早すぎた。氏族長はすでに、わたしをここへとどまらせようと決意しているのだろうか？　わたしの意見さえ聞かないままで？

「いいえ、かまいます」シーナは決然と答えた。

ジェームズは低く笑い、彼女の反対側の椅子に腰かけた。「だったらそのことについて話し合うのが一番だ。まず言いたいのは、おれの弟はきみをここへ連れてきたことを少しも後悔していない。その証拠に、きみはコーレンから一言も謝られていないはずだ」

「ええ。でも、謝罪の言葉なんて望んでいません。わたしの望みはここから出ていくことだけです」

「きみは昨夜もそう言っていた。だがおれの立場も理解してほしいんだ。きみはいまここにいる。きみ自身の意思ではないが、それでもここにいる事実に変わりはない。ここにいる限り、おれはきみに対して責任がある」

「そんな必要はないんです」シーナはすばやく答えた。

「いいや、そうなんだ」ジェームズは揺るぎない口調だ。「だが問題はそこじゃない。おれの弟が言う通り、きみにはここに残って落ち着くべき、もっともな理由がある」

「それはつまり、彼と結婚することね？」シーナは大きくあえいだ。この会話の行き着く先がわかり、突然怒りが込みあげてきた。

「いや、弟があげた理由は結婚とはなんの関係もない。コーレンはきみの幸せについて案じているんだ」

「わたしは彼の心配なんて必要としていません。もちろん、あなたの心配も」

「きみの態度はどう考えてもおかしい」ジェームズは考え込むように言った。「きみと同じく一人ぼっちで一文なしという境遇にある女性なら、ためらうことなく、ここでの安全な暮らしを受け入れるだろう。それなのに、なぜきみは受け入れようとしない？」

「結婚を強制されたくないからです」

「きみは誤解している、シーナ」ジェームズは辛抱強く答えた。「ここは、おれが率いる氏族たちが一緒に暮らす、一つの大きな家のようなものだ。きみにはその家を提供しようとしている。きみがおれの弟と結婚するかどうかにかかわらずだ」

　シーナはしだいに居心地の悪さを感じ始めていた。氏族長はわたしのことを住む家のない物乞いと考え、とても寛大な申し出をしてくれている。でも、もし真実を知ったら、彼もわたしが拒むのを不思議に思ったりはしないはずだ。自分の氏族の宿敵であるマッキノン一族と一緒に暮らすなんて、とても考えられない。とはいえ、まさかマッキノン氏族長がこれほど親切だとは。自分がとんでもない恩知らずのように思えてしかたがない。

「わたしは……ローランダーなんです」とうとうシーナはそう答えた。もっともな理由が思い浮かび、一も二もなくそれに飛びついたのだ。「あなたの申し出には感謝しています。とても思いやりが感じられる申し出ですから。でも、わたしはここであなたたちと一緒に暮らすことはできません」

「おれたちが野蛮人だからか？　子どものころから、きみはそう聞かされてきたんだろうな」ジェームズは笑みを浮かべながら尋ねた。「さあ、この大広間にそんな野蛮人がいるか？」

「ここにはあなたの氏族の人たちがほとんど見当たりません。だから判断もできません」

シーナは言葉を濁した。

「がっかりだよ、シーナ。きみはおれの申し出について、ほんの一瞬でも考える気がないのか？」

「ええ」彼女はかたくなな口調で答えた。「自分がここに合うとは思えません。いますぐ立ち去ったほうがいいと思うんです」

ジェームズはいらだった。このままだと彼女を引き止めることができない。「なんのために戻るというんだ？　通りで物乞いをするためか？　おれに責任を放棄させるような、もっと納得できる理由はないのか？」

シーナは体をこわばらせた。氏族長はまたしても怒りを募らせ始めている。でもそれを言うなら、わたしも同じだ。いったいなんの権利があって、この男性はわたしに理由を求めているのだろう？　それにどんな権利があって、わたしから自由を奪おうとしているの？

「わたしはなじみのある世界に戻りたいんです。理由なら、それでじゅうぶんなはず」シーナはそっけなく答えた。

「つまり、物乞いの世界だな。どうやらきみは、自分にとってためになることが何か、まったく知らないようだ」

「あなたがそう考えているだけです！」シーナは鋭く答えた。氏族長の容赦ないまなざしにさらされ、もう我慢の限界だ。「本当は、わたしは物乞いなんかじゃない。物乞いをしたことなんて一度もない」

「いまさらそんなことを言うのか？」ジェームズはなめらかな口調で尋ねた。「だったらなぜいままで、そう言わなかった？」

「あなたに話す必要がないと思ったからです」

「だが、いまはこうしておれに話そうとしている」ジェームズは冷たく言い放ち、目を冷たくすがめた。「きみはどこの氏族だ？」

シーナは青ざめた。必死に頭を巡らせ、別の氏族の名前を答えようとする。彼に簡単にあしらわれることがない氏族の名前はないだろうか？

「わたし……わたしは……マキューエン一族の人間です」

「あの領土のないマキューエン一族か？」彼は見下すように尋ねた。

体をこわばらせたものの、シーナは答えた。「ええ」

ジェームズは笑い声をあげた。「それなのに、自分は物乞いではないなどとよく口にできたな？　マキューエン一族と言えば、いまは土地も家も奪われ、物乞いと泥棒ばかりだ。きみが本当の正体を認めたがらなかったのも無理はない」

もうたくさん。氏族長の嘲笑に耐えきれず、シーナはかっとなって椅子からいきおいよく立ちあがると叫んだ。「マッキノンだって同じ泥棒だわ。しかも人殺しでもある！　誇れる点なんて一つも見当たらないじゃない！」

ジェームズが立ちあがるのを見て、シーナはびくりとした。彼は瞳を暗く煙らせ、体の両脇でこぶしを握りしめている。わたしの首を絞めようとしているのかもしれない。事態を目の当たりにし、コーレンも慌てて立ちあがった。

ジェームズは激しい怒りに駆られていた。「よくもそんなことを……きみはマッキノンの何を知っているというんだ？」

喉元までせりあがってきた恐怖のせいで、何か話そうとしても言葉が出ない。これ以上ないほど目を大きく見開いたシーナは、とうとう大広間から逃げ出した。

追っ手のことなど気にしている余裕はない。いまはただ、ここから逃げ出したい一心だ。そばの戸口から外へ出ると、そこは中庭だった。日中の明るい陽光の下だと、このまま逃げきれそうな気になってくる。あの氏族長の顔を見る必要もなくなるだろう。シーナは門番小屋を目指して駆け出した。

城門の落とし格子があげられ、感謝したのもつかの間、シーナの耳に門番の叫び声が聞こえてきた。門番を無視して走り続けたが、もう一人の男の声を無視することができない。いまさっき、その目の前から逃げ出してきた男の声だ。背後からシーナの名前を叫んでいる。その声がどんどん近くなり、すぐうしろに迫って……。

シーナはいきなり腕をつかまれ、引き戻された。まるで鋼でできた手かせのように力強く、振り払うことなんてできない。その瞬間、心臓が止まった。もう逃げられない。観念したとたん、果てしない暗闇に落ちていくのを感じた。生まれて初めて気を失ったのだ。

14

「まあ、意識が戻ってきたみたい」

女性の声でシーナは現実に引き戻された。思いやりと優しさにあふれた声だ。慌てて目を開け、声の主を探そうとする。

その女性は、シーナが横たわっているベッドのかたわらに座っていた。声と同じく、顔も優しげだ。温かな笑みを浮かべているが、はしばみ色の瞳には気遣いが感じられる。はしばみ色――そう、彼と同じ目の色だ。

「すぐに具合がよくなるわ。わたしの甥たちは、あなたのことをたいそう心配していたのよ」

シーナは何も答えなかった。女性は笑みを浮かべ続けたまま、シーナの額から水に濡らした布を取り去った。年配の女性だ。髪は赤色というよりもオレンジ色に近い。

「あなたは……」シーナは尋ねた。

「リディア・マッキノンよ。あの子たちから聞いたわ。あなたはシーナ・マキューエンというお名前なんですってね。なんて可愛(かわい)らしい娘さんなのかしら。ここへ運んでくるとき、うちのジェイミーがあなたを手荒に扱わなかったことを祈るのみだわ。あなたは気を失っていたのよ」

たとえ気を失っていたとはいえ、あの氏族長の腕のなかに抱かれていた――そう考えただけで、シーナの全身に震えが走った。

「彼がわたしをここに運んだんですか?」

「ええ、そうよ。それから慌ててわたしを呼び出したの」リディアは含み笑いをした。「自分の前で女性が気を失うなんて、あの子にとって生まれて初めてのことだったのよ」

「わたしも失神したのは初めてです」シーナは説明しようとした。「何が起きたのか……自分でもよくわかりません」

「そんなことはいいの。こうやってあなたの意識が戻ったのだから」

「ジェームズ・マッキノンはあなたの甥なんですか?」

「ええ。わたしは彼の父親、ロビーの姉なの。いいえ、姉だった」彼女は言い直すと、突然ぼんやりした表情になった。「わたしの可愛い弟は、いまではもういない。赤毛のロビー。とってもすばらしい氏族長だったのよ。わたしたちの父親とは大違いだった。わたしたちの父親は……それはもう……」

「ガーティー、おばを北の塔へ連れていってくれ」

その声が聞こえた瞬間、シーナは体をこわばらせた。部屋のなかには自分とリディアしかいないと思い込んでいたのだ。でも実際は、部屋の奥にジェームズ・マッキノンとコーレンがいた。二人が進み出るなか、リディアは使用人ガーティーの手を借りながら立ちあがり、彼女にいざなわれて部屋から出ていった。年配の彼女がぼんやりとした表情を浮かべたままなのを見て、シーナはしばし自分が陥っている難しい状況も忘れた。

「あなたのおば様は、どこかが悪いの？」コーレンに尋ねてみる。

だが答えたのはジェームズだった。「突然発作を起こすんだ。自分の父親のことを考えると、いつもああいう状態になる。おばは、自分の父と母が殺される現場を目撃したんだ」

シーナは息をのんだ。

「祖父母が殺害されたとき、おばはまだ子どもだった。それ以来、ああいう発作を起こすようになったんだ」

「目撃者はおば一人だった」コーレンが口を開いた。「どんな理由で何が起きたのかを知っている、ただ一人の人物なんだ。だが彼女はけっして何も話そうとしない。誰かに尋ねられるといつもぼんやりした表情になって、自分の心の奥底へ引きこもってしまうんだ」

「ということは、その犯人たちはまだ捕まっていないの？」

「いや、犯人は一人だけだった。ファーガソン一族の前の氏族長だ。おれの大おじが彼に正義の鉄槌を下した。ローランダーなら、きみだってアンガスシャーのファーガソン一族のことは知っているだろう？」

突然息が詰まって咳き込んだおかげで、シーナは答えずにすんだ。コーレンはすぐにそばに駆け寄り、背中を優しく叩いてくれた。咳がおさまると、シーナは枕の山に頭をもたせかけた。

彼らと目を合わせられない。もし目を合わせたら、そんなのは真っ赤な嘘だと否定し、二人を嘘つき呼ばわりしてしまうだろう。わたしの祖父は人殺しなんかじゃない。人殺しはマッキノンのほうだ――さっきの話に登場した彼らの大おじこそ、わたしの祖父ナイル・ファーガソンを殺した張本人にほかならない。それも、エスク塔の前まで連れてきて猿ぐつわと拘束をし、みんなが見ているなかで情け容赦のない殺し方をしたのだ。幼いころから、ずっとそう聞かされて育ってきた。ほかにも死者が出ていたと知ったのは、これが初めてだ。誰もが知る通り、うちの氏族との争いを始めたのはマッキノン側のはず。それがどうだろう。彼らはファーガソン氏族のせいで確執が始まったと言い張っている。そんな話は受け入れられない。

ただ……いかんせん、あまりに昔の話すぎる。わたしが生まれるよりずっと前の話なのだ。そんな自分に、何が正しいかわかるはずもない。わたしはその現場にいたわけではない――もちろん、彼ら二人も。でもリディアという先ほどの女性だけは、たしかにその現場に居合わせていたのだ。

「シーナ、気分はよくなったか？」コーレンは彼女をじっと見つめながら尋ねた。

「ええ」

「だったら教えてくれ。どうしてさっきは突然、大広間から逃げ出したんだ？」ジェームズが尋ねた。

シーナは、ベッドの両脇に二人が立っているのをありがたく思った。彼らと目を合わせず天井を見つめながら、そっけなく答えるのはことのほかたやすかった。

「あなたがわたしを痛めつけようとしたから」

「ばかな！」ジェームズは叫んだ。「きみを痛めつけようなんて、これっぽっちも考えていなかった」

シーナは疑いの視線を彼に向けた。「あのとき、あなたはわたしに怒鳴っていたわ。ちょうどいまと同じように」

「怒鳴るだけの理由があったからだ！」ジェームズはぴしゃりと答えた。「きみはおれの一族を厳しく非難した。その理由が知りたい」

「もう少し大人らしく振る舞えないの？」シーナは鋭く尋ねた。

「大人らしく振る舞っていないのはどっちだ？　人殺しと非難されるいわれはない。おれたちは殺しそのものを目的にしたりはしないんだ」

シーナもそれくらいわかっている。でもそのことについて話し合うつもりはない。こうして男性二人に取り囲まれているいまは、特に。

「ごめんなさい」彼女は声を和らげた。「証拠もないのに、思い込みであんなことを口走ったみたい。でも、あなただってマキューエン一族全員が物乞いと泥棒だと思い込んでいるわ。わたしの家族はそうじゃないのに」

「ということは、きみには家族がいるのか？」ジェームズは片眉をあげた。「両親は健在なのか？」

「父は生きているわ」

「どこに住んでいる？」

またしても会話が危険な方向へ進もうとしている。もしファーガソン一族だとわかったら、この男性は間違いなくわたしを殺すだろう。彼の大おじがわたしの祖父を殺したように。

「わたしは……父の居場所を知らないの」シーナはすばやく頭を巡らせ、嘘をついた。「父は長く同じ場所にいるたちではないから」

「だったら、どうしてきみをアバディーンに戻せる？　戻っても、きみを守る人が誰もいないとわかっているのに」

シーナはまたしてもパニックに陥りかけた。筋道を立てて考えられない。

「アバディーンには……おばがいるわ。わたしはそのおばと一緒に暮らしていたの」

「救貧院で?」コーレンはあざけるように言った。そんな言葉は信じないし、信じたくもないと言いたげな口調だ。

シーナは彼をにらみつけた。「おばのエルミニアは修道女よ。救貧院に住んでいるわけではないけれど、ほかの修道女たちと同じで、おばもほとんどの時間を救貧院で過ごしているの。修道女たちがいつもきれいにしていないと、ぼろぼろの救貧院は朽ちてしまうから。わたしはおばの仕事が少しでも楽になるように助けているだけ」

ジェームズは長いため息をついた。「コーレン、おまえはとんでもない間違いを犯したようだな」

「もし彼女の言葉を信じているとしたら、間違いを犯しているのは兄貴のほうだよ」コーレンはかたくなな口調で答えた。「もしそれが本当の話なら、なぜ最初からそう言わなかったんだ?」

「恐ろしすぎて何も話せなかったからよ」シーナはすかさず答えた。

だが男性二人はそれぞれの考えに没頭しているせいで、耳を傾けようともしない。

「いいや、やはり彼女の話は理にかなっている」ジェームズは渋々ながら認めた。「彼女を見てみろ。飢えに苦しんでいるようには見えない。頬はふっくらとしているし、体も丈夫そうだ。物乞いにしては健康的すぎる」

「もしシーナから施しを与えてくれと頼まれたら、兄貴は断れるか？　もし彼女が通りに立っていて、硬貨を恵んでくれと懇願しているのを見たら、なけなしの金でも与えてやりたくなるだろう？　シーナのことを無視できる者なんていない。こんな美しい顔の持ち主なんだ。彼女は物乞いでも、金には困らない暮らしを送っているに違いない。ふたたびそういう生活をしたいから、アバディーンに戻りたがっているんだ」

シーナは叫んだ。「わたしは施しを受けたことなんて一度もない！　そんなことをする必要がないからよ。わたしの家族は暮らし向きがいいの。物乞いなんて一人もいないわ」

「もし暮らし向きがいいなら、なぜきみの家族はきみにふさわしい夫を見つけようとしないんだ？」コーレンは食い下がった。

「もう質問にはじゅうぶん答えたわ」シーナはそっけなく答えた。「あなたには、わたしの人生をあれこれ詮索する権利なんてない」

「口げんかはもうそれくらいにしろ！」ジェームズが鋭くさえぎった。「コーレン、この女性はどう考えても物乞いではない。もはやおれには、彼女の幸せのためにここにとどまらせたほうがいいという主張が正しいとは思えなくなった。おまえは彼女をアバディーンへ連れ戻すべきだ」

コーレンは立ちあがると、大股で部屋から出ていった。

これでようやく戻れる。しばしの間、シーナは幸せに浸っていたが、すぐに気づいた。

いまわたしは寝室で、あのジェームズ・マッキノンと二人きりなのだ。

おそるおそる彼のほうを見てみた。ジェームズはコーレンが出ていったばかりの、開かれた扉を見つめている。

もし何者なのか知らなければ、これほど彼を怖がることはなかっただろう。昨夜、初めて彼と会ったときに感じたのは、恐怖とはほど遠い感情だった。ジェームズはわたしが出会ったなかでも、一番ハンサムな男性だ。ジェームズの鋭い視線にわずらわされることなく改めてこうして見ていると、やはり彼は魅力的だった。

「まったく、あいつは本当に頑固な奴だ」ジェームズは長いため息をついた。「どうやら、おれがきみをアバディーンまで送っていかなければいけないようだ。弟にその気がないのは明らかだからな」

「あなたがわたしを?」シーナの胃がきりきりと痛んだ。この新たな難局をどうのりきればいいのだろう? 「ご親切はありがたいけれど……あなたの申し出を受けるわけにはいかないわ。自分一人で戻る方法を見つけるから大丈夫。本当にありがとう」

「ばかなことを」ジェームズは厳しい声で答えた。「おれは自分の責任をそんなに軽く考えてはいない。きみにもそう言ったはずだ。おれは、きみのおばさんのもとへきみを無事に送り届ける。そしてきみのおばさんともきちんと話をする。付き添いもなしにきみを一人にしておくのは愚かな行為だとわからせる必要があるからな」

シーナは凍りついた。彼がエルミニアおばと話をする？　そんなことをしたら、わたしたちの正体がばれて、おばもわたしも殺されてしまう！

「あなたにはおおぜい臣下がいるはずよ」不安に駆られ、彼女は早口で言った。「彼らの誰かがわたしをアバディーンまで送り届けられるはずだわ。氏族長のあなたがわざわざ出向く必要はないと思うの」

シーナがふたたび自身を恐れているのを察知し、ジェームズは鋭く答えた。「おれと一緒に戻るか、ここに残るかのどちらかだ。さあ、どっちを選ぶ？」

シーナは何も答えなかった。というか、答えられなかったのだ。どちらかといえば、ここに残ったほうがまだましだろう。毎日この男性を目にしなければならないけれど、そばには必ずほかの者たちがいる。たとえ短い間であろうと、人気（ひとけ）のない荒野をこの男性と二人きりで移動するよりはいい。どうにかして、ここから立ち去る別の方法を見つけ出さなければ。

「さあ、どうする？」

「わたしは……あなたと一緒に戻る気はないわ」

「理由を聞かせてくれ、シーナ」ジェームズは静かな口調で言った。

ありったけの勇気をかき集め、どうにか正直に答えた。「あなたを信用できないから。わたしを傷つけないという保証がないからよ」

ジェームズは怒っているというよりむしろ、完全に混乱している様子だった。

「なぜおれがきみを傷つけるんだ？　美しいきみを傷つけるはずがないじゃないか」

シーナが何も答えずにいると、彼はふたたび口を開いた。

「おれのことが信じられないのか？」

「信じられたらいいと思う」彼女はありのままの気持ちを答えた。「でも……信じられないの」

ジェームズは無言のまま、考え込むようにシーナを見つめた。彼女がこれほど自分を恐れているのが、なんとも腹立たしい。こっちはシーナを怖がらせるようなことを何もしていないのに。とはいえ、付き添うのがおれである限り、シーナがここを出ていくことはないだろう。彼女は自分の意思で、ここに残ると決めたのだ。

「きみがここにとどまると聞いて嬉しい」彼は思わず笑みを浮かべながら言った。

意外な言葉にシーナは心の底から驚き、警戒するように尋ねた。「どうして？　ここに残っても、わたしの気持ちは変わらない。あなたの弟さんと結婚する気はないわ」

「そう聞かされたことも嬉しいよ」先ほどまでの不機嫌はどこへやら、ジェームズは含み笑いをした。

シーナは眉をひそめた。「嬉しい？　でも、あなたはコーレンの結婚を祝福すると言っていたわ」

「渋々ああ言ったんだ」

「何がなんだかわからないわ。もしあなたがわたしを気に入らないなら、どうして――」

ジェームズは笑い声をあげ、シーナの言葉をさえぎった。「きみは大きな勘違いをしている。だが無理もない。おれはこれまできみに対して怒鳴るか、かっとなるかしかしていないんだから」彼はしばし口をつぐみ、言葉を継いだ。「だが本当のおれがどういう人間か、きみに知ってほしかった。ここにとどまれば、きみにもそれがわかるだろう。きみがここに残ってくれて嬉しいと言ったのはそのせいだ。きみにはおれを恐れる理由など何一つない。そのことをこれから証明していくつもりだ」

ジェームズは体の向きを変え、部屋から出ていった。

一人残されたシーナの心は、驚きと悔しさでいっぱいになった。

彼を恐れる理由など何一つないですって？　わたしがこれほどの恐怖を覚えている最大の理由は、あの男性にあるというのに。

15

コーレンは馬を全力疾走させ、キノン城の外へ出た。くさくさした気分だ。どうにかしてうっぷんを晴らしたい。だから馬を駆ってマッキントッシュの領土まで行き、小作人たちを困らせたり、家畜をけちらしたり、至るところで災難を招いた。ようやく城に戻ったのはその日の夜だった。そして知らされたのだ――結局、彼の大切なシーナがとどまる決意をしたことを。

ジェームズはその知らせを告げたあと、不機嫌そうにつけ加えた。「ここに残っているのはたしかだが、彼女の姿を見ることはないと思う」

「どうして？」

「彼女はあの塔に引きこもり、おれたちから姿を隠し続けるつもりらしい。実際、今日一日ずっとそうしている」

「夕飯にもおりてこなかったのか？」

「ああ」

「ずっと食べていないのか？」コーレンは怒りを爆発させた。

「そんなに心配するな、弟よ」ジェームズは冷静に答えた。「おばはシーナがたいそう気に入ったようで、食事をのせたトレイを持って様子を見に行ったよ」不満げにうめき、つけ加える。「この大騒ぎについてジェシーに説明するのは大変だったんだ」

コーレンはにやりとした。「想像がつくよ。それで、ジェシーには競争相手ができたことを話したのか？」

ジェームズは弟をにらみつけた。「どうしてわざわざそんなことを彼女に話す必要がある？　すでに気がかりなことがたくさんあるのに、これ以上問題を増やすことはない」

「たしかにそうだ」コーレンは兄をからかった。「わざわざベッドを空っぽにしたあとで、そこを温める相手を待つ必要はない。そうだろう？　いま兄貴になついている鳥を飼い続けたからといって、誰も兄貴を責めやしないさ」

ジェームズは答えようとしなかった。おれはジェシーに、シーナについて必要最小限の話しかしていない。自分でもその理由がはっきりとはわかっていなかったが、いまのコーレンの言葉を聞き、一粒の真実が見えてきた。しかも、おれはその真実が気に入らない。そんな身勝手な態度は自分らしくない。結論を出すべきときがやってくるまで、何も気づかないふりをするとは。

「おれは明日、この状況をどうにかしようと思う」

コーレンは驚いた。兄をただからかったつもりだったが、結局は自分自身を追い詰めてしまったのだ。もしいまの愛人からわずらわされることがなくなれば、自由の身になった兄は本気でシーナを追いかけるだろう。

「ちょっと待ってくれ、兄貴」コーレンは慌てて言った。「おれはただふざけて言っただけだ。おれの冗談のせいでジェシーを追い払うのはやめてくれ」

「だがおまえは正しい。ジェシーの前で興味が薄れていないふりをするのは、公平なこととは言えない。そうだ、やはりいますぐ彼女との関係は終わらせたほうがいい。唯一無二の、特別な出会いを体験したのだから」

「唯一無二?」

「そんなに驚いた顔をするな」ジェームズは含み笑いをした。「おれだって、女をとっかえひっかえする盛りのついた時期はもう過ぎたんだ」

「へえ?」

ジェームズは肩をすくめた。「実際、あの愛らしいシーナに出会ってから、ジェシーにはなんの欲望も感じないんだ」

「兄貴らしくないな。そんなに……一人の女にご執心になるとは」何もかもが面白くなくて、コーレンは低くうなった。

ジェームズは弟の揶揄(やゆ)するような言葉を無視した。「あの塔にいる赤毛の女は、まさに宝石そのものだ。ほかのどんな女よりも魅力的でまぶしく輝いている。おれは彼女を自分のものにする。そうできなければ、ほかの女はいらない」

　ジェームズの鉄の意志に気づき、コーレンはその場で思い知らされた。兄はおれと同じように、シーナのことしか考えられないのだ。いや、もしかすると思いの強さはおれ以上かもしれない。

「兄貴が彼女を自分のものにすることはない。シーナが望まない限りはな！」コーレンは鋭く警告した。「おれは本気で言っているんだ」

「忘れたのか？　おまえは、望んでもいない女を無理にここへ連れてきたんだぞ」ジェームズは反論した。

「兄貴はいままで、誰の拒絶も許したことがない。たとえシーナから拒絶された場合でも、無理やり自分のものにする可能性がある。どうしてそれがないと言いきれる？」

「おれは彼女に無理強いするつもりはない」ジェームズは冷静に答えた。

「どうかな。シーナは抗いがたい魅力の持ち主だ」

「だが、おまえは彼女に触れていないじゃないか」

「ああ。でも、そうするのは簡単なことじゃない。いままでも自分と必死に闘って、どうにか彼女と距離を保ち続けてきたんだ。だからこそ兄貴に尋ねたい。兄貴自身の気持ちよりも、シーナの気持ちを大切にできるか？　もし彼女が兄貴を求めていない場合、おれのように彼女と距離を保ち続けられるのか？」

　ジェームズは眉をひそめた。「言っただろう？　おれはあの娘に無理強いするつもりはない」

「ああ、たしかにそう言った。だが兄貴は、自分の望むものをなんでも手に入れることに慣れている。しかも、待たされる必要さえないことにも慣れている。だから兄貴が待てるかどうか心配なんだ。もしかすると、自分が心から求めているものを得られないままかもしれないのに」

「おまえは質問が多すぎる」ジェームズはいらだったように答えた。

「兄貴は自分が負けるかもしれないのが気に入らないんだな？」

「おまえがあれこれ詮索するのが気に入らないんだ。この件に関して、もしおれが行きすぎた振る舞いをしていたら、そう指摘していい。もしそういうことがあったらの話だが。それまでは放っておいてくれ。自分がこれからどうするかなんて、いまはわかるわけがない。おまえだって、自分がこれからどういう態度をとるかはわからないだろう？　それと同じだ」

　それ以上兄を追及しようとしなかったものの、コーレンは不安を振り払えずにいた。兄の気性の激しさは百も承知だ。シーナはどうやってここでやっていくつもりだろう？

「つまりシーナは、一緒にいたくない兄貴と二人きりで馬の旅をするよりも、ここに残るほうがいいと考えたってことだな?」コーレンは尋ねた。

「彼女はおれを恐れることなど何一つないはずだ。だがそれを彼女の前で証明しなければならない」ジェームズはため息をついた。

「もし兄貴が短気を起こさずにいられたなら、シーナも兄貴を怖がらなくなるかもしれない。だが本音を言えば……おれはそうなってほしくない」コーレンは熱を込めて締めくくった。

16

シーナは寝返りを打ちながら、ふかふかした枕の柔らかさをありがたく感じていた。先ほどから頭痛がしている。リディアはいまさっき、部屋から出ていったところだ。あの女性が食事を運んできてくれたことにも、彼女の思いやり深い態度にも感謝している。自分のことを気にかけてくれる、心優しい人がそばにいてくれるとわかっただけで、心が癒やされた。でも同時に、リディアがこの部屋に来なければよかったのにと思う自分もいる。彼女の存在そのものがシーナの恐れをかき立てた。

あの年長の女性は勘が鋭すぎる。何気ないおしゃべりでくつろがせてくれていたが、その間もずっとシーナを見つめ続け、突然こう言い出したのだ。

「あなたの髪と瞳って、ファーガソンのとそっくりだわ！　あなたに見覚えがあるような気がしていたけれど、たったいま思いついたの。その濃くて赤い髪が、まさにナイル・ファーガソンと同じ色なのよ」シーナが驚きのあまり、何も答えられずにいると、リディアは話を続けた。「ほかにそんな髪の色をした一族は見たことがないわ。あなたはファーガソン一族なの？」

「わたしが何者かは……すでにお話しした通りです」

「あら、そうよね」リディアはため息をついた。「いまのは忘れて。ただわたしが気になるのは、うちのジェイミーがあなたを見る目つきなの。彼はあなたに好意を抱いている。間違いないわ。あの子がファーガソンの娘と結婚をして、この恐ろしい確執をきっぱり終わらせることだけが、わたしの長年の願いなのよ。だからわたしはこうやってあなたとファーガソン一族を重ね合わせてしまっているのね。でも、どのみちファーガソンであってても、あなたがそれを認めるはずはない。そうでしょう？」そう言い残すと、シーナの答えを待たずに静かに扉を閉じ、部屋から出ていった。

　もしリディアがジェームズにその考えを話したらどうしよう？　四十七年間ずっと、ファーガソン一族の姿を一度も目にしたことがないにもかかわらず、リディアはわたしと祖父の外見が似ていることに気づいた。ジェームズはつい最近、わたしの父にも弟にも会っている。いまはまだ彼らとわたしが似ていることに気づいていないけれど、もしリディアにそう指摘されたら？　もちろん、ジェームズも真実に気づくに決まっている……。

　シーナはベッドの上で寝返りを打った。頭痛がさらにひどくなってきている。わたしはこれからどうしたらいいのだろう？　もし何者かばれたら、ジェームズ・マッキノンはわたしを殺すに違いない。たとえ彼がわたしに欲望を抱いていたとしても、殺されるという事実は変わらないのだ。こんなことなら、ジェームズと一緒にアバディーンへ戻るべきだった。でもあのときは大きな恐怖を二つも抱えていた。一つは、戻る途中でジェームズに無理やり処女を奪われるのではないかという恐れ。もう一つは、エルミニアおばと話をしてわたしの正体を知ったら、ジェームズに殺されてしまうという恐怖だ。

ようやく眠りについても、悪夢にうなされる羽目になった。起きているときにさいなまれていた恐れがそのまま夢となって現れたのだ。

夢のなかで、シーナはアバディーンの通りを馬で走っていた。牡馬(ぼば)の上に座らされ、背後に座っているジェームズ・マッキノンから両腕を体にがっちりと巻きつけられている。彼女が馬から転げ落ちないようにするのと、逃げ出さないよう拘束するためだろう。そこへ修道院が出てきて、建物の前にエルミニアおばが立っていた。シーナが無事に戻ってきたのを喜ぶように、嬉(うれ)しそうにこちらに向かって手を振っている。おばは危険が迫りつつあることにまったく気づいていない。とはいえ、シーナには彼女に警告することができない。とうとう馬が歩みを止めても、おりることも許されなかった。背後から巻きつけられている氏族長の力強い腕にさらに力が込められ、話すことはおろか、息をすることさえままならない。そのとき、ジェームズはシーナが予想していた通りの質問を口にした。おばに、あなたはエルミニア・マキューエンかと尋ねたのだ。おばの答えをかき消すべく甲高い叫び声をあげたが、ジェームズには答えが聞こえ、シーナは地面にどさりと投げ出された。顔をあげて彼を見ると、剣を片手に憤怒の形相を浮かべている。ジェームズが剣を振りあげたとき、シーナはまたしても叫んだ。何度も叫び続け、剣が振りおろされ、体が切り刻まれる最期の一瞬をひたすら待つ。でもそのとき、口に誰かの手が当てられ、黙らせてくれた。

ふと気づくと、剣も宿敵もどこかへ消えてしまっている。誰かがシーナの命を救い、慰めてくれているようだ。その人物は耳元で安心させるような言葉をささやくと、彼女の口から手を離した。その瞬間、安堵のあまり泣き出していた。その誰かは恐れを振り払うべく、シーナを近くに引き寄せてくれた……。

もはやこれは夢ではない。心のどこかでそう気づいていた。わたしはあの塔の部屋にいる。ろうそくが消えているので室内は真っ暗だ。慰めるような腕は現実のものだった。ベッドに男性が座り、抱きしめてくれている。胸板はむき出しで、筋肉が盛りあがっていた。両腕もたくましくて男らしい。

「コーレン……？」

「何をそんなに怖がっている？」

男性の声がした。シーナの髪に顔を埋めているため、くぐもってよく聞こえない。とはいえ、彼が本当に心配してそう言ってくれていることだけはわかる。シーナは涙ながらに答えた。「あなたのお兄さんがわたしを殺そうとしている夢を見たの」

彼が全身の筋肉をこわばらせたように思えたのは、わたしの気のせいだろうか？　正直に答えるべきではなかったのかもしれない。かわいそうなコーレン。自分の兄に対してわたしが激しい嫌悪感を抱いているのを知っても、コーレンに何ができるというのだろう？　彼は氏族長である兄に対して忠誠を誓っている。だからこれ以上本当のことは打ち明けられない。

「ごめんなさい、コーレン。わたしがなぜお兄さんをこれほど恐れているか、あなたにわかるはずがないわね」

「だったら説明してほしい」声は低く、くぐもったままだ。

「説明することはできないの」

「でも、彼は一度もきみを傷つけたことがないのに」

「ええ、いまのところは」

男性は両手でシーナの頬を挟み込み、顔を近づけてきた。息がかかるほどの至近距離だ。「彼はこれからもきみを傷つけたりはしないよ、シーナ」声が低くかすれている。「どうすればそのことをわかってもらえる？」

答える前に口づけられた。ひどく驚いたが、それは初めて男性にキスをされたからだけではない。その唇はあまりに柔らかかった。コーレンは普段は乱暴なたちなのに、唇はこのうえなく優しく、温かい。彼の指がうなじから背中に回され、体にうずきが走っている。

我を失いそうになり、シーナは必死に自分に言い聞かせなければならなかった。

　相手はコーレンよ。わたしより年下の男の子にすぎない。

　無意識のうちに体を離そうとし、もがいたけれど、彼との間に一ミリも距離を置くことはできなかった。男性が低い声で笑っている。

　そのとき、シーナは気づいた。相手はコーレンではない。男性の全身から、あふれんばかりの力強さと自信が発せられている。

「は……離して」シーナはつっかえながら言った。ジェームズ・マッキノンの腕のなかにいると認めるのが恐ろしかった。

　ジェームズは顔を近づけたまま言った。「おれはきみを傷つけただろうか？」そう尋ねたが、いらだったような口調ではない。

「いいえ」

「だったらキスがひどすぎたのか？」

　彼はシーナに答えさせなかった。ふたたび顔を近づけ、唇を重ねたのだ。

　でも今回のキスは前とは違った。優しいことに変わりはないが、抗いがたい何かが感じられる。シーナは危うく気を失いそうになった。

　ジェームズが口づけを終えると、畏怖の念を覚えずにはいられなかった。なんて不思議なんだろう――こんなに心が安らぎ、くつろいでいるなんて。頭がはっきりするまでに少し時間がかかった。ようやく現実に引き戻されると、にわかに体がこわばり、またしても恐怖に支配された。

最初ジェームズは優しかった。だからついキスに応じた。彼の腕のなかで体の力を抜き、されるがままになった。そのせいで、もうこれまでのように自分を拒まないだろうと期待させてしまったかもしれない。

「きみの負けだ、シーナ」ジェームズは不機嫌そうに言った。「きみはおれにキスされて喜んでいた。だからおれを遠ざけようとしないでくれ」

「離して」

ジェームズはため息をつくと、彼女を解放して立ちあがった。「ほら、これでわかっただろう？　おれは喜んできみの言う通りにする」

彼の言葉の端々に怒りが感じ取れた。その理由ならよくわかっている。もしここでさらに恐れているそぶりを見せたら、怒りをあおることになるだろう。

「少し一人にしてくれる？」シーナはすなおに頼んだ。

「おれと一緒にいたくないのか？」

シーナはため息をついた。男性ときたら、怒るとどうしてこんなに頑固になってしまうのだろう？

「あなたの気分を悪くしたなら謝るわ、サー・ジェイミー。でも、わたしからキスをしてとお願いしたわけじゃないの」

「そんなことはどうだっていい。まったく別のことを望んでいたとしても、きみはキスをされて喜んでいた。あの瞬間、きみはおれのものだったんだ。もしおれが求めているのがきみの情熱だけならば、すぐに勝ち取ることができる。きみだってそれをわかっているはずだ」

シーナはぶるりと身を震わせた。本当にそうなのだろうか？

思いきって尋ねてみた。「だったら、何があなたをとどまらせたの？」

「おれはきみと寝たいだけじゃない。それ以上の関係を求めているんだ」

彼のあけすけな物言いを聞き、シーナは息をのんだ。「そんなことは……許さないわ」

ジェームズは愉快そうな笑い声をあげた。

彼の笑い声に怒りをかき立てられ、鋭く答える。「わたしはあなたの愛人になんてならない！」

「別に、そうなってくれとおれからお願いしたわけじゃない」

シーナは眉をひそめた。「よくわからないわ。あなたはさっき、わたしを求めていると言ったのに、今度はそうじゃないと否定している。わたしをからかって楽しんでいるの？」

「まさか」ジェームズは柔らかなため息をついた。「おれはきみを心から求めている。きみにそのことをわかってもらうためなら、どんなことでもしようと考えているんだ。これほど女に合わせようとしたことはない。きみが初めてだ」

「もしそう聞かされてわたしが感謝すると考えていたら、あなたは間違っているわ」

「おれに好意を持たれていると知って、きみは嬉しくないのか？」

その答えを聞き、シーナはさらにいらだった。「あなたって本当にうぬぼれやなのね。そうなるのもわからなくはないけれど。だって、こんな大きなお城に住む氏族長なら、おぜいの女性たちから求められているに違いないもの。それに、あなたはとてもハンサムだし。でもわたしは、あなたの関心を引いても嬉しいとは思えない」

「なぜおれのことをそんなに毛嫌いしているのか、教えてくれ」

ジェームズは厳しい口調だ。でもどうして真実を打ち明けられるだろう？　彼が復讐心に燃えた冷酷きわまりない人殺しであることをわたしが知っているなんて、話すわけにはいかない。先ほどリディアに多くを知られすぎたことを、ゆめゆめ忘れてはならない。

「ただ、一人にしてほしいだけなの」シーナは答えをはぐらかした。「わたしにはあなたを拒む権利さえないの？」

「いや、きみにはその権利がある。だがおれを拒み続けている理由はまだ話していない」

「そんなことを訊かれても……」

「おれにチャンスさえ与えないつもりか？　まさかきみがそれほど冷酷な女だとは思わな

かった」

シーナは体をこわばらせた。たしかに彼の言う通りだ。こんなふうにジェームズ・マッキノンにかたくなな態度をとり続けるのは間違っている。わたしが彼を恐れている本当の理由を知らせることができないのだから、なおさらだ。

「そうね……あなたの言う通りかもしれない。せめてあなたの話に耳を傾けるくらいはできるはずだもの」

「くそっ、きみは男をどこまでばかにすれば気がすむんだ！」ジェームズは突然怒鳴った。

「え？」

「おれのことは哀れむな。きみにいくら恐れられても、憎まれても、嫌われても耐えられる。だがばかにされるのだけは我慢ならない！」

シーナは目を光らせた。「わたしが何をやっても、あなたの気に入ることなんて一つもないと思うけれど」

「ほんの少し、正直な気持ちを聞かせてくれたらじゅうぶんだ」

シーナは息をのんだ。「わたしは正直に話しているわ。それを聞いて、あなたがわたしを残酷だと責めたんじゃない！」

「そう、その通りだ。きみは本当に残酷な女だ」シーナが驚いたことに、ジェームズは含み笑いをした。「おれはきみのそういう勇気のあるところが好きだ。おれの前でも、きみはいらだちを隠そうとしないからな」

「あなたって本当に理解不能な人だわ」

「きみほどじゃないさ」ジェームズはさらりと答えた。

シーナも思わず笑みを浮かべてしまう。もし彼がマッキノン一族でなければ――マッキノン氏族長でなければ、彼のことを簡単に好きになっていただろう。

「どうやら、わたしは嵐を切り抜けたみたい」彼女はいたずらっぽく言った。

「ほう？」ジェームズが答える。シーナの気分が変わったのを見て喜んでいる様子だ。

「ひどい嵐だったか？」

「いいえ。それほどの嵐じゃなかったわ」

「きみがその答えを未来永劫（みらいえいごう）忘れないことを願うよ」

「ええ、わたしも」

ジェームズは腹の底から笑い声をあげた。「きみは本当に、めったにお目にかかれない特別な女だな。婚約（ハンドファスト）したいとおれに思わせるのも当然だ」

シーナは不意を突かれた。「ハンドファストですって？　冗談はやめて」

「いや、おれは本気でそうしたいと考えている。きみにも同じ気持ちになってほしいんだ」

これは簡単にあしらえない話題だ。「わたしのことをそんなふうに思ってくれて光栄だわ、サー・ジェイミー。でもお断りしなければ」シーナはなるべく優しい声を心がけながらも、ぎこちなく答えた。

「そんな返事を受けつけるつもりはない」

「いいえ、受けつけてもらいたいの」シーナはきっぱりと答えた。「わたしはあなたとも、誰とも結婚するつもりはない。ハンドファストという、名ばかりの緩みきった関係には賛成できないし」

「でもおれは、一度も体の相性を試したことがない女と結婚するつもりはない！」ジェームズは負けじと言い返した。

「それを聞いて安心したわ。だってどのみち、わたしはあなたと結婚しないから」シーナは語気を強めた。この男性はなんてうぬぼれやなんだろう？

ジェームズはしばし口をつぐんだ。激しい怒りと闘っているようだ。大きく息を吸い込んで、どうにか声の平静を保つ。「せめて礼儀にのっとって、おれの申し出を考えてみてはくれないか？」

「……わかったわ」

ジェームズはシーナの答えを聞いて顔を輝かせた。てっきり、またしても手厳しく拒絶されると思っていたのだ。ささやかな勝利にすぎないが、とりあえずはこれでじゅうぶんだろう。

「おれはきみを誤解していたよ。きみにも分別というものがあるんだな」シーナが何も答えないでいると、ジェームズはにやりとした。「そろそろ失礼するよ。だがその前に、もう一度きみにキスをしたい」

シーナがどんな抗議の声をあげようとしていても、結局彼の唇にふさがれ、何も言えなかっただろう。先ほどのごく優しいキスとは違い、今回ジェームズはほんの一瞬だが情熱をあらわにし、荒々しい口づけをした。抵抗もせずにそのキスを受け入れたことが、シーナは自分でも信じられなかった。本来なら彼の体を押しやるべきだったのに、そうすることもできなかった。ジェームズのキスに心奪われ、自分の意思などどこかに吹き飛んでしまったのだ。

ジェームズはキスを終えるとベッドから離れ、扉へ向かった。

「このあと、きみはおれとのやりとりについてあれこれ考えずにはいられないだろう。あそれから、もうこの塔に隠れようとするな。明日、大広間でまた会おう。それまでいい夢を見てくれ」

扉が閉められ、室内に沈黙が落ちる。

〝いい夢を見てくれ〟ですって？　先ほどまで悪夢にうなされていたというのに。しかもその悪夢に出てきたのは、ほかならぬジェームズだったのに！　いいえ、もしかすると、わたしはまだ夢を見ているのかもしれない。こんな暗闇のなか、いままで起きていたことがとても現実とは思えない。そう、わたしは夢から一度も目覚めてなどいないのだ。そう考えたほうが気が楽だった。ジェームズ・マッキノンはこの部屋になどやってきていないし、わたしとはなんのやりとりもしていない。これはすべて夢。そう考えるほうがずっといい。ずっと、はるかにいい。

17

扉を叩く音が聞こえ、シーナは突然目覚めた。音はどんどん大きくなっていく。しかたなくベッドから起き出し、怒りに任せて扉をいきおいよく開いた。こんな乱暴な起こし方をされるなんて。

扉の向こう側に立っていたのはコーレンだった。死者でさえも起き出すような音を立てていたのに、にやにやしているコーレンを見て、さらにかっとなった。

「こんな大騒ぎをする必要がどこにあるの？」シーナは鋭く問いただした。

「出てくるのにこれほど時間をかける必要がどこにあったんだ？」

「わたしは寝ていたの！」

「なんてことだ。もうとっくに起きていておかしくない時間だよ」

「何時だろうと気にしない。いまからベッドに戻るわ」

「だめだ、シーナ」コーレンはかぶりを振った。頭にくるにやにや笑いをまだやめようとはしない。「陛下へ来るようにとの命令だ」

あくびをしかけていたが、シーナは途中でやめた。「命令？　いったい誰がそんな命令を？　もしかして彼が？」

コーレンは声に出さず笑みを浮かべた。シーナが腹立たしげな表情を浮かべるのを予想していたようだ。

「ああ、兄貴から聞いたよ。昨夜兄貴はきみに、もうこの塔で姿を隠すなと警告したんだってね」

「でも……わたしはてっきり……」シーナは突然体の向きを変えた。

なんて愚かだったのだろう。あのやりとりが現実ではありませんようにと願いさえすれば、その願いが聞き入れられると本気で考えていたなんて。

「昨夜のことについて、彼はほかにどんな話をしたの？」シーナはふたたびコーレンにまっすぐ向き直った。

「兄貴が認める気でいた以上のことまで聞き出した」

「だったら、あなたは彼がわたしに婚約（ハンドファスト）を申し込んだことも知っているの？」

「ああ」

コーレンの表情を見て、シーナは眉をひそめた。「それなのに、どうしてそんなに面白がるような顔を？　理由が知りたいわ」

「きみはノーと答えるんだろう？　兄貴は今日答えを聞き出すつもりでいて、もうすでにきみを待っているんだ。ジェイミー・マッキノンはとにかくせっかちな男だからな。どんなことも我慢して待つことができないたちなんだ。特に、自分の手に入りそうにないものの場合はなおさらだ」

「でも……昨日の今日なのに？」シーナは大きくあえいだ。「彼はわたしに考えてみてくれと言っていたのよ」部屋のなかを行きつ戻りつし始める。「もしわたしが断ったら、彼はどうするつもりなのかしら？　ねえ、コーレン、あなたはどう思う？」

「兄貴はおれ以上にあきらめが悪いし、しぶとい。兄貴がハンドファストを申し込んだ女性はきみが初めてだ。それを考えたら、きみもいかに兄貴が本気かわかるだろう？」

「でも、わたしはハンドファストなんてするつもりはない。だって、あれは男性にとって都合のいい制度にすぎないもの。あの制度は信用できないわ」

「それでも名誉に値する、正しい制度だと考えられているんだ。特に、ここハイランドではね」

「そうかもしれない。でも実際の結婚につながった例がどれくらいある？　男女がある一定の契約期間、事実上の結婚生活を送る制度でしょう？　その契約期間が終わったら、男性側は相手の女性を拒否できるし、二人で別々の道を歩むことが許されているなんて」

「女性側にもその特権が許されているよ」

「そうね。でも男性の場合は何も変わらない。ハンドファストが失敗に終わった場合の、最悪な事態を考える必要もない。女性は違うわ。もはや生娘ではないし、たとえ理由がどんなものであっても、ハンドファストに失敗した女性だと知られてしまう。そんな彼女との結婚を真剣に考える男性がほかにいると思う？」

コーレンは肩をすくめた。「おれはそんなふうに考えたことが一度もない。ハンドファストは兄貴やおれが生まれるずっと前からある伝統だからね。だからいまさらそのことについて話し合おうとは思わない。それに、おれはきみにハンドファストを申し込まなかった。おれたちが幸せにやっていけるかどうか見きわめる時間なんて必要ないからね。きみがいまみたいな意見を言うべき相手は兄貴だ。ただ、最初の結婚があんな悲劇に終わったせいで、兄貴は今度は絶対に、花嫁になる女性と婚約期間を試したあとでないと結婚しないと誓っている」

「いいえ、このすべてが無意味な話し合いだわ。だってわたしは、あなたのお兄さんと結婚する気はもちろん、婚約する気もないんだもの。わたしが知りたいのは、もしそう答えたらあなたのお兄さんがどんな態度に出るかということよ。あなたはさっき、兄貴はしぶといし、あきらめが悪いと話していた。あれはどういう意味なの？」

「いや、正直に言うと、兄貴がどういう態度に出てくるか、おれにもわからないんだ」コーレンは優しい声で答えた。「きっと兄貴のことだから、きみがイエスと言うまでけっしてあきらめないいんじゃないかと思う。ただ兄貴は一度もこういう事態を経験したことがない。だからおれにも、兄貴がどう対処するのかよくわからないんだ」そこでコーレンは顔を輝かせた。「でもこうも考えられるよ。きみがおれと結婚すると兄貴に話せば、すべて解決できる。そうすれば、兄貴はもうきみに言い寄ったりしないはずだ」

コーレンの提案を聞いたシーナは腹立ちまぎれにベッドに座り込んだものの、軽い口調で答えた。「あなたはこのすべてを面白がっているようね。そもそもあなたのせいでわたしはこんな苦境に陥っているのに。ええ、わたしがここにいるのはあなたのせい。もしわたしがあなたのお兄さんと結婚したら、きっとあなたはがっかりする」

「もしきみが望んでいるのがそういうことなら――」

怒りのあまり、シーナはベッドから立ちあがった。「わたしが何を望んでいるか、あなたは知っているはずよ。いますぐここからわたしを連れ出して。あなたならできるはず。お兄さんもあなたなら許してくれるはずだわ。お兄さんに殺される前に、わたしをここから連れ出してよ！」

「なんてことを！」自分の兄を殺人者あつかいされ、コーレンは怒鳴り返した。

シーナは青い瞳を宝石のように光らせながらコーレンをにらみつけた。「これをしろ、あれはするな――ここに来てから、それしか言われていないの。父だってそんなふうにわたしに命令なんてしなかったのに。もしわたしの弟に似ていなければ、あなたのことだってサー・ジェイミーと同じくらい嫌いになっているわ」

「きみには弟がいるのか？」

シーナは慌てて口をつぐみ、コーレンの前を通りすぎて扉から出た。コーレンは階段まで追いかけてきたが、足は止めなかった。

「シーナ！」

二階へおりる階段は弧を描いているうえに幅が狭い。シーナはコーレンのほうを見ずに、自分の足元に意識を集中させていた。

「コーレン、わたしのことは放っておいて。偉大なる氏族長がお待ちだから」

「きみには本当に弟がいるのか？」

「ええ、弟に父、妹たち、いとこもいるわ。家族がいるって前にも話したでしょう？　あなたはわたしの話を本気で信じる気があるの？」

シーナは早足で二階の通路を進み、大広間に通じる階段を目指した。

すぐあとからついてくるコーレンも、彼女と同じくらい怒りを募らせていた。「もううんざりだ！　こんなやりとりは何度めだ？」

「ええ、でも真実にたどり着けたことは一度もなかった」シーナは怒りを隠そうともしなかった。「あなたは自分勝手だわ。自分のことしか考えていない。もしほんの少しでもわたしを思ってくれるなら、わたしがどれほどここにいたくないかがわかるはずよ。最初に出会った場所までわたしを連れ帰ってくれるはず」

「いったいなんのために？」

怒りが頂点に達し、シーナは叫んだ。「わたしのためによ！」

シーナは大広間に通じる、アーチ型の入り口にたどり着こうとしていた。入り口の前には男性が一人立っている。がっちりした体つきをした、ハンサムな顔立ちの男性だ。彼が大広間から出ていこうとしているのか、入ろうとしているのか、シーナにはわからなかった。こちらの叫び声を聞きつけ、男性が顔をあげている。顔にあからさまな好奇の色を浮かべていたが、シーナが最後の階段をおり、彼の前に立ったとたん、畏怖の表情に変わった。激怒のあまり、文字通り赤毛を逆立てていたのだろう。

シーナは突然気恥ずかしくなった。この男性に、あんな傲慢な物言いを聞かれていたなんて。でも、そもそも傲慢なのは、わたしにここへおりてくるよう命じたあの氏族長のほうだ。ハイランダーにとって、自分たちの氏族長がローランダーをいじめているのを見るのはさぞ愉快なお楽しみに違いない。ジェームズ・マッキノンに、彼らの面前でわたしをがみがみと叱りつけるのを許すわけにはいかない。

コーレンはシーナのすぐ背後にいたが、その男性はコーレンに目をくれようともしない。男性に行く手をさえぎられているせいで、シーナもコーレンも大広間に入ることができずにいた。シーナは右往左往するばかりだったが、コーレンは違った。

「どいてくれ、ブラック・ガウェイン」コーレンはこともなげに言った。

　男性は驚いた様子だったが、すぐに魅力的な笑みを浮かべた。「おいおい、コーレン、おまえのマナーはどこに行った？　おれはこれほどまでに美しい女性には一度も会ったことが――」

「きみに紹介する必要はない！」コーレンはぴしゃりと言った。

「そんなこと言わずに」

「いいや、紹介したらきみは彼女のことを気にかけるようになる」コーレンは言い返した。

「だが彼女は売約ずみなんだ」

「そうなのか？　相手はおまえか？」

「いいえ、彼は思い違いをしていて」シーナは自ら説明しようとした。「わたしはシーナです。最近までアバディーンに住んでいたの」

「で、そこにどうしても戻りたいと？」

　シーナは頬を染めた。「聞こえていたのね？」

「いや、二人ともわざと聞かせようとして叫んでいたわけじゃないのはわかっている」

　コーレンはいらだちを募らせた。ブラック・ガウェインがシーナにあからさまな興味を示していることも、彼女がガウェインに対して感じよく接していることも気に入らない。もしガウェインのように、もっと年上で、人生経験豊富な男たちがシーナに言い寄ったら、若輩者の自分に勝ち目などあるだろうか？　兄ジェイミーのことは脅威とは思えない。シーナが兄を恐れているからだ。だがガウェインは思いがけない競争相手になりそうだ。

「もうそれくらいでいいだろう、ガウェイン」コーレンはそっけなく言った。「兄貴がおれたちを待っているんだ」

「ほう、ちょうどおれも仕事の話をしにサー・ジェイミーのところへ行こうとしていたんだ」ガウェインは愛想よく答えた。

「一刻を争うような話じゃないだろう？」

「それが、一刻を争う話なんだ。がっかりさせて悪いな、コーレン。おまえがおれを追い払いたがっているのはよくわかる。だが気にするな。そんなおまえを責めようとは思わないさ」ガウェインは含み笑いをし、称賛の目でシーナを眺めた。「残念ながら、あの嵐のせいで穀物貯蔵庫を修繕する必要があるんだ。いますぐサー・ジェイミーと話さなくては。さあ、お嬢さん、よければご一緒に……」

ガウェインから腕を差し出され、シーナはためらいもせずに彼の腕を取った。この男性といると心が安らぐ。その事実に自分でも驚いた。ガウェインは整った顔立ちだし、女性に対して親切だ――ハイランダーにしては、ということだけれど。だから彼が好ましく思えるのだろうか？　シーナは自分に問いかけてみた。

いままでずっと、荒々しく威圧的なマッキノン兄弟とばかり過ごしてきた。きっとそのせいで、ガウェインの節度ある態度やマナーにのっとった行動がことのほか好ましく感じられるのだ。節度やマナーを守るのは、ファーガソンの実家にいるときは当たり前のことだった。でも、ここキノン城には、そういう節度ある態度が欠けている。

　氏族長のテーブルに到着したときには、どうにか冷静さを取り戻していた。ジェームズのはしばみ色の瞳と目を合わせることすらできたほどだ。目が合った瞬間、氏族長は瞳を暗く煙らせた。何を考えているのか、目の表情からはまったく読み取れない。ジェームズ・マッキノンは自分の感情を押し隠そうとしている。わたしと同じように。

　ジェームズは立ちあがりながら、シーナの美しさに改めて驚異を感じていた。透き通る肌、明るく澄んだブルーが輝く瞳、背中に垂らした豊かな巻き毛。これ以上完璧な美貌が存在するだろうか。

　マナーにのっとって、ジェームズはシーナの手を取った。彼女がここへやってくる前から、そうしようと考えていたのだ。「きみはテーブルに着くつもりがないのではないかと考え始めていたところだ。まさか具合でも悪いのか？」

　シーナはつと視線を落とした。「いいえ、ただ疲れているだけよ。ゆうべはあまりよく眠れなかったから」

「だったら、おれときみは同じように寝苦しい夜を過ごしたんだな」ジェームズはわざと意味ありげな言い方で低くつぶやき、シーナを近くへ引き寄せると、隣の椅子を指し示して座らせた。

昨夜の出来事を思い出させるようなジェームズの大胆な言葉を聞き、シーナは混乱した。少し離れた場所に立っていたブラック・ガウェインも、氏族長の言葉に混乱しているようだ。いまここでガウェインに事情を説明できればいいのに。もしくは、ジェームズの言葉に反論したい。ガウェインならわたしの味方になってくれそうだ。とはいえ、彼はジェームズ側の人間。こうして氏族長がわたしに対する興味をあからさまに示したいま、ガウェインはもうわたしに話しかけてこなくなってしまうかもしれない。

コーレンがシーナの左手に進み出て、彼女のために椅子を引こうとした瞬間、ガウェインはすっと前に出てその役目を奪ってしまった。コーレンはかっとなった様子で、いまにもガウェインに食ってかかりそうないきおいだ。もし兄から非難するような鋭い一瞥をくれられなければ、実際にそうしていただろう。怒りに顔を紅潮させながら、コーレンは踵を返して大広間から出ていった。ジェームズが体の向きを変え、今度はガウェインを一瞥する。不機嫌そうな表情だ。

「いとこよ、なぜここへやってきた？」

「おれがこの大広間にやってくるのに理由が必要か？」ガウェインはにやりとした。

「きみはおれの弟を挑発した」

「そうかな？　いや、そうかもしれない。コーレンはまだ若い。美しい女性のために闘うには、それなりの流儀があることを学ばないとな」

「それで、きみはその流儀とやらをコーレンに教えるつもりか?」

シーナの神経は波立った。この二人の男性はわたしについて話しているというのに、まるでわたしがここにいないかのような態度だ。とはいえ、この言い争いが自分のせいであることはわかっている。だから一番恐れているジェームズの手から、無理に手を引き抜こうとはしなかった。氏族長の手は驚くほど温かい。それに、びっくりするほどしなやかな指だ。

「これはどういうことだ、ジェイミー?」ガウェインはため息をついた。「コーレンは彼女が売約ずみだと言っていたが、彼女はそうじゃないと言っている」

「だったら彼女の言う通りだろう」ジェームズは声を和らげた。「だが、彼女がおれと弟にはっきり断るまで、きみは彼女に対する興味を抑えて、引っ込んでいてくれたらありがたい」

「わたしはもう――」

シーナは答えようとしたが、ジェームズが警告するように指先に力を込めたのに気づき、口をつぐんだ。そうまでされているのに、この氏族長にわざわざ逆らうほどこちらも愚かではない。ジェームズがわたしの返事を二人きりのときに聞きたいと考えているなら、それに従うまでだ。

「何か言いかけていたね、お嬢さん?」ガウェインが先をうながした。でもシーナがかぶりを振ると、それ以上無理強いしようとはしなかった。「まだ心を決めかねているというわけかな?」ガウェインはのんびりと尋ねた。「まあ、そういうものだろう。現実は何が起きるか本当にわからないものだよな。まさか、きみとコーレンが同じ女性を好きになるなんて思いもしなかったよ、ジェイミー」

「どんな家でもよくあることだ」ややこわばった口調でジェームズは答えた。

「たしかに」ガウェインは同意した。「それでジェシー・マーティンはどうするんだ?おれはてっきり――」

「終わりにする」ジェームズは鋭く答えた。

「いますぐに?　彼女はそれを知っているのか?」

「ガウェイン、質問のしすぎだぞ。これはきみとはなんの関係もないことだ」

ガウェインが笑みを浮かべた瞬間、ジェシーが早足で近づいてきた。挑発的なデザインの青いシルクドレスを身にまとい、氏族長に気づいて顔を輝かせている。

ジェームズは心ひそかに悪態をついた。時間がなくて、まだジェシーには何も話していない。しかも、ここにはシーナがいるのだ。

「シーナ、ここにいろ」ジェームズは彼女の手をもう一度握りしめてから離した。「用がすんだら、きみと話したい」

シーナはすがるような目でジェームズを見た。この女性が何者か、ジェームズにとってどんな存在なのかはわかっている。

「サー・ジェイミー、あなたがこれから何をしようとしているのか、わたしにはわかっているの。どうかわたしのためにそんなことはしないで。あなたは後悔することになるわ」

ジェームズはシーナに優しい笑みを向けると、テーブルから離れた。ジェシーの行く手をさえぎり、彼女を暖炉前へといざなう。

シーナは思わずため息をついた。ジェームズの愛人は驚くほど美しい女性だ。こんなひどい扱いを受けるいわれはない。二人が声を荒らげるのが聞こえ、さらに強烈な罪悪感に襲われた。

「まさか本気じゃないでしょう、ジェイミー！　あまりに急すぎるわ」

「ジェシー、大声を出すな」

「嫌よ！　わたし、絶対に出ていかない！」

「いいや、出ていってもらう」

「ああ」シーナはため息をつき、両手で顔を覆った。「どうして彼はあんなに残酷になれるの？」

「お嬢さん、あの尻軽女に同情する必要はない。時間の無駄だ」ブラック・ガウェインが言った。

「あなたはもう少し情け深い人だと思っていたのに」シーナは硬い口調で答えた。

「そんな目でおれを見ないでくれ。ジェシー・マーティンは計算高くて、不誠実な女だ。彼女はああいう目にあって当然なんだよ」

「どういう意味？」

「ジェイミーはもともとジェシーと関わりたくなかったんだ。彼女が恋愛ゲームを楽しんでいることも、そのゲームの見返りを求めていることも知っていたからな。というか、ジェシーと関わりのある人間なら誰だって知っている。だがジェシーは必死に彼の愛人になろうとした。ジェイミーも男だ。彼女の魅力に抗えなかっただけさ」

「そんな話は聞きたくなかったのに」

「事情をすべて知りたいのかと思っていたよ。何しろ、ジェシーの後釜に座るのはきみだからね」

シーナは目を光らせ、答えた。「彼の愛人になれと命じられたわけじゃないもの」

ガウェインは驚いたような表情を浮かべた。「許してくれ、お嬢さん。おれはてっきり……ジェイミーからは、まず花嫁を試してからではないと絶対に結婚しないと聞かされていたものだから」

「ええ、わたしもそう聞いたわ」

「ということは、ジェイミーはきみにハンドファストを申し込んだのか？」シーナが渋々うなずくのを見て、ガウェインは含み笑いを浮かべた。「そうか、そうか。そこまではおれも考えつかなかった。ジェイミーはこれまで誰にもハンドファストを申し込んだことがないんだ。いままで、この女性なら責任を持って面倒を見たいと思える相手に一度も巡り合わなかったからな」

「わたしには、ハンドファストが責任を持って相手の面倒を見る契約だとは思えない」シーナは鋭く答えた。「男性にとって都合のいい制度にすぎないわ。彼らによこしまな情事を許すだけよ。わたしはそんな制度を絶対に信用――」

シーナは意見を言い終えることができなかった。いきなり誰かに髪の毛をつかまれ、ものすごい力で引っ張られ、椅子から転げ落ちたのだ。気づくと、床に倒れ込んでいた。

しばらくは動くことさえできなかった。まるで強風に打ち倒されたかのような衝撃だった。おそるおそる顔をあげ、襲ってきた相手を確かめてみる。ジェシー・マーティンだ。激しい怒りに顔が醜く歪み、先ほどまでの美しさはかけらも感じられない。ジェシーは長い爪でいままさにシーナの顔を引っかこうとしていた。それでも動くことも、叫ぶこともできない。ただなすすべもなく、鉤爪のようなジェシーの指先が近づいてくるのを見つめ……。

突然、ジェシーの手が見えなくなった。背後からジェームズに強く引き戻され、彼女はよろめきながらうしろに下がったのだ。

「いいかげんにしろ！」ジェームズは叫んだ。「さもないと、きみをここから叩き出すぞ！　さっきからそうしたくてうずうずしているんだ」

「そうしたいなら、そうすればいい！」ジェシーも叫んだ。「あなたの弟が持ち帰ってきたこのあばずれ女をわたしの代わりにするつもりなのね。どうしてよ？」

「きみに説明する義務はないはずだ、ジェシー。とにかく、きみとはもう終わりだ。きみはその事実さえ知っていればいい」

「そんなの耐えられない！」ジェシーは声を限りに叫んだ。「あなたはわたしを利用したのよ、ジェイミー！」

「きみがおれを利用したのに比べればどうってことないさ」ジェームズの声は冷静そのものだ。「これはきみが自分でまいた種じゃないか。自業自得だ」

「くたばれ、ジェイミー・マッキノン！」ジェシーは金切り声をあげ、緑色の瞳を炎のように光らせた。「あんたはこのことを後悔する羽目になる。わたしが後悔させてみせる。それに、この女にもね！」ジェシーは殺気だった目でシーナを一瞥した。「あんたも最初はこの男にちやほやされるでしょう。でも、それはこんなふうに、この男が新しい女に目を奪われるまでのことよ。こいつは不誠実なろくでなしだもの！」

　ジェームズはジェシーの両腕をつかみ、彼女を自分の体から遠ざけた。「ガウェイン。悪いが彼女をここから連れ出し、耳が不自由な者を探して、彼女を家まで送らせてくれ。この女の醜い言葉をもう誰にも聞かせたくない」

ガウェインは完全にこの状況を面白がっているようだ。含み笑いを浮かべながら、ジェシーの片腕を取ると言った。「彼女にはちょっとした元気づけが必要だろう。もしきみが一日か二日、おれの不在を許してくれるなら、おれが彼女を元気づけてやる」

「好きなようにしろ。自分が何をしようとしているのか、わかっているならばな」

ガウェインは笑い声をあげると、ジェシーを大広間から連れて出ていこうとした。意外にもジェシーはすなおに彼に従った。新たな崇拝者が登場したことで、自信を取り戻したのだろう。大広間から出ていくまで、ジェシーは憤慨したようにしゃべり続けていたが、ガウェインは聞き流している様子だ。〝冷酷〟〝自分勝手〟〝気まぐれ〟——シーナの耳にもそんな言葉がもれ聞こえてきたが、やがて大広間に沈黙が訪れた。あんな大騒ぎが起きたなんて信じられない。

まったく、なんという屈辱だろう。本来なら、こんな屈辱も軽蔑も受けるいわれがないのに。

「シーナ」

ジェームズのほうを振り返ったとき、これまでこらえてきた感情がいっきに爆発した。

「よくも彼女にあんなしうちを……わたしにも」

低いささやき声だったが、その声ににじむ激しい怒りを感じ取り、ジェームズは衝撃を受けたようだ。

「まさか彼女があんな大騒ぎを起こすとは思わなかったんだ。けがはないか?」

「もう言わせてもらうわ」シーナは声を荒らげた。「あなたには、わたしをここへ残らせて、こんなみじめな思いをさせる権利なんてない」

「おれがきみにここへ残ってくれと頼んでいるのは、みじめな思いをさせるためじゃない」

ジェームズも我慢の限界に近づいていることに気づき、シーナはさっと目を伏せた。わたしがいまもっとも避けたいのは、この氏族長を挑発して怒りを買うという、何より恐ろしい事態を招くことだ。

「今日はもうこれ以上何かを話し合ったりしたくないの」シーナはひっそりと言った。

「なんだ、そのなげやりな態度は? 激しい怒りは簡単に消えるものではない。もしおれを怒鳴りつけたいなら、好きなだけ怒鳴るといい。自分の本心を隠して、従順なふりをしないでくれ。そんなのは耐えられない」

「わかったわ、サー・ジェイミー」シーナはかたくなな口調で答えた。「あなたがたったいま彼女に対してしたことが、わたしは嫌でたまらない。あの女性があなたについて話していた一言一言に同意したい気分よ。さっき、あなたに早まらないでと頼んだのに、あなたはやっぱりこちらの意見になんて耳を貸そうともしなかった。あなたのそばには女性が誰もいなくなるのね。あなたがわたしを自分のものにすることは絶対にないから」

ジェームズはにやりとして、シーナを驚かせた。「だからこそ、あの話について考えるんだ」

「ハンドファストはなしよ！」彼の茶目っ気たっぷりの態度に憤慨しながら、シーナはぴしゃりと答えた。

「それについてもじっくり考えよう。さあ、とりあえずこっちに来い。きみはまだ何も食べていないだろう？」

シーナは彼が伸ばしてきた手を完全に無視した。氏族長が突然見せた気分の変化に、いらだちを覚えずにはいられない。「いまは何も食べる気になれないの。このまま失礼させてもらうわ……」

ジェームズはため息をついた。「ああ、よかろう。だが今日はこれから、きみはおれと一緒に馬で出かける予定だ。あと一時間で支度を調えるように」

「嫌よ！」シーナがあえぐ。

「支度を調えるんだ、シーナ」

彼女はその場から歩き去った。またしても命令だ。命令には従わなければならない。自分でも、ジェームズに抵抗しすぎているのはわかっていた。でも、これほど誰彼かまわず命令を出し続けるなんて、力の使い方を間違っている。

でもそんな男性に対して、わたしにいったい何ができるというのだろう？

18

シーナは唇を引き結び、静かな怒りを抱えながら、前を行くがっしりとした背中をにらみつけた。ジェームズが正午に迎えに来て以来、彼とは一言も話していない。案内されて馬屋へ行き、手を借りて牝馬にのせてくれたときも、何も言おうとはしなかった。それからジェームズはお世辞を言ったり、どうにか会話しようとしているが、無視を続けている。彼の態度はあまりに横暴だ。もうこれ以上我慢ならない。

ただこの時点では、ジェームズのお情けにすがるしかないこともある。いま身につけているドレスもその一つだ。彼から与えてもらったドレスは、サイズがほぼぴったりだった。シーナがリディアと同じくらい小柄だったせいだが、一つだけ難を言えば胸の部分がきつい。はち切れそうになっているその部分を見れば、これが明らかにシーナのドレスではないとわかるだろう。愛らしい淡青色をした長袖のドレスで、袖口には白い毛皮があしらわれている。外套もドレスと同じく毛皮の縁取りがされ、真珠の留め具がついていた。これとまったく違う状況ならば、シーナもこんな愛らしいドレスを貸してもらえたことを心から感謝しただろう。

ジェームズがどこに連れていこうとしているのか、最初はまったく興味がなかった。でも途中で、馬が谷をくだっているわけではないことに気づいた。思えば、先ほどから目の前に広がっているのは平地だけだ。それゆえ馬にのっていても快適に過ごせている。そそり立つごつごつとした岩を回り込んだとき、試しに背後を振り返ってみた。キノン城はもはやどこにも見えない。二人をのせた馬は、踏みかためられた道をひたすら進んでいる。あたりに小作地は一つも見当たらないし、数本の木や低木の茂み以外、生き物の気配もなかった。

シーナは背筋に寒いものが走るのを感じた。人っ子一人いないこんな場所では、誰もわたしの叫び声を聞きつけることはないだろう。ここにいるのは、ジェームズとわたしの二人だけ。わたしのこれからの運命は、この氏族長に握られていると言っていい。その証拠に、わたしがのっている牝馬の手綱までもがジェームズの手に握られ、いいように先導されている。

「どこへ連れていくつもりなの？」シーナは尋ねたが、ジェームズは何も答えようとせず、彼女のほうを振り返ってみようともしない。シーナは込みあげる不安をどうにかのみくだそうとした。「サー・ジェイミー、お願いよ……わたし、もうお城へ戻りたい！」

「そんなに不安そうな声を出すな。恐れる必要などどこにもない」ジェームズは冷静な声で答えたが、まだ彼女のほうを振り向こうとしない。

ジェームズのほうは心のなかでつぶやいた。いま振り返ってシーナの表情を見たら不憫に思い、このまま城へ連れ帰ってしまうかもしれない。そもそもこうしてシーナを城の外へ連れ出したのは、二人きりになり、自分は信頼に足る男だと証明するためだからだ。それに、シーナをもっと楽しい気分にさせてあげたかった。そこで思い出したのが、彼女が水浴びや水泳を好んでいたということだ。もちろん、あの峡谷で水浴びをしている姿を見たことを彼女に話すつもりはさらさらない。

ジェームズはにんまりとした。こうして彼女を連れ出した理由が自分勝手なものなのは否定できなかった。おれが求めているのは、シーナから感謝されることだ。いや、感謝されないまでも、せめて彼女に笑顔を浮かべてもらいたい。それが無理なら、もう少し明るい気分になってほしい。先日の夜のようにくすくす笑いをしているシーナをもう一度見るためならば、どんなことでもやるつもりだった。

振り返ろうとしないジェームズの背中を見つめながら、シーナは聞こえないように祈りの言葉をつぶやいていた。望みはただ一つ。どうにかして奇跡が起こり、わたしをこの窮地から救い出してもらうこと……。

そのときジェームズが突然馬を止め、シーナの馬も歩みを止めた。シーナがひたすら息を殺して彼の出方を待つなか、ようやくジェームズが振り返り、こちらを見た。その瞬間、長い安堵のため息をつかずにはいられなかった。どう見ても、氏族長の表情に悪意は感じられない。というか、これほど茶目っ気たっぷりの笑顔は見たことがない。不安と同時に、先ほどまでの怒りもどこかへ消えていた。取って代わったのは恥じらいの感情だ。どうしてだろう？　いつものわたしらしくない。馬からおりたジェームズから体を持ちあげられ、地面におろされると、さらに動揺してしまった。

ジェームズがぽつりと言った。「おれは小さなころ、よくここへ来たんだ」

「そうなの？」シーナは答えた。こんなふうにしていると、まるで彼とは普段から何気ない会話をする間柄のように感じられる。

シーナの視線の先に広がっていたのは、陽光を受けてきらめく美しい水面だ。流れる小川の片端に、小さくて可愛らしい池があった。人工的に造られた堤防のようなものが川の脇に見えている。うずたかく積まれた丸石によって、谷側から流れてくる水が堰き止められていた。

「この堤防はあなたが造ったの？」

「いや。おれが覚えているよりもずっと前からあるんだ。ここは心落ち着く場所だった。子どものころはよくあそこにある岩に座って、日がな一日水面を見つめていたものだ。だがあの岩の形は、飛び込みにもちょうどいいんだ。もし飛び込みたいならやってみるといい」

「池は深いの？」

「ああ。深い斜面になっているせいで、泳ぐのにぴったりだよ。実際、快適に泳げるんだ」

シーナはあごがれを込めて水面をじっと見つめた。たしかに泳ぐと気持ちよさそうな池だ。よく水浴びをしていた渓谷の池ほどへんぴな場所にあるわけではないが、人影はない。それに、何より美しかった。この池で泳いでいるジェームズの姿を想像しようとしたが、うまくいかない。少年時代の彼さえ、頭に思い描くのは難しかった。目の前にいるこの男性が、かつては少年だったなんてどうにも信じられない。

「いまでもここに来ることがあるの？」シーナはそっと尋ねてみた。

「いや。もう何年もここには来たことがない。そんな時間の余裕がないんだ。それに、おれが泳ぐのは暖かい季節だけだ。一年のこの時期だと、もう水が冷たすぎる」

シーナは思わず笑みを浮かべた。わたしは早春も晩秋も泳ぐことに慣れている。いまの時期よりももっと寒い季節になっても泳いでいた。ああ、いまここで泳げたらいいのに！

無意識のうちに、ため息をついていた。ひんやりとした水の流れが、優しく愛撫するように体にまとわりつくのを感じたい。キノン城にやってきてから、まともな入浴もしていない。水を含ませたスポンジで体を拭くだけだ。もし一人きりだったなら……。

「どうしてわたしをここへ連れてきたの？」シーナは苦々しげな口調で尋ねた。

ジェームズは彼女に背を向けた。「きみがこの静けさを喜ぶだろうと思ったからだ。だが明らかに、おれの間違いだったようだな」

「もちろん喜んでいるわ」そう答えたものの、残念ながら不満そうな声になった。これでは、ちっともありがたがっているようには聞こえない。

ジェームズはふたたびシーナに向き直ると、両方の口角をわずかに持ちあげた。「だったら時間があるときに、またきみを連れてくるよ。だが悲しいかな、いまはここにいられないんだ」

「どうして？」

「ほかにもおれの時間を必要としている者たちがいるからだ。でもきみが望むなら、またここへ連れてくると約束する」

「だったら、今日もう一度は？」

ジェームズは笑った。「それもあるかもしれない」

「たとえば、わたしをここへ置いていくのはどうかしら？」シーナは希望を込めて尋ねた。

「わたしは一人きりになりたくてたまらないの……少しの間だけでいい」

ジェームズは探るような目で彼女を見つめた。「きみがアバディーンへ戻らないという確信が持てたら、その望みを叶えられるかもしれない」

「だったらあの牝馬を連れていって。馬がなければ遠くには行けないもの」

「なるほど、一理あるな。だがそれでも、きみがあてもなく歩き回って迷子になり、見つけ出すのにひどく苦労する可能性もある」

「もしあなたが戻ってくるまで、ずっとここにいると誓ったら？」

「誓えるのか？」

「ええ」シーナは即座に答え、息をのんで氏族長の返事を待った。

ジェームズはしばし無言のままだった。表情を見れば、あれこれ逡巡しているのがよくわかる。だがとうとうため息をついて口を開いた。

「これは信用に関わる問題だ。おれがきみの言葉を信じられるかどうかがかかっている。おれは、きみにもおれのことを信頼してほしい。おれたち二人の間の信頼関係を、どこからか始めなければいけないよな」

シーナは瞳を輝かせた。「それならここに残っていいの？」

「ああ」

「どれくらい？　あなたが戻ってくるまでどれくらい時間があるかしら？」

ジェームズは声を出さずに笑った。「おれが仕事を終えてここに戻ってくるまで、最低でも一時間はかかるだろう」

シーナは突然体の向きを変えた。嬉し涙をこらえていたのだ。でもジェームズにはそれを気づかれたくない。感謝の言葉をひっそりと口にする。「ありがとう」

「それできみが幸せになれるなら、おれも嬉しいよ」

ジェームズのまじめな口調に驚き、シーナは突然心配になってふたたび彼のほうを見た。もしかして何か別の目的があるのではないだろうか？　でもジェームズはただ含み笑いを浮かべているだけだ。

彼は自分の馬に颯爽（さっそう）とまたがり、牝馬の手綱を握った。「きみが言ったように、この馬は連れていく。きみが変な気を起こさないようにな」

そう言い残し、キノン城に向けて走り去るジェームズの姿を見送りながら、シーナは気づかないうちに笑みを浮かべていた。

あの感じがよくて魅力的な男性は、本当にわたしの宿敵なのだろうか？　でも次の瞬間、そんなことを考えた自分を厳しく叱りつけた。そう、彼はわたしの宿敵にほかならない。だからこそ、ジェームズのあふれんばかりの魅力に対して警戒する必要がある。たとえ彼が悪魔のようにハンサムであろうと、あの笑みでこちらの恐れを一掃できようと、そんなことは関係ない。

彼はジェームズ・マッキノン。わたしの一族にとって不倶戴天（ふぐたいてん）の敵である事実に変わりはない。ジェームズは好きなだけわたしのことを信頼すればいい。でもわたしは、これからもけっして彼を信じたりしない。

19

シーナは表面がつるつるした岩の上で思いきり体を伸ばし、低く垂れ込めた雲の合間から差し込んでいる太陽の光を浴びていた。池の水は本当に冷たかったけれど、水浴びできる喜びは何ものにも代えがたい。いまは、池で一人きりで過ごす時間を満喫し、こうして冷えた体を日光浴で温めているところだ。でも一人の時間を楽しみすぎたせいで、もう残り時間があまりない。

許された一時間はすでに終わりに近づきつつある。だから、もはやこうしてゆったりと横たわり、むき出しの肌を陽光で温めてはいられない。ドレスに袖を通し、手早く身につけなければ……。慌てて服を着ながらも、つい笑みを浮かべてしまう。もしこんな姿で日光浴をしているわたしを見つけたら、ジェームズはどんなに驚くだろう？　賭けてもいい。彼は衝撃のあまり、この機に乗じてわたしにつけ込むことさえできないはずだ。

そのとき、切り立った崖を馬で回り込んで近づいてくるジェームズの姿が見えた。その大きな崖のせいで、シーナのいる場所からはキノン城が見えない。ジェームズが彼女の牝(ひん)

馬を併走させながら馬を全力疾走させているのに気づき、シーナは眉をひそめた。彼はなぜあんなに急いでいるのだろう?

「何か悪いことでもあったの?」シーナは彼に向かって叫んだ。

ジェームズはにやりとして馬から飛びおりると、二頭の馬をそのままにして草を食ませた。早足ですぐに池のほとりにやってくると、岩の上にはいのぼってシーナに近づいてきた。

「美しい女性に会えるのに、急がない男がいると思うか?」ジェームズは笑みを浮かべると、シーナのもとへたどり着き、袋を手渡した。

「これは?」

「今日きみが何も食べていないのを思い出したんだ。だからきみのためにほんの少し食べ物を持ってきた」

シーナは袋を開けて、彼を見あげた。「ほんの少し? いいえ、袋いっぱいに食べ物が入っているわ」

「ああ、全部が全部、きみのものというわけじゃないからね」ジェームズが軽い口調で答える。「さあ、一緒に座ろう」

シーナはためらった。ジェームズは喜びに満ちあふれている。それにどういうわけか、とても機嫌がいい。いったいどうして?

シーナは体の向きを少し変え、彼と向かい合うように座り直した。

ひとたび落ち着くと、ジェームズはシーナから袋を受け取り、中身を彼女に手渡し始めた。皮袋に入ったワイン、丸くて平べったいパン、焼いた鶏肉の半身にジンジャーケーキだ。

膝から食べ物がこぼれそうになり、シーナは思わず笑い声をあげた。「ジェームズ、もうじゅうぶんだわ！」

ジェームズは岩にゆったりともたれると、長い両脚を伸ばした。シーナも体の力を抜き、唇に笑みを浮かべながら、彼が袋を引っかき回して何かを捜している姿を見つめた。ジェームズがとうとうもう半分の鶏肉を見つけ出すと、二人で食事を始めた。

食事の合間、シーナは青空を横切る雲の流れを眺めると同時に、ジェームズの様子にも目を走らせずにはいられなかった。どうしても彼のほうに目が行くのを止められない。しかも見つめるたびに目が合い、こちらが慌てて目をそらすことの繰り返しだ。なんだか不思議。目が吸い寄せられるように、どうしてもジェームズのほうを見てしまう。この長い沈黙の合間に起きていることが、とても現実には思えない。彼と目が合うたびに心臓がとくんと跳ね、のぼせあがったように頭がくらくらとする。これはきっとワインのせい。あんなにたくさん飲むべきではなかった。いままでは頬も熱くなって——いいえ、違う。頬が染まっているのは、はしばみ色の瞳にじっと見つめられているから。

とうとうシーナは我慢できずに沈黙を破った。「まだお城に戻らないの？」

「そんなに慌てる必要はない」

ジェームズにしてみれば、まだ戻るつもりなどさらさらなかった。ずっと前から、今日はシーナのための一日にしようと決めていたのだ。それだけに、先ほどこの場所にシーナを一人置いていくにはありったけの意志の力をかき集めなければならなかった。しかも緊急の用事など存在しなかったため、一時間もここから離れているためには、さらなる意志の力が必要だったのだ。すべては彼女に水浴びをさせてあげたい一心だった。

そのかいあってか、シーナのこの変わりようはどうだ！　おれがここに戻ってきて以来、彼女は辛辣な言葉を一言も口にしていない。それに、こちらを見つめる彼女の瞳にも恐れの色が見られない。それどころか、頬を染めたシーナはとても女らしく見える。あまりに愛らしすぎて、こうして距離を保っているだけで精一杯だ。

いっぽうシーナは両手を洗おうと立ちあがり、ひざまずいて水辺に手を伸ばした。だが水面まで距離がありすぎて手が届かず、岩の上に横たわらなければならなかった。両手がようやく池についたと思ったら、ジェームズも隣に体を横たえ、手で水をすくいあげて洗い始めた。いまにも彼の体が脇にくっつきそうなほどの至近距離だ。すぐに体を離すべきところだろう。でもシーナはそうしなかった。どういうわけか、一ミリも体を動かすことができなかったのだ。

ジェームズは水中でシーナの両手を片手でつかむとゆっくりと掲げ、唇を押し当てながら目を合わせてきた。そして片時も目を離さないまま、シーナの指先についた水滴をしゃぶり始める。

シーナは指先がうずくのを感じた。うずきは腕全体、そして背中へと広がっていく。その合間にジェームズは体をさらに近づけてきて、わずかにあった隙間をすばやく埋めたかと思うと、シーナの体に覆いかぶさり、これ以上ないほど優しく口づけた。舌先でシーナの下唇の輪郭をたどり、いっきに舌全体を彼女の口のなかへ差し入れた。

いったい何が起きているの？　直前までそう考えていたはずなのに、突然シーナの思考は消え去った。恐れの気持ちもどこかへ吹き飛んだようだ。いま感じているのは、全身を駆け巡っている奇妙なうずきだけ。体が温かくなり、これ以上ないほどいい気分だった。こんな心地よさはいまだかつて感じたことがない。

ジェームズは水辺から離れると、プラッドの上にシーナの体を横たえた。彼は食事の前に二人で座れるよう、そのプラッドを表面がつるつるした岩の上に広げてくれていたのだ。ジェームズのチュニックの首元から胸毛がちらりと見えたと思ったら、次の瞬間、唇を完全にふさがれた。舌先の巧みな動きに、またしても体のうずきがひどくなる。彼は唇を重ねたまま、がっしりとした男らしい手をシーナの両頰にさまよわせ、やがてうなじから腕へと滑らせた。

外套の留め具が外されたのがぼんやりとわかったが、いまは何も考えられない。さらに彼はボディスのレース紐も解こうとしているらしく、指先をちょうど胸の頂あたりにさまよわせている。どうしようもないうずきは高まるいっぽうだ。彼はわたしのドレスを完全に脱がせるつもりなのだろうか？

シーナは片手をあげてジェームズの体を押し戻そうとしたが、彼はその手を取って自分の頬へ当てさせた。

「だめ……やめて……サー・ジェイミー」

息も絶え絶えのかすれ声しか出ない。ジェームズはそんなシーナを見つめて、訳知り顔の笑みを浮かべた。それから称賛するように、シーナの顔の造作の一つ一つを熱心に目でたどりながらキスの雨を降らせ始めた。舌先で唇をなめられ、温かな吐息がシーナの吐息と混ざり合っていく。

「きみはジンジャーの味わいがする。まだデザートは食べていないのに」ジェームズはささやいた。

デザート？　彼はわたしの処女をこの場で奪うつもりなの？　シーナは声をあげようとしたが、彼にさえぎられてしまった。

「しーっ、きみを味わわせてくれ」うっとりしてしまうような声だ。「頼むよ」

舌を口のなかに何度も差し入れられるうちに、シーナはしだいに理性を失っていった。

まるでジェームズから無理やりすべてを奪われているかのよう——理性だけでなく、わたしの呼吸も、意思も。

ジェームズから手を離されると、無意識のうちにその手を彼の首に巻きつけていた。ふたたび彼の指がボディスのレース紐にかけられたのに気づいたが、今回は止めようとはしなかった。この魔法のような時間を途切れさせたくない。

ジェームズはドレスの胸部分を引きはがし、温かな胸に片手を滑らせてきた。やがて、大きくてごつごつした片手を両方の胸にはわせ、このうえなく優しく揉んだり触れたりし始める。

男の人に胸を触られるのは初めてなのに……。あまりの心地よさに、シーナは抗うことさえできなかった。

ジェームズは確信していた。シーナはいま、完全におれのものだ。嬉しさに叫び出したくなる。興奮が募るあまり、もはや爆発寸前だった。欲望の証が痛いほどそそり立っている。しかも体の下でシーナが身をよじらせているため、さらにひどい事態になりそうだ。相手がほかの女ならば、欲望を我慢しようなどとは夢にも思わないだろう。だが相手はシーナ——おれが何よりも求めている女なのだ。すでに彼女も昂っている。その昂りを最大限まで高めるとどうなるのか、シーナに知ってほしい。おれと同じように、シーナにもこれ以上ないほどの欲望を感じさせたい。

ジェームズから唇を首筋にはわされ、耳の下の感じやすい部分にキスをされ、シーナはうめき、体をぶるりと震わせた。背中の下に入ってきた両手が体を持ちあげ、胸の頂に濡れた唇が押し当てられる。シーナは大きくあえぐと、両手をジェームズの髪に差し入れ、指先に力を込めた。いまや全身に火がついている。その炎があっという間に体の下のほうへと燃え広がり、体全体が切なくうずき出していた。

「兄貴！　おーい、兄貴ってば！」

その声が二人の耳に届いた瞬間、ジェームズは顔をあげ、危険なほど目を光らせた。険しい崖を回り込んで近づいてくるのは、弟コーレンだった。

「くそっ、あいつを絞め殺してやる！」ジェームズは食いしばった歯の間から悪態をついた。シーナを見おろしてみると、眉を思いきりひそめている。渋々ながら体を離すと、彼女の顔から血の気がいっきに引いた。いまや彼女は目を見開き、非難するようなまなざしでこちらを見あげている。

「そんな目でおれを見ないでくれ」ジェームズは熱くなっていた血が冷えていくのを感じ、そっけなく言った。「きみは何も間違ったことをしていない。おれも、きみに謝らなければいけないようなことはしていない。いまのは起こるべくして起きたことだ。いつか別の機会に、これを二人で終わらせよう。ただ、いまはなるべく早くドレスを身につけてほしい。きみのそんな姿を弟に見せたくない」

　恥ずかしさのあまり顔も頬も真っ赤になるのを感じながら、シーナはジェームズに背を向け、心のなかでひとりごちた。ああ、神様……わたしはなんてことをしでかしたのでしょう？

　シーナはぎこちない手つきでボディスのレース紐をしっかりと締めると、外套を羽織るべく体の向きを変えた。ジェームズが外套を手にし、こちらのほうへ差し出しているのに気づいて、すばやく外套をひったくる。とても目を合わせることなんてできない。この男性と目を合わせたいとは思えない――もう二度と。

「シーナ、どうかしたのか？」コーレンは二人に近づくと、川を渡ってきたところで馬からおりた。

「何も問題ないわ」そう答えたものの、声が震えている。「乗馬をしていたの」

　コーレンは片眉をつりあげた。「まさか泳いだのか？　泳ぐには寒すぎる天気だとは思わなかったのか？」

「どうして――」尋ねかけてシーナは気づいた。誰が見てもわかって当然だ。編んだ髪はまだ濡れていてずっしりと重たいままなのだから。ゆっくりと時間をかけて息を吸い込んでいるうちに、突然、この二人の男性と一緒にいるのがつくづく嫌になった。池を回り込み、牝馬がいるほうへ早足で近づいていく。

「どこへ行くつもりだ？」ジェームズが叫んだ。

「お城に戻るの。帰り道は一人でも大丈夫」

「シーナ！」

　彼女は振り返りもせず、牝馬にひらりとまたがった。ドレスのスカートを膝までたくしあげ、両のあぶみにつま先をめり込ませると、いっきに川を飛び越え、驚く二人の男たちを置き去りにして全力疾走で駆け去った。

「彼女は乗馬の名手だ。間違いない」コーレンは遠ざかる彼女を見送りながら言った。「おかしいと思わないか？　マキューエン一族はそんなに馬を持っていないはずだ。女たちにまでのり方を学ばせるほど、馬の数に余裕があるとは思えない」

　ジェームズを振り返ったコーレンはその場に凍りついた。兄が殺気だった視線でこちらをにらみつけていたのだ。

「もしおまえが弟じゃなかったら」ジェームズは冷たい声で言った。「いますぐここで殺していたところだ。なんの用でここにやってきた？」最後は怒鳴り声だった。

「城に客が来たんだ」コーレンは早口で説明をした。「ウィル・ジェムソンが兄貴の馬たちの様子を見にやってきた。金をたんまりと持ってきている。それを兄貴に知らせたくて……」

「おれが城へ戻るまで、彼を待たせることもできたはずだ。今夜は城に泊まるに決まっている」

「ああ。だが、まさか兄貴の邪魔になるなんて思いもしなかったんだ。ここにやってきたことを謝るつもりはない」兄の苦虫を噛(か)みつぶしたような顔を見て、コーレンはにやりとした。「ほら、兄貴、この池で泳いで頭を冷やすのが一番だ。心配するな。シーナはおれが城まで安全に送り届ける」

兄から痛い目にあわされる前に、コーレンはさっさと馬で走り去った。ジェームズの前でも、にやにや笑いをあえて隠そうとはしないままで。

20

シーナは使用人用の出入り口からキノン城の居住区域に入った。こうすれば大広間を通り抜ける必要がない。二階へ通じる階段を駆けあがり、塔に向かう通路をまっすぐに進み、さらに階段をのぼって自分の部屋にたどり着いた。扉を開けたとたん目に飛び込んできたのは、窓側の椅子の上に折りたたんで置かれていた二枚のドレスだ。その脇には、新調するための生地の巻き物も何反か置かれている。それらを目にしたとき、急に涙があふれてきた。新しいドレスを作るとはすなわち、ここから永遠に抜け出せないことを意味しているからだ。

シーナはベッドに倒れ込んですすり泣いたが、すぐに体を起こした。胸がひどく敏感になっていて、何かが少し触れただけでひりひりとする。

あの男性はわたしにいったい何をしたのだろう？　あんなふうに自分の体に触れたことはないし、そんなことをしたいとも思わなかったのに……。そして、どうしてあんなことが起きたのだろう？　わかっているのは、あのときは魔法にかけられたように、意識がぼんやりとしていたことだ。それなのに、いまこうしていてもすべてを——あらゆる瞬間を思い出すことができる。シーナは頬を染めた。

あの男性は悪魔そのもの。しかも強力な魔法まで使えるのだ。何があってもジェームズ・マッキノンから遠く離れていなければ。

その日の遅い時間、部屋にやってきた人物を見てシーナは悲鳴をあげた。あれから混乱したまま、ひとしきり泣き暮れたあと、ようやくほんの少しだけ眠った。目が覚めて、窓側の椅子に座って豊かな髪を梳(と)かしながら、波立つ神経をどうにか抑えようとしていたところだった。しかし戸口に立つジェームズを見たとたん、せっかくおさまりかけていた脈拍が跳ねあがったのだ。彼から話しかけられ、文字通り椅子から飛びあがらずにはいられなかった。

「きみはこの部屋がよほど好きなんだな。ほとんどの時間をここで過ごしている」ジェームズは物憂げな笑みを浮かべた。

「少なくとも、ここだと一人きりになれるもの。いいえ、一人きりになれるはずだったからと言うべきかしら」シーナはあとずさってジェームズから離れようとした。「なぜここに？」

「きみを大広間に連れていくためだ。客が来ている」

「あなたのお客なら、あなたがもてなせばいい」シーナはぎこちなく答えた。

「きみにはおれのそばにいてほしいんだ」

「でも、わたしはここにいたいの」

「きみは何様のつもりだ？　自分の望みがすべて叶うとでも？」ジェームズはにやりとした。

「それは命令なの？」シーナはいらだったように尋ねた。

「そうだ」

「だったら、あなたは何様のつもりなの？」

「マッキノンの氏族長だ」ジェームズはなめらかな口調で答えた。

「でもわたしはマッキノン氏族なんかじゃない。それに、あなたに命令されるのを快く思ってもいない。そもそも、あなたはわたしに関してなんの権利もないはずなのに」

「もういい」ジェームズは彼女をさえぎった。「きみと言い争いをするつもりはない。それに、おれはそんなにひんぱんに命令を下しているわけじゃ――」

「あなたは命令ばかりしているわ」

ジェームズは眉をひそめた。「だがおれが命じた場合、その命令は絶対に守られなければならないんだ」

「そんなのは不公平だわ。あなたは自分の立場をいいように利用している」

「そんなことはしていない。もしそうなら、いまごろすでにきみを自分のものにしているはずだ」その返事を聞いたシーナが頬を真っ赤に染めて顔を背けると、ジェームズは声の調子を和らげた。「おれがきみに求めているのは、取るに足らないことばかりだ。もしきみがこんなふうにここに隠れていなければ、そんなことをわざわざ言う必要もないはずなんだ」

「あなたはわたしの自由を奪ってばかりいる」

ジェームズは声を立てずに笑った。「もしおれがすべてを許したら、きっときみは世捨て人になってしまうだろうな。まだわからないのか？　この世の中、女の意思よりも男の意思のほうに重きが置かれるものなんだ」

「それは、その女性がそれを許した場合に限るわ」シーナはすばやく言い返した。

ジェームズはため息をついた。「なぜこういう面倒なやりとりを我慢できているのか、自分でもよくわからない。ただおれは、きみに無理強いはしたくないんだ。さあ、一緒に行こう」

シーナは自分の感情をどうにか抑えた。ここで抵抗して何になるだろう？　わたしは無力だ。自分一人ではどうすることもできない。ジェームズもわたしも、そんなことなど百も承知なのだ。

それでもプライドだけは捨てたくない。

「だったら扉から離れて」

「どうして?」

「そうしたらあなたのうしろをついていかずにすむから」

ジェームズはにやりとすると、一歩下がっておじぎをした。「きみの頼みならなんなりと」

「もしそれが真実なら、わたしはもうここにはいないはずだけれど」シーナはぴしゃりと言うと、ジェームズの前を通りすぎ、早足で進んだ。できるだけジェームズのあとは歩かないようにしている。そうするうちに、大広間へ通じるアーチ型の入り口にたどり着いた。広々とした大広間は人がたくさんいて騒がしく、どこか祭りを楽しむような雰囲気が漂っている。

「今夜は客を迎えて宴会なんだ」背後でジェームズがささやいた。「この城に客がやってくる機会はさほど多くない。だから、それを理由にみんな騒ごうってわけだ」

「そんなに重要なお客様なの?」

「いや、ウィル・ジェムソンと彼の家臣数人だけだ。ウィルは川向こうの東部で暮らしている」

「あなたのお友だち?　それとも敵かしら?」

ジェームズはにやりとした。「あのウィル老人がどちらに当たるのか、おれはいまだに決めかねている。自分は友だちだと主張しているにもかかわらず、ウィルはおれをいらだたせようとするんだ。きっと彼は危ない橋を渡るのが好きなんだろう」

シーナは体をこわばらせた。「それはわたしに対する警告かしら、サー?」

「ちょっと待ってくれ」ジェームズはあくまで軽い口調でたしなめた。「おれは何か話すたびに、神経を尖らせなければならないのか? おれの言葉に裏の意味が隠されていないかと勘ぐるのはやめてくれ」

「あなたが何を言いたいかは、さっきの言葉でじゅうぶんよくわかったわ。隠されてすらいなかったもの」シーナは静かに言い返した。「ここではみんな、あなたの怒りに触れるのを恐れながら生きていかなければならないってことね」

「きみは違う」

耳元にジェームズの温かな息がかかり、シーナは体を震わせた。

「あなたの……お客様が待っているわ」彼女は弱々しい声で言った。

「彼らならもう少しくらい待てるさ」ジェームズはシーナの体を自分のほうへ向かせたが、彼女は目を合わせようとしない。「おれを見るんだ、シーナ。そしておれが今日一日、聞きたくてたまらなかった答えを聞かせてくれ」

シーナは視線を落としたままだ。「あなたが何を訊いているのかわからないわ」

「わかっているくせに」彼は優しい声で答えた。「おれはいままでずっと我慢してきた」

のに、我慢したと？」

「我慢してきた？」シーナは目を見開き、まっすぐに彼を見た。「待ったのは一日だけな
「おれにとってはそうなんだ」ジェームズはにやりとした。「乗馬から戻ってくる前に、すでにこの件については解決できると考えていた。だがまさか、邪魔が入るとは思わなかったんだ。おれたちが戯れている間に……」

シーナは真っ赤になった。今日の午後の記憶を忘れられたらいいのに！　それなのにいま、ジェームズはこんなにも勝ち誇ったような様子を見せている――ほんのひととき、わたしがこの男性の魔力に我を失ったというだけで。彼は気づかないのだろうか？　自分の魔法が通用するのは、彼がわたしに触れている間だけだということに。この男性をやり込めてやりたくてたまらない。

シーナが唇に笑みを浮かべると、ジェームズの期待は高まったようだ。

「さあ、おれが聞きたがっている言葉を答えてほしい」

「いまはそのときではないと思うの」

彼は眉をひそめた。「どうしてだ？」

「わたしの答えが……あなたの聞きたがっている答えとは違うから」

ジェームズは彼女をじっと見つめた。その瞬間、シーナには彼が歯を食いしばっているのがわかった。続いてジェームズは胸を大きく膨らませると、深く息を吸い込んだ。

突然落ちた沈黙のなか、シーナはにわかに体をこわばらせた。心臓が早鐘のようだ。胸がひどく苦しくなり、自分も息を吸い込む。

ジェームズはわたしを殺すつもりなのかもしれない。彼を拒んだからという理由で！

「きみの言う通りだ」彼はとうとう口を開いた。「いまはそのときではない」

「え？」

シーナが驚いた顔になったのを見て、ジェームズは少しだけ機嫌がよくなったようだ。

「今日おれたちは信用について話をしたが、きみにはまだおれを信じる心の準備ができていない。だからもう少しきみに時間を与えようと思う。それまで待つつもりだ」

「でも――」

「おれは待つよ、シーナ」

それでその話題はおしまいになった。ジェームズはシーナの腕を取り、彼女を大広間へといざない始めた。

なんて傲慢なんだろう。本当に答えを待つつもりなのだ。だったら夜空から星たちが降ってくるまで、永遠に彼を待たせてやる！

「サー・ウィリアム、アバディーンからやってきたシーナ・マキューエンを紹介させてほしい」

「どうも――」ウィリアム・ジェムソンはシーナに目をとめ、息をのんだ。「会えて嬉しいよ」

シーナがぎこちなくおじぎをしてからジェームズの手を借りて座ると、すぐ隣の席にジェームズが腰をおろした。ちょうど、感じがよさそうに見えるジェムソンとシーナの間の席だ。彼女は体を前かがみにして、マッキノン氏族長を〝いらだたせようとする〟大胆な男性をよく見ようとしたが、ジェームズも体を前にのり出し、視界をさえぎられた。しかたなく大広間全体を見渡してみると、どの者たちも興味津々の様子で氏族長のテーブルを見あげている。彼らの物問いたげな視線を感じて気まずくなり、シーナは自分のテーブルに視線を落とした。

食事はすぐに出された。野生のクランベリーを詰め込んだ、バター仕立ての雷鳥。鹿肉のローストに茹でたニンジン。シュガーロールに、ヒースの蜂蜜に浸したスコーン。

どれもおいしそうなのに、シーナには味がさっぱりわからなかった。これほど多くの好奇の目にさらされているなんて。彼らはわたしのことをどう考えているのだろう――つい昨日まではジェシー・マーティンがいた場所に座っているわたしのことを？

ジェームズ・マッキノンと出会ってから、本当に三日しか経っていないのだろうか？

「まるで一生のように長く思えるわ」

「何か言ったかしら、シーナ？」

左のほうにリディア・マッキノンが座っていたのに気づき、シーナは申し訳なさそうに言った。「わたしったら気づかなくて」

「いいのよ。いまやってきたばかりだから。あんなことをつぶやくなんて、今日はよほど乗馬を楽しんだようね」

シーナは頬を染めた。「その話は誰から？」

「もちろんジェイミーからよ。あなたがとっても楽しそうだったと話していたわ。それを聞いてわたしも嬉しかったの。だってあの子はあなたにぞっこんなんだもの。ジェイミーがとうとう女の子と遊ぶのをやめて、身を固める心の準備ができたのを、わたしは心からいいことだと思っているのよ」

シーナはむせそうになった。「でもわたし、わ、わたしは心の準備なんてできていません――本当にそうなんです」

リディアはシーナの手をぽんぽんと叩いた。「あなたがまだその気になれないのはよくわかるわ。ジェイミーには恐ろしい一面もあるもの。彼の父親ロビーのようにね。ロビーも必要とあらば本当に恐ろしくなれる男性だった。でも愛する家族に対しては、一度もそんな顔を見せたことはないわ。ロビーもまた彼にふさわしい、ぴったりの女性を見つけて、彼女が死ぬその日まで愛していたから。いいえ、きっと彼女が死んでからもずっと愛していたはずよ」

「愛していた？　でもコーレンは、自分の両親はけんかばかりしていたと話していました。わたしがいま休んでいる塔のお部屋も、彼のお母様がお父様から逃げ出すために使っていたのだと」

「ええ、あの二人は四六時中言い合いをしていたわ」リディアは思い出を懐かしむように笑みを浮かべた。「でも彼らは愛し合っていたの。本当の愛ってそういうものなんじゃないかしら」

シーナはあっけにとられた。「わたしにはそうは思えません。本当の愛は穏やかなものです。二人でなんでも分かち合い――」

「あなたは愛についてよく知っているようね？」年長の女性はほほ笑みながら言った。

「ええ、本来愛とはそうあるべきだと思うんです」

リディアは含み笑いをした。「穏やかな性格の男女だったらそうでしょうね。でも、意志が強くて頑固な二人が愛し合ったら、ときにはどうしても衝突せずにはいられないはずよ」

「たしかに」

「ジェイミーは気性が激しくて、ときどき耐えられないほど傲慢になる場合もある。もし勇気や意思のない女性と結婚したら、ジェイミーは彼女を完全に支配するでしょう。でも、もしその相手の女性が彼と同じように激しい気性の持ち主なら……ジェイミーと言い争いになっても、結局その女性が勝つことのほうが多いはずだわ」

不本意ながら、シーナは興味を引かれた。「それはどうしてですか?」

「愛のせいよ。だってジェイミーが妻をめとるとしたら、それ以外の理由はほかにないもの。父親亡きいま、ジェイミーに結婚しろと迫る人は誰もいない。それに、結婚を通じて同盟を結ぶ必要もない。すでに強力な同盟をあちこちの氏族と結んでいるんですもの。じゅうぶん裕福だから結婚を通じてお金持ちになる必要もないし、言い寄ってくる女性はたくさんいる。そんなあの子が責任を持って一人の女性と添い遂げたいと思う理由は一つしかない。愛よ。ジェイミーが結婚するとしたら、その相手の女性を心から愛しているという理由からしか考えられないわ」

リディアが自分の皿に料理を取り始めたため、シーナは体の向きを変えた。心をかき乱されるような会話が途切れたことに、どこかほっとしている。

愛ですって? 婚約（ハンドファスト）という制度には愛情も名誉も感じられなかった。ジェームズがわたしに申し出たのは、彼にとって都合のいい制度にほかならない。何しろ、正式な結婚の前、いつでも好きなときに関係を解消できるのだ。男性にとってこれほど便利な制度があるだろうか。とはいえ、そんなふうにあの男性にわたしを利用させるつもりはない。ハンドファストをさせられるより前に、なんとしてもここから立ち去るのだ。そろそろそのための計画に専念すべきときだろう。

頼みの綱はコーレンだけだ。シーナは顔をあげ、テーブルの反対側の端に座っているコーレンの様子をうかがった。ひどく不機嫌そうなのは、昼間にあの池のほとりで見た光景のせいに違いない。あの憤りをうまく利用して、ここから逃げ出すことができればいいのに。とはいえ、彼の感情がわたしに不利に働く危険もありうる。そういったすべてと無縁な人は誰かいないだろうか？

ブラック・ガウェインは去った。リディアは完全にジェームズの味方だ。となると、残るはウィリアム・ジェムソンしかいない。彼はジェームズとさほど親しい関係ではないし、どうやらわたしに興味を持っている様子だ。

もう一度注意深く彼のことを観察してみよう。そう考えて体をかがめたシーナは、ウィリアム・ジェムソンの豹変(ひょうへん)ぶりを目の当たりにして驚いた。先ほどとは違い、彼は激しい怒りに色を失って、赤い髪を逆立て、茶色い瞳をぎらつかせている。さらにひどいのは彼の怒鳴り声だ。いつの間にか言い争いが始まり、彼は手がつけられないほど激昂(げっこう)していた。

「ジェイミー、きみはわたしの妹と結婚することになっていたはずだ」ウィリアムは皮肉っぽく言った。「前に妹のリビーがここに泊まったとき、きみは妹のことを愛人であるかのように周囲に見せつけた。だがわたしは何も文句を言わなかった。妹から、きみが結婚の約束をしてくれたと聞かされていたからだ！」

激怒しているウィリアムに対し、ジェームズは冷静そのものだ。「リビーは嘘をついている。彼女とは最初から、結婚はなしということで合意していたんだ。それでもなお、ここに泊まりたいと言い張ったんだ」

「ジェイミー、きみは妹をいいように利用したんだ。これまでのほかの女たちと同じように利用し、あっさり捨てたんだな！」

「おれは嫌がる女たちを利用したことなど一度もない」ジェームズは声を張りあげた。「きみの妹は自分の意思でおれのところへやってきて、去っていったんだ。もっとも、ここへやってきたときよりも裕福になっていたがね。好きな場所へ行けるだけの金をたんまり受け取って立ち去ったんだ」

「それで妹はどこに行きたがっていた？」

ジェームズは乾いた笑い声をあげた。「ということは、きみは妹の行方を知らないんだな。だからこうしてやってきたのか？」

「もしかするとリビーは死んでいるかもしれないんだぞ」

「いいや、ウィル、彼女は自分の好きな場所で贅沢に暮らしているはずだ。リビーはおれなら金惜しみしないことを知っていた。結局、彼女がおれに求めていたのは金だけだったんだ。言い換えれば、きみから逃げ出すための手段さ」

「嘘をつくな！」

「きみを一番いらだたせているのは、リビーがおれを頼ってきたことなんじゃないのか？　リビーがきみのところへ戻らなかったことかもしれない」

「このろくでなしめ！」

ジェームズが突然立ちあがると、ウィリアム・ジェムソンの顔から血の気が引いた。言いすぎたことに気づいたのだろう。自分たちの氏族長がウィリアムを見おろしている間、あたりは水を打ったように静まり返った。恐ろしいほどの沈黙だ。シーナの席からは、ジェームズがどんな表情をしているのか見えない。ただ彼の背中や握りしめたこぶしから、ただならぬ殺気が感じ取れる。

ジェームズは冷たい声で言い放った。「ここで失礼する。きみの侮辱的な言葉に腹を立て、きみが客であることを忘れてしまう前にな。だが明日の朝にはここから出ていってくれ。今後はここにやってきても二度と歓迎されないことを、ゆめゆめ忘れるな」

ジェームズはそう言い残して立ち去った。シーナはとりあえず安堵のため息をつき、ふたたびリディアに向き直った。

「これはどういうことでしょうか？」シーナは声をひそめて尋ねた。ウィリアム・ジェムソンがまだ一つ置いた席に座っていたからだ。

「ウィルはちょっと屈折した男なのよ。両親をずっと前に亡くして、妹のリビーが赤ちゃんだったころから自分の手で育ててきたの。でも彼が溺愛するあまり、リビーは兄の愛情をうっとうしく思うようになったみたい。まさか妹が自分から離れたがっているなんて、ウィルは知らなくて当然だわ。だけど実際の話、リビーは甘やかされてわがまま放題に育てられた娘で、兄の愛情に一度も報いようとはしなかった。わたしはリビーがここに泊まっている間に知り合ったけれど、あの子のことはちっとも好きになれなかったわ。わたしたちの前でリビーは、ウィルをあざ笑うような話しかしなかったの。妹である自分を哀れなほど崇拝している兄のことを完全にばかにしていた。あの妹と離れられて、ウィルにとってはよかったのよ。でもウィルが今後もずっと嘆き続けるのではないかと心配だわ」

「だったらサー・ウィリアムは明朝ここを発(た)つのかしら?」

リディアは柔らかな笑みを浮かべると、前かがみになってささやいた。「彼にはちょっと臆病なところがあるの。きっとここからいますぐ立ち去ろうとするはずだわ」

いますぐに? シーナは信じられなかったが、ウィリアムのほうを見た瞬間、リディアが正しいと思い知らされた。彼は席から立ちあがり、臣下たちを呼び集めると、すぐに憤然たる足取りで大広間から立ち去ったのだ。

シーナは慌てた。ウィリアムが去ってしまった。ここから逃げ出すための最後の頼みの綱だったのに。急いでリディアに中座を断り、大広間を横切って南の塔へ戻るように見せかける。大広間の端にあるアーチ型の出入り口を通り抜けるなり、階段をのぼる代わりに通路の左側へ駆け出した。すぐに中庭にたどり着き、ウィリアム・ジェムソンのあとを追った。

　ジェムソンは四人の臣下たちとともに馬屋の脇に立ち、自分たちの馬の支度が調うのを不機嫌そうに待っていた。

　シーナは静かに彼に近づいた。赤の他人に自ら接近するなんて無謀だという考えは思い浮かびもしなかった。シーナにとって、ジェムソンは自由になるための頼みの綱なのだ。

「サー・ウィリアム、お話があるんですが」

「なんだ？」彼は鋭く答えたが、振り返ってシーナを見たとたん、驚いたような顔になった。「これは、これは。サー・ジェイミーの新しい愛人じゃないか」

　シーナは体をこわばらせた。「いいえ、違います。でも彼がわたしをそうしようとしていて。だから助けてほしいんです、サー・ウィリアム。早くここから逃げ出さなければ」

「なぜさっさと逃げ出さない？」

「サー・ジェームズのせいです。彼がわたしを片時も一人にしてくれないんです」

　ウィリアムは目を見開いた。「ということは、きみは罪人なのか？」

　シーナは両手を握りしめた。どう説明すればわかってもらえるだろう？

「事情が……とても複雑なんです。マッキノン氏族長は、自分が付き添ってわたしをアバディーンまで送り届けるつもりでいました。自分以外の誰にも付き添いを許そうとはしなかったんです。だから、もしここから立ち去るには、彼と一緒に旅をしなければなりません。でも、わたしは彼と二人きりになるのが恐ろしいんです。わかるでしょう？　わたしは彼が怖くてたまりません。だから、しかたなくここに残っているんです」

「それで、どうしても逃げ出したいと？」

「はい。親戚がいるアバディーンに戻りたいんです。彼からハンドファストを申し込まれ、断ったのに、彼はわたしをここから帰そうとはしません。わたしを助けてくれませんか、サー・ウィリアム？」

「彼がハンドファストを申し込んだって？」ウィリアムは考え込むように言うと、陰気な笑い声をあげた。「ああ、そうだな、喜んできみを助けてあげよう」

ウィリアムの笑い声の響きが気に入らなかったものの、シーナはその気持ちを脇へ押しやった。ジェムソンと一緒にここを離れなければ、ここに永遠にい続けなければならない。

21

　コーレンは扉を叩(たた)くなり、兄ジェームズの寝室へ押し入った。今日一日、やり場のない怒りを抱え続けてきた。そしていま、南の塔にあるシーナの寝室に誰もいないことに気づき、こうして兄の寝室へ駆けつけたのだ。もうこれ以上我慢できない。

「兄貴、言っておくが……」

　コーレンは口をつぐんだ。兄ジェームズは服を着たまま、ベッドの上で横になっている。一人きりだ。慌てて室内を見渡したが、兄のほかには誰もいない。

「いったい何事だ？　どういうことか説明するんだ」ジェームズはベッドの上で体を起こした。

「おれは……てっきりシーナがここにいるのかと思ったんだ」コーレンは弱々しく答えた。

「おれだって彼女がここにいてほしいさ。だが見ての通り、ここにはいない。どうしてシーナがここにいると思ったんだ？」

「今日……あの池で二人が一緒にいるのを見たからだ」

「なるほど。おまえは、見たと話していた以上の光景を目撃していたんだな」ジェームズは考え込むように言った。「おまえがやってこなければ、いまごろシーナはおれのものになっていただろう」

「彼女を大切に扱うと、兄貴は誓ったはずだ！」

「ああ。だからこそ、何がなんでもシーナには敬意を払うつもりでいるんだ。おれが彼女に婚約（ハンドファスト）を申し込んだことを、おまえも忘れたわけじゃないだろう？　シーナとの相性を試して、彼女がおれの最初の妻とは違うと確信が持てたら、すぐに彼女と結婚するつもりだ」

「もしシーナが兄貴を受け入れたらの話だがな」

「今日、彼女はおれを追い払おうとはしなかったぞ」

コーレンは突然息苦しさを覚えた。信じられない。あのシーナが兄を拒もうとしなかったとは。池で見た光景のせいで今日一日ずっと、腹のなかが怒りで煮えたぎっていた。嫉妬を覚えるのはこれが初めてだ。この勝負、兄ジェームズが勝とうとしている。シーナがあれほどジェームズを恐れているにもかかわらずだ。兄にはチャンスなどこれっぽっちもないと確信していたのに。

「だったらシーナはいまどこにいるんだ？」ひどくがっかりしながらも、コーレンは尋ねた。

「どういう意味だ？　もう遅い時間だ。シーナなら南の塔にいるだろう」

「いや、あそこまで様子を見に行ったが、シーナの姿はなかった」

「だったら、まだ大広間にいるのか？」

コーレンは首を振った。「ここへやってくる前に、ありとあらゆる場所を捜してみたんだ。シーナはこの城にはいない。つまり、考えられる可能性は一つ……」

「ジェムソンだ」彼女を連れ去った犯人が誰か、ジェームズは直感的にわかった。

だが彼は無表情な顔で床を見つめ、ベッドに座ったまま動こうとしない。そんな兄を見て、コーレンは不思議に思った。ジェイミーはいったい何を考えているのだろう？

「それで？」コーレンは鋭く尋ねた。「むざむざジェムソンに彼女を奪わせたままにするつもりか？」

「シーナの身柄を要求するつもりはない。おれには彼女をここへ連れ戻す権利などないんだ」ジェームズはひどく静かな声で答えた。

「兄貴はシーナに対して責任がある。それを忘れたのか？」

「いや、それは彼女がここにいる間だけの話だ」

「でも、もしシーナがジェムソンからひどい目にあわされたらどうするんだ？」コーレンが叫ぶ。

「うるさい！　おれがシーナを連れ戻したくないと考えているとでも？　もちろん連れ戻

したいさ。だがおれにはどうすることもできない。もしシーナがマッキノン一族にとっての友人か敵のどちらかならば、おれも何かしらの手を打てただろう。だがマキューエン一族はどちらでもない。ジェムソンはそれを承知のうえで彼女を連れ出したんだ。もしおれが理由もなしにジェムソンの手からシーナを奪えば、奴は間違いなく国王に苦情を申し立てるだろう。いま必要なのは、シーナを取り戻すための正当な理由にほかならない。もしおまえがその理由を見つけ出したら、おれはすぐに彼女を連れ戻しに行く。たとえジェムソンが誰かに彼女の身柄を引き渡していてもだ」

こんなに夜遅い時間に、馬にのって川を横断するのはひどく寒い。しかも危険きわまりない行為でもある。でも、馬たちは前に何度もこうして川を渡ったことがあるらしい。冷たい水のなかで立ち止まったまま動かなくなり、のっていた者の全身をびしょ濡れにさせたのはたった一頭だけだった。しかも運のいいことに、立ち往生したのはシーナが同乗しているサー・ウィリアムの馬ではなかった。先ほど知り合ったばかりの男の背後で馬にのりながら、シーナはどうにか体の力を抜こうとしていたが、どうもうまくいかない。

彼ら一行が目指しているのは、東にあるアバディーンではなく、反対方向の西にあるサー・ウィリアムの屋敷だ。事前にそう聞かされ、シーナも同意した。結局のところ、もう時間も遅い。遠く離れたアバディーンに送ってもらおうなんて、はなから期待することはできなかった。いま大切なのは、キノン城から離れること。わたしはもう安全だ。キノン城が背後に遠ざかるにつれ、恐れも少しは和らいでもいいはず。

それなのに、なぜ期待していたような心の平静を取り戻すことができないのだろう?

22

「サー・ジェイミー！」

暖炉の前で物思いにふけっていたジェームズははっと我に返った。先ほど偵察に行かせた臣下のアルウィンが大広間を横切り、早足で近づいてきている。全身から雨粒をしたたらせているせいで、彼の足元には水滴の跡がついていた。気の毒に、外を吹き荒れている雨嵐のせいでアルウィンは全身びしょ濡れだ。縁なし帽はひん曲がり、赤い髭とぼさぼさの眉毛から大粒の水滴が垂れている。がっしりした膝も寒さで真っ白になり、がくがくと震えていた。

「外は少しばかり寒いようだな？」ジェームズは声をかけてにやりとすると、いかにも寒そうなアルウィンの様子を見てかぶりを振った。

「はい、その通りです」アルウィンは答えた。

ジェームズが毛布を何枚か持ってくるよう命じると、アルウィンは暖炉の火のそばに近づいた。シーナが忽然と姿を消した五日前から、突然天気が悪くなった。ジェームズは二日間アバディーンで彼女を捜したが、なんの手がかりも得られず、結局時間を無駄遣いしてしまった。エルミニア・マキューエンという女性を見つけるためにアバディーンじゅうを訪ね歩いたし、物乞いたちに悩まされながら救貧院で半日を過ごしたりもした。だがマキューエンという名前の修道女を知る者は誰一人いなかった。彼女はシーナが創り出した偽りの存在だったのだ。もっと早くにそう気づくべきだった。

ジェームズは今日の空のように暗い物思いにとらわれていた。謙虚な気持ちで自分の言動を思い返さずにはいられない。もしシーナを見つけたら、一緒にいてくれと懇願しよう。彼女を失うよりはずっといい。だが、もし見つけられなかったらどうする？

ジェームズはアルウィンに意識を集中した。「それで、一行はどれくらい近づいてきている？」

〝一行〟とは、ジェームズの女きょうだいが率いる者たちのことだ。この嵐のなか、キノン城へ向かってきている。

「こんなひどい雨のせいで、外はほとんど何も見えませんが、もうすぐ到着かと思われます」

「悪天候のなか、大胆にもここへやってきたのはどっちの女きょうだいだ？」

「ダフネ様です」

ジェームズは顔をしかめた。「こうなることに気づくべきだった。ジェシー・マーティンがここでの扱いについて突拍子もない噂話を広めたに違いない。ダビンが話の真偽を確かめにやってきたんだな」

「いえ、ダビン様の姿は見えませんでした」

「だったらおまえが目撃したのは誰だ?」

「ダフネ様をエスコートしていたのは、マクダフの氏族長だと思います」

「なんだって?」ジェームズは低くうなった。「ファーガソンの娘と結婚したというのに、よくもここへやってこれたな」

「結婚? そんな知らせが届いていたんですか?」

「いや、少し前の話だがな。だがファーガソンが結婚をやめる理由がどこにある? もし彼が花嫁の家族たちのために和平を懇願しにやってきたとしても、期待になど応えるものか」ジェームズはこぶしを握りしめた。いまや怒りは激しくなるいっぽうだ。「まったくいまいましい! マクダフは花嫁を連れているのか?」

「おそらく」ジェームズの怒りを目の当たりにし、アルウィンはひどく居心地が悪そうに答えた。

「それならば、女は絶対に門から先へ通すな。その命令を伝えに行け!」

アルウィンはひどく驚いた様子だ。「ですが、こんな悪天候のなか、その哀れな女を追い返すつもりですか?」

ジェームズはアルウィンをしばし見つめ、ため息をついた。「たしかにそれではあまりにもてなしの精神に欠けているな。おまえの言う通りだ。それに、少し気が変わった。ファーガソンの娘をこの目で一度見てみたい。あのデュガルド老人が目に入れても痛くないほど可愛(かわい)がっているんだ」

「いまもそうなんですか？」

ジェームズは乾いた笑い声をあげた。「そうだろうとも。もし彼女がこの危険きわまりない場所にあえてやってきたというならば、入れてやろう。その女をここにとどまらせるかどうかは、また別問題だ。彼らがやってきたら、全員をこの大広間に連れてこい」

「ですが、サー・ジェイミー、そのファーガソンの娘はここには来ないかもしれません」アルウィンが指摘した。

だがジェームズは何も答えないまま、彼に背を向け、暖炉のほうへ向き直った。脳裏にありありとよみがえったのは、ファーガソン一族の地下牢(ちかろう)に閉じ込められていたときのことだ。あのときは、デュガルドの家族にどうやって復讐(ふくしゅう)してやろうかとばかり考えていた。何しろ、デュガルドの娘の一人と無理やり結婚させられるところだったのだ。本当に危なかった。結婚せずにすんだのは、ひとえにあの少年のおかげだ。

ナイル少年のことを思い出し、急に落ち着かない気分になった。いまの自分は底意地の悪いことばかり考えている。だがナイルの姉を傷つけようとするのは、どう考えても卑(ひ)

怯（きょう）だし不公平だ。その姉のために、ナイルは多くの危険を覚悟でおれを地下牢から逃がしてくれたのだから。

マクダフめ。そんな女をよりにもよってここへ連れてきて、このおれをこんなばかげた状況に追い込むとは。おれの城にファーガソン一族の者を受け入れる？　それも客として！　そのうえおれは、その女をもてあそぶことも、おびえさせることも、身の代金を要求することさえできないのだ――かつてあの少年に受けた恩のせいで。

いらだついっぽうで、ジェームズの好奇心はいやおうなくかき立てられた。すんでのところで無理やり結婚させられるはずだった相手の家族と、とうとう顔を合わせることになるのだ。もちろん、正確に言えば、いまここへやってこようとしている娘は結婚させられるはずだった本人ではなく、その長姉だ。だがどんな違いがある？　いまからの面会によって、少なくとも気をそらすことはできるはずだ――この心に刻みつけられ、永遠におれを苦しめることになるであろうただ一人の女のことから。

そのとき声が聞こえ、ずぶ濡れの九人が暖炉に向かって歩いてくるのが見えた。マクダフと臣下たち、姉ダフネと彼女づきの使用人三人だ。使用人のうち、二人は男で一人が女だった。ダフネについている使用人の少女は、ジェームズも前に見たことがある顔だ。ファーガソンの娘はどこにも見当たらない。

「これで全員なのか？」姉ダフネに挨拶のキスをしながらジェームズは尋ねた。

「もしダビンを捜しているなら、彼は一緒じゃないわ」ダフネはキスを返しながら静かに答え、両手を暖炉の炎にかざした。「夫はこの週末に迫った謁見の準備に追われているの。今回わたしは同席する予定がないから、ここを訪ねることに夫も同意してくれたのよ。しばらくの間、滞在することにもね」

「前の訪問からほとんど時間が経(た)っていないのに？」

「あなただって知っているでしょう？　あのときはゆっくり滞在できなかったんだもの」ダフネは硬い口調で言った。「わたしを歓迎してくれないつもり？」

「その点についてはまだ考え中だ」ジェームズは不機嫌そうに答えた。「もしジェシーのためにここへやってきたんだったら――」

「どうしてわたしがそんなことをしなきゃいけないの？」ダフネは驚いたように尋ねた。

「わたしが夫のいとこを好きではないことは、あなただってよく知っているはずよ。もしジェシーをうちに連れ戻すためにわたしがやってきたことを心配しているなら、そんな必要はないわ。彼女がここにいてくれたほうが、わたしだってずっといいもの。わたしの望みはただ一つ。ここに滞在している間、なるべくジェシーとは顔を合わせずにすむことよ」

「おれはジェシーを姉さんたちの家に送り返している。姉さんが出かける前に、すでに戻っていたんじゃないのか？」

「あら、そうなの。ジェシーのことだから、絶対に別の男を見つけて、うつつを抜かしているんだわ。あちこちでそんなふうに戯れながら、自分の好きなときにうちへ戻ってくるつもりなんでしょう。でも、あなたが計算高いジェシーに夢中になったり、彼女の術中にはまったりすることがなくて本当によかった」

ジェームズは体をこわばらせ、目を細めて姉の様子をじっと観察した。ダフネの金髪は雨に濡れてもつれており、寒さのせいで顔が青ざめ、全身を小刻みに震わせている。これ以上ジェシーのことを考える必要はないだろう。彼女はブラック・ガウェインをどうにか説得し、まだ彼と一緒にいるに違いない。そうだとしても、いっこうに気にならなかった。

「さあ、昔の姉さんの部屋を使ってくれ。具合が悪くならないように体をじっくり温めるんだ」

「だったら、わたしのことを歓迎してくれるのね?」

「ああ」そう答えたものの、ジェームズの声はどこかそっけない。「だがあとで話し合いたいことがある。今回の訪問は姉さんの考えではないはずだからな」

ダフネは何も答えようとしなかった。とはいえ、ジェームズが姉である自分に対して本気で怒りを募らせているとは思っていない。それでも使用人たちを従えて、急ぎ足でその場から立ち去った。こんな悪天候のなか大胆にもやってきた愚かな姉を、ジェームズが快く思っていないのをすばやく察知したのだ。ただし、自分が感じ取っている弟の腹立ちなど、ジェームズがアラスデアに向けている怒りに比べればどうということはない。哀れなアラスデア。彼がここに一人で来たがらなかったのも無理はない。

アラスデアのたっての頼みで、ダフネは彼にエスコートされてここまでやってきた。姉である自分が一緒にいても弟ジェームズの態度が変わることなどないと、前もって警告はしておいたのだが。アラスデアはいまから、その事実を思い知らされるはずだ。

ジェームズはアラスデアを待たせたまま、使用人に食事と乾いた服の用意を申しつけた。父の代から続く氏族同士の友好関係を考慮してのもてなしだ。

「女のスカートに隠れてここまでやってきたのか?」ジェームズはとうとう彼に尋ねた。

アラスデア・マクダフは顔を紅潮させた。二人はまだ暖炉の火のそばに立っている。アラスデアの臣下たちは一段低い場所にあるテーブルで食事をしていて、ありがたいことに二人からは離れていた。こんな侮辱的な言葉を投げかけられているところを、ほかの誰にも聞かれたくない。それに自分がここへやってきたのは、マッキノン一族との関係を完全に絶つためではなく、同盟を復活させるためなのだ。

アラスデアはあえて軽い口調で応じることにした。「ああ。隠れる必要があるとすれば、一番居心地のいい場所だからな」

ジェームズはちっとも笑おうとはしない。「きみがおれの姉を引っ張り出したのが気に入らない。同じくらい気に入らないのが、きみが最近おれにしたしうちだ。先に言っておくべきだろう。きみは最悪のタイミングでここを訪れたことになる。おれはいま、機嫌が悪い。せめて、ここに妻を連れてこないくらいの礼儀はわきまえてほしかった」

「だが、おれは結婚していないぞ」

ジェームズは片眉をわずかに動かしただけだった。「結婚式が延期になったのか？」

「いや、婚約（ビトウローザル）を破棄したんだ」

ジェームズは笑い出した。「そうなのか？　ふうん、なるほど」上機嫌で含み笑いを浮かべながら言う。「妻のために和睦を懇願しに来たのではないとすれば、どうしてきみはここにやってきたんだ？」

「おれたちの同盟を復活させるためだ。婚約して以来、きみからはなんの音沙汰もなかった。おれの婚約について、きみがどう感じているのか知る手立てがなかったんだ」

「もちろん、気に入らなかったに決まっているだろう？　だがきみが思い直した以上、もはやなんのわだかまりも感じていない」

「もしおれがファーガソンの娘と結婚していたら？」

「間違いなく、おれたちは敵同士になっていただろう」

「だがジェイミー――」

「思い違いをするなよ、アラスデア」ジェームズは彼をさえぎった。「おれがきみとの同盟を終わらせようとしたのは、きみの選んだ花嫁のせいじゃない。きみがファーガソン氏族と同盟を結ぼうとしたせいだ。わかるか？　うちの氏族とファーガソンとの確執はずっと続いている。きみはその二つの氏族の間に立たされることになり、結局どちらの味方をするか選ばざるをえなくなっただろう」

「いや、もし二つの氏族が争いを終わらせれば、そんな必要はないはずだ」

「そんな見込みは万に一つもない。あいつらがまた休戦協定を破るに決まっている」ジェームズは怒気を含んだ口調で答えた。「おれがファーガソンの地下牢に拘束されていたことを知らないのか？」

「知らないのかだって？」アラステアは皮肉っぽく尋ね返した。「知らないも何も、おれが婚約を破棄したのはそのせいなんだ」

「だったらおれはきみをずいぶん誤解していたことになる。まさかきみが結婚する前に、どちら側につくか選ぶとは思わなかった」

「いや、そうじゃない。たしかに、もしきみが地下牢に拘束されているのを知っていたら、おれもどちら側の味方につくか、その場で選ばざるをえなかっただろう。ただ実際は、そんなことなどまったく関係なかったんだ。おれはきみが地下牢から逃げ出すまで、きみが捕らえられていたことにさえ気づかなかったのだから」

「ということは、きみはおれが逃げた責めを負わされたのか？」

「おれが結婚するはずだった娘から犯人扱いされた」アラステアはそっけなく答えた。

「きみが婚約を破棄したのも無理はない」

「ああ、腹が立ってしかたがなかった。だがきみならば、自分を逃がした張本人を知っているだろう？　ああ、話を蒸し返したからといって怒らないでくれよ。きみを逃がすために、彼女が家族を裏切ったのは火を見るよりも明らかだ。自分の家族を裏切るような女は、いつか夫も裏切るかもしれない。だからおれは彼女と結婚しないと決めたんだ。おれの話をわかってくれたか？」

「つまり、きみは自分の婚約者がおれを逃がしたと考えているのか？」

「ほかに誰がいるっていうんだ？　あの夜、彼女のいとこがたまたま地下牢の近くにいたらしく、すぐにそう証言したんだ」

　ジェームズは声をあげて笑わずにはいられなかった。こいつは傑作だ。ということは、あの少年はおれを逃がす手助けをしたかどで責められなかったことになる。代わりに、デュガルド・ファーガソンのお気に入りの娘が手ひどい罰を受けることになったのだ。少しだけ溜飲（りゅういん）が下がったような気がする。おれが受けた屈辱のせいで、少なくともファーガソン一族の一人が嫌な思いをする羽目になったのだ。しかも、それはあの少年ではない。

「何もおかしいことなんてないぞ、ジェイミー」アラスデアは怒ったように言った。「あれ以来、婚約破棄を百回以上は後悔しているんだ。ほかの誰よりも、あの娘を妻として迎えたかったから」

「ほう、それほどその娘に入れ込んでいたならば、さぞ後悔しただろうな」ジェームズはまじめな顔になった。

「ああ。彼女ほど美しい女はほかにいないだろう？」アラスデアが悲しげに言う。

「そうかな？」ジェームズは笑みを浮かべた。アラスデアは、その女がどんな外見かこちらが知っていると思っているようだ。

「冗談はよせ、ジェイミー」年上のアラスデアは息をのんだ。「あれほど濃い赤色の髪も、水晶のように澄んだ青い瞳も、陶器のように白くて完璧な肌も、この世のものとは思えない。ファーガソン一族が彼女を〝エスク塔の宝石〟と呼ぶのもうなずける」

ジェームズは立ちあがった。みぞおちがきりきりとしている。アラスデアのいまの言葉は、心のなかに刻み込まれたあの女性のイメージとぴったり重なる。これほど似ている女性が世に二人といるだろうか？　とはいえ、そんな偶然があるとは思えない。

「外見だけでなく、彼女は名前も愛らしいよな？」ジェームズは話の先をうながした。

アラスデアは目をぱちくりとさせた。「なぜおれの気持ちをもてあそぶようなことを言うんだ？　彼女を失って、おれがどれほどつらい思いをしているかわからないのか？」

「いや、もちろんよくわかるよ。許してくれ、アラスデア。だが先ほども言った通り、今日のおれは最高の気分とは言えないんだ。初めてシーナに会ったとき以来、ずっとこんな調子なんだ。きっとおれも彼女に心を奪われたんだろう」

ジェームズは息を殺してひたすら待った。はたしてアラスデアはどう答えるだろう？
〝おれが話している娘はシーナなどという名前ではない〟と言い出すだろうか？　それともおれの考えは正しいのか？

アラスデアはにやりとして、ジェームズの疑いを確信に変えた。

「ははあ、となると、きみはおれよりもひどい窮地に陥っていることになる。宿敵の娘に心奪われてしまったとはな！　たとえ長年の確執を終わらせるために、デュガルド老人がきみにあの長女を妻として与えようとしても、彼女が従わないに決まっている。強情なあの娘のことだ。きっと同盟関係にある氏族のなかから夫を選ぼうとするだろう。もし可能性があるなら、おれもアバディーンへ行って彼女にもう一度求婚したい。だが残念ながら、彼女はおれとの結婚にまったく乗り気じゃなかったんだ。あの婚約話に乗り気だったのはデュガルド老人だ。デュガルド老人がおれを選んだ理由は、もちろんきみならよくわかるだろう？」

ジェームズはふたたび椅子に座ると、目を閉じた。もはやアラスデアの話が耳に入ってこない。シーナにまつわる記憶が脳裏に次々と浮かんでは消えていく。いくつもの記憶の断片やまとまりのない考えがぴたりと符合したような気がした。

シーナを初めて見かけたあの渓谷はファーガソンの領土だった。弟ナイルの髪はシーナと同じ色。それに彼女の目は父親デュガルドそっくりの色をしている。しかもナイル少年は、少女を渓谷で見かけた話をおれがしたとたん、顔に怒りを浮かべていた。シーナ本人もマッキノンの氏族長を非難するような言葉を口にしていたし、おれに対する恐れと不信感をあらわにして、この城から何がなんでも逃げ出したがっていたのだ。なるほど、いくら捜しても、アバディーンに〝エルミニア・マキューエン〟なるおばがいないはずだ。賭けてもいい。その女性の名前はエルミニア・ファーガソンだ。

ジェームズは首を振った。いつその事実に気づいてもおかしくなかったはずなのに、いまのいままで気づけなかった。もしかすると、どこかで〝気づきたくない〟という心理が働いていたのかもしれない。シーナとファーガソン一族を結びつける要素から目をそらしていたのかも。だが、いまはそんなことなどどうでもいい。たとえ事実がわかっても、おれがシーナを求める気持ちはこれっぽっちも変わらないのだから。

「なあ、聞いているのか、ジェイ――」

「なんだって？」ジェームズはアラスデアに意識を戻した。

「もしきみがそれほどシーナに心惹かれているなら、デュガルド老人もきみの求婚に同意するかもしれないぞ」

「すでにデュガルドからは、彼女を与えられないと断られた」ジェームズは心ここにあらずの様子で言った。

「ということは、彼女に求婚したのか？」

「いや、おれを地下牢から解放する条件として、デュガルドの娘の一人と結婚するよう要求されたんだ。だがその候補者のなかに、シーナは入っていなかった」

アラスデアは苦笑した。「ほかの娘たちは、シーナとは比べものにならないほど平凡だからな」

「それはそうだろうな」

「で、きみは彼女たちとの結婚を免れられたんだな――それもシーナ自身の手助けで。ずっと不思議に思っていたんだ。どうして彼女はきみを助けたんだ？」

ジェームズは頭をすばやく巡らせた。いまここで、ナイル少年を裏切るつもりはない。

「彼女がおれを助けたのは、おれのことを恐れていたからだ。父親がおれに差し出そうとしている花嫁は自分だと考えたらしい」

「きみはそうじゃないことを知っていたはずだ」

「ああ。だがどんな手を使ってでも、あの地下牢から逃げ出そうと考えた。そのことを後悔などしてはいない。小さな嘘をつくほうが、おれの花嫁として無理に結婚させられるよりましだったはずだ。きみだって、おれがどんな性格かよく知っているだろう？」

「それはそうかもしれない。だが結局、割りを食ったのはシーナだったんだ。宿敵を手助けしたという理由で追放されてしまった」

ジェームズは立ちあがった。「追放だと？」

「おれ自身も驚いたんだが、デュガルド老人は長女の裏切りにひどく傷ついたらしい。一番のお気に入りとして可愛がっていたからな」

「それで彼女はアバディーンにいたのか」ジェームズがひとりごちる。

「おれが知る限り、彼女はまだアバディーンにいるはずだ」

ジェームズは体の力を抜いた。〝追放〟とはずいぶん手厳しいやり方だ。しかしシーナがアバディーンに行かせられなければ、彼女と再会することもなかったはずだ。渓谷で彼女を見かけたあの日が、最初で最後になっていただろう。

彼はしばし考えた。シーナは弟のナイルを守るために、やってもいない罪を自ら認めたに違いない。彼女さえそう言い張れば、あの少年が責任を問われることはないだろう。なんという運命の皮肉だ？　弟がおれの手から大好きな姉シーナを守ろうとしたせいで、結局その姉がおれのもとへやってくることになったとは！

「おれはあまり心配していない」ジェームズはアラスデアに軽い口調で言った。「実際シーナはあのデュガルド老人のお気に入りの娘だ。時が経てば、デュガルドも彼女を許すだろう」

「ああ、そうだな。だがおれは自分を許せるかどうかわからない。一時的にかんしゃくを起こしたせいで、彼女を永遠に失うことになったんだ」

「だったらこう考えてみるといい。シーナを求めているのは、きみだけじゃないはずだ。

いままではもちろん、これからもおおぜいの男たちが彼女を自分のものにしたいと考えるようになるだろう。だが、彼女を勝ち取れる男はただ一人しかいない」

「その男は、運がいいとしか言いようがないな」ジェームズは声を立てずに笑った。

「ああ、その通りだ」アラスデアはため息をついた。おれは本当に運がいい。「きみが訪ねてきてくれて感謝しているが、そろそろ出かけなければ。もちろんきみを歓迎するよ。二、三日で戻ってくる」

「こんな悪天候のなか、どこへ出かけるつもりだ?」アラスデアは驚いたように尋ねた。

ジェームズは声をあげて笑った。もはや感情の高ぶりを抑えきれない。「アバディーンだ。あの美しい女性を勝ち取るためにな」

「シーナを?」アラスデアは困惑した表情を浮かべた。

「ああ」

「だが彼女はきみにとって宿敵だぞ。少なくとも、彼女のほうはきみをそういう目で見ているはずだ」

「その通りだ。彼女はおれの宿敵にほかならない――だからこそ、獲物として簡単に捕まえられる」

ジェームズは笑みを浮かべながら大広間から立ち去った。とはいえ、長年の反目を解消するのは、そう簡単なことではないだろう。だがおれはシーナの心を勝ち取ってみせる。

自分にはそれができるとわかっている。いままでは、おれが何者か知っているぶん、シーナのほうが有利な立場に立っていた。だが彼女が何者か知ったいま、おれも彼女と同じ立場に立てたのだ。今後その知識をどう利用するかは、また別の話だが。

23

ウィリアム・ジェムソンが住んでいたのは立派な城でもなければ高くそびえる尖塔(せんとう)でもなく、要塞化されてはいるものの、ただのみすぼらしい塔だった。ディー川近くにある小山のてっぺんに建てられているが、一帯は荒れ果てた薄ら寒い土地で、なんの活気も感じられない。

到着するなりシーナは小さな部屋に連れていかれ、閉じ込められた。そのときは必死に自分に言い聞かせようとした。こんな遅い時間だもの、わたしを守る用心のためにこうしているに違いない。明日の朝になればここから出ていける。まったく気にすることはないわ、と。

それにしても、なんて世間知らずだったのだろう。こんな愚かなことをしでかすなんて。でも、すべてはわたし自身のあやまちにほかならない。見知らぬ他人、それもハイランダーを信用してしまったなんて。

すべてが明らかになったのは、翌朝ジェムソンが部屋を訪ねてきたときだ。彼は無遠慮な口調で、シーナをすぐにアバディーンへ連れていくつもりはないし、自分がもういいと思うまでこの家に留め置くつもりだ、そのことに関してシーナにいっさい発言権はないと言いきったのだ。

そう聞いて泣き出しそうになった。いままでも拘束されていたことに変わりはない。ただし、キノン城ではおいしい食事と暖かく居心地のよい環境を与えられ、しかもほんの少しではあるが自由も手にしていた。贅を凝らした刑務所のような場所から逃げ出して、いまはこんな寒くて汚くて寂しい部屋しか与えられず、食べ物もほとんどもらえず、自由はまったく許されないなんて。

恐怖がやや薄れたのはその日の夜、ジェムソンがまたしても部屋にやってきたときだ。彼はひどく酔っぱらっていた。アルコールの力を借りて勇気を奮い起こし、シーナの部屋へやってきたらしい。ろれつが回らないまま、ジェームズが妹を奪ったように、自分もシーナを奪ってやると宣言したが、無理に自分のものにしようとしたにもかかわらず、泥酔しているせいで結局目的を果たせなかった。シーナにとって運のいいことに、恐れとアルコールのせいでジェムソンは男としての機能を果たせず、恥ずかしさに顔を紅潮させながら部屋から出ていくしかなかったのだ。

シーナは考えた。きまり悪さのあまり、ジェムソンはしばらく顔を合わせようとはしないだろう。案の定、それから何日間も放っておかれた。囚われ人のように一人きりで狭い部屋に閉じ込められ、シーナは日に日に落ち込みを募らせていった。

「いまのこの状態に比べたら、どんなこともましに思えるわ。たとえジェイミーに追いかけられ、求められることでも……」シーナはひとりごちた。

いつからわたしは彼のことを〝ジェイミー〟と呼ぶようになったのだろう？　自分でもよくわからない。でも気づいたら、心のなかでそう呼ぶようになっていた。それだけではない。彼のことをあれこれ思い出すようになっている。二人で交わした言葉なら、一言一句すべて思い出せるような気がする。彼と一緒に過ごしたありとあらゆる瞬間も、彼の手の感触も――まるで魔法のように心地よかった。

何をばかげたことを考えているの？　ようやく、あの氏族長から逃げ出せたと思っていたのに。彼はわたしの心のなかに永遠に居座り続けるのだろうか？

もうこんな状況には耐えられない。狭い部屋で四方を囲まれ、のっぺりした壁しか相手にできず、話し相手が誰もいないせいだ。暖炉に火もなければ、食事はお粗末だし、それを運んでくる使用人も何もしゃべらない。あと一日でもこんな生活が続けば、頭がおかしくなってしまう……。

ウィリアム・ジェムソンは暖炉の前で、緊張したように行きつ戻りつしていた。狭いホールのなかで、火が灯(とも)されているのはここだけだ。床について寝ようとしていたが、気がかりな知らせが届いたせいで起こされた。配下の者から伝えられたのは、ジェームズ・マッキノンがもうすぐここへ到着するという知らせだった。いつなんどきあの氏族長がやってきてもおかしくない。

なぜここを訪ねてくるまでこれほど時間がかかったのだろう？　ジェムソンは、もっとずっと前にジェームズがやってくるものと予想していた。ところがあの女を連れ去ってから、すでに一週間以上が経とうとしている。最近では、シーナが嘘をついていて、ジェームズは彼女に興味などまったくないのでは、と疑い始めていたところだ。

どんな理由でこれほど時間がかかったかは知らないが、いまやジェームズはこちらへ向かっている。待ちわびた瞬間が近づきつつあるのだ。ここは自制心を保たなければならない。あの金髪のいけすかない氏族長をやり込めても、くれぐれも悦に入っている様子を見せないようにしなくては。

階段からブーツの靴音がどかどかと聞こえてきた。一人ではなく、おおぜいがやってくるようだ。

直後、狭いホールの反対側にある戸口にジェームズが姿を現した。背後に六人の臣下たちを従えている。ジェームズは手をひらひらとさせ、彼らを下がらせると、一人でホールを横切ってやってきた。プラッドを身にまとっているせいで、体の大きさが二倍に見える。暗い物陰からぬっと現れると、よけいに恐ろしい姿に見えた。プラッドの下に腰まである上着(レット)を着ているが、寒さよけの靴下は穿(は)いていない。長いブーツの上には、膝がむき出しにされたままだ。ジェームズは脇で剣を一振りした。

ジェムソンはそのすべてを記憶に刻みつけるかのように、じっくりと観察したが、近づいてくるジェームズの顔が見えたときは息をのんだ。げっそりとやつれ、唇をきつく引き結び、冷たい風にさらされていたせいで頬が赤く染まっている。何よりジェムソンを震えあがらせたのは、暖炉の火を受けて冷たい炎を宿らせた、マッキノン氏族長の目だ。

ジェームズは口を開いた。「もう二日も寝ていない。疲れ果てているんだ。アバディーンへ向かい、二日を無駄に過ごした。さあ、きみの話を聞かせてもらおうか。どういうつもりであの女性をここに拘束している?」

ジェムソンはうすら笑いを浮かべると、少しだけ肩をすくめた。「彼女がわたしと一緒にいたがったからだ」

「それが本当とは思えない」

「もちろん、きみがそうしたいなら彼女を連れ帰ってくれ」ジェムソンはすばやくおもねるような口調で言った。「実際、きみが彼女を連れていってくれるならばありがたい。実は、すでに彼女には飽き飽きしていたんだ」

「飽き飽きしただと?」ジェームズはくたびれたように髪に片手を差し入れた。「説明しろ」

「何を説明しろというんだ、友よ？　売春婦ならば、どんな男にとっても抱き心地がいいだろう。だがあの女はただ顔が美しいだけで、ほかになんの魅力もない。実際わたしは驚いているんだ。てっきり、きみのような気性の男はもっと……活発な女を好むのかと思っていた」

　ジェームズは片手を伸ばし、ジェムソンのプラッドをひっつかむと、鼻先がくっつきそうなほど顔を近づけた。「シーナと寝たのか？」

「きみはいまにもわたしをぶちのめそうとしているじゃないか。ここでそんなことを認めるのは愚か者しかいない」

「ちゃんと答えろ。さもないときみを殺す！」ジェームズは低くうなった。

　動こうとしたものの、ジェムソンはジェームズの手を振り払うことができなかった。力負けし、たちまち自信がしぼんでいく。それでもなお、このはったりをかまし続けなければならない。そうしなければ本当に敗北だ。

「マッキノン、まあ、そうむきになるな。もしきみがあの女を返せと言うなら、ここで知らせておくべきだろう。わたしはただ、差し出されたものを受け取っただけだ。というのも、一緒に連れていってくれと懇願したのも、ここにいさせてほしいとこいねがったのも彼女のほうだったからだ」

「しかも、彼女はきみとベッドをともにしたいと懇願したんだな？」

ジェームズがいくら待っても答えは返ってこない。だがそれがじゅうぶんな答えだった。全身を切り刻まれるような苦痛にさいなまれ、喉から低いうなり声をあげると、ジェムソンの体を振り払った。いますぐこの男を八つ裂きにしてやりたい。でも残念ながら反論することはできなかった。そもそも、おれにはシーナを自分のものだと要求する権利などない。故郷から追放され、家族もいないいま、シーナは人生をどう生きるか彼女自身で選択できるのだ。だが、それももはやこれまでだ！

「ジェムソン、彼女をいますぐここへ連れてこい。おれが分別を失わないうちに」

ジェームズはホールに一人残され、暖炉の炎を見つめた――いま内側に燃え広がっている嫉妬の炎とは比べものにもならない炎を。おれはシーナに対してなんの権利も持っていない。必死にそう自分に言い聞かせようとする。だが心の痛みはどうにも止められない。まるで拷問を受けているかのようだ。これほど魂を傷つけられるとは、体に何百という傷を負ったほうがまだましだ。

「サー・ジェイミー？」

彼はすぐさま振り返った。シーナはおびえたような笑みを浮かべていたが、目が合うなり、完全に笑みを消した。

くそっ。こういう事態が起きたことに対して、シーナを責めるつもりはない。おれは彼女の後見人ではないし、シーナには自分で選択を下す権利があるのだ。だがよりによって、なぜウィル・ジェムソンなんだ？　どうしてあんな哀れな小心者を選んだ？　ジェームズは痛みに耐えるように目をきつくつぶった。まったく理解できない！　でもシーナを非難しないよう努力してみよう。

ふたたび目を開いたとき、ジェームズの目からは怒りが少し消えていた。それでもシーナは彼に近づこうとはしなかった。助けに来てくれたお礼を言おうとしていたのだが、ジェームズによって本当に救われることになるのかよくわからない。先ほどまで、彼の全身からは激しい怒りが発せられていたのだ。

いっぽう、ジェームズはシーナの目をじっと見つめていた。彼女は警戒するような目つきをしている。おれを恐れているのだろう。その恐れを利用すべきなのかもしれないが、そんな気にはなれない。しかもシーナはあまり元気そうに見えなかった。身につけているのはキノン城を去ったときと同じ青いドレスで、しわくちゃのひどい状態だ。そのうえ目の下にくまが出ていて、顔も青白い。きっと彼女はジェムソンと一緒にいても幸せではなかったのだろう。いや、疲れている様子なのには別な理由があるのかも……。

「きみにはおれと一緒に来てもらう。そのことに関して、これ以上くだらない意見に耳を貸すつもりはない」ジェームズは手厳しい口調で命じた。「ジェムソンはどこだ？」

シーナは背後を振り返り、肩をすくめた。「わからないわ。わたしをここへ連れてきたあと、どこかへ隠れているのかもしれない。あなたと面と向かうのがあまりに恐ろしくて

「――」

「それならそれで結構」ジェームズは不機嫌そうに彼女をさえぎった。「おれはあいつを殺したくてうずうずしているんだ」それから室内に響き渡るような声で叫んだ。「聞こえているか、ジェムソン？　今後二度とおれの前に姿を現すな！」

シーナは驚きに目を見開いた。ジェームズに腕をひっつかまれ、ホールを横切り、まっすぐ進んでいく。ジェームズは、わたしがここで監禁されていたのを知っているのだろうか？　だとしたら、ジェームズの激しい怒りはわたしではなく、ジェムソンに向けられているのかもしれない。彼がわたしに対してこれほど激しい怒りを向けるはずがない。そんなことは予想もしていなかった。

ジェームズの臣下たちが馬を集めているのを見ながら、シーナはすぐに気づいた。わたしのための予備の馬はないようだ。ジェームズの手を借りて、彼の大きな牡馬(ぼば)の背にのり、背後にジェームズがのった瞬間、体をこわばらせた。ほかの臣下たちがすでに走り去るなか、二人は彼らよりゆっくりとしたペースであとに続いた。

強風が吹き続けているにもかかわらず、シーナは全身が熱くなるのを感じた。ジェームズの腕が背後から体に巻きつけられているせいだ。声が聞こえるよう体を半分ねじりながら話しかける。「サー・ジェイミー、わたしをアバディーンに連れていこうとしているの？」

「違う」

シーナは彼の鋭い口調を気にしないことにした。「でもわたしはそうしてほしいの。アバディーンへ戻りたい」

「そうなのか？」ジェームズが暗い声で言う。

シーナは眉をひそめた。「ええ、そうよ。あなたは前に、わたしをアバディーンへ連れ帰ると言っていた。だからいま、もう一度お願いしているの」

「もしそれほどアバディーンが恋しいなら、ジェムソンに連れていってもらえばよかったものを。そういう機会はいくらでもあったはずだ」ジェームズは鋭い調子で言い放った。「以前のおれの申し出は撤回する。永遠にだ。おれにアバディーンへ連れ帰るよう頼むことは、二度と許さない」

「だけど……どうして？」

「これ以上、きみはおれのものだと宣言するのを引き延ばしても、何もいいことはないとわかったからだ。キノン城に戻りしだい、すぐにおれたちの婚約（ハンドファスト）を宣言する」

「そ、そんなことは許されないわ」シーナは大きくあえいだ。

ジェームズはそっけなく答えた。「きみの承認など必要ない。おれの親族に対して公式に宣言をするまでだ。今後はおれがきみに対するいっさいの責任を負うつもりだと、彼らに知らしめるためにな。とにかく戻りしだい、すぐに発表しなければならない」

「あなたはわたしに無理強いすることはできない。意にそわない相手との婚約や結婚を強制できるのは、わたしの父親だけよ」

「もし父親からおれとの結婚を強制されたら？」

「父がわたしの相手として、あなたのように礼儀をわきまえていない男性を選ぶはずがないわ」怒りが込みあげ、シーナは完全に理性を失っていた。「わたしは絶対に同意しない。あなたの親族の前で、そうはっきり話すわ。もしあなたがわたしを無理に自分のものにしようとするならば、それは強姦と呼ばれることになる」

「おれの場合は強姦なのに、ジェムソンの場合は喜んで受け入れるというのか？　どうしてそんなことができるんだ？」

「どうしてそんなことができるですって？」シーナは息をのんだ。ひどく混乱している。

「なぜ非難されないといけないの？」

ジェームズは馬を突然止めると、シーナの両肩に手をかけ、彼女を自分のほうへ向かせた。

暗闇のなかでも、シーナには彼の瞳が煙っているのがわかった。不意に恐ろしくなり、息をのむ。

「あいつはきみに何も差し出していないのに、きみは喜んであいつに自分を与えた。おれはきみにハンドファストという契約を申し込んでいるのに、きみはおれを拒絶している。

まあ、いい。きみがおれを受け入れようとしない理由はわかっている。わかっているからこそ、おれはきみが拒絶した理由を克服してみせる。だが、きみがあのジェムソンをどう思っていたのかだけは、今後も絶対に理解できないだろう！」

ジェームズはすべてをいっきに言い終えた。シーナは目を見開き、紛れもない怒りを込めてこちらをにらみつけている。でも、そんなことなどおかまいなしに片手を取って強くうしろに引っ張り、彼女の体をさらに近くに引き寄せた。

「よくもそんなことを……」シーナが猛然と反論する。「わたしはまだ清い体のままよ。ただしあなたの前でそれを証明する気はないけれど！　それに、たとえわたしが純潔を失っていたとしても、あなたにはなんの関係もない。そうよ、あなたの好きなように考えればいい――最悪の事態を考えればいいわ。そうすれば、あなたはわたしを求めなくなるはずだもの」

ジェームズは突然シーナに口づけた。大声を出している彼女を黙らせたかったせいもあるし、キスせずにはいられなかったせいもある。

くそっ、シーナはおれにいったい何をしたんだ？　目の前にいるこの小柄な女ほど、おれの心をいやおうなくかき乱し、どうしようもない苦しみを与えてくる相手はいない。

ジェームズはシーナの体を離すと、優しい声で言った。「それでもおれはきみがほしい。きみにもわかっているはずだ。もうすぐ、おれはきみを自分のものにする。そのときさきみは、いままでの言い争いはいったいなんだったんだろうと不思議に思うはずだ」

彼は馬の速度をあげ、ほかの臣下たちに追いついた。その間も、シーナはあれこれと考えずにはいられなかった。ジェームズが答える機会さえ与えてくれなかったせいで。

24

「コーレン、起きてるか?」

その声にびくりとして目覚めたコーレンは、兄ジェームズがすぐそばに立っているのに気づいた。兄はくたびれ果てているが、けがは負っていない。それだけ確認すると、暖炉脇にある椅子にふたたびどっかりと背をもたせかけた。

「おれは眠り込むほど疲れていない」コーレンは不機嫌そうに答えた。「兄貴がここを出ていってから、夜更かしを楽しんで朝寝ざんまいさ」

「ほう?」ジェームズはにやりとした。

「誰にも何も言わずに、いったいどこへ行っていたんだ?」コーレンは怒ったように尋ねた。「兄貴がなんの説明もなく出かけるのは、この二カ月でもう二度めだ。まったく、自分がそんなふうに突然いなくなっても、誰も心配しないとでも考えているのか?」

「おまえは心配してくれたのか?」コーレンが何も答えないでいると、ジェームズはため息をついた。「混乱させたようだな。謝らなければならない。本当にすまない、コーレン。

もうこんなことはしないようにする」

「何があったか話してくれないか？　今回は臣下たちを何人か連れていったんだな。何か問題でも起きたのか？」

「いいや、おれはただアバディーンへ行っただけだ」

「またか？」意外な答えにコーレンは驚いた。「どうしてもう一度行こうと考えたんだ？」

「おまえはマクダフと一度も話していないのか？」

「ああ。彼は兄貴がここを出ていってからすぐに立ち去ったんだ。それにマクダフがこの城を訪ねてきたとき、おれはちょうどブラック・ガウェインのところにいた。彼がジェシー・マーティンと一緒にいるのを知っているか？」

「ああ、ジェシーにとって彼はおあつらえ向きだったんだろう」ジェームズは当然のように答えた。

「なんて言い草だ」コーレンが不満げに言う。

「なぜおまえはいつも、今度こそおれがやきもちを焼くんじゃないかと期待する？　情事が終われば、すべて終わりだ。なんの後腐れもない。それに、おれはもともとジェシーを自分から追いかけていたわけじゃない」

「それでも、なんだか正しくないように思えるんだ。ジェシーは兄貴とああいう関係になったすぐあとに、ブラック・ガウェインとくっついた。彼女は……男に奉仕をするのを生(なり)

業にしている女じゃない。かりにもダフネの夫のいとこなのに」

「ジェシーの立場がどうだろうと、大した違いはない。おれが関係ないと言っているんだ。弟のおまえが気にすることじゃないさ――ただし、おまえがジェシーを好きなら話は別だが」

コーレンは真っ赤になった。「ばかな。ジェシーはおれの好みよりも……あまりに豊満すぎる」

「ほう、おまえは痩せ型が好みなのか？」ジェームズは含み笑いをした。居心地が悪そうな弟の様子を見ているのがなんだか楽しい。

だがコーレンは引き下がろうとはしなかった。「今回はシーナを見つけたのか？」

「いや、彼女はアバディーンにはいなかった」弟からさらに尋ねられる前に、ジェームズは冷たい声で答えた。「彼女はジェムソンとずっと一緒にいたんだ」

「でも、どうして？」

「その理由を本当に聞きたいのか？」

「いや、自分でもよくわからない」

「おれも言いたくない」ジェームズは鋭く言った。「だがとにかく、シーナはジェムソンの館にいたんだ」

「まさか彼女を連れ戻せなかったのか？」どんな答えであれ、コーレンは兄の答えを聞くのを恐れていた。

「いや、彼女はいま、ここにいる。もう二度と出ていくことはないだろう」

コーレンは体を起こし、信じられないという口調で尋ねた。「彼女がそう同意したのか？」

「いや、彼女に意見は求めていない。同意する機会も与えなかった」

「だが兄貴は、シーナに無理強いはしたくないと言っていたはずだ。それに彼女を取り戻すには、それなりの理由が必要だとも」

「マクダフがおれにその理由を教えてくれた」

コーレンは椅子から立ちあがった。「どんな理由だ？　教えてくれないか？　それともおれから彼女に尋ねないとだめか？」

「彼女に尋ねてもわからない」

「なんだよ兄貴、どうしてそんな秘密めいたことばかり言うんだ？」

ジェームズは声を立てずに笑った。「悪いな、コーレン。おまえ以外の誰にも知られたくない話なんだ――特にシーナには。誰にも話さないと約束できるか？」

「もちろんだ！　これ以上焦らされると死んでしまいそうだ。マクダフから聞いた理由とはなんなんだ？」

「マクダフはファーガソンの花嫁とは結婚していなかった。その娘はアバディーンへ追放されていたんだ――おまえがシーナを見つけたあの町だよ」

「ファーガソンの花嫁？　それがシーナなのか？　信じられない！」

「いや、本当なんだ。おまえには一度も話したことがなかったが、実はおまえがシーナをここに連れてくる前から、おれは彼女を知っていた。前に会ったことがあるんだ。今年の春に、それもファーガソンの領地でだ。おまえから彼女は物乞いだと言われたとき、おれもそうに違いないと思った。というのも、以前彼女を見かけたのは峡谷で、朝早い時間に水浴びをしているところだったからだ。ファーガソン氏族の者がそんなことをするとは考えにくい。特に、あの争いがあった直後だからなおさらだ」

「たしかに」

「だがシーナは自分の意見を曲げない女だ。逃げ出せる機会を見逃さずにここから逃亡したのがいい証拠だよ。それに、この前だっておれが水は冷たいと警告したにもかかわらず、池で泳ぎを楽しんだ。シーナは自分のやりたいようにやる女だ。故郷でも同じように振舞っていたに違いない」

「だが、本当にあのファーガソンなのか？」

「ああ。しかも、デュガルド老人のお気に入りの娘でもある。結婚するはずだった娘の容姿をマクダフから聞かされ、間違いないと確信したんだ。よく考えてみろ。彼女はおれたちに、得体の知れない強い恐れを抱いているだろう？　おまえの部屋で初めて会ったとき、シーナはおれに感じよく接していたし、おれをからかいさえしたし、おれのことなどちっとも恐れていなかった。それは、シーナがおれの名前をまだ聞かされていなくて、恐れる理由がどこにもなかったからだ」

「言われてみれば、おれが何者か知った瞬間、シーナは頭が変になったみたいだった。ここからすぐに出ていく、こんなところにはいられないと叫び出したんだ。黙らせるために、シーナの頬を叩(たた)かなければならなかった」

「なんだと?」ジェームズは怒ったように叫んだ。

コーレンは体を縮めた。「それが兄貴、おれは彼女から叩き返されたんだ」

ジェームズはゆっくりと笑みを浮かべ、やがて大声をあげて笑い出した。「本当か?」

「いまなら笑い話にできるかもしれないが、あのときはとてもそんな気分じゃなかった」

コーレンが不満げに言う。「なんてことだ、もしシーナがファーガソンだとしたら、すべてががらりと変わる。兄貴はどうするつもりだ?」

「彼女はここに連れ戻してきた。何も変わらない。おれは彼女と婚約(ハンドファスト)するつもりでいる。彼女が同意するしないにかかわらずだ」

「もしシーナに無理強いをしたら、とんだ騒ぎになるぞ。彼女はそもそもハンドファストという制度を信じてはいない。結婚とは別物だからな。兄貴がどうやってハンドファストに持ち込むつもりなのか、おれにはわからないよ」

ジェームズは顔をしかめた。弟の意見は正しい。自分もできれば強制はしたくない。少し前までは、シーナがハンドファストに同意するのを待つつもりでいた。彼女がその気になってくれることこそが何より大切だと考えていたのだ。実際は、その結婚に乗り気かどうかにかかわらず、いざ花嫁として嫁ぐと、どんな女も夫に従順になるものだが。ジェームズは最初からシーナと揉めたくなかったが、それでもなお、最初に相性を試してからでないと彼女と結婚する気にはなれない。最初の結婚のような間違いをまたしても犯すつもりはなかった。しかも、ほかの男が先にシーナを試したなんて……。

ジェムソンめ、シーナには何かが足りないとほのめかしていた。くそっ！

「もうくただ。そのことについて、いまは話したくない」ジェームズは唐突に言った。

「だったら、せめてこれだけは教えてくれ。シーナがファーガソン氏族であることを知っていると、なぜ兄貴は彼女に話さないんだ？」

「もはやおれたちを欺くことはできないと気づいたら、シーナはこっちを攻撃してくるだろう。彼女とおれには関係のない、二つの氏族の間に過去起きたことをすべてあげつらい、おれを責め立ててくるはずだ。そんな彼女を相手に、おれがなんの仕返しもせず、我慢できると思うか？」

「でも、シーナは兄貴を恐れている。その恐れの中心にあるのは、自分が何者かを兄貴に知られることじゃないのか？　それに、そのとき兄貴にどんなしうちを受けるかも怖がっている。だが兄貴だってわかっているはずだ。たとえそうなっても、兄貴はシーナに危害を加えたりしないはずだ。だったらシーナに、彼女の本当の正体など重要ではないと知らせるべきだよ。そうすれば彼女も、自分の恐れが根拠ないものだとわかるだろう」

「どのみち、おれは彼女にその事実を証明してみせる」ジェームズは自信たっぷりに答えた。「だが、いまシーナに彼女の正体がわかったと伝えれば、おれを拒絶する別の言い訳として、氏族間のこれまでの不仲を持ち出してくるだろう。その事態だけは避けたいんだ」

「それこそがシーナが兄貴を拒絶している理由だけどな」

「だがいまのままだと、シーナはその理由をおれに話すことができない。そうだろう？」

ジェームズはにやりとしたが、それは確信に満ちた笑みとは言えなかった。

25

　翌朝、シーナはこの城で自分にどこまで自由が許されているのか試すべく、安全な塔の部屋から出てみた。今日身につけているのは、アバディーンから連れ去られたときに着ていた緑色のドレスだ。安物ではあるが、いまではきれいに洗われているし、何より自分のものであることに変わりはない。髪はリボンで結ばず、ゆったりと垂らしたままにしている。

　あえて大広間には行かないようにした。ジェームズがまだそこにいるかもしれないからだ。屋根つき通路を歩きながら、中庭にいる人々を見おろしたり、通路から見える山腹の光景を眺めたりした。木々の間からディー川が流れているのがちらりと見える。一瞬だけ、黒雲の隙間から太陽の光が差し込み、シーナの頬を照らした。きっと春がやってくるまで、太陽の暖かさを感じるのはこれが最後になるだろう。

　多くの人に姿を見られたが、誰一人シーナを呼び止めようとはしない。どうやらこの城のなかでは、わたしの自由を奪うような命令は出されていないようだ。そのことに気をよくしながら、運試しに門まで行ってみようと思い立ち、東の塔の階段をおり始めた。

曲がりくねっていて狭い階段で、階下までおりる途中に部屋は二つしかなかった。どちらも城を守る衛兵たちのための部屋だろう。この東の塔はキノン城の正面に位置しているのだ。それにしても戦いのとき、大柄でたくましい衛兵たちはどうやってこの狭い階段を行き来するのだろう？　しかも氏族を象徴する旗章を掲げているはずなのに、すれ違うことなどできるのだろうか？　だが階段の一番下にたどり着く前に、その答えを知ることになった。一人のがっしりとした体つきの男に、あっけなく行く手をさえぎられたのだ。こうなると、もはやすれ違うことは不可能だ。

ただし、その男は城を守る衛兵ではなかった。階段の一番下の開かれた戸口からもれてくる薄明かりに照らし出されたのは、ジェームズのいとこ、ブラック・ガウェインだった。驚いた様子でシーナを見つめたものの、ガウェインは脇にどこうとはしない。

「これはこれは。戻ってきたんだな」

「ええ、そうよ」シーナは視線をそらさず答えた。彼の勝ち誇ったような言い方が気に入らない。

「見たところ、一人のようだな。あの若い番犬はきみをあきらめたのか？」

「もしコーレンのことを言っているなら、彼はわたしの番犬なんかじゃないわ」

「それでもきみには番犬が必要だ。そうだろう？」

「なんのために？」

「きみはおれみたいな悪党から身を守る必要を感じていないというのか？　おれが悪者でないとでも？」ガウェインはシーナに向かってにやりとした。

シーナはちっとも笑う気分ではなかった。「わたしを通して、ブラック・ガウェイン」

「だが、おれたちはまだ知り合いになる機会を与えられていない。きっとこれからも、こんなに都合よくきみが一人でいるときに出くわすことなど二度とないだろう」

ガウェインが一歩前に出たため、シーナはあとずさった。すると彼はまたしても、ゆっくりと彼女をつけ狙うかのように一歩前に出た。

ガウェインの態度をまじめに受け止めるべきなのかどうか、よくわからない。でも、戯れているような彼の様子がどうにも気に入らなかった。

手を差し出してガウェインを止めようとしたとき、いきなり暗がりに引きずり込まれた。

「自分が何をしようとしているかわかっているの？」

ガウェインは片手でシーナの両方の手首をつかんで自由に動けなくすると、もう片手を彼女の腰に回してきた。体をぴったりとシーナの体に押しつけながら言う。「危険なのは百も承知だ。だがすべてを危険にさらす価値がある」

ガウェインは唇でシーナの口をふさいだ。最初こそ優しく振る舞っていたが、シーナが抵抗し始めると、彼女の体をきつく抱きしめ、まったく動けないようにした。あまりに強く抱きしめられているせいで胸が痛い。それでもおかまいなしに、ガウェインはどんどん情熱的にキスを深めていく。口を無理にこじ開けられたせいで、唇が彼の歯に当たってひりひりしているし、このままだと首が折れそうだ。ああ、短剣さえ持っていれば！　呼吸がうまくできない。もう肺が爆発してしまうと思ったちょうどそのとき、ガウェインは体を離した。

「シーナ、なんて女だ。きみは男の頭をおかしくさせる」ガウェインは荒い息をついた。「だがキスだけなら害はないだろう」

害はない？　シーナはガウェインに向かって大声をあげたかったが、どうやら危険は過ぎ去ったようだ。だから、とりあえずこう言うにとどめた。「離して。わたしを見くびらないで。こんなことをされても、あなたを殺す勇気もない意気地なしじゃない」

ガウェインはにやりとするとシーナから体を離し、一歩下がった。「おれが恐れているのはきみじゃない。きみの氏族長だ」

「ジェームズ・マッキノンのこと？　彼はわたしの氏族長なんかじゃないわ」

「そうなのか？」ガウェインは暗い笑みを浮かべた。「だったら恐れることは何もない。キス以上のものを盗んでもいいかもしれない」

とっさに叫ぼうとしたものの、シーナは声をあげることさえできなかった。またしてもガウェインの巨体に押しつぶされたせいだ。彼に胸をまさぐられ、吐きそうになる。どうしよう？　まさに危険が迫っている。

そのとき階段の下から誰かの足音と声が聞こえ、ガウェインは悪態をつきながら体を離した。シーナは無理やり彼の脇を通りすぎると、早足で塔の外にある中庭へ出た。そのあと足取りを緩め、やがて完全に立ち止まって大きく息を吸い込む。ちょうど誰かが階段までやってきてくれたことに感謝せずにはいられない。

本当に危なかった。あわや純潔を奪われるところだった。これからも暗がりを通りかかるたびに、男たちに襲われる心配をしなければならないのだろうか？　とはいえ、まだ望みが一つだけ残されている。その望みにすがるような気持ちで、シーナは門番小屋へ向かった。

だがすぐそばまで行く必要さえなかった。門番はシーナの姿を見たとたん、首を振ったのだ。

だったらわたしはどこに行けばいいのだろう？　守ってくれる者が誰一人いない状態で？　一人の男から守ってもらうため、別の男にこの体を差し出すつもりはない。そんなことをするより、もっとましな方法があるはずだ。

シーナが大広間に足を踏み入れたとき、氏族長のテーブルに着いていたのはコーレンだけだった。コーレンにつかつかと歩み寄る。

「ねえ、コーレン。わたしのことを守ってほしいの。あなたにはその義務があるはずよ」

「へえ？　きみは自分を巡って、おれが兄貴とやり合うのを期待しているのか？」

「いいえ、そんなことは期待していない。しかも、いまこの時点でわたしが心配しているのはジェイミーじゃないの」

コーレンが唇をじっと見つめている。気になって指先で唇に触れ、シーナはすぐに顔をしかめた。熱を持ったように腫れている。あの憎らしいブラック・ガウェインのせいだ！

「あなたに助けを求めているの」シーナはきっぱりと言った。

「だったら、どうして兄貴のところへ行かないんだ？　兄貴なら喜んできみを守ってくれるはずだ」

「わたしがどんな犠牲を払うことになると思うの？」シーナはぴしゃりと答えた。「自分を生け贄にするつもりなんてないわ」

「生け贄だって？」コーレンは含み笑いをした。「きみはそんなふうに考えているんだね」

シーナは眉をひそめた。こんなやりとりをしていては、守ってもらえそうにもない。それにコーレンはひどく奇妙な反応を見せている。

「あなたはわたしの身の安全を守ろうとは思わないの？」

「おれには、兄貴の注目を集めている状態をきみがさほど恐れているようには思えないんだ」コーレンは皮肉っぽい口調で答えた。

「それはどういう意味？」

「あの日、池のほとりできみは兄貴と横になっていた。きみは本当の意味で兄貴を拒絶しようとはしていない」

頬が染まるのを感じたものの、シーナは反論した。「あのとき、ジェイミーはわたしにつけ込んだのよ。彼はわたしよりも力があって強いから。もしあなたがそんなふうに考えていたとしても、わたしはジェイミーを求めてなんかいない」

「もしそうなら、おれと結婚するんだな。それがきみに残された、ただ一つの方法だ。さもないときみは兄貴のものになる」

「いいえ、それより別の方法があるはずだわ」

コーレンはかぶりを振った。「おれはもうきみをあきらめた。正直言って、きみに拒絶し続けられる状態はもううんざりなんだ。兄貴だってどれだけ我慢できるかわからないが、それでも兄貴ならきみを喜んで迎え入れるだろう」

シーナにとって予想外の事態だった。まさかこんな答えが返ってくるなんて。どういうわけか、コーレンのことをいつでも頼っていい存在だと考えていたのだ。でもいまコーレンから、自分を頼りにするなと言われてしまった。

コーレンはため息をついた。「きみは、おれたち兄弟のどちらも拒絶し続けている。それなのにきみを守れと言われても……その件については兄貴と話し合うべきだ。たしかに、おれはきみをここに連れてきたし、いまでは気の毒なことをしたと思っている。だがきみはどうにかしてここから逃げ出した。そのあと、きみをここに連れ帰ってきたのは兄貴だ。だからいま、きみは兄貴のものなんだ」

「なぜ彼はわたしをここへ戻したの？　それになんの権利があって、わたしをここにとどまらせているの？」

コーレンは立ちあがると、シーナに聞こえるか聞こえないかの声で答え、早足で歩き去った。

「その理由はきみ自身で兄貴に尋ねるしかない」

26

シーナは自分にできるただ一つのことをした。南の塔に鍵をかけ、閉じこもったのだ。キノン城から出ていくことにジェームズが同意してくれるまでは、籠城(ろうじょう)を続けるつもりだ。塔にいれば誰かに話しかけられることも、いきなり扉に鍵をかけられることもないだろう。空腹になることもない。数日かけて、テーブルにあった食べ物をじゅうぶん持ち帰ってきている。もちろん、ジェームズはそんなことを知るよしもない。きっと、このままだとわたしが餓死すると考えるだろう。

ところがその晩、城へ戻ってきたジェームズは、シーナが塔に閉じこもり、いくら開けろと叫んでも応じないでいると、あろうことか扉を壊してしまった。驚いたシーナは、ただ部屋に立ち尽くすしかなかった。もはや自分を守ってくれる、鍵のかかる扉はどこにもない。扉があったはずの場所には激怒したジェームズの姿があった。

「これはいったいどういうことだ？　説明しろ！　おれが何度も呼んでいるのは聞こえたはずだ。なぜ答えようとしなかった？」

シーナはありったけの勇気をかき集めて答えた。「あなたにはこの鍵を壊す権利なんてないはずだわ。だって、もしこの部屋にあなたを迎えたかったら、わたしが自分であなたを入れていたはずだもの」

「だがきみは何も答えようとしなかった。おれにそんな理屈がわかるはずがないだろう?」

「もしわたしが〝あっちへ行って〟と答えても、あなたに聞こえたと思う? あんなに怒鳴りちらして、扉を叩き続けていたのに」ジェームズは眉をひそめたが、シーナは続けた。「わたしには誰からも干渉されない権利があるはずよ。あなたのお父様は、お母様がこの部屋に閉じこもっても扉を壊したりしなかった。あなたのお父様は、お母様の私生活をちゃんと尊重して――」

「おれは父上じゃない!」ジェームズは彼女をさえぎった。「おれと、おれが求めている相手との間に、鍵のかかった扉も必要ない。男女の仲になって互いによく知り合えば、きみにだってそんな扉は必要ないことがわかるはずだ」

シーナは大きく息を吸った。「あなたって本当に自信満々ね。しかも、それは間違った自信だわ。わたしとあなたとの間には壁が絶対に必要よ。いままでもこれからも、ずっと」

「くそっ。だが……そうやって目を光らせて怒ったきみは愛らしい」ジェームズはにやりとした。「どうも調子が狂うな。きみと一緒にいると、なんだか怒り続けているのが難しくなる」

これが本当にあのジェームズ・マッキノンの言葉だろうか？　怒らせたら最悪の結末が待っていると恐れられている男の？　シーナは自分がいま耳にした言葉が信じられなかった。

「そうやって気持ちをもてあそばれるのは好きじゃない」

「あれも好きじゃない、これも好きじゃない」ジェームズはシーナの口調をまねた。「だったら、きみには好きなものが何かあるのか？」

「自由よ」

「きみはいつ本当の自由を知ったというんだ？」ジェームズは鋭く指摘した。「おれのもとへ転がり込んでくる前、きみは自分の父親に従っていたはずだ」

「父はわたしに自由を許してくれていたわ」

「ほう？　本当に許していたのか？　それともきみが無理に許させていたんじゃないのか？」

シーナはそれ以上ジェームズと目を合わせていられなかった。この男性は洞察力が鋭すぎる。

「そんなことは重要じゃないの」彼女は落ち着かない気分のまま答えた。「それより重要なのは、わたしがあなたではなく、まだ父の支配下にいるという事実よ」

ジェームズは声を立てずに笑った。「だとしたら、これからおれはきみの父親を捜し出して尋ねるべきなんだろうな。マキューエン氏族がマッキノンとの同盟を望んでいるかどうかを」

「それはだめよ」シーナははっと息をのんだ。

「そうすれば、この無意味な言い争いを終わりにすることができる」

「だめ！」シーナはきっぱりした口調で繰り返した。

ジェームズは畳みかけるように言った。「おれがその気になれば、きみの父親などすぐに見つけ出せる」

そんなこと、できるわけがない。シーナは突然そう気づき、自信たっぷりに答えた。「あなたは絶対に父を見つけ出せないわ。どうぞ好きなだけ捜して。時間を無駄にするだけだもの」

だがジェームズには、シーナのその自信がどこから湧いてくるのか、ちゃんとわかっていた。「いいや、何も難しいことなんかない。アバディーンにいるきみのおばと話せば、すぐに手がかりを得られるだろう」

シーナは追い詰められた気分だった。「あなたなんて……大嫌い！」

「そうだろうな」ジェームズは鋭く答えた。もう言い争いはうんざりだ。「ああ、そうに違いない。だがきみが嫌っているのは、おれという一人の男じゃなくて、おれについている名前だ」シーナが目を見開くのを見て、ジェームズは重ねて質問した。「初めて出会ったとき、きみはおれを拒絶しようとはしなかった。だがこっちの名前を知るとすぐに、おれを恐れるようになった。それはいったいなぜなんだ？　説明してくれ」

「あなたに説明すべきことなんてないわ」シーナは弱々しい声で答えた。

「ああ、もちろんそうだろう」ジェームズはあざけるように言った。「問題を目の前にすると、それを無視することで対処しようとするのがきみのやり方だからな。だったらおれに説明させてくれ。おれと出会う前、きみはおれに関する恐ろしい話を何度も聞かされてきた。そうだろう？　もしおれが間違っているなら、はっきりそう言ってほしい」シーナが押し黙ったままだったため、彼は言葉を継いだ。「きみがおれに関してどんな話を聞かされたのか、尋ねるつもりはない。その話のなかに正しいものがあることも否定するつもりはない。だが話というのは人から人へ伝わるものだ。それを考えると、きみもその話に尾ひれがついている可能性を認める必要があるだろう」

「強調されている話もあれば、必要以上に省略されている話もあるはずだわ」シーナは皮肉っぽく答えた。「大げさなどではなく、本当の話のほうが多いかも」

「なかにはそういう話もあるだろう。ただ、おれをここまで責め立てるほど多くはないはずだ」

「でも、あなたが信用できない人物だと知るにはじゅうぶんよ」

ジェームズは眉間にしわを寄せ、唇を引き結ぶと、そっけなく命じた。「おれを見ろ、シーナ。おれの名前を忘れて、おれという男の人となりを見るんだ。おれはいままで、自分を怖がらせるような理由をきみに与えただろうか？　きみの命を脅かしたり、危害を加えたりしただろうか？」

「し、したわ」シーナは口ごもりつつも答えた。「あなたはわたしに命令してばかりいる。わたしの気持ちを知っているのに、一方的に婚約（ハンドファスト）しようとしている。そうやって、あなたはことあるごとにわたしを追い詰めて……」

「くそっ、なんて頑固な女だ！」ついにジェームズは怒鳴った。「おれが犯した罪は、そんなきみを求めずにはいられないことだけだ。だが、もしきみも自分の気持ちに正直になれば、それが罪などではないと認められるだろう。きみだっていつも言っているほどには、おれから求められるのを嫌がっていないのだから」

「嫌がっているわ！」シーナは叫んだ。「誓って言うけれど――」

「シーナ。そろそろ、このばかげた言い争いをやめるべきときだ」ジェームズは前に出ると、二人の間の距離を埋め、優しい口調でささやいた。「ここへおいで、シーナ。今回だけは自分の心の声に従うんだ」

シーナは言われた通りにしなかった。とはいえ、すぐに立ち去ったわけでもない。いま必要なのは、そこに立っていることだけだと本能的にわかっていたのだ。

　さらに近づいてきたジェームズから、両腕を体に巻きつけられる。このたくましい腕の感触なら覚えていた。思わず目を閉じ、前にキスされたときはどんな感じだったかを思い出そうとする。そのとき背中にジェームズの指先が触れ、優しく引き寄せられたのに気づき、目をふたたび開けた。彼はそれ以上動こうとはしない。ただ探るような目で、熱心にこちらを見つめているだけだ。彼はわたしの瞳のなかにある真実を見きわめようとしているのだろうか？

「シーナ」ジェームズは静かに言った。「きみにキスしたらどんなことが起きるか、おれにはよくわかっている。でもきっときみは忘れてしまったに違いない。思い出させせなくては……」

「いいえ、忘れてなんかいない。あなたにキスされて気持ちよく感じたのは、あなたがかけた悪魔の魔術のせいよ……ただそれだけ」

　シーナの言葉を聞き、ジェームズは驚きを禁じえなかった。

「魔術だって？　まさかきみがそんな思い違いをするとは！　もし魔法があるとすれば、熱心に互いを求め合っている二人の男女が生み出す、このうえない悦び（よろこび）だけだ」

「なぜわたしにこんなことをするの？」

「どうしてもきみにそばにいてほしいからさ。きみを抱きしめ、きみに触れている必要があるんだ。さあ、答えてほしい。おれはきみを傷つけているだろうか？　ただし、これからキスを盗むかもしれないが」

ジェームズが頭を下げて唇を近づけると、シーナは痛みに声をもらした。

「これはどうした？」シーナの唇がやや腫れているのを見て、ジェームズは尋ねた。「どうしてこんなことに？」

「わたし……転んでしまって」シーナはへたな言い訳をした。

ジェームズは彼女をにらみつけ、突然感情を爆発させた。「くそっ、きみは嘘をついている！」すぐにシーナから体を離す。そうしないと、自分が彼女をひっぱたきそうで恐ろしかった。「ここへ戻ってきてまだ一日しか経っていないのに、もう別の男に身をゆだねたのか？」

「よくもそんなことを——」シーナは激しい怒りのあまり、渾身の力を込めてジェームズをひっぱたいた。「最初はジェムソン、お次はこれ！　自分が悪いことをしているという罪悪感を和らげるために、あなたはわたしを売春婦だと考えたいのかもしれない。だけど、わたしはそんな身持ちの悪い女じゃない。喜んでこの身をゆだねるのは夫だけと決めているの。でも、あなたの一族の一人がその相手になるかもしれないわね。あなたたち全員、大嫌いよ……わたしにとっては誰も彼も同じ。みんな、獣みたいに野蛮なんだもの」

「だったらどうして——」

「襲われたのよ！　でもわたしを襲ったのが誰かわかったところで、大した違いはないわ。そうでしょう？　だってあなたか、あなたの一族の誰かだもの。とにかくあなたのもとでは、わたしはちっとも安全なんかじゃない。だからこそ、ここで鍵をかけて閉じこもっていたの。それでもまだ、わたしはまったく安全なんかじゃなかったのね。あなたがいるから！」

ジェームズは手を頬に当て、目を見開いた。自分が何をしでかしたかに気づき、シーナが思わずあとずさる。ところがジェームズが激怒の表情を浮かべたのは、彼女にひっぱたかれたせいではなかった。

「きみは強姦（ごうかん）されたのか？」彼は凄（すご）みのある声で尋ねた。

「いいえ、そうはならなかった――今回は。でもあなたはこの城にわたしを連れ戻し、ここを離れることは許さないと言っているのに、わたしを守る努力を何一つしてくれていない。それは紛れもない事実だわ。わたしはこれから毎日、あなたを含めた男の人たちにおびえながら暮らしていかなくてはいけないの？」

ジェームズは痛いところを突かれた。シーナは正しい。すべておれのせいだ。おれとコーレンがシーナをこの城へ連れてきたにもかかわらず、ほかの者たちの前で彼女のことをはっきり説明しなかったのが悪いのだ。

「きみを襲った奴（やつ）が誰か教えてくれ」ジェームズは声の平静を保ちながら言った。

「どうして？」

「そいつを見せしめにする必要がある。これからのきみの身の安全を守るためにだ」

「あなたと同じ野蛮な男性を懲らしめるなんて、すばらしい解決方法だわ」シーナは皮肉を込めて答えた。「あなたが氏族長で、その男性が氏族長ではないから、彼を懲らしめるのね？」

「おれは最初からきみに対する気持ちをはっきりさせている」

シーナはぴしゃりと言った。「その男性もあなたと同じように、自分の気持ちをはっきりさせていたわ。だったら、彼にもその言い訳を使わせるべきでしょう？」

「シーナ――」

「その男が誰なのか、あなたに教えるつもりはないの。だって、守ってくれる氏族長なんてわたしにはいないし、その男性もそれを知っているから。彼にもそう言ったわ」

「そんなことを言っておいて、きみはその男から逃れられるとでも思ったのか？」

明らかな非難の言葉を聞き、シーナは強く首を振った。「たとえ自分の身を守るためだとしても、わたしはあなたと親しい関係にあるなんて言いたくない。だって、それは本当じゃないから。どう考えても解決方法は一つしかないはずよ」

「きみをアバディーンへ返すことか？　いや、それは別の話だ」

ジェームズはかつてないほどの怒りに駆られている様子で行きつ戻りつし始め、シーナはそんな彼を内心ひやひやしながら見守っていた。

永遠にも思えた沈黙のあと、彼はとうとう早口で言った。「おれたちが結婚すればいい」

ジェームズが振り返ってシーナを見ると、彼女の顔に一瞬浮かんだのは困惑だったが、すぐ怒りの表情に取って代わった。おれにとってこの言葉を口にするのがどれほど難しいことか、シーナにわかるはずがない。申し込まれた彼女よりも、求婚したこちらのほうが、はるかに受け入れがたい事態なのだ。

「結婚？」シーナは信じられないと言いたげな口調で答えた。「どうやって結婚に漕ぎつけるつもり？　わたしにはハンドファストにすら承諾する気もないのに」

「おれたちが結婚すればいいんだ」ジェームズはそっけなく繰り返した。

その瞬間、シーナは怒りよりも不安にとらわれた。ジェームズは、無理に結婚を承諾させる手段を考えついたのだろうか？　何か、わたしが思いつかないようなやり方を？

「あなたがまたハンドファストの話を持ち出したのは、つい昨夜のことよ。それなのに、どうして気が変わったの？」

「きみはハンドファストに乗り気じゃない。それとも、きみのほうの気が変わったのか？」

「あなたは一度も試したことのない女性と結婚するつもりはないと言っていたはずよ」

その言葉はジェームズの怒りをあおっただけだった。彼は冷たい声で答えた。「それは相手が処女だった場合の話だ。おれもきみも知っての通り、きみはもうすでに試されている。それに、そうされても死を選ばなかったところを見ると、きみはそういう行為が嫌いではないんだろう。おれに、情熱とは無縁の堅苦しい妻は必要ない」

シーナは息をのみ、頬を紅潮させると、負けじと言い返した。「ということは、あなたはわたしを強姦するつもり？　そうすれば、わたしがあなたとの結婚に同意すると考えているの？」

「いや、そうじゃない」ジェームズは冷笑を浮かべた。「おれたちはすぐに結婚する。そうすれば、おれはきみが従順な妻になるのを待つことができる。あらゆる意味でおれを喜ばせてくれる妻になるのをね」

「ありえない」シーナはまた首を振ったが、ジェームズは背中を向けて歩き去った。彼の背中に向かって言いつのる。「あなたの言いなりになんて、絶対にならないわ！」

シーナはベッドに座り込み、頭を抱えた。またしても振り出しに戻ってしまった――ハイランドの氏族長と結婚させられるのを恐れながら生きていく日々に。ジェームズや彼の亡き妻、それに彼の襲撃にまつわる身の毛もよだつような話を思い出さずにはいられない。しかも弟ナイルから聞かされた話によれば、ジェームズはわたしを一生痛めつけ、強姦し、苦しめてやると言っていたという。

そう、わたしを一生苦しめることこそ、彼が今後やろうとしていることだ。全身から冷たい怒りを発していたのがいい証拠。ジェームズは結婚を口にしてはいたけれど、愛情や思いやりはかけらも感じられなかった。彼はただ欲望に支配されているだけなのだ。そして結局はそういう欲望のせいで、二人ともが苦しめられることになる。

27

ジェームズが立ち去ったあと、すぐに二人の男がやってきて、シーナを氏族長の部屋の近くにある部屋へと案内した。彼女は抵抗しなかった。扉が壊されてしまった以上、塔の部屋にいても眠れるとは思えなかったからだ。新しく与えられた部屋は内側から鍵をかけることはできなかったが、外側からも鍵をかけることができない。二人の男はそのまま立ち去ろうとせず、一晩じゅうシーナの部屋の両側に立っていたうえに、翌朝になると大広間まで彼女に付き添ったのだ。それから丸二日間、男二人は護衛として彼女から離れようとはしなかった。

そして迎えた三日め、ジェームズとコーレンと一緒にクリームを添えたポリッジを食べていたシーナは、ジェームズの態度に心配を募らせ始めていた。彼はあまりに冷静すぎる。しかも無関心だ。そう、無関心という表現がまさにぴったりだった。前はわたしから片時も目が離せない様子だったのに、いまはこちらを一度も見ようとしない。もしかすると、彼はわたしをあきらめたのだろうか？　そう希望を持っていいのだろうか？　それとも、これからもわたしをやきもきさせ続けるつもり？　もしジェームズがなんらかの計画を立てているとすれば、なぜ彼はその計画をすぐ実行しないのだろう？　いったい何を待っているの？

食事を終える直前、大広間に男が一人駆け込んできた。注目を集めるなか、彼は明らかに慌てた様子で、氏族長のテーブルの前で止まった。その顔に浮かんでいるのは信じられないと言いたげな表情だ。

「サー・ジェイミー、お話があります。いますぐに！」

「遠慮せずに話せ、アルウィン」ジェームズはため息をついた。「おまえはささいなことで大騒ぎすることが多すぎる」

「お信じにならないかもしれません」アルウィンはあえいだ。「ですが、うちの門の外に、ファーガソンの男どもが押しかけてきています。誰も彼もがやってきたのかと思うほどの大人数です」

シーナは真っ青になった。あわやむせそうになったが、すんでのところで食事をのみ込んだ。アルウィンから目が離せない。うちの氏族がここへ？　この城に、彼ら全員がやってきているというの？　でもわたしは城の中にいる。わたしがここにいるのを知らないまま、彼らが攻撃しようとしているなんて……。

「これが兄貴の考えていた計画だったのか。おれの考えを言わせてもらえれば、ちょっと陰湿なやり方だな」

コーレンの不機嫌そうな声を聞き、シーナはショック状態から現実に引き戻された。最初はコーレンが何を言いたいのかよくわからなかったが、ジェームズのほうを見たときにすべてわかった。ジェームズはしたり顔で笑みを向けていたのだ。

シーナは衝撃に息をのんだ。もはや演技をするのは意味がないだろう。だからそっけなく尋ねた。「いつから知っていたの？」

「つい最近だ。きみがジェムソンの家にしけ込んでいる間、この城に訪問者がやってきた。アラスデア・マクダフだ。もちろん、彼のことは知っているだろう？　アラスデアからさんざん聞かされたんだよ。花嫁となるはずの女性から裏切られた話をね」

「でも、あなたはその女性を一度も見たことが……どうしてわかったの？」

「それについてはあとで話そう」ジェームズは笑みを広げながらテーブルから立ちあがった。「いまはきみの父親を待たせたくない」シーナの護衛二人に合図を送り、鋭く命じた。「このレディを彼女の部屋に連れ帰り、じっとさせておくんだ。いかなる理由があっても部屋から出してはいけない。わかったか？」

シーナは護衛たちから両腕をつかまれた。痛いほどではないが、がっちりとだ。それでも、このまま連れ去られるわけにはいかない。脳裏にありとあらゆる恐ろしい場面が浮かんでは消えていく。自分の氏族の者たちや父親、それに弟が無残にも殺されていく姿が。

「ジェイミー！」シーナは叫び、立ち去ろうとしている彼を振り返らせた。「何をするつもりなの？　お願いだから聞かせて」

　ジェームズは表情を和らげ、指先をシーナの頬に滑らせた。「気づいているか？　きみがおれの名前をそうやって呼んでくれたのは初めてだな」

「ジェイミー、お願い……」

「そんなに心配するな」彼は優しく答えた。「殺すためにきみの父親を呼んだわけじゃない」

「あなたが父を呼んだの？」

「すぐに結婚すると言わなかったか？」ジェームズはにやりとし、足早に立ち去った。

　突然シーナはすべてを理解した。ジェームズは心変わりなどしていなかった。ただ待っていただけなのだ。わたしに彼との結婚を無理強いできるただ一人の人物がやってくるのを――そう、わたしの父親だ。


　ジェームズは欄干から身をのり出した。門の前にずらりと並んでいる馬たちがよく見える特等席だ。なかには男二人をのせている馬もいる――いや、三人のせている馬もだ。たしかに、ここキノン城に、ファーガソン氏族の誰も彼もが駆けつけてきたのかと思うほどの大人数だ。なんとも愉快な気分。彼がデュガルドに送った伝言は、明快きわまりないものだった。〝エスク塔の宝石はおれの手のなかにある。身の代金を払う余裕があるなら、氏族長一人でキノン城を訪ねてこい〟

デュガルドが一人で来なかったのは明らかだが、こうして見渡す限り、目に見えるのはファーガソン氏族のプラッドだけだ。ほかの氏族のプラッドは見当たらない——いまはまだ。もちろん、マカフィーやマグワイア、シバルド一族がこちらに向かってきていないとは言いきれない。とはいえ、そんなことはまずないだろうとジェームズは考えている。もし流血騒ぎになりそうなら、そもそもあんな伝言は送らなかっただろう。

ジェームズが見守るなか、デュガルドが一歩前に出た。かたわらには息子が見える。ナイル少年がここにやってきたのはありがたい。もしシーナが父親に従おうとしなかった場合でも、あの少年なら姉を説得できるだろう。

「ジェームズ・マッキノン！」

「おれならここにいる」ジェームズは大声を張りあげると、デュガルドにも見えるように胸壁から体をのり出した。「また会うことになったな。おれにとっては、今回のほうがずっといいが」デュガルドがこちらをにらみつけるのを見て、ジェームズはにやりとした。

背後からコーレンが話しかけてくる。「兄貴は前に彼に会ったことがあるんだな。どんな出会いだったんだ？」

「いまは何も尋ねるな。おれの今後の人生がかかった大事なときなんだ」

「そのせいで、シーナの人生がみじめにならないよう祈るばかりだけどね」コーレンは皮肉っぽく答えた。

「おまえにそんな負け惜しみは言ってほしくない」ジェームズは振り返ろうとはせず、肩越しに言った。「おまえだってわかっているだろう。おれは彼女を本気で求めている。おまえだってそのことに異存はないはずだ」

「おれはてっきり、兄貴がシーナの意思を尊重するものと思っていたんだ。まさかこんなふうに、自分以外の者の影響力を利用するとはな。兄貴はシーナに無理強いしようとしている。それが紛れもない現実だ」

「すべてはおれと結婚させるためだ。結婚は婚約（ハンドファスト）とは違う」

コーレンは一瞬驚きの表情を浮かべたが、踵（きびす）を返してその場から立ち去った。

ジェームズは思わずため息をついた。どういうわけか、コーレンのせいで良心の痛みを感じている。考え直したほうがいいだろうか？　そんな気になりかけたが、やはりシーナはおれにとって大切な存在だ。男ならば、自分にとってかけがえのない存在となる女を見誤るはずがない。もし確信が持てなければ、こんなことなどしなかっただろう。勝てる見込みがほとんどないのに、シーナのことを追いかけたりもしないはずだ。弟コーレンをがっかりさせたのは残念だが、だからといって、自分が望むものを手にできるせっかくの機会を手放すつもりはない。

「サー・デュガルド」ジェームズは下に向かって叫んだ。「なかへ入ったらどうだ？　そうすれば一日じゅう、こうして怒鳴り合う必要もなくなる」

「それでわたしを捕らえるという魂胆か？」

「おれが捕まえたいのはただ一人だ。おれにとって、彼女はあんたよりもはるかに価値がある。誓ってもいい」

「だが、どうしてこれが罠ではないと言いきれる？」

「罠でないことはこのおれが保証する。さあ、なかへ入ってくれ。もし最初から殺すつもりなら、いまごろすでにそうしていた」

ジェームズの合図により、胸壁から数えきれない武器がぬっと現れた。いまの言葉が真実であるという何よりの証拠だ。彼がもう一度合図をすると、城門が開かれた。これ以上、デュガルドへなかへ入るよううながすつもりはない。どうするかはあの老人の意思に任せよう。


「ぼくも一緒に行きます」けなげにも、ナイルが父デュガルドに言った。

「大事な一人息子まで、あいつの意のままにさせるつもりか？　だめだ。おまえはこの城の外で待機していろ」

「彼によってこの城に捕らえられているのは、ぼくの姉さんなんです！」ナイルは怒ったように言った。

「わたしが娘を取り返す！」デュガルドは低くうなった。「ここで言い争おうとするな。まったく、おまえはシーナと同じくらい聞き分けが悪いな。二人とも父に対して敬意を払おうとしない」

デュガルドは馬を進め、城門を通り抜けた。怒りのせいで、宿敵の城へ単身のり込む勇気が湧いたのだ。ジェームズ・マッキノンはすでに胸壁から離れ、中庭までくだってきていたため、彼の前までやってくると馬からおりた。ジェームズのそばには臣下が一人も見当たらない。もしそうしたければ、いまここで剣を抜き、マッキノン氏族長に斬りかかることもできただろう。だがいかんせん、それは高潔な行為とは言いがたい。

「大広間に案内する」ジェームズが話しかけてきた。「エールをたらふく飲めば、交渉もしやすくなるだろう」

デュガルドはジェームズのあとをついていった。どこまで進んでも臣下の姿は見当たらず、結局二人だけで氏族長のテーブルに着いた。デュガルドはようやく、これが罠ではないという確信を持ち始めていた。

「まずは歓迎しなければ。ここへやってくるのは初めてだったな」エールが出され、ふたたび二人きりになると、ジェームズは愛想よく話しかけた。

「まさかこの城に足を踏み入れるとは思いもしなかった」デュガルドが不機嫌そうに答え

る。

「だが、あんたは時間を無駄にすることなく、すぐにここにやってきた」

「わたしがぐずぐずするとでも？」デュガルドは目を細めた。「それで、身の代金はいくらだ？」

ジェームズは椅子の背にもたれ、考え込むような目をした。「おれが要求する金額をあんたが払えるとは思えない」

「だったら、これは罠だったんだな！」老人は猛然と立ちあがった。「やはり思っていた通りだ。マッキノンならやりかねない」

「サー・デュガルド、座っておれの話をよく聞いてくれ。この交渉には、あんたの娘の名誉がかかっているんだ」

デュガルドは顔を真っ赤にしながら席についた。「シーナに会わせてほしい」

「ああ、会わせる。ただし彼女の将来について、おれたちで話し合ったあとにだ」

「おれたちでだと？　よくもそんな――」

「ファーガソン、おれがあんたの地下牢（ちかろう）に捕らえられていたとき、あんたはおれの将来についてなんの話し合いにも応じなかっただろう？　立場が逆転しただけだ。あんただって身の代金の支払いは拒絶した。おれを解放する条件は、あんたの娘のうちの一人と結婚することだと決めつけたじゃないか」

「だったら、いまおまえは何を望んでいるんだ？」

「おれはシーナがほしい」ジェームズは言葉少なに答えた。

デュガルドはさらに顔を真っ赤にし、目を光らせた。「あの娘はおまえになどやらない！」

「そうか。だが実際はどうだ？　いま、彼女はおれの、ものだ」

デュガルドはへなへなとくずおれそうになった。たしかにその通りなのだ。目をそらしながら尋ねる。「おまえは……あの子を……傷つけたのか？」

「彼女はここでいっさい傷つけられたり、恥をかかされたりなどしていない。もし彼女が処女ではなかったとしても、それはおれのせいではない」

「わたしのシーナはそんな娘じゃない！」

「その件については話し合う必要がある」ジェームズはそっけなく答えた。「彼女はある程度の期間、あんたのもとを離れていた。その間に彼女がどんな振る舞いをしていたか、あんたは知るよしもない」

「たとえ傷物だったとしても、おまえはあの子がほしいと言うのか？」

「ああ」

「なぜわたしをここに呼んだんだ？」デュガルドが唐突に尋ねた。「おまえはすでにシーナを自分の意のままにできるというのに。ここへ呼んだのは、わたしを苦しめるためか？

あの子を苦しませるためならなんだってやると、わたしにわざわざ知らせるためなのか?」

ジェームズは声を立てずに笑った。「そんなことを言っていいのか、サー・デュガルド?　あとでおれに謝る羽目になるぞ。どうやら、おれの説明が少し足りなかったらしい。おれはシーナを妻として迎えようと考えているんだ」

デュガルドがその言葉を理解するのに、少し時間が必要だった。「おまえの妻に?」彼はあぜんとした様子で椅子の背にもたれた。「だがおまえは、わたしの娘と結婚するつもりなどないと言っていたじゃないか」

「自分の言ったことはちゃんと覚えている」ジェームズはデュガルドをさえぎるように言った。「だが、あんたがおれの結婚相手として選んだなかに、シーナは入っていなかった」

「それは、わたしがシーナには特別な男と結婚してほしいと考えていたからだ。あの娘を絶対に虐待したりしないと思える相手と」

「おれが彼女を虐待すると考えていたのか?　こいつは驚きだな、ファーガソン。おれはこの世に生まれ落ちたその日から、あんたの敵だったかもしれない。だが同時に、美しい女性をきちんと尊重できる男でもある。あんたの娘はこのうえなく美しい。そんな彼女を虐待する?　いや、ありえない。おれは彼女を幸せにしたいだけだ」

本気かどうか必死に見きわめようとするように、デュガルドはジェームズの目をのぞき込んだ。

「あの子はおまえと結婚したがっているのか？」

「いや」

「だったら、あの子を幸せにできるはずがないじゃないか？」

「シーナが結婚に反対しているのは、おれたちが敵同士だからだ。もちろん、もしおれたちが結婚すれば、敵対関係は解消されることになる。そうだろう？」

「もちろんだ」デュガルドは同意した。

「それと、いまのシーナはおれを怖がっている。当然だろう。彼女はこれまで、おれに関する誇張された話をさんざん聞かされてきたんだからな。だが今後すぐに、シーナはそういった恐れを克服するはずだ。実際、おれは彼女を恐れさせるようなことを何一つしていない。だからこそいま、彼女の意思でここへとどまるようにしたい」

「それでわたしをここに呼んだのか？　おまえと結婚しろと、あの子に命じさせるために？」

「頼んでも、命じても、懇願しても、とにかくどんな手段を使ってでも、シーナを従わせてほしい。忘れるな。おれたちマッキノン氏族との同盟を望み、長年にわたる確執を終わらせたがったのは、あんたのほうだ。あんたはシーナを通じて、その望みを実現させることになる」

「もしあの子が同意しなかったら?」

「あんたが育てた娘が天下一品の頑固者なのは知っている。だが、おれは本気で彼女を自分のものにしようと考えているんだ。なんとしてでもそうしてみせる。おれはこうと決めたらやり抜く男だ。おれの妻にならない限り、あの娘を城から一歩たりとも出すつもりはない。このジェームズ・マッキノンが、あんたの前でそう誓う。もしシーナが同意しなかったら、あんたの口からおれの誓いを伝えるんだ」

28

ナイルは暖炉のそばに座っていた。正面にはジェームズ・マッキノンが座っている。彼と父デュガルドの話し合いが終わったあと、ファーガソン一族の者たちは暖かな大広間に通され、食事を振る舞われた。氏族長同士の話し合いがまとまったのだろう。

その場で何が話し合われたのかは、なんとなくわかっている。少し前に、父がシーナの頑固さに腹を立てながら階下におりてきたのを目撃したからだ。だが近くに座っているジェームズの姿を見るとすぐに、父はもう一度姉を説得するべく階段をあがっていった。

マッキノンの氏族長が姉との結婚を望んでいる。そうわかっても、ナイルはちっとも驚かなかった。そもそも、ジェームズはあの渓谷で姉に一目惚れ（ひとめぼ）していた。それに彼がファーガソン一族に捕らえられたのは、姉を捜していたからにほかならない。ただ気になるのは、姉がそういった事実を知っているかどうかだ。

正面に座っているジェームズを見て、ナイルは笑いそうになった。泣く子も黙る恐ろしいハイランダーには見えない。どこから見ても、やきもきしている新郎そのものだ。シーナがいる部屋でどんな話し合いが行われ、彼女がどんなふうにかんしゃくを起こしているのか、気になってしかたがないのだろう。その証拠に、ジェームズは先ほどから一言も話しかけてこようとしない。ナイルがそこに座っているのにも気づいていない様子で、父が姿を消した大広間の出入り口のほうをじっと見つめ続けている。こちらにしてみれば、かえって好都合だ。久しぶりに会っても、ジェームズと多くの言葉を交わしたいとは思わない。こんな屈強な男は、やはりどこか恐ろしかった。

「おれたちの父親が生きていなくてよかった。この城の大広間が、ファーガソン氏族であふれ返るところを見られなくてすんだからな」

ジェームズは振り返り、コーレンを冷たく一瞥した。「おれと言い合うためにやってきたのなら、おまえの意見を聞くつもりはない」

「いや、言い合いしにやってきたんじゃない。どうしても好奇心を抑えられなかったんだ。それで話はまとまったのか？」

「シーナはまだ父親と一緒にいる」

「それで、こいつは誰だ？」コーレンは尋ねた。

その瞬間、ジェームズはようやくナイルに気づくと、彼に向かって笑みを向けた。「シーナの弟ナイルだ」コーレンにそう紹介すると、今度はナイルに言った。「こっちはおれの弟コーレン」

ナイルは輝く青色の瞳を見開いた。「あなたもお兄さんと一緒で体が大きいんだね」

コーレンは声をあげて笑うと、明るい声で言った。「ああ、ほとんど同じ体格だ。それに、兄貴からもう聞いたかな？　おれたち兄弟は、二人ともきみのお姉さんを好きになったんだ」

ナイルは目の前にいる兄弟二人を見比べ、何気なく口にした。「でもあなたは姉さんより年下だよね？」

だが、それはコーレンにとって触れられたくない話題だったに違いない。「ああ、そうだ――これまでもさんざん言われたよ」コーレンはそっけなく答えた。

「年下だと姉さんに振り回されるよ。それでもかまわないの？　知っているでしょう？　姉さんは、なんでも自分のやりたい通りにするこつを知っているんだ。かっとなると、父上でもかなわないんだから」ジェームズがにやりとするのを見て、ナイルはきっぱりと言った。「笑い事じゃないよ、サー・ジェイミー。これから本当に大変な思いをすることになるはずだ」

ジェームズが低くうなると、コーレンは笑い出した。「兄貴のせいでシーナをあきらめたことを感謝すべきかもしれないな。おれはもっと扱いやすい妻のほうがいい」

先ほどシーナからひっぱたかれたことを思い出しながら、ジェームズは指先で頬に触れた。実際シーナは気が強く厄介な娘だ。だがこちらに従わせることはできるだろう。そうできるという確信がある。

それからも三人はシーナに関する話を続けていたが、やがてコーレンが姉ダフネの様子を見てくると言って席を立った。ダフネはこの城に到着して以来、具合が悪くて伏せっているのだ。

立ち去る間際、コーレンは言った。「ダフネにもこのことを知らせないとな。だけど、もうリディアおばさんが話しているかもしれない。おばさんはいつも、シーナがファーガソン一族の娘だったらどんなにいいかって口ぐせのように言っていたから」そのあと、急に真顔になってつけ加えた。「兄貴、絶対に彼女を傷つけるなよ。おれが望むのはただそれだけだ」そう言い残し、背を向けて足早にその場から離れた。

ジェームズは遠ざかる弟を見送りながら、眉をひそめてつぶやいた。「くそっ。弟はおれのことをとんでもない野蛮人だと考えているらしい」

ナイルはそのつぶやきを聞いていた。「ということは、あなたは本当にまだ姉さんに触れていないの？　つまり……」

「がっかりさせたくないが、おれはおまえが考えているような、女たちを無理に強姦するような男じゃないんだ」

「でも最後に会ったとき、あなたはそんなにいい印象じゃなかった。だってぼくのことをだまして――」

「いちいち思い出させる必要はない」ジェームズはナイルをさえぎった。「あのとき、おれは猛烈に怒っていたんだ。おまえに対しても、おまえの父親に対してもだ。だが本当は、おまえの父親はおれの花嫁候補のなかにシーナを入れようとはしていなかった。でも、もしおれの花嫁候補がシーナだと思い込ませなければ、おまえは絶対におれを逃がしてくれなかっただろう？」

「もしあのあと追放されなければ、シーナがここに来ることもなかったんだね」ナイルは考え込むように言った。「姉さんはあなたのことを心底怖がっていた。いまでもまだそうなの？　父上が姉さんを説得するのにこれほど時間がかかっているのはそのせい？」

「ああ、実際彼女はおれを恐れてきた。それは否定できない。でも彼女が恐れていたのは、自分の正体をおれに知られることだ。自分がファーガソン一族だとばれたら、おれが危害を加えてくるだろうと考えていたんだ。だが今日シーナは思い知ったはずだ。彼女が何者か知っても、おれの気持ちは変わらないということを。もちろん、彼女を痛めつけることも絶対にない。シーナだって本当は、これまでも心の奥底でそうわかっていたはずだ。だが彼女はあまりに頑固すぎて、それを認めようとしない」

「それってどういう意味？」

「おれがシーナに抱いているのと同じ気持ちを、彼女もおれに対して感じているはずだという意味だ。おれはそう信じている」

父が部屋から出ていった瞬間、シーナはわっと泣き出した。五分も経たないうちに、部屋の扉をノックして入ってきたのはナイルだった。弟は、父の味方としてここへやってきたのだろう。いったいわたしはどうすればいい？　一番大切に思っている父と弟から、よりにもよってあのマッキノン氏族長と結婚しろと言われることになるなんて。

父の言動には思いやりのかけらも感じられなかった。父はぽつりと言ったのだ――これで長年の確執も終わる、わたしたちファーガソン氏族は安泰だと。

まるでファーガソン氏族全員の運命が、わたしの手に握られているかのような言い方だ。しかも父は、こちらの恐怖を最大限かき立てるような言い方をした。

〝おまえはわたしたち全員を死なせたいのか？〟父は怒鳴りちらした。〝あいつは、おまえが自分の妻にならない限り、おまえをこの城から一歩たりとも出すつもりはないと言っている。そうわかっているのに、わたしがこのまま故郷へ戻れると思うか？　きっとこれから戦争が始まるだろう。しかも、かつてないほど血塗られた悲惨な争いだ。おまえはそうなってほしいのか？　そんなに自分勝手な娘だったのか？〟

どうして父はわたしを責め立てるようなことばかり言うのだろう？　さんざんわめいて脅しつけたあと、とうとう父はこう言い残して部屋から出ていったのだ。〝絶対に結婚しろ！〟

お次はナイルの登場だ。ふたたび会えて嬉しかったが、ナイルは早々にこの再会を台無しにした。

「姉さんにも、彼と結婚しないといけないことはわかっているだろう？　これは姉さんにとってもいい機会だよ」

いい機会？　なぜわたしの立場に立って、この事態について考えようという人が誰もいないのだろう？

「だったら、彼の行った襲撃や殺人はどうなるの？」シーナはとうとう感情を爆発させた。父親だけでなく、弟にも激しい怒りを感じずにはいられない。「彼の最初の奥さんは？その女性は、彼と結婚するよりも死を選んだのよ。それに、愛はいったいどこにあるの？彼はわたしに愛の言葉なんて一つもくれていない」

「もし彼がそういう言葉を口にしたら？」ナイルはひっそりと尋ねた。

シーナは何も答えようとはしなかった。自分でも、なぜこんなことを言い出したのかよくわからない。きっと絶望のあまり、わらにもすがる思いだったのだろう。でも救いを求めて手を伸ばすたびに、誰も自分の手をつかんではくれないのだと思い知らされる。わたしが救われる手段はどこにもないのだろうか？　彼らはわたしからありとあらゆるものを奪おうとしているの？

29

その日の午後遅くに、二人は結婚した。前日ジェームズが前もって呼んでおいた神父によって、マッキノンとファーガソン両氏族が見守るなか、シーナは神の前でマッキノン氏族長の妻となったのだ。

この結婚によって、二つの氏族が結びつけられたことになる。ファーガソン氏族が歓喜したのは言うまでもない。その日は大宴会が催された。二人の結婚と、両氏族の確執の終結を祝う宴だ。その日はほとんどの者たちにとって、幸せな一日となった。

とはいえ、二人の結婚を喜ぶ気にはなれない者もいた。両氏族の争いのせいで、つい最近、愛する者を失った者たちだ。その一人であるブラック・ガウェインは結婚式にも、そのあとに催された祝宴にも参加しようとしなかった。彼の現在の愛人ジェシーもまた、この結婚を苦々しく思っていた。あの赤毛のローランダーの娘に飽きたら、ジェームズがよりを戻そうとするかもしれないという望みを捨てきれず、ひそかにとどまっていたのだ。キノン城から出ていこうとせず、ガウェインとの関係を続けていた理由は、ひとえにそのせいだった。だがこの結婚で、ジェシーの望みは完全に打ち砕かれたことになる。

でも、誰よりもみじめな気分だったのはシーナだ。結婚したというのに、今日が死刑執行の日のように思えてしかたがない。これで自分は、あの野蛮きわまりないマッキノン氏族長のものになってしまった。これからの人生は彼のもの。彼の選択に従って生きなければならない。しかも、ジェームズがわたしに対する欲望を失ったらどうなるのだろう？

きっと彼は、わたしがかねてからの宿敵ファーガソンであることを思い出すに違いない。そしてわたしにも、ことあるごとにその事実を思い出させようとするだろう。

これからは黒くてすり切れたドレスを身につけるべきだ。リディアが一生懸命、しかもすばやく仕立ててくれた愛らしいドレスになんて袖を通したりしない。薄緑色のシルクでできたそのドレスは、ボディスのＶ字形の襟ぐりも広がった袖口も、ふんわりとした白い毛皮で縁取られている。どこからどう見ても、特別な日のためのドレスだ。ということは、リディアもこの結婚について前から知っていたに違いない。

父はいい気分でいるようだし、弟も宴を楽しんでいる様子だ。そんな二人を見ても、みじめな気持ちがいやますばかりだった。自分たちがわたしに対してどんなしうちをしたか、あの二人にはわからないのだろうか？　なぜわたしの気持ちを思いやってくれる者が誰もいないの？

夫となったジェームズはどんな気持ちなのだろう？　最後に思いきってちらりと見たと

き、ジェームズは結婚したての幸せそうな新郎にはとても見えなかった。すでに自分がしでかしたことを後悔しているのだろうか？

そのときジェームズが突然立ちあがり、祝宴が繰り広げられているテーブルから歩き去った。夫がいなくなったことに安堵し、シーナはご馳走を試してみようと考えた。テーブルには所狭しとおいしそうな料理が並べられている。鹿肉のロースト、新鮮なクランベリーのバター炒めを詰めた雷鳥、燻製した魚、羊肉のパイ、それに牛や子ヤギ、ハト、雄鶏の煮込み料理。デザートもすばらしかった！　クリームたっぷりのクラナカン（トライフルに似たウィスキー入りの菓子）やジンジャーケーキ、砂糖たっぷりのナツメグケーキ。これらをたらふく食べて太るといいかもしれない。醜く太ったら、ジェームズもわたしを放り出すだろう。

ところがジェームズはさほど遠くに行ったわけではなかった。夫が向かったのは父デュガルドの席で、二人は少し言葉を交わし、笑い声をあげている。

父の姿を見ていると胸が締めつけられた。わたしをマッキノン氏族長と結婚させ、父は本当に嬉しそうだ。

ジェームズは席に戻ってくると、シーナの手を取って立たせた。物問いたげに夫のほうを見たが、ジェームズは無表情のままだ。何も言おうとせず、こちらの手を引っ張り、あとについてくるよううながす。

「どこへ行くつもりか教えて、サー・ジェイミー」硬い口調で話しかける。

ジェームズは振り返ってシーナを見ると、彼女の手を強く引っ張り、自分の意志を通すべく大広間から出た。「きみはもうおれに恥をかかせるつもりか？」

「どこに連れていこうとしているのか、その理由さえ教えてくれたら……」

「理由なんて必要ない。きみはおれの妻だろう？」ジェームズはそっけなく尋ねた。「シーナ、自分がおれの妻だと認めるんだ。ちゃんと口に出して言ってくれ」

シーナは彼の手厳しい瞳から目をそらし、つぶやいた。「認めるわ」

「聞こえない」

「認めるわ！」

「だったら夫であるおれには、妻であるきみをどこかへ連れていく理由など必要ない。そうだろう？」

シーナは怒りに瞳をきらめかせた。「これからは、いつもこんなふうにするつもりなのね？　自分の望みのものを手に入れたいま、あなたにとって、わたしがどんな気持ちかなんてどうでもいいんでしょう？　もっとも、いままでだって一度もそんなふうに考えてくれたことはなかったけれど」

シーナが見守るなか、ジェームズの態度は明らかに変わった。堅苦しさがなくなり、表情も和らいでいる。恥ずかしそうに笑みさえ浮かべていた。

「すまない、シーナ。こんなふうに振る舞ったことに対して弁解の余地はない。ただおれは……いや、気にしないでくれ。大広間から出たのはきみのためだ。きみはちっとも楽しんでいなかったからな」

「楽しめるわけがないでしょう」

「なあ、シーナ」彼はたしなめるように言った。「少しは仲よくしないか？　せめてきみの父上のために。きみをおれの妻として与えたことを、彼に後悔させたいのか？」

「まるで父が本当に後悔するような言い方ね」シーナは皮肉っぽく答えた。「いまさっき、父に何を話していたの？」

「おれたちがしばらく戻らなくても警戒するなとだけ伝えておいた」

「しばらく？」不吉な言葉に聞こえる。

ジェームズの瞳を見れば、彼が何を意味しているのかは明らかだ。シーナは落ち着かない気分になり、頭をゆっくりと振った。どうにか言葉を見つけ、冷静な声を保つよう注意しながら口を開く。

「お客様がいるのよ。それに、わたしはまだ何も食べていないわ。あなたも」

ジェームズは片手を掲げ、シーナを黙らせた。「怖がることは何もない。そのことをおれが身をもって証明する。そのあとなら、きみは大広間に戻ってゆったり過ごせる。何もかもが変わったのに気づき、笑みを浮かべることさえできるはずだ。考えてもみてくれ、シーナ。今日はきみが結婚した日なんだ。一生覚えておくべき、記念すべき一日なんだ」

「忘れるはずなんてない。それに、なぜ笑っていないかは、笑うべきことが何一つないからよ。だって……あなたと結婚させられたんだから」

ジェームズは深く傷ついたが、それを見せようとはしなかった。

「とにかく、いまは大広間から離れるんだ」彼は落ち着いた口調で答えた。

「でも、まだあなたのお姉様に会ってさえいないわ。挨拶もせずに大広間を離れたら、彼女はわたしのことをどう思うかしら？」

「きみはすでに姉に会っている。ただ、ほとんど言葉を交わさなかったがね。ダフネは具合が悪くて伏せっていたが、わざわざ顔を出しに大広間へやってきたんだ。だが姉はいまごろ、おれがまたしても同じ間違いを犯したと考えているに違いない。きみが大広間のテーブルに座り、おれの最初の妻が結婚式の日に見せていたのとまったく同じように振る舞っているのを目の当たりにしたんだから。あんなことは二度とごめんだ」

シーナは驚いた。ジェームズは最初の妻の記憶に、いまでもさいなまれているのだろうか？　そんなことを思いながら夫のあとについて通路を進み、階段をあがって、扉の前にたどり着くと、ジェームズは足を止めた。

「おれたちの部屋だ」ジェームズは優しい声で言うと、扉を押さえて彼女を先になかへ入らせた。

シーナはゆっくりとした足取りで室内へ入った。広々とした部屋で、大きなフランス製ベッドが鎮座している。清潔なリネンのシーツが敷かれたベッドの上には、大きくてふわふわの枕が置かれていた。慌ててベッドから目をそらし、室内のほかの部分に目を走らせる。衣類を入れるための大きな収納棚が一つ、それに、書類がうずたかく積まれた机が一つある。机の向こう側には火が灯(とも)されたろうそくが数本並べられ、暖炉の前には座り心地のよさそうな椅子が一脚あった。なかでも目を引いたのは、繊細で美しいガラス製の装飾品が並べられた飾り棚だ。装飾品は大きなものもあれば小さなものもあり、鳥や動物、ボート、鐘をはじめとして、ほかにもさまざまなモチーフが並んでいる。こんなに美しいものを見たのは生まれて初めてだった。

「全部、おれの母上のものだ」ジェームズは説明した。「ノルマン人の先祖たちから代々受け継がれてきたものなんだ」

じっと見入っていた自分がきまり悪くなり、シーナは美しいコレクションから目をそらして暖炉の前へ移った。夫のほうを一度も振り返らないまま、震える両手を炎にかざす。

「ワインでも飲むか？」

突然話しかけられたのに驚いて飛びあがり、かたわらにいる夫をちらりと見たところ、ジェームズは答えを待っていた。そこでためらいがちにうなずき、彼が一脚の大きなゴブレットに深紅のワインを注(つ)ぐのを見つめた。彼からずっしりとしたゴブレットを両手で受け取ると、いっきに飲み干した。

ジェームズは少し面白がるような目でこちらを見ている。結局、この身を差し出そうとしているわたしのことを面白がっているのだろうか？　ワインの温かさが全身に広がるにつれ、心地よい疲労感も広がっていく。宿敵に面と向かわなければいけないときだというのに、不意に弱気になった。ゴブレットを握りしめながら、頭のなかであれこれと考える。おかわりを頼もうか？　さらに心の壁を張り巡らせようか？　それともこのまま屈服させられてしまうの？　とにかく自分を見失わないよう、冷静に振る舞わなければならない。

シーナの背後で、ジェームズは激しく懊悩していた。いままで生きてきて、これほど自分に自信が持てないのは初めてだ。硬くこわばったままのシーナの背中を見つめながら、ひたすら待つしかないとは。これはしごく正しく、完璧な結婚だ。そうあるべきなのだ。霧に覆われたあの峡谷で、初めてシーナを見たときから、おれは彼女がほしかった。そしていま、ようやくおれのものになった。

おれに背を向けて立っているのは、この世のものとは思えないほど美しく、男の欲望をこれ以上ないほど駆り立てる女だ。そんな彼女に触れるのがためらわれる。シーナを怖がらせたくない。

「よければおかわりをもらえるかしら」

シーナから空のゴブレットを手渡されたとき、二人の目が合った。彼女の青い瞳に宿っている気配を見て、ジェームズの心は痛んだ。

「なぜまだおれを恐れているんだ？　そんな必要はないと証明しただろう？　きみがこれまでつき合ってきたどんな愛人よりも優しくする。心からそう誓うよ」

「いままで誰ともつき合ったことはないわ」シーナはひっそりと答えた。これまでのように憤慨したような答え方ではない。

それを聞いてジェームズは息をのんだ。突然心の奥底から喜びが込みあげてきたのだ。

「いまきみがそう言うってことは、本当にそうなんだろう。どのみちこの部屋から出ていくとき、おれにはその言葉が真実かがわかっているのだから。ああシーナ、そう知っておれがどれほど幸せか、きみには想像もできないだろうな。それにおれがどれほど苦しんだかも。てっきりきみはジェムソンと――」

「そうわかったからといって、あなたにとってどんな違いがあるというの？」シーナは尋ねた。

「どんな違い？」ジェームズは衝撃を受けた。

「ええ、そうよ。何か違いがある？　あなたは婚約（ハンドファスト）という制度を通じて、無垢（むく）な女性たちを自分のものにしてもいいと考えている。これまで何人の女性たちの純潔を奪い、彼女たちを捨ててきたの？　彼女たちの将来の夫の気持ちを考えもしないで……」

「もういい。きみが別の誰かと男女の関係になったと思ったから、おれはきみとの結婚に踏みきった。だが、正直に認めるよ。きみにいままで愛人が一人もいなかったとわかって、おれは本当に嬉しいんだ。そんなふうに考えるのは身勝手だと言われるならば、実際おれは身勝手なのだろう。さあ、もし少しでも助けになるならこれを飲むんだ」ジェームズは優しく言うと、彼女のゴブレットにワインを注いだ。

シーナはゴブレットを見つめ、気落ちした様子でかぶりを振った。「あなたがわたしを不憫（ふびん）に思い、ここでやめてくれなければ、どんなものも助けにはならないわ」

「それで今後、得体の知れない恐れをさらに募らせながら暮らしていくというのか？　おれはそんなに残酷な男じゃない」

シーナは大きく息を吸い込むと、夫と面と向き合う心の準備を整え、ふたたび顔をあげた。ところがジェームズはゴブレットを脇に置くと、両手をシーナの肩に置き、そっと背後に回った。次に感じたのは、たくましい胸板が背中に押し当てられた感触だ。ジェームズは、てっぺんに結いあげ背中に垂らしていたシーナの髪を優しく払い、親指で首の付け根をたどり始めた。

「きみの恐れを振り払わせてほしい——永遠に」ジェームズがかすれ声で言う。

唇を耳の下の敏感な部分に押し当てられ、たちまち首筋から両肩にかけてうずきが広がって、シーナはなすすべもなく身をゆだねた。もっとキスをしやすいように首を傾けると、夫はその機会を逃すことなく、さらに熱心に首元に唇をはわせ始めた。

もしジェームズがわたしを傷つけるつもりなら、それまでのこと。でも、もし彼にそんなつもりがなかったとしたら？　ジェームズが恐ろしい男性だというのが思い込みにすぎないなら、どんなにいいだろう！　彼に、恐怖と憎しみ以外の感情を抱けたとしたら……。

しかし、そのことを考えている暇はなかった。夫の両腕にきつく抱きしめられ、唇を重ねられたのだ。信じられないほど優しいキス。あの日、池のほとりでキスを交わしたときと同じだ。唇が重なるにつれ、シーナの理性は吹き飛んだ。もう何も考えられない。感じることしかできない。全身が羽根のように軽くなり、宙に浮いているかのよう。体を支えてくれるのはジェームズの両腕だけ。空に向かって羽ばたくように、ふわふわと体が漂っていく……。

暖炉のそばにどれくらい立っていたのか、よくわからない。ただ、ジェームズのキスのリズムが変わっていくのをぼんやりと意識していた。最初はごく優しくゆったりとしていたのに、いつの間にか荒々しく性急なペースへと変わっている。むき出しの肌に暖炉の炎の温(ぬく)もりを感じた瞬間、ドレスとペチコートが足元に落とされているのにようやく気づいた。

わたしはいま男性の目の前で、一糸まとわぬ姿で立たされている。しかも相手はただの男性ではない。顔から首にかけて真っ赤になるのを意識しながら、シーナはむき出しの体を隠そうとした。でもジェームズから両手を払われ、両腕を腰に巻きつけられ、体を強く引き寄せられてしまった。彼がふたたび口づけを始めると、全身に心地よい温かさが広がった。

わたしはこの温かさに屈するべきなのだろうか？　それとも逃げ出すべき？

答えを決めかねているうちに体をすくいあげられ、ベッドへ運ばれて、そっと横たえられた。ジェームズが服を脱ぎ始めたいまなら逃げ出せるかもしれない。でも、そんな考えを読み取ったのだろう。ジェームズはこのうえなく優しい目でこちらを見つめ、口を開いた。

「何も恐れることはないんだよ。おれはきみを絶対に傷つけたりしない。これからきみを大切にし、可愛（かわい）がろうとしているんだ。おれにとってきみは何よりも大切な、まさに夢のような存在だ。おれの望みはただ一つ。きみを幸せにすることだけだ。そんなおれの気持ちが、きみにも伝わっていないだろうか？　おれはきみに誓う。きみを幸せにしてみせる。おれの妻になったことを、絶対に後悔させはしない」

ジェームズはベッドにひざまずくと、シーナの上から覆いかぶさり、大きな両手で彼女の顔を挟み込んだ。

「ずっと長いこと、きみを待っていたんだ。気が遠くなるほど長い間ずっとだ。ほんの少しでいい――おれのことを信じてくれ、シーナ。それがおれの願いだ」

そう、なぜジェームズを信じようとしないのだろう？　彼はこれから、わたしを自分のものにする。それなら、どうしてこの時間をなるべくつらくないものにしようとしないの？

でも、こうすることを決めたのはわたしじゃない。だから体がこわばっている。どうしても喜んでジェームズを受け入れる気になれない。

それでも、温かく柔らかな唇で口づけられているうちに、体がいっきに業火に包まれた。指先をジェームズの豊かな髪に差し入れ、彼の頭を遠ざけようとする。少しでも離れないと、強烈な熱で体がとろけそう。でも、硬く尖った胸の頂に舌先をはわされ、さらにもういっぽうの頂にも同じことをされて、今度は彼の体を近くに引き寄せずにはいられなかった。なんていい気持ち……。

ふたたび唇を重ねたとき、シーナが夢中でキスを返してきたのに気づいて、ジェームズは思わず彼女を見つめた。シーナは熱っぽい目でこちらを見つめている。あまりの嬉しさに目を輝かせながら妻に笑みを向けると、彼女も心からの笑みを返してきた。おれがマッキノン氏族長だと知って以来、こんなふうにシーナから屈託ない笑みを向けられたのは初めてだ。すべて許されたのだろうか？　だとしたら、おれが望んでいた以上に理想的な展開だ。

シーナは戸惑っていた。体がほてってしかたがない。自分でも理解できない、切羽詰まったような欲望に駆り立てられている。ジェームズの体をもっと近く、さらに近くに感じたい。指先をいきなり脚の間に差し入れられ、なすすべもなく体を弓なりにし、叫び声をあげずにはいられなかった。それなのに彼は指の動きを止めようとはしない。でも衝撃の瞬間が過ぎ去ると、夫に指の動きを止めてほしくなくなった。探るように指先を小刻みに動かすたびに、悦(よろこ)びの波がどんどん広がっていく。これほど甘やかな拷問なら、永遠に耐えられるかもしれない。その気持ちが伝わったのか、夫は指先でさらに熱心に、脚の間の愛撫(あいぶ)を続けてくれた。

　夫を迎え入れる準備は、これ以上ないほど調っている。それがジェームズにもわかったのだろう。彼は体の位置を変えるや否や、こちらの脚の間に欲望の証(あかし)を差し入れてきた。最初は大きくあえいだものの、やがてほうっと長いため息をついた。もっと耐えがたい、ひどい痛みを覚悟していた。でも実際に感じたのは、わずかに何かが裂けたような痛みだ。その痛みもじっとしているうちに消え去った。

　すべてジェームズのおかげだ。なんという優しさだろう。わたしを必要以上に怖がらせることなく、すばやく一つになろうと努力してくれた。いま体の奥深くに感じているのは、これ以上ないほどの満足感だった。でもジェームズは微動だにしない。どうしてずっと動こうとしないのだろう？

　ジェームズは妻から非難されるのを覚悟していた。初めてだというのに、こんなふうにいきなり挿入したのだ。シーナに痛い思いをさせるのがどれほどつらかったことか！　彼女が何か言ってくれればいいのに。悪態でもいい。

そのとき、シーナが彼女なりの意見を伝えてきた。ただし言葉ではなく、自分の体を使ってだ。いかに夫を求めているか、本能的に理解したのだろう。重たい体の下で自分の体をよじらせて欲望の証を引き抜かせると、ヒップを持ちあげてふたたびジェームズ自身を体の奥底へ受け入れた。しかも、ためらうことなく最後まで。

ジェームズは安堵と喜びのあまり体を震わせると、両手をシーナの頭の両脇に置いて口づけた。甘やかな味わいを堪能するいっぽうで、欲望の証をじわじわと締めつけている襞(ひだ)の熱さも楽しまずにはいられない。これほど強烈で夢中にさせられる、最高の交わりは体験したことがない。まるで最初にシーナを見かけた渓谷の霧のなかへ舞い戻り、彼女と一心同体になった気分だ。妻の香りに、容赦なく締めつけてくる感触に、そして肌からじかに伝わってくる熱にくらくらしてしまう。

この交わりにジェームズが畏怖の念を覚えていたとすれば、シーナが体験していたのは完全なる衝撃だった。ジェームズが力強く突いてくるたびに、悦びの高みへとどんどん押しあげられていく。最初は、心臓から送り出された血液が全身を駆け巡っているように思えた。でもいまは血液がすべて、脚の間でどくどくと脈打っている小さな部分めがけて流れ込んでいる。でも血が流れ込んでも、その部分についた炎が消えることはない。というか、むしろ炎があおられ、さらに燃えあがり、その炎を中心に全身がぐるぐると回っているかのよう。

もう我慢できそうにない。いまや炎は手がつけられないほど強烈になっている。このままだとわたしの体はいっきに発火して、全身が粉々に砕け散るに違いない。こんな状態のまま、生き延びられるとは思えなかった。

そのとき直感的に気づいた。いよいよ最期の瞬間が近づいてきている。でも脳裏に浮かんだのは、これまでの自分の人生ではない。ジェームズの整った顔だ。なんてハンサムなんだろう。しかも彼は秘密を知っているように、含み笑いを浮かべている。いったいなぜ？

次の瞬間、その理由がとうとうわかった。脚の間にたまりにたまった血流が堰を切ったように流れ出し、たまらず叫び声をあげると、すかさずジェームズに唇をふさがれた。全身が快感の波に包まれ、ありとあらゆる神経がどくどくと脈打っている。そのとき夫が低くうめくのが聞こえた。ジェームズもまた、この甘やかな死に我を忘れているのだ。二人は同時にベッドに倒れ込んだ。

ジェームズはぐったりとして、微動だにしない。その体の重みを受け止めながらも、シーナは天でゆっくりと漂っているような気分だった。なんだか夢を見ているみたい。目の前に、これまで知らなかった新しい世界が開けた。しかもその世界は穏やかで、暖かくて、心地いい――そう、ちょうどいま感じている、ジェームズの唇の愛撫のように……。

ほんの少しだけ目を開けてみると、ジェームズがじっとこちらを見つめていた。はしばみ色の瞳が、どこか温かみのある灰色がかった緑に煙っている。彼はまだシーナの頭を抱えたまま、両方の親指を彼女の頰へ滑らせ、唇をごく軽く重ねてきた。本当にキスされたかわからないほど、羽根のように軽い唇の動きだ。

ジェームズはシーナの顎や頰、まぶたにキスの雨を降らせると、体を引いてまた彼女の顔をじっと見つめた。その口元に浮かんでいるのは満足げな笑みだ。もしジェームズが猫だったら、ごろごろと喉を鳴らしていたに違いない。

シーナは驚きに目を見開いた。息をのんで尋ねる。「あなたが見える……。わたしは死んでいないの？」

彼は笑みを広げた。「ああ、大丈夫だよ、いとしい人」

「でも、てっきり死んでしまったものだと……」シーナは頰を真っ赤に染め、頭を巡らせ、慌てて口を開いた。「わたしったらばかみたいね」どうしても夫と目を合わせられない。「まさか……こんなふうなものだとは知らなかったの。最初は痛いということは知っていたけれど、それ以外は何も……」シーナは目を伏せたまま言った。新たに知った男女の親密な交わりに、きまり悪さを覚えている。「こういうことについて教えてくれる人が誰もいなかったの。最初は、あまりの衝撃にただびっくりして、このまま行けばどうなるのか、自分でもわからなかった。でも、その強烈な感じがさらに高まっていって、このままだと体が爆発すると思ったわ。取り返しのつかない事態になるだろうって恐ろしくなった。絶対にわたしは死ぬんだって。それでも、どうしてもあなたを止めたくなかった」

シーナはためらいながら視線をあげ、ふたたび夫と目を合わせた。ジェームズは勝ち誇ったような様子をみじんも見せていない。男としての誇らしさは漂わせているが、それは一人の女を征服したという誇らしさではない。むしろジェームズの瞳に広がっているのは、シーナも驚くほどの、このうえない温もりだ。

これは優しさなのだろうか？　もしかすると、彼なりの愛情……？

「そんなふうに感じていたのはきみだけじゃない」ジェームズは優しい声で言った。「おれは悦びを一度も感じたことがないわけではない。だがこんな……爆発しそうなほどの悦びは初めてだ。男として、これに匹敵する悦びを味わったことが一度もなかった。きっと心のどこかで、きみと交わればこうなることがわかっていたんだろう。いつだっておれにはそうわかっていたんだ」

「だったら、そう教えてくれたらよかったのに」シーナは残念そうに言った。

「もし教えたら、きみはおれの言うことを信じたのか？」

「いいえ」彼女はすなおに答えた。「いつもこんなふうになるものなの？」

「ああ。おれたちの場合、絶対にそうだ。おれはそう信じている」

シーナはくすくす笑いをすると、ジェームズを軽くつねった。なんだかびっくりするほど幸せな気分だ。まだ信じられない。こんな気分になるなんて、想像もしなかった。

「いいえ、ジェイミー」わざとため息をついてつけ加える。「いまみたいなことがもう一度起きるなんて思えない。でも本当にそうなのか、試してみることはできるわね。これから何度でも」

ジェームズは笑い声をあげると、彼女にキスをし、またしても笑い出した。「なんてことだ。きみは本当に宝石のような女だな。もしきみが最初の妻と同じ反応をしたらどうしようと、ずっと不安だった。なんて愚かだったんだろう！　そんなことはないと、もっと早く気づくべきだった」

「体に火がついたとき、死を覚悟した以外にもばかげた考えがいくつか浮かんだの。あなたは紛れもない悪魔なんだって。それに……」シーナは不意に口をつぐんだ。

「なんだい？」

彼女はかぶりを振った。「いいえ、なんでもないの。もうそんなことは考えなくなるはずだから」

「いや、もしかすると考えるかもしれない。いったいなんなんだ？　興味があるな」ジェームズは軽い調子でうながした。

「聞いたら、きっとあなたは怒るわ。せっかくのいい雰囲気を台無しにしたくない――」

「おれを怒らせることができるような言い方だな」ジェームズはにやりとしてさえぎった。「いまこの瞬間、きみが何を言ってもおれを怒らせることはできないよ。だがこれからも、おれを怒らせることをそんなに恐れなくていいんだ、いとしい人。たしかにおれは気が短い。それはきみも知っているだろうし、これから何度もそういう姿を目にするはずだ。だがおれはけっしてきみを傷つけたりしない。神に誓うよ」それでも妻がためらっているのを見てつけ加えた。「きみは学ばなければいけない。おれを信じるってことをね」

シーナはため息をついた。「自分は死ぬんだと思ったとき、とっさにあなたの……最初の奥さんのことを考えたの……彼女もこんなふうに死んだんだって。あなたの腕に抱かれて、幸せな気分のままで」ジェームズが体をこわばらせたのに気づき、シーナは慌てて続けた。「そんなことを考えるのがばかみたいだって、自分でもよくわかっているわ。ただ、あなたが彼女に指一本触れなかったなんて、いまでも信じられない。だってもし触れていたら、彼女は自殺したりしなかったはずだもの」

いくら瞳を見つめても、ジェームズが何を考えているかわからない。ただし、彼は必死に自制心を働かせようとするかのように全身をこわばらせている。

「ああ、ジェイミー……ごめんなさい。でもわかって。わたしは今日の今日まで、あなたのことを最低最悪な男だと考えてきたの。いままで聞かされてきた話をずっと信じてきたから。どんな内容だったたか、話したほうがいいかもしれない」

「すべて話してくれ。頼む」ジェームズの声は冷たくこわばっている。

シーナは言われた通りにした。

「あなたの最初の奥さんが自殺したのは、結婚初夜に、あなたが彼女を残忍なやり方で強姦(ごうかん)したせいだと聞かされ、わたしはその話を信じたの。しかも強姦だけじゃない。あなたが殺人を犯したり、とんでもない暴力沙汰を起こしたりするという話も聞いたことがある。わたしがあなたに自分の正体を教えられなかったのも無理はないでしょう？　もし何者か知られたら、当然あなたに殺されると信じていたんだもの。でも、わたしは思い違いをしていた。あなたに関しても、あなたの奥さんに関しても……ねえ、そうでしょう？」

ジェームズは激しい怒りを覚えた。この期に及んで、シーナはまだおれにそんなことを尋ねる必要があると考えているのか？　おれがどういう人間か、はっきりと理解してくれたわけではないのか？

「思い違いをしていたかもしれないし、そうでなかったかもしれない」ジェームズは皮肉まじりに答えた。

シーナの目に涙がたまっているのを見て、ジェームズはすぐに後悔した。最初の妻アイリス・マッキントッシュの話をされたからといって、おれはこんなに傷つくべきではなかった。おれを信頼してくれたからこそ、シーナはその話を打ち明けてくれたのだ。絶対に傷つけたりはしないと誓ったばかりなのに、彼女を傷つけてしまった。

「シーナ、許してくれ。おれは意地の悪い男だな。自分でもつくづくそう思うよ。もちろんその話は間違っている。おれは嫌がる女を無理に自分のものにしようとしたことは一度もない。いさかいに関しては、どうしても避けられずにそうなったことはある。戦で敵の男たちを殺したこともある。それは否定しない。自分の氏族の一人に死刑を宣告したことさえある。そいつが正義の鉄槌を下されて当然の人間だったからだ。だが、殺しそのものを目的として人を殺めたことは一度もない。そもそも人殺しは好きじゃない。だが、このスコットランドに生まれた以上、誰かを殺したり傷を負わせたりしないで生きてなどいられるだろうか？　きみの父上はいままで一度も戦ったり、人を殺したりしたことがないと言いきれるか？　きみの弟はこの先、そういったことに一度も手を染めずにいられると思うか？　これは自分の手ではどうしても変えられない運命だ。きみはそのことで今後もおれを非難するつもりか？　氏族長として、おれがやむにやまれず行っていることをとがめるつもりなのか？」

ジェームズはひたすら答えを待ち続けた。

とうとうシーナがささやく。「いいえ」

ジェームズは安堵し、笑みを浮かべた。「だったらもう一つ、きみを安心させたいことがあるんだ。きみは先ほど、おれが最初の妻に指一本触れていないはずだと言ったが、実際そうだった。あの結婚はおれたちの父親同士によって決められたものだった。だから結婚式当日まで、おれは花嫁アイリス・マッキントッシュと顔を合わせたことがなかったんだ。それに前もって、彼女が傷つきやすく繊細な人間だと警告してくれる者も誰一人いなかった。彼女が男そのものに恐れを抱いていることも。そう、おれだけじゃなく、彼女は自分自身の父親も含めて、男全員を恐れていたんだ。あの悪夢のような夜、おれが寝室へ行く前に、アイリスは自殺を図った。彼女の身の回りの世話をしていた娘があとで認めたところによると、アイリスは男を恐れていたにもかかわらず無理に結婚させられることになり、相手の男から触れられる前に自殺すると誓っていたんだという。だが彼女の父親は娘の言葉を信じようとせず、おれにそういう危険があることも話そうとしなかった。むしろ娘の自殺を受け入れられず、アイリスが死んだのはおれとおれの氏族のせいだと責め立てたんだ。それ以来ずっと、おれたちはマッキントッシュ氏族と敵対関係にある」

「だからあなたは、結婚前にその相手を試さなければ、絶対に再婚はしないと誓ったの?」

「アイリスに自殺されて、本当にショックだったんだ。あのあと恐怖のまなざしを向けてくる女たちがいれば、なるべく距離を置くよう心がけた。きみからあれほど恐れられ、おれがいらだったのも不思議はないだろう? いくらきみから離れようとしても、離れることができないのだから。きみが恐れているのは男全員ではなくおれだけだとわかったところで、なんの慰めにもならなかった」

「でも、いまならあなたを恐れていた理由をわかってくれたはずよ」

「ああ。ばかげた理由だがな」

「わたしはそうは思わない」

ジェームズは面白そうに目を光らせてシーナを見おろした。「おれのキスをあんなに楽しんでいたのに？」

「楽しんでなんかいないもの！」

ジェームズは含み笑いをした。「きみは嘘をつき通すつもりなんだな？　よし、それならおれのキスをどれだけ楽しんでいるか、いまから認めさせてやる」

そしてジェームズは妻に口づけ、シーナは夫のキスを心ゆくまで楽しんだ。さらにそのあとの行為は、想像通りのすばらしいものだった。二人はかなりの長時間招待客たちを待たせている事実を、完全に忘れることになった。

30

寝室の扉を閉めたジェームズから引き寄せられ、自分のものだと言いたげに腰に手を置かれたシーナは彼と目を合わせた。温かな笑みを浮かべている夫に笑みを返し、二人で廊下を進んでいく。その合間も、シーナの唇から笑みが消えることはなかった。

幸せでたまらない。こんなに幸せな気分になれたのは、ずいぶん久しぶりな気がする。夫はどうなのだろう？　先ほどドレスをふたたび身につけようとして、しわだらけなのに気づいて頬を染めたとき、ジェームズは嬉しそうに笑っていた。しわくちゃのドレスのせいで、二人が何をしていたかは誰の目にも明らかだろう。招待客が待つ大広間に戻るのがどうにもためらわれる。

でも同時に、そんなためらいを面白がっている自分もいた。いったい何を気にする必要があるというの？　これほど長い時間中座していたんだもの。誰だって、新郎新婦が何をしていたかくらいわかっているはずだ。どのみち、みんなの訳知り顔と向き合わなければならないときがやってくる。それが明日の朝だろうと、いまだろうと大した違いはない。

それにジェームズはいかにも誇らしげな様子で歩いている——まるで雌鳥小屋から意気揚々と出てきた雄鶏のように。

　二人は、ここ数日間シーナが護衛つきで過ごしていた部屋の前を通りすぎた。その部屋を見ても、もはや憂鬱な気分になることはない。思えば、何をあんなに恐れていたのだろう？　恐れることなんて何もなかったのに。ジェームズはわたしを傷つけたりしなかった。そしていま、騒ぎを起こすこともなく、常に護衛をつけてもらう必要もなく、わたしは自分自身を取り戻すことができたのだ。本当のシーナ・ファーガソンを、夫ジェームズはどれだけ好きになってくれるだろう？

　大広間に近づいたとき、ジェームズが突然足取りを緩めたのに気づき、眉をひそめながら夫を見つめた。でもすぐにその理由はわかった。大広間がしんと静まり返っている。奇妙なほどに。みんなはもう帰ったのだろうか？　でも、どうして？

「ジェイミー——」口を開きかけたが、ジェームズから黙るよううながされたため口をつぐんだ。二人で廊下をそのまま進んでいく。

　大広間に入ったとき、混乱はますます深まった。招待客たちはまだ全員そこにいた。誰一人帰ったわけではない。人がたくさんいるにもかかわらず、不自然な沈黙が室内を支配していた。ほとんどの男たちが立ちあがり、重々しい表情を浮かべている。どういうわけか、シーナはうなじが総毛立つのを感じた。

できれば大広間に足を踏み入れたくなかったが、ジェームズにせかされ、二つ並べられた架台式テーブルの間に二人で進み出た。

そこにいたのはシーナの父親と、あたりを囲むように立っているファーガソン氏族の者たち十数人だった。父親の反対側にはブラック・ガウェインとコーレン、それにファーガソンよりもはるかに大人数のマッキノン氏族の者たちがいる。

シーナはとっさに気づいた。なんてこと、また彼らは争いを始めようとしている。でもきっとジェームズが止めてくれるだろう。争いが始まる前にここへ戻ってきてよかった！それにしても……いったいどうしたのだろう？　何があって、両氏族はいがみ合いを再開しようとしているの？

その答えがブラック・ガウェインの足元に転がっていた。いとこのイアン・ファーガソンだ。シーナはたちまち青ざめた。イアンの胸のあたりに血のしみが広がっているが、正確にはどこを負傷しているのかよくわからない。とはいえ、イアンが負傷し、意識不明なのは明らかだ。いや、もしかすると死んでいるのかもしれない。

ああ、神様、なぜイアンなのですか？　こんなに心優しくて繊細な男性なのに。イアンは戦いや襲撃にいっさい関心がなく、自分が飼っている動物たちにしか興味を向けない。弟ナイルと一緒に、イアンとどれほど楽しい時間を過ごしただろう。彼はよく二人に生き物たちの習性を教えてくれたものだ。一緒にビーバーのおどけた仕草を見て笑ったり、希少と言われている毛足の長い牛(オーロックス)を畏怖のまなざしで眺めたりしていた。

そのとき、いっせいにあたりが騒がしくなった。誰もが熱に浮かされたように非難や怒り、拒絶の言葉を口にし始めたのだ。だが何を言っているのかさっぱりわからない。それなのに騒がしい声がどんどん大きくなるせいで、よけいに聞き取れなくなっていく。その場にいる全員が怒鳴っているのを聞き、シーナも叫び出しそうになった。でも夫がかがみ込んでイアンの様子を確かめたとたん、誰もが口を閉ざした。その行動は静粛を命じるいかなる言葉より効果があったのだ。この場でイアンがまだ生きているかどうか確かめようとしたのは、ジェームズが初めてだったに違いない。

夫はとうとう立ちあがった。顔に浮かんでいるのは、嫌悪にあふれた表情だ。「みんな、頭がおかしくなったのか？　人が血を流して死にかけているというのに、突っ立ったままにらみ合い、怒鳴り続けているとは！」

「ということは、彼は死んだのか？」そう尋ねたのはコーレンだった。

「すぐに介抱しないとそうなるだろう」

コーレンはうなずくと、身ぶりで男たちにイアンを暖炉の前へ運ぶよう示した。暖炉で湯を沸かし、傷の汚れを拭き取るためだ。ところがデュガルドがすかさず立ちはだかり、自分の氏族の男たちにイアンの面倒を見るようかたくなに言い張った。

イアンが運び去られると、ジェームズは前に進み出た。一秒経(た)つごとに怒りがふつふつと湧いてくる。こんな子どもじみた茶番劇があるだろうか？　あらゆる言動を侮辱と受け取り、負けじと侮辱を返そうとするとは。

「サー・デュガルド、おれはあんたと言い争うつもりはない。何が起きたか、きちんと話を聞くまではな」ジェームズは声の平静を保ちながら話しかけた。

「言い争いならいつでも受けて立つぞ、マッキノン。だがもしも何が起きたか知りたいならば、そこにいるおまえの氏族の男に尋ねろ。彼が真実を話すかどうか見ものだな」

デュガルドが指さしたのはブラック・ガウェインだった。ジェームズは驚きながらいとこを見つめた。「きみがこの一件にどう関わっているんだ？　最初は祝宴に顔さえ出していなかったじゃないか」

「きみがこの大広間を出て、新しい花嫁とお楽しみの最中にやってきたんだ」

ガウェインの物言いは無作法きわまりない。だが彼の声ににじんでいる、紛れもない憤りにジェームズは気づいた。そこでよみがえってきたのは、春に襲撃されたときの記憶だ。可愛(かわい)がっていた妹が死んでいるのを見つけたとき、ガウェインは凄(すさ)まじい形相で復讐(ふくしゅう)を誓っていた。彼はあのときの恨みをまだ持ち続けていたのか？　イアンはガウェインの復讐の標的になったのだろうか？

「あの男を刺したのはきみなのか？」ジェームズはずばりと尋ねた。

「そうだ」

「事故か？」

「違う」

ジェームズは息を深く吸い込み、必死で自分を抑えようとした。ガウェインの振る舞いには後悔のかけらも感じられない。むしろ、わざと攻撃的な態度をとっている。

「理由を説明しろ」

ジェームズの言葉の端々に激しい怒りを感じ、ブラック・ガウェインはやや態度を和らげた。「ジェイミー、心配する必要はない。おれはなんの理由もなしにあの男を刺したわけじゃない。あの男のほうが立ちあがって、おれを攻撃しようとしたんだ。だがあいつがのろのろしている間に、結果的にはおれのほうが先に短剣を刺していた。そういう場合、責められるべきはどっちだ？　先に攻撃をしかけたのはあいつなんだぞ」

「でもイアンがあなたを襲うはずがない！」シーナは大きくあえいだ。「わたしは彼のことをよく知っているの。イアンはけんかをするような人じゃないわ」

ジェームズはシーナを鋭く一瞥した。妻はこの件に干渉すべきではない。

「ほかに、ここで起きたことを見た者はいるか？」ジェームズはあたりを見回しながら尋ねた。

「ジェイミー、おれを疑っているのか？」ブラック・ガウェインが問う。

ジェームズはいとこをじっと見つめた。「いっぽうの話しか聞かないのが公正なやり方と言えるか？」

「おれはここで何が起きたか見ていた。説明できる」ファーガソン氏族の一人が叫んだ。

「いまこの男が説明したのとはまるで違っていた」

「すべてを最後まで見ていたのか？」ジェームズは注意深く尋ねた。

「おれはテーブルで、イアンの隣に座っていたんだ」男は説明した。「見たくなくても目に入ったよ」

「先ほどおれのいとこが説明した、どの部分が違っている？」

「全部だ」男はためらいもせずに答えた。高ぶる感情のせいで、訛りが強くなっている。

「その男はテーブルにやってきて席についたとたん、イアンにからみ始めたんだ。おれたち一族を襲撃したときの話を自慢げにして、いままでに殺したファーガソンの男たちのことをばかにして笑った。間違いない、そいつはイアンを挑発しようとしていた。そいつはおれを相手にするべきだったんだ。おれなら、それなりに言い返していただろう。だがイアンはそんなくだらない言い争いはやめようとばかりに、辛抱たまらず立ちあがっただけだ。絶対に攻撃なんかしていない。もしそいつが自分の短剣を取り出して刺していなければ、イアンはここからただ歩き去っていただけだ」

　ふたたび沈黙が落ちるなか、シーナは愕然としていた。もちろん、信じているのはファーガソン側の話だ。ブラック・ガウェインがどんな男性かは嫌というほど思い知らされている。こちらが挑発したわけでもないのに、彼はいきなりわたしを攻撃してきたのだ。いま起きたこととは違う種類だったけれど、あれも一種の〝攻撃〟であることに変わりはない。

いっぽうのジェームズは困り果てていた。いまファーガソンの男から聞かされた、いとこに関する話がどうにも信じられない。同い年のガウェインは、少年時代からずっと一緒に育ってきた友なのだ。彼がわざとけんかを吹っかけたのだろうか？　妹を失ってからの数カ月で、ガウェインの性格がそんなにがらりと変わるはずがない。もっと別の事情があるはず……。

いったいどうすればいい？　いとこの言葉よりも、まったく知らないファーガソン氏族の男の言葉を信じるのか？　それでもなお、ここで決断しなければならない。時間が経つにつれ、大広間にはさらに緊張感が漂い出している。まさに一触即発の気配だ。

自分の氏族の者たちがブラック・ガウェインの話を信じているのは明らかだった。いっぽう、ファーガソンの者たちは同じ氏族の男の話を信じている。ナイル少年までもが椅子から立ちあがり、剣の柄を握りしめながらあたりを見回していた。どう見ても、この男たちは争いを始めたがっている。おれは彼らを止められるのか？

「ブラック・ガウェイン、きみはけんかを吹っかけたのか？」

「吹っかけたわけじゃない。でもあとに引くつもりもなかった。もしあのローランダーと戦いたかったら、剣で刺すだけではなく、完全に息の根を止めていただろう」

ジェームズは重々しいため息をついた。自分が下した決断が、シーナの氏族の者たちに快く受け入れられないとわかっていたからだ。

「それならば誤解があったんだろう。相手の何気ない行動を誤って判断してしまったに違いない。これは事故だ――不幸な事故ではあるが」

「本気なのか?」デュガルドが叫んだ。怒りのあまり、顔がまだらに赤くなっている。「やはり、ここには正義なんてあったものじゃない!」

「サー・デュガルド、これは事故だ。あんたもそう認めるんだ」ジェームズは警告した。「事故ではないことを証明できる証人が少なすぎる」

「証人は一人だけでじゅうぶんだ!」デュガルドは怒鳴った。

「このおれにはもっと必要なんだ! これは誰が見ても明らかな事件じゃない!」ジェームズは怒鳴り返した。

「だったらイアンの具合がよくなるまで待つべきよ」

シーナは口を開いた。これ以上、父親に言葉を続けさせたくない。心が千々に乱れている。この一件のせいで、今後何が起きるかはわかっていた。こんなのは耐えられない。しかも被害にあったのが、平和を何より好んでいたイアンなんて……。

「なんのためにだ、娘よ?」デュガルドはいらだったように答えた。「たとえ真実が明らかになったとしても、このマッキノン氏族長のことだ、また別な言い訳を見つけ出し、正義の鉄槌を下そうとしないに決まっている」

「お父様、お願いだから――」

デュガルドはシーナを鋭くさえぎった。「心配するな。おまえのせっかくの晴れの日を、復讐のせいで台無しにするつもりはない。わたしたちはすぐにここから立ち去る。おまえもわたしたちと一緒に帰るんだ。これ以上事故が起きる前に」

「デュガルド、彼女はどこにも行かない」ジェームズは答えた。表面上は穏やかな声だ。

「たしかに、シーナはおまえと結婚した」デュガルドがジェームズをにらみつける。「だがおまえ自身、シーナが自分の意思でここにとどまるようにしたいと言っていたじゃないか」

「おれがそう言ったときは――シーナはここを立ち去ることもできた。だがいまは違う。彼女はここにとどまらなければならない」

シーナは思わず息をのんだ。父と夫はもはや一言も言葉を交わすことなく、ずっとにらみ合っている。このぶんだと戦いは避けられそうにない。父は窮地に立たされていた――戦うか、引き下がるか、そのどちらかだ。一族の者たちが背後に立っている前で、ファーガソンの氏族長が引き下がることはできない。しかしマッキノン氏族に比べると、ファーガソン氏族は数で劣っている。どう考えても不利だ。

デュガルドは怒りに顔を真っ赤にしながら体の向きを変え、一言も発しないまま大広間から立ち去った。シーナはなすすべもなく、仲間たちが急ぎ足で大広間から立ち去るのを見送る。イアンも運び出されたが、意識は戻っていない。とても馬にのれる状態とは思えないのに、それでものらざるをえないのだ。そしてきっと、長い帰り道の途中で息絶えるのだろう。

ナイルでさえ、姉のほうを一度も振り返らずに立ち去ろうとしている。シーナはたまらず弟のあとを追いかけようとした。せめてナイルが去る前に、少しでいいから言葉を交わさなければ。でも、肩にジェームズの手がかけられたため、夫のかたわらに立っているしかなかった。ひたすら立ち尽くし、去っていく家族を見つめながら、心の奥深くでつぶやいた。父や弟にふたたび会える日は来るのだろうか？

不意に胸が苦しくなる。もし肩にがっしりした手がかけられていなかったら、その場で泣き出していただろう。夫の手の重みではっきりと思い知らされた。わたしは宿敵マッキノン一族のまっただなかにいる。この出来事によってどれほど衝撃を受けていても、それを宿敵たちの前で見せるわけにはいかない。

「シーナ？」

夫の柔らかな声を聞き、つい先ほどまでの彼の優しさを思い出した。ジェームズは何も変わっていないと考えているのだろうか？　すべてが台無しになったことに気づいていないの？

シーナは肩にかけられた夫の手を振り払い、体の向きを変えた。非難と苦悩に満ちた目でまっすぐにジェームズを見つめ、苦しげなかすれ声でささやいた。「わたしに触らないで、ジェイミー――もう二度と」

「シーナ――」

シーナは喉を震わせた。ジェームズからどんなことを言われても、もう遅い。何も変えることはできない。泣き出してマッキノン氏族の前で恥をかく前に、彼女は大広間から走り去った。

ジェームズはそんな妻を見つめることしかできなかった。できることなら、あとを追いかけたい。シーナをすぐに連れ戻したい。だが自分でもかんしゃくを起こしそうで恐ろしかった。だからあえて動かず、シーナの姿が見えなくなるまで見送ったままでいた。

31

ジェームズが部屋に入ると、シーナは暖炉のそばの椅子で眠っていた。ドレスを着たまま体を傾け、艶やかな赤い髪が床まで届いている。胸の前で両手を結び、組んだ片脚はドレスのスカートの下に隠れたままだ。妻はたまたまここで寝入ったのだろうか？　それとも、ベッドで寝るつもりはないことをわざと態度で示そうとしているのか？

ジェームズは消えかけている暖炉に薪をくべると、シーナの足元に座り、彼女の顔を見あげた。穏やかな寝顔だ。涙の跡もついていない。ただし目尻にはうっすら涙がたまっている。彼女の心の痛みの表れだ。いったい妻とどうやって仲直りすればいいのだろう？

彼は床にたまっている妻の髪の一房を手に取り、手のひらの上で広げてみた。今日はおれたちが結婚した記念すべき日だというのに、これほどひどい一日になるとは！　ただし、二人きりで過ごしたわずかな時間だけは例外だ。シーナもあの親密な時間を忘れられるはずがない。そうであれば、まったく問題はないはずだ。

シーナを起こすつもりはなかった。これ以上、非難の言葉を浴びせられるのはごめんだ。

すでに今夜は、怒りの言葉を嫌というほどぶつけられた。コーレンからは、兄貴はこれ以上ないほど愚かなことをしたと責め立てられた。リディアおばからも、またしてもファーガソンとの関係が悪化したことに対して厳しく叱りつけられた。だが二人から何を言われても、自分のとった行動が間違いだったと認める気にはなれない。

自分の態度が間違っていたのではないかと考えさせられることがあるとすれば、それはブラック・ガウェインに対してだ。あのあとも、いとこはこういう事態を引き起こしたことに、なんの後悔の色も見せようとしなかった。ジェームズ自身、本来なら晴れの日である今日をまったく楽しむ気持ちになれなかったのに、ガウェインはこうなったことを楽しんでいる様子さえ見せた。そんなふてぶてしさを目の当たりにし、とうとう堪忍袋の緒が切れて、直ちに大広間から出ていくようガウェインに命じた。あいつの姿を見るだけで胸が悪くなる。

もううんざりだ。またしてもシーナがおれに背を向けてしまった。この運命のいたずらについてこれ以上考えたくない。

そのときシーナが目覚め、すぐそばの床に座っているジェームズを見た。自分の髪が指でもてあそばれているのに気づき、体をこわばらせ、夫の手から髪の毛を引き抜いた。

ジェームズは暖炉の火明かりに瞳をきらめかせながらシーナを見つめると、立ちあがって、妻に手を差し出した。だがシーナはその手を取ろうとはしない。彼はため息をついた。

「さあ、ベッドへ行こう。もうくたくただ。二人ともよく眠れるだろう」それでも動こうとしない妻を見て、つけ加えた。「きみに何かしようとしているわけじゃない。もしそれを心配しているなら安心してくれ」

シーナはゆっくりと視線をあげて夫と目を合わせた。その瞳には紛れもない怒りが宿っている。ジェームズはふたたび考えずにはいられなかった。彼女と仲直りすることなど、本当にできるのだろうか？

「わたしがここで待っていたのは、今後この部屋で一緒に過ごすつもりはないとあなたに伝えるためなの」

「いや、きみはこれからもずっとこの部屋で過ごすことになる」ジェームズはきっぱりと答えた。

シーナは彼をにらんだ。「あの塔の部屋の扉を直して」

「いいや。母親があの塔の部屋に閉じこもるたびに、みんながおれの父親の噂話をしていた。おれはそんなことを許すつもりはない。おれたちの間を隔てる、いかなる扉も許すつもりはない」

「だったら、あなたが床に寝て」

「おれはベッドで寝る」

「それならわたしが――」

「もうやめろ！」ジェームズは怒鳴った。「きみに何かしようとしているわけじゃないと言っただろう？　おれを信じてくれ」それでもシーナが口を開きかけたので、疲れきって言葉を継いだ。「もう眠るんだ、シーナ」

シーナは服を脱ぎ出した夫から目をそらすと、椅子から立ちあがり、部屋の真ん中に立ったまま、暖炉で揺れる火を見つめた。言い争ってはいるものの、二人とも本当の問題を口にしようとはしていない。慎重に避け続けている。

シーナにはよくわかっていた。もしジェームズがガウェインを罰しなかった判断を少しでも正当化しようとすれば、取り返しのつかない言葉を投げつけてしまうだろう。

ジェームズにしてみれば、その件について話し合う気はさらさらなかった。最初からそう心に決めていた。誰にも自分の考えを説明する必要などない。シーナにも、あの一件についておれに質問する権利はない。もしあの件で一度でも彼女からの説得に応じれば、この先も常にそうせざるをえなくなる。それを許すわけにはいかない。シーナは妻という立場にすぎないのだ。ただし、とびきり美しく、蠱惑的な妻ではあるが――くそっ。

ジェームズはベッドに横たわった。だがとても休む気分にはなれない。

「こんなことはもうたくさんだ、シーナ」

「こんなこと？」

シーナがこちらを見たため、ジェームズはベッドの上に起きあがった。「おれたちの間がこんなふうにぎくしゃくしていることだ。この部屋は怒りをぶつけ合うための場所じゃない」

シーナは目を細めた。「怒りをぶつけ合えるのはこの部屋しかないわ。それともあなたの氏族の目の前で、わたしがあなたをどう思っているか、洗いざらい打ち明けてほしいの？」

「だったら話してくれ。いまここでだ」ジェームズは背筋を正した。

「あなたは臆病者だわ。あのとき、公正な判断を下そうとしなかった。わたしをえこひいきしていると、自分の氏族の者たちに言われるのを恐れたせいね。妻に目をかけすぎていると、臣下たちから非難されるのが耐えられなかったんでしょう？　あなたは自分を救うために、間違った判断を下したの」

「おれは間違いなど犯していない。それにあの判断を下したのは、えこひいきとはなんの関係もない」

「わたしに関してはそうかもしれない。でもガウェインに関しては？　あなたは彼を完全に特別扱いしていた。そうじゃないとは言わせない」

「だったら、きみは自分の氏族の者たちをどうしても戦わせたかったのか？　あのとき、大広間は険悪な雰囲気だった。もしガウェインに不利な判断を下したら、おれの氏族の者たちは絶対に受け入れようとしなかったはずだ。当然だろう？　彼らはガウェインを信じている。ファーガソン一族が異なる証言をしても、同じマッキノン一族であるガウェインの証言を重んじるはずだ。たとえファーガソンの証人が一人だけでなく、二人……いや、十人いてもそのことに変わりはない。二つの氏族がこれまで長いこと反目し合ってきたせいで、彼らは何があってもガウェインの話を信じて疑わないだろう」

「もしイアンが回復するまで待って彼の話を聞けば、ファーガソン一族の証言が間違っていないとわかったはずだわ。それなのに、あなたはイアンの話を聞こうとしなかった。イアン本人の話ほどたしかな証拠はなかったはずなのに。その気になれば、あなたは彼が回復するまで待てたはずよ」

「もう終わったことだ。いまさら嘆いても遅い」

「いいえ、遅くはないわ」シーナは皮肉を込めてつけ加えた。「でもあなたはそんなことをしないでしょうね。なぜって、何も気にしていないんだから」

「なあ、シーナ、おれの気持ちを変えたところで結果が変わるわけじゃない。きみにはそれがわからないのか？　あのとき何より重要だったのは、あれ以上の流血騒ぎを食い止めることだったんだ」

「わたしにわかるのは一つだけ。わたしの父は自分の氏族を不当に扱ったあなたをけっして許さないだろうということよ」

「おれはあれ以上大ごとにならないようにしたんだ」ジェームズは鋭く反論した。「それが不当だと言うのか？」

「だったらファーガソン一族の者は、今後も公平に扱われることがないということ？　あなたはそう言いたいの？」

「よく考えてみてほしい。いま必要なのは時間だ。おれがきみを妻にしたことで、二つの氏族の確執にようやく終止符が打たれた。たとえ何が起ころうと、おれはふたたび争うつもりはない。時間が経てば、昔の恨みつらみも忘れられていくだろう。おれたちがきみの父親を訪ねて和解することもできる。ただ、そうなるまでには時間がかかるんだ」

「だったらブラック・ガウェインのことはどうするつもり？　あんなことをしたにもかかわらず、彼は罰せられず無罪放免なの？」

ジェームズは厳しい表情に変わった。「ガウェインが有罪だという、きみの意見に賛成した覚えはない」

「でも……やったのは彼よ」

「もしそうなら、おれは自分なりの方法であいつに対処する」

「本当に？　そう言っておいて、わたしがこのことを忘れるまで待つつもりじゃないの？わたしが忘れたら、すぐにあなたも忘れるつもりでしょう？」

ジェームズはため息をついた。「きみはブラック・ガウェインの気持ちを理解する必要がある。この春、あいつの妹は殺されたんだ。きみの父親がふたたび襲撃を始めたせいで、ガウェインは――」

「父が？」シーナはジェームズをさえぎった。「襲撃を始めたのはわたしたちじゃない。あ、あなたたちのほうでしょう！」

「シーナ、もう嘘はたくさんだ」

その瞬間、ジェームズは妻の顔に強い感情がよぎるのを目の当たりにした。最初は傷ついたような表情だったが、すぐ怒りに取って代わった。

彼はいらだった。なぜシーナはこんなばかげたことを言い出し、撤回しようともしないのだろう？　自分の父親の裏切り行為を本当に知らないのだろうか？

シーナは青い瞳を危険なほど光らせて口を開こうとしたが、ジェームズは妻を制した。

「もううんざりだ、シーナ」

「うんざり？　それはこちらの台詞よ……あなたにはもううんざり！」

ベッドから飛びおりたジェームズに手を伸ばされたが、シーナは夫の手を振り払った。それほどまでに激しい怒りに駆られていた。でもふたたび手を伸ばされ、ついに感情を爆発させた。勝ち目はないとわかっていても抵抗しないではいられず、夫の頬を打ったのだ。それも渾身の力を込めて。

案の定、ジェームズも手をあげた。きっと殴り返してくるつもりだろう。それでも後悔の念はいっこうに湧かなかった。

だがジェームズは殴り返してこなかった。射るようなまなざしで挑発しても、彼は手を出してこない。

「なぜためらっているの？　わたしはもうあなたのことを恐れていない。これまでずっと、あなたが怖くてたまらなかった。あなたがあれ以上の恐ろしさや苦しみを与えられるはずがないわ」

「おれにはきみに手を出すことなどできない」

「……どうして？」

ジェームズは胸に重苦しさを感じた。「そんなことをしたら、きみよりもおれのほうが傷つくからだ」そんなふうに感じている自分に腹立たしさを覚えている。「なぜなんだろう？」

そう尋ねられても、シーナにもその答えはわからなかった。ただ夫の言葉には喉が締めつけられる思いがした。それがどうしてなのかもわからない。ジェームズからキスをされ、力強く抱きしめられたとき、ようやく答えがわかった気がした。

キスが始まるや否や、寝室の扉が荒々しく叩（たた）かれる音がした。ジェームズは妻から体を離すとプラッドを体に巻きつけ、不機嫌そうに怒鳴った。「入れ！」

ためらいがちに扉が開かれる。

シーナはベッドにもぐり込み、呆然（ぼうぜん）としていた。信じられない。あれほど激しい怒りを感じていたのに、ジェームズにキスされただけで降参してしまうなんて。

扉の向こう側から聞こえてきたのはコーレンの声だった。

「邪魔したくなかったが、どうしても兄貴に伝えなければいけないことがある」

張り詰めたような彼の声を聞き、シーナはにわかに緊張した。

「なんだ？」弟のためらいがちな言葉を聞き、ジェームズは先をうながした。

「襲撃されたんだ。ハミッシュとジョックが負傷した。ハミッシュは回復が見込めない」

ジェームズは無表情になった。「家畜は何頭盗まれた？」

「一頭も盗まれてはいない。すべて殺されて、小作地に火をつけられた」

ジェームズに鋭く一瞥（いちべつ）され、シーナははっと息をのんだ。夫がいまどういう結論に達したのか、手に取るようにわかったのだ。

「やめて！」シーナは叫ぶとベッドから飛び出し、ジェームズのそばに駆け寄った。「お願い、やめて……。父がそんなことをするはずないわ」

「だがどう考えてもきみの父親のしわざだ。今年の春とまったく同じ手口だよ。あのときも普通の襲撃ではなかった。目を覆いたくなるような殺戮（さつりく）と破壊が行われたんだ。おれはまたこんな事態を許してしまった。まさか今日の一件のせいで報復してくるとは思っていなかったんだ。城の周囲を警備する者も増やしていなかった」

「あなたは間違っているわ、ジェイミー！」

彼はふたたびコーレンに向き直った。「攻撃してきたのは何人だ?」

「ジョックが言うには、少なくとも六人いたそうだ」

「ジョックは敵の姿を見たのか?」

長い沈黙のあと、コーレンは低い声で答えた。「ああ、よく見えたそうだ」

「だったらおれの妻に教えてやってくれ。彼らが身につけていたプラッドの色は何色だ?」ジェームズは弟に答えるよう命じた。

シーナからすがるような目で見つめられたものの、コーレンは嘘をつくことができなかった。「すまない、シーナ。だが襲撃してきた奴(やつ)らが身につけていたのは、ファーガソン氏族を表す色だった。そうじゃなければよかったんだが」

シーナは二人を見つめた。コーレンは悲しげな顔をしている。いっぽう、ジェームズは激しい怒りを覚えている様子だ。

「彼が見間違えたのかもしれない」シーナは二人に訴えた。「どうしてその可能性を考えないの?」

「二人きりにしてくれ。ああ、おれの馬の支度をしておくんだ」ジェームズはコーレンに命じた。

「ジェイミー!　ファーガソンの城へは行かないで」

「きみはおれがこれから何をしようとしているのかお見通しなんだな」ジェームズは荒々

しく答えると、着替えを始めた。そして少しの沈黙のあと、シーナに尋ねた。「それにきみは、自分の父親がしたことはもっともだと思っている」

「そんなことは言っていないわ。でもあなたがわたしの父の立場だったらどうするか、考えてみて。もし父があなたに対して正当な評価を下さなかったなら、あなたは自分の手で自分なりの正義を貫こうとするはず。そうでしょう？」ジェームズからにらまれたものの、シーナはつけ加えた。「ええ、あなたなら絶対にそうする。自分でもそれがわかっているはずよ。でも、わたしの父にはそうするだけの余裕がないの。そのこともあなたは理解している。父は二つの氏族の確執をこれ以上望んではいなかった。実際父は、マッキノン氏族との不和からファーガソンを守るため、できることはなんでもやってきたんだもの」

「きみは忘れている。デュガルドはきみの妹たちを使って、あちこちの氏族と同盟を結んだ。きみが追放されたあとすぐに、彼の娘たち全員が結婚したと噂で聞いたよ。いまではきみの父親は、おれが率いるマッキノン氏族と反目し続けられるだけの、じゅうぶんな力を蓄えているのかもしれない」

「だったら……どうして父はわたしをあなたの妻として差し出そうとしたの？」

「おれが彼にそうするよう仕向けたからだ」

「だったら、あなたがさっき言った、うちの父が蓄えている〝じゅうぶんな力〟とは何？もし父がいますぐあなたと戦えるほどの力を持っているとすれば、わたしを差し出せと言われても絶対に逆らったはずよ。でも父はそうせず、同意した。そして説得を続け、とうとうわたしにあなたとの結婚を同意させたわ。やっぱりあのとき、父の話を断ればよかったのよ」

「ああ、おれもいまでは、きみがそうしてくれたらよかったのにと思い始めている」ジェームズは怒ったように言い返すと、部屋から大股で出ていった。

32

翌朝目覚めたとき、シーナはベッドに一人きりだった。上体を起こしてベッドの上に座ったけれど、それ以上何もする気になれない。だからじっと座ったまま、動かずにいた。目がひりひりする。昨夜泣きながら眠りについたせいだ。体を震わせてしゃくりあげていたため、全身も痛い。

泣いても何も変わらない。それにもちろん、気分がよくなるわけでもない。

シーナは窓の外に広がる空を見た。黒雲が立ち込める陰鬱な空だ。朝だというのにジェームズは戻ってこない。ということは、アンガスシャーへ出かけたのだろう。いまはもう日が明けている。昼日中に堂々と襲撃を行うのがマッキノン氏族の流儀なのだ。いまこの瞬間、夫はエスク塔に攻撃をしかけているのだろうか？

血まみれの戦いの恐ろしいイメージが脳裏に浮かび、首を振ってそのイメージを頭のなかから追い払おうとする。でもなかなか消えてくれない。どこからか男たちの怒号や悲鳴が聞こえてきた。父、それにナイルの声も。

シーナは両手で耳をふさいでベッドから飛び出し、早足で行きつ戻りつし始めた。いま自分の故郷で何が起きているのかを知りたくない。知るなんて耐えられない。しかも、いまどうなっているのだろうと気を揉むだけでもじゅうぶん苦しいのに、両手を血に染めたジェームズがここへ戻ってくるまで待つ必要がある。しかもそのあと夫と向き合い、彼がわたしの家族に何をしたのか聞かされるのだ。

いいえ、ジェームズが城を留守にしている間にここから立ち去ろう。今回は誰にも止めさせない。だってわたしはマッキノン氏族長の妻なのだから。馬を用意させ、夫が戻ってくる前にずっと遠くへ逃げ出そう。

とはいえ、どこへ行けばいい？　ファーガソンの城をまっすぐ目指せば、途中で夫に出くわす危険がある。そうだ、エルミニアおばのいるアバディーンへ行こう。わたしにはまだ帰るべき家があるかどうか、わたしの家族はどうなったのか、おばと二人で調べよう。

シーナは扉を開けたが、すぐに立ち止まった。目の前に使用人のガーティーが立っていた。ちょうど扉を叩くところだったようだ。

「身の回りのものをお持ちしました」ガーティーはそう説明して部屋のなかへ入った。

「お客様を迎えにおりてこられる前にお着替えをしたいだろうと思ったんです」

「お客様？」

「はい、午前中に続々と到着されています」ガーティーはしわくちゃのままのベッドの上にドレスを置きながら眉をひそめた。「奥様、いま起きられたところなんですか？　もうこんな時間なのに」

シーナは眉をひそめた。「いま何時？」

「すでに正午近くです。奥様が階下へおりてこられないのではないかと、みんなで心配し始めていたところなんですよ。ドリスは、あんなことがあったあとだから、あなたが怖がっているのではないかと言っていました。でもわたしは、奥様はそんな意気地なしじゃないって言ってやったんです。ああいうことが起きたのは、あなたのせいではありませんから」

本当にそうなのだろうか？　シーナは沈んだ気持ちで考えた。もしジェームズがわたしをあれほど求めていなければ、彼はこんなふうにいつまでもわたしをキノン城にとどめておいただろうか？　それに、わたしと結婚もしただろうか？　もし彼がわたしと結婚しなければ、結婚式も行われず、ジェームズが言うところの〝事故〟も起きなかったはずだ。わたしの父はいまでもエスク塔で安全に暮らし、わたし自身はアバディーンへ戻されていただろう。というか、そもそもアバディーンからコーレンに連れ去られることもなかったかもしれない。

悪いのはすべてわたしの、この容姿のせい。生まれ持った顔かたちのせいで、いつもよくないことが起きてしまう。これから先もずっとそれは変わらないのだろうか？

とはいえ、ここにこうして、そんなわたしを責めようとはしない心優しい人もいる。わたし自身、自分を責めずにはいられないというのに。

「奥様、このすてきな青いドレスにしますか？　髪の色を引き立てて、まるで炎が燃えているように輝かせてくれるはずです」

シーナはベッドの上に並べられた二枚のドレスを見つめた。リディアお手製の青いドレスは美しくぱりっとしているが、シーナ自身の緑色のドレスはすり切れていてみすぼらしい。

「いいえ、緑色のドレスにするわ」

「仰せのままに」硬い口調でそう言ったものの、ガーティーは不満を隠そうとしなかった。「でも、もし言わせていただけるならば、もういいかげん、奥様の世話をきちんとするよう氏族長に伝えるべきです。氏族長は奥様のドレスを仕立てるお金の余裕がないわけでも、奥様にドレスを作るのを渋っているわけでもないんですから」

「自分のためにそういうことを頼むつもりはないの」

「まあ、あなたにはそういうことを頼む、妻としてのれっきとした権利があるんですよ、そうでしょう？」ガーティーはまた眉をひそめた。「だって氏族長の妻はあなたなんですから。それとも、そのことをもう忘れたんですか？」

「忘れたりしないわ」

ガーティーにはその答えが聞こえなかったようだ。あるいはシーナの暗い声に気づき、聞こえないふりをしたのかもしれない。

「とにかく、ハイランド氏族長の妻としてふさわしい装いをされなければなりません。ご立派な戦士ではありますが、サー・ジェイミーは妻が何を必要としているのかまったくわからないはずです。あなたが必要なものが何かはっきり伝えたら、氏族長もそういったものを届けてくれるようになるでしょう。あなたのお父様もそういう状態を嫌がったりしないはずです。たとえあんなことがあったあとでも」

「そのことについていまは話したくないの。いいかしら？」

「もちろんです、奥様。ではそろそろ失礼しますね」

「ガーティー、待って。さっき、お客様が来ていると言っていたわね？」

「はい、いらっしゃっています。キース一族、マクダフ一族がすでに到着されていますし、夜までにグレゴリー一族とマーティン一族が到着の予定です」

シーナは突然気分が悪くなった。マッキノン一族と同盟を結んでいる氏族ばかりだ。ジェームズはこれからの戦いのために彼らを呼び寄せたのだろう。ということは、まだ夫はファーガソンを攻撃していないことになる。ただし、それだけの氏族を集結させたということは、目を覆うような殺戮（さつりく）を計画しているのだ！　ほかに彼らを集結させる理由はない。

「具合でも悪いんですか、奥様？」ガーティーが心配そうに尋ねた。

「夫が彼らを一堂に集めたのは……」シーナはそこで口をつぐんだ。次の言葉は軽々しく口にできない。

ガーティーはまた眉をひそめた。シーナが不安がっている理由を完全に勘違いしたようだ。「まあ、マッキノン氏族長のご友人たちと顔を合わせるのを、そんなに怖がる必要はありませんよ。それにタイス様がぜひあなたに会いたいとおっしゃっています。実際、あなたがいつおりてくるのか様子を見てきてほしいと、わたしをここへ寄越(よこ)したのはタイス様なんです」

「タイス?」

「サー・ジェイミーの妹さんです。氏族長のことも心配されていました。タイス様と彼女の旦那様が到着するのも待たずに出ていかれたせいです」

シーナはひどく気分が悪くなった。妹の到着も待たずに? ということは、やはりジェームズはファーガソンを攻撃しに出かけたのだ。

「まあ、わたしったら何か心配させるようなことを言ったでしょうか?」ガーティーはシーナの横に飛んできた。「ここで待っていてください。すぐにサー・ジェイミーをお連れします」

「彼はここにいるの?」

「ほかにどこへ行かれるというのです? おおぜいのお客様が結婚式のためにやってきて

いるというのに？」

「結婚式……」シーナは安堵するあまり、我を忘れそうになった。「どうして最初からそう言ってくれないの？　お客様と言われたから、わたしはてっきり……」

「祝宴がこれから数日間開かれる予定なんです。サー・ジェイミーは奥様に話していなかったんですか？　新しい花嫁を紹介するために、氏族長は誰も彼も招待しているんですよ」

「ええ、聞いていないわ。昨日あのあと……」

「昨日のことで思い悩んではいけませんよ、奥様」ガーティーはきっぱりと言った。「サー・ジェイミーは今日の結婚式を台無しにしたくないはずです。奥様だってそうでしょう？」

「ジェイミーはいつここへ戻ってきたの？」

「ジョックとハミッシュの具合を確かめに行かれただけです。それから、氏族長は一度も外出していません」

「ハミッシュは……」

ガーティーはシーナの肩を軽く叩いた。「ありがたいことに、なんとか一命を取りとめました。これから元気になるでしょう。さあ、本当にこの緑色のドレスでいいんですか？」

「だったら青いドレスを着るわ」シーナはあっさりガーティーの意見に従った。ほかにたくさん考えるべきことがある。

ジェームズと話をしなければ。彼はまだファーガソン一族を攻撃していない。これは一種の〝恩赦〟と言っていいだろう。ただしそれは、この城にたくさんの招待客が招かれていて、いまさら彼らを追い返すことができないからだ。でも、もし彼らが帰ったら？　ジェームズがどうするつもりなのか、どうしても聞き出さなければならない。

33

ジェームズはエールをいっきに飲むと、自分の右側の席で繰り広げられている会話に注意を払おうとした。コーレンとアラスデア・マクダフが何かの話題で盛りあがっている。話に割って入ろうとしたが、ときすでに遅し――コーレンにせかされて、アラスデアはシーナとの婚約（ビトウローザル）を破棄した理由を話してしまった。コーレンは最初信じられないと言いたげな表情を浮かべたものの、すぐに何かを理解したような顔になり、にやりとしたかと思ったら大笑いを始めた。ジェームズにとっては耐えがたい屈辱だ。

「マクダフ、もういいかげんにしろ」ジェームズは鋭い口調で話しかけ、年上のマクダフを驚かせた。

「ジェイミー、まさかきみはあのときのことを誰にも話していないんじゃないだろうな？自分の弟にも話していなかったのか？」

「気にすることはないさ」コーレンが口を挟んだ。「兄貴がエスク塔でどんなふうに過ごしていたのか、もっと話を聞かせてほしい」

答えた。

「いや、おれよりもきみの兄さん本人から聞くべきだろう」アラスデアは居心地悪そうに

「そうだな。さあ兄貴、聞かせてくれ」

ジェームズは顔をしかめた。地下牢(ちかろう)に入れられたことを失敗と認めるつもりはない。それに、面白がっている様子の弟をさらに面白がらせるつもりも。

「話すことなど何もない。おれはファーガソンにもてなされた。ただそれだけだ」

「地下牢で?」コーレンがにやりとする。「それで、脱出するために彼女の手助けが必要だったたってわけか?」

ジェームズはさらに顔をしかめた。「彼女がおれを助けるのは当然だ。そもそも、おれがあの場所へ行ったのは彼女のせいなんだから」

「だが、それで結局ファーガソンの地下牢へ入れられたとはな」コーレンはあざけるようにかぶりを振った。「兄貴はそのころからシーナによほど心を奪われていたに違いない。そんな間抜けなまねをしていたんだから」

ジェームズがあわやかんしゃくを起こしそうになったとき、話を聞いていた義理の弟ラナルド・キースから背中を軽く叩(たた)かれた。

「ファーガソンの地下牢? きみは花嫁とそんな場所で出会ったのか?」

ジェームズはコーレンをにらみつけると、義弟にことのあらましを手短に説明した。た

だし、ナイルがどのような役割を果たしたかについては触れなかった。まだ心のどこかに、あの少年を守らなければという思いがあったからだ。あの当時シーナが自分をいかに恐ろしがっていたか強調して説明したところ、悔しいことに、弟コーレンは愉快そうに聞いていた。

「彼女はきみとの結婚を避けるためにずいぶん危険を冒したんだな」ラナルドが考え込むように言う。「それなのに、結局はきみと結婚した。自分の結婚式だというのに、彼女がここへおりてこないのも無理はない」

「わたしは彼女を哀れだなんて思わないわ、ラナルド」タイスが兄の味方をした。「彼女は運がいい。だって、ジェイミーみたいなすばらしい男性を夫にできたんだもの」

「きみはそう思うだろうさ」ラナルドは妻に反論した。「でも彼女自身はどう思っているんだろう？」

「そうだよ、兄貴」コーレンは突然まじめな顔になった。「シーナはいまこの瞬間、何を思っているんだ？」

　ジェームズはため息をついた。「コーレン、おまえがおれに恨みなど抱くはずがないと信じている。だがもしかして、おまえはシーナを失ったことをまだ苦々しく思っているのか？」

「そんなことはないさ。だが兄貴に警告しておく。シーナを絶対に傷つけるな」

「おれが彼女を傷つけるとでも？」

「兄貴と結婚してから、シーナがどんな幸せを味わったというんだ？」

あの情熱的なひとときを思い出し、ジェームズは悲しげな笑みを浮かべた。「彼女も少しは幸せな気分になれたと思いたい。ほんのわずかな時間ではあっても」

兄が何を言っているのか気づき、コーレンは顔を紅潮させた。それは本当の幸せとは言えない。シーナに必要なのは心の平安だ。

「あんなことが起きたあとでも、兄貴はシーナに心の安らぎを与えられるのか？」

「まあまあ、二人とも」ジェームズの背後から姉ダフネがやってきて、彼の首に両腕を巻きつけた。「こんな早い時間だというのに、弟二人は言い争いをしているのね。しかも酔っぱらってもいないのに。いったい何を言い争っているの？　話を聞かせて」

「ほら、ちょうど言い争いの理由となっている人物がやってきた」ラナルドが言う。

大広間の向こう側にある入り口から、シーナが彼らのほうへ向かってきた。青いシルクのドレスを身にまとい、腰まで届く長い髪を揺らしているその姿はまさに女王そのものだ。

ジェームズは誇らしさに胸がいっぱいになった。

「ジェイミー、きみは彼女を美しいと言っていたが、スコットランド一の美女だとは教えてくれなかったぞ」ラナルドは畏怖の念を抱いたように息をのんだ。

「ほらね、あなたもいま見たでしょう？　あなたの夫も、男という生き物のいやらしい部分を持ち合わせているのよ」ダフネは妹タイスににやりとした。「今日うちのダビンがここにいなくてよかった。もしいたら、彼も自分の新しい義理の妹の姿を見てよだれを垂らしていたはずだもの」

「わたしの夫は、どんなものであれ、好みのものを前にするといつもよだれを垂らすわ」タイスはそう言うと、自分の夫がきまり悪そうな表情を浮かべるのを楽しむように含み笑いを浮かべた。「ジェイミーは今日これから、ここにいる男たちがよだれを垂らすのを何度となく目にすることになるでしょうね」

　哀れなラナルドは〝赤毛のロビー〟の子どもたちが、こうやって互いをからかい合って楽しむのが理解できなかった。

　だがタイスを一瞥(いちべつ)したとたん、ラナルドの目は優しくなった。彼はいつだって自分の妻を心から愛しているのだ。ちなみに、自分の妻を女きょうだい二人のなかの〝可愛(かわい)いほう〟と考えている。タイスの髪は金色が混じった赤で、光の具合によっては銅色にも見える。それに褐色の瞳は、そのときの気分によっていたずらっぽくなったり、相手をからかうような色をたたえたり、かと思えば炎のように光ったり、愛情たっぷりになったりする。つまりタイスは魅力的で美しい女性なのだ。そしてラナルドは、自分でもときに驚くほどの情熱を持って妻を愛している。ただ、結婚してもう五年も経(た)つというのに、ラナルドにはタイスが本当に冗談を言っているのがいつなのか見きわめることができなかった。

ラナルドはテーブルの下でタイスの手を握りしめた。心のなかで祈るような気持ちだ。新たに義理の姉となったとびきりの美人シーナを見てタイスが目を光らせているのは、彼女に対する嫉妬心のせいではありませんように。いや、〝とびきりの美人〟という言葉だけでは、あのファーガソン一族の娘の美貌を表現しきれない。シーナの肌は陶器のように繊細で、つぶらな瞳は水晶を思わせるブルーだ。それに豊かな濃い色の髪によって、真珠のごとき肌がいっそう強調されている。あんな女性を妻にできるとは、ジェイミーは本当に運がいいとしか言いようがない。

ところが、タイスはそうは考えていなかった。ジェイミーはこれまで、もっと運に恵まれて当然だったはずなのだ。タイスは長男である兄のことを心から慕い、尊敬しているし、兄が自分の望むものすべてを手に入れられるよう常に願っている。ジェイミーは自分の夫として、キース一族の氏族長ラナルドを選んでくれた。その恩はいくら返そうとしても返しきれるものではない。姉ダフネの場合、彼女たちの父親によって選ばれたダビンと結婚したせいで、夫に不満があるようだ。対照的に、タイスは自分の夫にも人生にも、これ以上ないほど満足している。それはとりもなおさず、兄ジェイミーのおかげなのだ。

花婿だというのに、いまのジェイミーは幸せそうには見えない。とんでもない悲劇に終わった兄の最初の結婚を思い出し、タイスは不意に胸が苦しくなった。とはいえ、目の前にいるジェイミーは、妻の選択を誤ったとは考えていない。それは、兄がシーナを見る目で一目瞭然だ。

その瞬間、タイスは心を決めた。わたしも義理の姉になるシーナを愛するようにしよう。どう見ても、ジェイミーが妻を愛しているのははっきりしている。ここに着いてから兄がずっと幸せそうに見えないのは、ただ虫の居所が悪いだけだ。

いっぽう、ダフネはタイスとはまったく異なる意見だった。どう見ても、ジェイミーは妻の選択を完全に間違ったとしか思えない。長年の宿敵の娘と結婚するなんて、いったい何を考えているのだろう？　この結婚は失敗に終わる運命にあり、下の弟コーレンはそのことに気づいている。それに、ジェイミー本人も薄々気づいている様子だ。さもなければ、いまから結婚しようというときに、あれほど冷ややかな態度でいられるわけがない。彼ら二人は、けっして穏やかな夫婦生活を送ることはできないだろう。昨日起きた出来事こそ、そのいい証拠だ。

でも、事態を少しでもよくするためにはどうすればいい？　ダフネにはその答えがわからなかった。わかっているのは、自分にできることなど何もないということだけだ。だから、あの新郎新婦に干渉しても無駄だろう。本音を言えば、ジェイミーにとって、義理の妹シーナが癒やしの存在になることも期待していない。昨日シーナがどれほど打ちひしがれた様子だったかはこの目でしっかりと見たし、今日も彼女はまったく幸せそうではない。花嫁がジェイミーを忌み嫌っているのは明らかだ。というか、ジェイミーだけでなく、彼の故郷であるこの土地で生活することも嫌がっている。あの二人は一緒になっても悲しい運命が待ち受けているだけだ。

せめてそんなシーナに同情することならできるだろう。自分の夫を愛せないのがどんな感じか、わたしならばよく知っている。ただ少なくとも、わたしはダビンを忌み嫌ってはいない。実際夫とはどうにかやっている。ただし、それは二人ともほとんど言葉を交わさないからだ。結婚してもう長いから、ときどき夫が夜ベッドにやってきて、苦痛な行為を強いられるのももう慣れた。そういう行為は始まったと思ったらすぐに終わる。そう、ダビン・マーティンは鈍感で、野獣のような男だ。それでも、夫がこちらの寝室を定期的に訪ねてくるのを拒んだりはしない。渋々とはいえ、いまだにダビンを受け入れるようにしているのは、どうしても子どもがほしいからだ。子どもがいれば、人生のむなしさを埋めることができるだろう。

近づいてくるシーナを見て、アラスデアは悲しげなため息をついた。いっぽうコーレンは歯を食いしばっていた。結婚式以来、シーナとは二人きりで話す機会さえ持てずにいる。彼女からはまだ、どれほどみじめな思いをしているか詳しい話を聞いたわけではない。それでもこうしてシーナを見ていればわかる。彼女を見るたびに心が痛んでしかたがない。でもそれは、シーナをまだあきらめきれないせいではなく、本当に愛せる男性としか結婚しないとシーナが誓っていたのを知っているせいだ。そう、いまコーレンはシーナに対して同情し、そのせいで一人胸を痛めていた。

シーナとジェイミー。今後、どちらの味方をするかなど考えたくもない。考えても苦しいだけだ。シーナのことは好きだが、兄のことも愛している。その二つの感情に引き裂かれそうだ。それゆえにコーレンの怒りは、シーナがキノン城で幸せになるわずかばかりの機会を完全に消滅させた男に向けられた。

何もかもブラック・ガウェインのせいだとコーレンは考えていた。そしてジェイミーのやり方に猛烈な怒りを覚えていた。この結婚は、両氏族の長年の反目を終わらせるためのものだったはず。それがどうだ、かえって火に油を注いだだけではないか。しかも最悪なのは、この事態がまだ終わっていないことだ。ジェイミーが襲撃を行って報復に出る可能性もまだ残されている。シーナの一族が昨日の出来事の責任を負わされるかもしれない。

今後どうしようとしているのか、兄に打ち明けさせるのは至難の業だろう。尋ねたところで、にべもなく拒絶されるに決まっている。だが一つだけ、コーレンが確信していることがあった。かつてこれ以上の確信を抱いたことはない。もしジェイミーがファーガソン氏族を攻撃したら、彼がシーナの信頼を取り戻すことは二度とないだろう。どんな手を使っても、あれほど望んでいたシーナの愛を得ることは絶対にないはずだ。

シーナは夫のほうへゆっくりと近づいていた。彼は家族や友人に囲まれている。それだけに、よけいに一人ぼっちなのだと感じずにはいられない。きっと彼らはわたしのことを軽蔑し、嫌っている。本音を言えば、彼らのことが恐ろしかった。でもそれを彼らに知られるわけにはいかない。シーナは頭を高く掲げると、平気なふりをして面と向き合った。

テーブルの前にたどり着くとジェームズが立ちあがったが、シーナは体をこわばらせて、夫のそばに近寄ろうとはしなかった。それに夫も自分に手を差し伸べようとはしていない。どこか身構えたような厳しい表情を浮かべていて、何を考えているのかよくわからなかった。

ほかの男たちと一緒に立ちあがり、気まずい沈黙を破ったのはアラスデア・マクダフだった。

「きみは相変わらず罪深いほど美しい、シーナ」

シーナは目を見開いた。混乱しているし、驚いてもいる。「あなたはもうわたしに腹を立てていないの?」

「おれが感じているのは後悔だけだ。しかもこうしてきみと再会したせいで、毎秒ごとに後悔の念が深まっていく」

シーナは戸惑った。いったいどう答えればいいのだろう? いま目の前にいるのは、記憶のなかにある傲慢でうぬぼれやのアラスデアとは違う。たちまち彼女も後悔の念に襲われた。

「ごめんなさい、サー・アラスデア」シーナは優しい声で答えた。「本当のことを言うと、わたしは――」

「サー・マクダフ、彼女を一人じめしないで」タイスがシーナをさえぎった。花嫁が口にすべきではないことを言い出しそうで心配になったのだ。「それにジェイミー、ばかみたいにぼうっとしていないで、彼女を紹介して」

ジェームズは感謝するような目でタイスを一瞥した。「シーナ、こちらはおれの妹タイスと、彼女の夫ラナルド・キースだ。姉のダフネにはもう会っているよな」

シーナは頬をピンク色に染めると、ためらいがちな笑みをダフネに向けた。「昨日お会いしたとき、わたしはぼんやりしてしまっていたかもしれません」

「そんなことを気にする必要はないわ」ダフネはシーナを安心させようとした。「わたしも自分の結婚式の日のことは、すごく緊張していたこと以外何も思い出せないの。花嫁ってそういうものよ」

タイスはシーナの腕を取ると、暖炉のそばへ連れていき、何やら話し始めた。男性陣がふたたび話に戻ると、ダフネもシーナとタイスの話に加わった。

ジェームズは女性三人の様子を目で追わずにはいられなかった。注意深い目で、女きょうだいと話しているシーナを一瞥する。シーナがあの二人と何を話しているのか、予想もつかない。

ラナルドがジェームズに、美しい花嫁を迎えた祝いの言葉をまたしてもかけてきた。それからすぐにグレゴリー一族の十数人が到着し、それからの時間はあっという間に過ぎ去った。まだ明るいにもかかわらず、みなで酒を酌み交わし、ジェームズはずっと彼らの相手をしていた。リディアおばも階下へおりてきて、昨夜のせいで頭がぼんやりしたままだと嘆いていたものの、結局は暖炉脇にいる女性陣に加わった。

ジェームズはことあるごとに彼女たちのほうをちらちら確認していたが、やがてシーナは女きょうだいたちと一緒に声をあげて笑い始めた。すっかりくつろぎ、場を楽しんでいる様子だ。その姿を目の当たりにして、ジェームズはいらだった。あんなことがあったあとだというのに、どうして笑ったりできる？

シーナとすぐに話す必要がある。もう少し振る舞いに気をつけるよう注意しなければ。シーナはおれの妻だ——たとえ今後この城の外で何が起きたとしても、その事実に変わりはない。

34

浮かれ騒ぎは一日ずっと続き、シーナは祝宴を楽しみ始めた。特にジェームズが大広間を離れている間は、楽しくてしかたがなかった。夫はシーナのほうを一瞥(いちべつ)さえしないまま大広間から出ていき、それから数時間後にようやく戻ってきたのだ。出ていったときと同じ不機嫌そうな顔をしている。あんなに陰気な顔をされたら、たとえ話し合う必要があったとしても、とてもではないが近づけない。だから夫のことをどうにか忘れ、まわりにいる人々に注意を向けようとした。

ジェームズの女きょうだいたちはとても好感が持てる。最初からリディアを好きになったのと同じく、彼女たちのこともすぐに好きになった。マッキノン氏族の女性たちは、どうしてこうも感じがいいのだろう？　リディアは心が温かくて思いやりがある。ダフネはリディアより控え目ではあるが、魅力的だし優しい。シーナよりも年下のタイスは快活で生命力に満ちあふれ、朗らかだ。そんなタイスのことが羨ましい。そして、この家族のことも。

わたしは愛情にあふれた家族に慣れていない。ナイルと父はわたしを愛してくれたけれど、女きょうだいたちから愛されたことは一度もなかった。目の前にいるこの姉妹と、わたし自身の女きょうだいがどれほど違うことか！　妹たちもタイスやダフネのようだったらよかったのに。ときどきジェームズがわたしの前で優しい一面を見せるのは、この二人の女きょうだいから多くを学んできたせいだろう。

「まあ、わたしのダビンがようやく到着したわ」

ダフネの言葉に、シーナは振り返って入り口を見た。大柄で獣のような男性が立っている。赤毛も髭も眉毛もとにかく濃くてぼさぼさだ。

シーナは驚きを隠すことができなかった。「彼が……あなたの夫？」どうしてもまじまじと見つめずにはいられない。

ダフネはにっこりとした。ダビン・マーティンを初めて見たとき、人々が示す反応にはもう慣れている。

「ええ、そうよ。わたしたちの誰もが、悪魔のようにハンサムな男性を夫にできるわけじゃない。それにわたしの夫はそんなに悪い人じゃないの。少なくとも突然かんしゃくを起こしたりしないから。夫の欠点はただ一つ、自分のいとこたちを甘やかしすぎることだけ——特にお気に入りの一人をね。彼女は外でダビンを待っていたに違いないわ。ダビンにエスコートされない限り、自分がこの場で歓迎されることはないとわかっているのよ」

ダビンの背後に女性が立っているのがちらりと見え、シーナは眉をひそめた。ジェシー・マーティンだ。彼女には二度と会いたくなかったのに。

しかも、それだけでは終わらなかった。入り口にブラック・ガウェインまで姿を現したのだ。彼は――驚くべきことに――ジェームズよりもさらに陰鬱な表情を浮かべている。彼の全身から発せられている怒りが伝わってきて、シーナ自身の感情もささくれ立った。

ガウェインは問題を起こすためにここへやってきたのだろうか？　こちらに向けられているガウェインの瞳は暗く煙っていて、悪いことが起こりそうな予感がする。

シーナは暖炉脇にいる女性陣から離れると、ジェームズのそばへ駆け寄った。夫からはねつけられる可能性など考えている暇もなかった。会話の輪のなかからジェームズを連れ出してテーブルから離れ、二人の話が誰にも聞こえないところへ連れていくと、くるりと向き直った。ジェームズはいかにも不機嫌そうだ。

でもシーナはひるむことなく尋ねた。「気づいた？　ブラック・ガウェインがここに来ているわ」

「あいつが？」

ジェームズのさりげない反応を見て、シーナは目を光らせると、畳みかけるように質問した。「ここにいる人たちは、わたしたちの結婚を祝うために呼んだんでしょう？」

「ああ、そうだ」

「だったら、わたしはこの宴に誰を招くかに関して、なんの発言権もないということね」

「心にもないことを言うな」ジェームズは冷たく答えた。「きみの言動を見れば、きみがこの結婚を祝う理由などないと考えているのは明らかだ。きみと同じ考えの客がもう一人増えたからといって、大した問題じゃないだろう？」

「わたしはガウェインにここにいてほしくないの。わたしにとって大切なことなのよ。だって、もし彼が……」

シーナが口ごもると、ジェームズは先をうながした。「もし彼が、なんだ？」

だがシーナはここで認めたくなかった。もしガウェインがいなかったら、ジェームズと自分の関係が変わっていたかもしれない。もし昨日あんな出来事が起こらなければ、わたしは幸せな気分のまま、結婚初夜をジェームズと過ごしただろう。一人で泣きながら悲しみに耐える必要などなかったはずだ。でも夫にそう告げるつもりはない。だから代わりにこう答えた。

「もしガウェインがいなかったら、わたしのいとこもけがを負わずにすんだはずだわ。あんな瀕死の状態で、イアンが長い旅路を耐えられたと思う？　きっと彼はいまごろ死んでしまっている」

「もしそうだとしても、どうすることもできない。おれの氏族の男も二人、ひどい傷を負わされたんだ」ジェームズは冷ややかな声で答えた。どうしても言い返さずにはいられなかったのだ。

夫の答えを聞き、シーナは大きくあえいだ。いま目の前にいるのは、わたしがここに来てから知るようになったジェームズ・マッキノンではない。幼いころから恐れるべき存在として教え込まれてきたジェームズ・マッキノンそのものだ。いったい彼に何が起きたのだろう？

「ジェイミー、あなたはこれからどうするつもりなの？」シーナはそっと尋ねた。

突然妻が優しく接してきても、ジェームズの心はいっこうに慰められない。今日一日、ずっと暗澹たる気持ちで過ごしてきた。しかも、これからどうすべきかまだ心を決めかねている。とはいえ、その事実を妻の前で認めるつもりはない。

「今後おれがどうしようと、きみがおれの妻であることに変わりはない。もしおれが言いたい意味がわからないならば、もっとはっきり言おう。おれは今後いっさい、おれたち夫婦の寝室から離れることはない。昨夜は例外だ。もう二度とあんなことはしない。おれたちはあの寝室を二人で共有し、それ以上のことも分かち合う。わかったか？」

シーナは顎をぐっとあげ、視線を合わせた。もし自分の妻だからというだけでジェームズがわたしを支配できると考えているならば、それは大きな間違いだ。

「わかったわ」シーナは声の平静を保った。「今度はあなたが理解する番よ。あなたはわたしを意のままにする権利が自分にあると考えているけれど、あなたのそういう権利を認めるつもりはない。いまはこうしてあなたの妻でいるけれど、自ら望んでそうなったわけじゃないから。わたしの心のなかでは、あなたとの夫婦の絆は最初から断ち切られている。だから、自分が夫と呼んでもらえるなんて期待しないで。だってもともと、この結婚はまやかしだったんだもの」

シーナの言葉を聞き、ジェームズは怒りを忘れるほどの衝撃を受けた。心がねじれるように痛い。おれは彼女を失ってしまったのだ。いまさらそれを変えようとしてももう手遅れなのはわかっている。混乱しながらも、彼はまざまざと思い知らされていた。こうなったのはすべておれのせいだ。

シーナは夫に背を向けた。これ以上、ジェームズの言葉を聞いていられそうにない。先ほどの自分の言葉を聞いて、我ながら驚いてしまった。あんなふうに最後通牒を突きつけるつもりではなかったのに……。でも、一度口にした言葉を引っ込めることはどうしてもできない。

ジェームズをふたたび見てみる。うなじのあたりで柔らかな金髪が跳ねた、とびきり男らしくハンサムな顔立ち。とはいえ、彼のはしばみ色の瞳には痛みが宿っている。わたしは自分の心の痛みを、彼の瞳に重ねているのだろうか？　いいえ、わたしの瞳のほうがもっと雄弁に心の痛みを物語っているはずだ。どうしても目からあふれる涙を止めることができない。

「ごめんなさい、ジェイミー。わたしたちって二人とも……本当に頑固すぎる」

シーナはそれ以上何も言えず、涙を抑えることもできなかった。だから踵(きびす)を返して、大広間からすばやく走り去った。

35

ジェームズは必死に平静を保とうとした。そうすれば、招待客たちにも問題など何も起きていないように思わせられるだろう。

だが現実はそううまくはいかなかった。シーナは依然として大広間に戻ってこない。それに彼女が悲しみの涙を振り払いながら大広間を出ていく姿を、複数の招待客たちに見られてしまっていた。

どれほどシーナのあとを追いかけたかったことか！　だがどうしてそんなことができるだろう？　これは誇りの問題で、おれほど誇りにこだわる人間はまずいない。自らのプライドより何かを優先することはありえない。あろうことか、シーナはみなが見ている前で、夫と言い争ったのだ。

だからジェームズにできたのは、誰にも断らずに大広間から出られるようになるまで、時間が過ぎるのをひたすら待ち続けることだけだった。ただ、かなり遅い時間になっても、大広間にはまだおおぜいの招待客たちが残っている。グレゴリー氏族とマーティン氏族はどちらも大酒飲みゆえ、夜になっても残り続けるのはまず間違いない。中座しても不義理にならないだろうと思えるようになったところで、ジェームズはようやく立ちあがった。すでにかなりの酒を飲んでいるが、飲みすぎないように注意を払っていた。

ジェームズは自分の部屋の扉を開けた。室内はかなり薄暗い。それに暖炉の火が消えていて薄ら寒い。シーナはここにはいないのだろう。すぐに暖炉に火をつけたが、それでも寒さは消えず、がらんとしたままだ。

ため息をついてベッドに腰をおろした。妻を捜しに行くべきだろうか？　いや、彼女がどこにいようと放っておくべきだろう。おれのベッドを喜んで温めてくれる女ならいくらでもいる。もちろん、ジェシーもその一人だ。先ほど大広間で〝いつでも待っている〟という合図を送ってきていた。今夜彼女はずっとブラック・ガウェインを無視し、いとこのダビンのそばから離れようとしなかった。ダビンは可能な限りジェシーをジェームズに近づけようとし、ジェシーも許される範囲の至近距離まで近づいてきたのだ。

ジェシーの体の温(ぬく)もりを思い出さずにはいられなかった。なんと柔らかく温かな体だっただろう。抗しがたいほどの魅力を感じたが、一時の情熱に身を任せ、ふたたびジェシーにかかずらわされるつもりはない。

「おれらしくもない。このまま自分をごまかすつもりなのか？」冷え冷えとした部屋で、ジェームズは声に出してつぶやいた。返ってくるのは沈黙だけだ。だからベッドから立ちあがり、部屋から出た。

次に向かったのは、結婚する前にシーナが引きこもっていた部屋だ。案の定、彼女はそこにいた。小さなベッドで体を丸くして、ぐっすり寝込んでいる。いっこうに目覚める様子もなく、穏やかな寝顔だ。

妻を起こさずに上掛けをそっとめくり、体をすくいあげると、シーナはかすかに抵抗するような声をあげたが、ふたたび眠りこんで夫の肩に鼻をすりつけてきた。ジェームズはこの機を逃さず自分の寝室へシーナを連れ戻した。本来彼女が眠るべきはこの部屋なのだ。ベッドにシーナの体を横たえると、一歩下がってこれから始まる戦いに備えようとした。だがシーナは目を開けず、体をわずかに伸ばしただけだ。ジェームズは思わずにやりとした。この調子だと、案外簡単に事を運べそうだ。シーナが目覚める前に、おれの意のままにできるだろう。

手始めに、シーナの薄いウールのシフトドレスを足からゆっくりと持ちあげ始めた。その合間にも指先を妻の柔らかな肌に滑らせ、彼女が声をあげるとすぐに指先の動きを止め、静かになるとまた愛撫(あいぶ)をする。

なんてなめらかな感触だろう。まるでシルクだ。脚は引き締まっていて形がいいのに、肌はこのうえなく柔らかい。

これ以上シフトドレスを脱がせるには、妻を起こさなければならないだろう。その時点でジェームズは完全に脱がせるのをあきらめ、彼女の腰の上までシフトドレスをそっとめくりあげた。脚の間にある秘められた部分へ神経を集中させ、指先でこれ以上ないほど優しく愛撫を始める。焦らすような巧みな愛撫を繰り返し、妻の反応を引き出そうとした。

しばし時間がかかったものの、やがてシーナの脚の間はしっとりと潤い始めた。ひとたび濡れ出すと、秘めたる部分にたやすく指先を滑らせられるようになった。

かたわらにひざまずき、シフトドレスをヒップの下へたくしあげてみたが、彼女はいっこうに起きようとはしない。すかさず妻の脚の間に体を置くと、シフトドレスをいきおいよく引きあげた。

その瞬間シーナは目を覚ましたが、彼は妻に何か話す隙を与えず、シフトドレスを頭からいっきに脱がせた。シーナが怒ったような叫び声をあげたが、すぐに口でふさぐ。

シーナは顔を背けようとしたが、ジェームズは妻を強く抱きしめたまま、彼女の口のなかへ舌を激しく差し入れた。同時に、そそり立つ欲望の証を体の奥深くに挿入する。

シーナは大きな衝撃を受けていた。これほど簡単に夫の侵入を許し、完全に満たされてしまうなんて。でも、もっと衝撃だったのは、自分の体が示した反応だ。無意識のうちに体を弓なりにして、夫を喜んで迎え入れていた。

こんなことを許すわけにはいかないと心が叫んでいる。彼にわたしの体を支配させるわけには……。

それなのにどうだろう。夫はいとも簡単に、しかも巧みにわたしの体を支配している。シーナはすぐに負けを認めた。わたしは彼を求めている。たくさんの出来事があったにもかかわらず、全身をのみ込むような大きな欲望の波が、ひたひたと押し寄せている。抜き差しを繰り返され、満たし続けられ、もう爆発しそうだった。いまは自分の全身を包み込む熱い欲望、そしてジェイミーのことしか考えられない。

解放の瞬間に手が届きそうで、なかなか届かなかった。頭がおかしくなってしまう。ジェイミーは挿入のリズムをいっきに速めようとはせず、焦らし続けている。クライマックスの瞬間が近づき、もう少しで手が届くと思ったそばで、夫はすぐに動きを止めてしまう。悦(よろこ)びの極致に達したい。いまやシーナの全身がそうこいねがっている。低くうめいて、夫の背中につま先をめり込ませた。それなのに、ジェイミーはわざと最後の瞬間を迎えるのを引き延ばそうとしている。まるで甘やかな拷問だ。

シーナはようやく気づいた。夫はもはやわたしにキスをしていない。目を開けてみると、ジェイミーはこちらをじっと見つめていた。その顔に浮かんでいるのは苦しげな表情だ。すぐにわかった――こうすることで、ジェイミーもまた苦しんでいる。わたしと同じように。

いったいどうして？　そう考えたとき、彼は懇願するような、それでいてかたくなな口調で言った。「おれはきみの夫だ。さあ、そう言うんだ」

　頭が混乱していて、言葉の意味がよく理解できない。それゆえ、ジェイミーが聞きたがっていることを喜んで口にした。

「あなたは……わたしの夫」

「きみは今後二度とその事実を否定してはいけない」

「ええ……二度と否定しない」

　ジェイミーはいきなり激しく腰を動かし、体をぶつけるように挿入を深めてきた。どうしようもなく興奮を高められ、シーナは夫に負けじと熱っぽい反応で応えた。まるで飢え死にしそうな気分。そう、ジェイミーはとびきりおいしいご馳走のようなもの。でもわたしは彼というご馳走に、けっして満足することがない……。

　そんな思いは、突然訪れたクライマックスの瞬間に押し流された。いつの間にか、先ほどまでの怒りもどこかへ消えていた。寝返りを打ったジェイミーから体を引き寄せられて腕枕をされ、全身に指先をはわされる。とびきり優しい指の動きだ。まるでこうして睦み合ったことで、二人の間の問題が解決したかのよう。

　もうこれ以上ためらっているわけにはいかない。夫の両手でふたたび魔法をかけられる前に、シーナはすばやく口を開いた。

「ジェイミー、あなたはわたしにつけ込んだのね」

「いとしい人、おれはきみが求めていないことは何もしていない」

「あなたに触れられると、どうしてこんなに情熱がかき立てられるのかわたしにはわからない。でも、こうなる前に自分が感じていたことと、いま感じていることがあまりに違いすぎているの。あなたはこんなに短い時間で、わたしを骨抜きにできるのね。でも、いまようやくわたしは自分の意思を取り戻せた。だから何も変わってはいないわ」

「いや、何かが変わった——変わったはずだ」ジェイミーは静かに息を吸い込んだ。「きみは学んだんだ。いくらそうしたくてもおれを拒絶できないことをね。未来がどんなふうになろうとも、おれたちの間の関係は変わらないし、おれは今後もきみを求めずにはいられないだろう」

彼は厳かな声で言葉を継いだ。あまりに感情がこもりすぎていて、ほとんど脅しのように聞こえた。

「それはきみも同じだ。きみは今後もおれを求めずにはいられないだろう。いくらそうであってほしくないと願ったとしても」

36

翌日の午後遅い時間、シーナは胸壁に沿って歩きながら不思議な気分を楽しんでいた。雲が立ち込めているせいで、まるで天国のように高い場所をふわふわと漂っているよう。朝からずっとキノン城は分厚い雲に覆われていて、シーナもときどき立ち止まり、足元を確認しなければいけないほどだ。壁の向こう側にある景色は何も見えない。とはいえ、中庭の光景ははっきり見えている。

シーナが見おろすなか、招待客の一団がまた城を去ろうとしている。しばらく滞在する予定でいるマーティン氏族を除けば、これが城を発つ最後の集団になるはずだ。祝宴を一週間は続けたがっていたジェームズは、そのことを不満に思っている。だがどう見ても、城に漂っているのは祝宴とはほど遠い雰囲気だ。花婿と花嫁が敵意を抱き合っている様子を目の当たりにし、招待客たちはどうにも居心地が悪かったに違いない。

すべてはシーナのせいだ。彼女自身、よくわかっている。ジェームズはこの日ずっと、上機嫌であろうと努めている様子だった。きっと、昨夜妻に勝利したことで痛快な気分だったのだろう。でもシーナは、そんな夫に調子を合わせようという努力を少しもしなかった。

わたしが今後もずっとジェームズを求めずにはいられないですって？　とはいえ、昨夜起きた出来事を否定することはできない。実際、わたしは彼を求めていた。どうにも耐えがたい真実だ。

わたしはジェームズを忌み嫌っていたはず。そうでしょう？　もともと彼に対して抱いていたのは、紛れもない嫌悪感だったはずなのに。もし嫌悪感でなかったとすれば、いったいあの感情はなんだったのだろう？　どうして彼に触れられただけで、あれほどの悦びを感じるの？　自分でもわけがわからない。

できることなら、この雲たちと一緒にふわふわと浮かびあがり、すべてを忘れたい。結婚のことも、ジェームズからきみはおれの妻だと宣言されたことも、何もかも。すべて忘れられたらどんなにいいだろう。でももちろん、そんなことは許されない。結局は大広間へ戻り、気まずい雰囲気のなか、食事をしなければいけない。そしてそのあとは——どこに隠れることができるというのだろう？　ジェームズに見つからない場所なんて存在しないのに。しかも心のなかから小さな声が聞こえてくる。

〝本気で隠れたいなんて思っているの？〟

冷たい風にぶるりと体を震わせ、外套をかき寄せながら、馬にのったキース氏族が城門から出ていくのを見守った。こんな暗いなかでも、彼らには山腹をくだる道がちゃんとわかるのだろうか？　ここからは道など何も見えない。冗談を言ってみんなを笑わせてくれるタイスがいなくなって寂しかった。でも結局は、招待客が立ち去るほうがいいのだろう。祝宴が終わった以上、ジェームズは、二人の結婚式に暗い影を投げかけたあの事件を解決しようとするに違いない。なんとかして解決してほしい。これ以上家族の今後を心配し続けるのは耐えられなかった。

「きみも立ち去るべきだ。きみのせいでさらに誰かが死なないうちに」

シーナははっと息をのんだ。わざわざ振り向くまでもない。背後から聞こえた、憎しみに満ちた声の持ち主はブラック・ガウェインだ。

慌ててその場から駆け出す。この世から存在を消される前に立ち去らなければ。これほど分厚い雲が垂れ込めている悪天候だ――シーナはつまずいて壁から転落したと言っても誰も疑わないだろう。事故として処理されるに決まっている。

暖かな大広間にたどり着いても、まだ体が震えていた。ここなら安全だ。そう思うと震えがしだいにおさまってきた。ジェームズが近くにいてくれるだけで、少なくとも自分の身は守られていると思える。

隣の席に腰をおろしても、ジェームズは話しかけてこようとはしなかった。招待客がほぼ全員立ち去ったことで、気分を害しているのだろう。シーナが顔面蒼白（そうはく）になっているのにもまったく気づかず、妻が戻ってきたことに対して低くうなっただけで、すぐにダビンと話を始める。でも少なくとも、ダフネとリディアが話し相手になってくれたおかげで、ダビンの隣に座っているジェシーの存在を無視し続けることができた。

夫と言葉を交わさないまま過ごしているのもそう悪くはない。むしろ居心地がいいかもしれない……そう思い始めたとき、突然邪魔が入った。ブラック・ガウェインが姿を現したのだ。ただ夕食をとるためにやってきたのではなさそうだ。

シーナは悪意に満ちた彼の顔から目が離せなかった。ダフネが何か話しかけてきたが、その言葉さえ聞き取れず、ただガウェインを見つめ続ける。

ガウェインは氏族長のテーブルにやってくると、ジェームズの椅子の背後に立ち、声を張りあげて宣言した。「ハミッシュが死んだ。容体が急変したんだ」

ジェームズはすぐに振り返ると、静かな口調で尋ねた。「本当か？」

ガウェインはうなずいた。「きみに尋ねたい。この事態を受けて今からどうするつもりだ？」

その発言に場が凍りついた。氏族長ジェームズ・マッキノンに答えを要求するとは、大胆にもほどがある。ガウェインは愚か者か、激しい怒りのせいでまともな判断力を失っているかのどちらかだ。

ガウェインの問いかけを一蹴したのはコーレンだった。「いま氏族の同志が死んだばかりだというのに、きみはそんなことしか考えられないのか？　まずはハミッシュを手厚く埋葬してやるのが筋だろう」

「もしおまえの兄貴が新しい花嫁のことではなく、氏族のことを心から考えていたら、誰も埋葬する必要などなかったんだ」ガウェインは語気荒く答えた。

その一言を聞き、ジェームズは衝撃を受けていた。ガウェインは正真正銘の愚か者かもしれない。自ら墓穴を掘っているのも同然ではないか。あろうことか、氏族長を中傷するような言葉を本人の前で堂々と口にするとは。

ゆっくりと立ちあがり、ガウェインに面と向き合った。鼻先がくっつきそうなほどの至近距離だ。上背は少しだけジェームズのほうが高い。それゆえ、氏族長の冷ややかなはしばみ色の目と視線を合わせるために、ガウェインは顔をあげなければならなかった。

「いとこよ、言わせてもらうが、きみ自身、この件には大きな責任を負っている」ジェームズはなめらかな口調で反論した。「きみは忘れているようだな――そもそもファーガソンの男を突き刺したのが誰の刃であったかを。両氏族がこの城に集まり、全員がおれの保護下にあったというのに」

「きみも忘れている。おれは挑発されたんだ！」ガウェインはいらだったように言う。

ジェームズは突然声を低くし、ガウェインだけにしか聞こえないように答えた。「いや、忘れたわけじゃない。いままでは疑っているんだ――あのときと同じように。そもそも、挑発行為など一つもなかったのではないかとな。なあ、ガウェイン、もっとはっきり言う必要があるか？　だったら言ってやろう。きみは本気で、おれに罰せられたいと思っているのか？」

先ほどまでのいきおいはどこへやら、ガウェインは顔面蒼白になった。

その姿を見たシーナは不思議に思った。夫はガウェインに何を言ったのだろう？　こちらにさえ、ジェームズのささやきは聞こえなかった。

「ガウェイン、言葉には気をつけろ」ジェームズは少し声を大きくしてつけ加えた。「せいぜいおれを批判すればいい。おれがまだそれを許している間はな」

ガウェインはその言葉の含みに気づいたものの、どうしても捨て台詞（ぜりふ）を口にせずにはいられなかった。「ジェイミー、きみは彼女に惑わされている。彼女がここへやってきてからというもの、冷静な視点で物事を見ていない。いまこそ報復が求められているというのに、彼女のせいで気持ちをぐらつかせている。きみがこれまでの厳しさを失ってしまったのは彼女のせいだ」

ジェームズはぐっとこらえて反応しないようにした。正直に言うと、あの結婚式の日に何が起きたのか確信を持てずにいる。とはいえ、そろそろ答えを先延ばしにするのはやめ、行動を起こすべきときだろう。先のガウェインの非難の言葉は、真実を言い当てているように聞こえた。そのことにひどくいらだちを覚えている。たしかに、ここ最近おれが下した判断に、シーナの影響がまったくないとは言いきれない。

「ジェイミー？」

彼はシーナの声に反応したが、彼女の瞳にまたしても恐れの色が宿っているのを見て我慢ならなくなった。しかも、いまの自分は妻と距離を置く必要がある。落ち着いて深呼吸をし、じっくりと考えるためだ。シーナから答えられない質問を次々とされたら、それどころではなくなるだろう。そのあとは誰とも言葉を交わすことなく、彼は大広間を去った。


ジェームズがとうとう二人の寝室へやってきたのは、もう真夜中だった。その間ずっとシーナは夫を待ち続けていたが、彼を一目見てすぐに気づいた。ジェームズはわたしが望んでいたよりも、ずいぶんとあっさり決断を下してしまったようだ。案の定、目の前で武器を揃え始めている。急にみぞおちにねじれるような痛みを覚えた。武器の矛先を誰に向けようとしているかはわかっていた。

「ガウェインにけしかけられたせいで、武器を手にしたのね？」シーナは緊張をはらんだ声でささやいた。

ジェームズは彼女のほうを見ようとしなかった。「もうずっと、答えを出すのを延ばし延ばしにしてきた。そろそろ行動に打って出なくてはならない」

シーナは絶望に襲われた。もはや生きている心地がしない。ただし、まだ心には生々しい痛みを感じている。

「あなたが戻ってきても、わたしはもうここにはいないわ」無意識のうちに、そんな言葉を口にしていた。

ジェームズは振り返って目を光らせた。「黙ってここにいろ。もしどこかへ逃げたら、おれに見つかったとき、死んだほうがましだという思いをすることになる。いいか、おれは絶対にきみを捜し出すからな！」

シーナははっと息をのんだ。こんなときにわたしを脅しつけるなんて！　怒りで全身がかっとなり、気づくと椅子から立ちあがっていた。いままで何時間も座ったまま、夫がやってくるのをひたすら待っていたのに。

「死んだほうがまし？　わたしはいまだってそう考えているわ。そうね、あなたと結婚するくらいなら死んだほうがよかった――」

「シーナ、言葉に気をつけろ」

「気をつけないならなんだっていうの？　わたしを殺す？　ええ、わたしの家族を殺すくらいならわたしを殺して！」

ジェームズは顔を背けた。シーナの家族を殺すつもりはない。ただデュガルドと話し合いをしたいだけだ。だがいまは激しい怒りのせいで、妻にそう説明する気にすらなれない。

「おれは二度ときみに惑わされない」ジェームズはうなるように言った。シーナにというよりはむしろ、自分に言い聞かせるような言葉だった。

シーナはこぶしを握った手で両方のこめかみを押さえつけた。「あなたなんて大嫌いよ……そんなに愚かな人だったなんて。父が長女であるわたしをどう思っているか、あなただって知っているでしょう？　それなのに、どうして父があなたを攻撃するなんて考えられるの？　そんなことをしても、ここに残されたわたしが苦しむだけだとわかっているのに」

「きみは苦しんだりしないだろう！」

「わたしが本当に苦しむかどうかなんて、父にはわからない。わからないのに、父がわたしを危険に陥れるような行動をとるわけがないわ。あなたはそんなことも理解できないの？」

もしシーナがその場で取り乱して泣き出していたら、ジェームズも折れて彼女を慰めようとしたかもしれない。だが、彼女はあまりに腹を立てていたせいで泣くことさえできずにいた。それに、ジェームズもかっとなりすぎていたせいで妻の言葉の意味をよく考えられずにいた。

それでもなお、こんな状態のままシーナを置いて出ていくわけにはいかない。そこで彼女の体を強く引き寄せると、荒々しく口づけた。二人の気性のように猛烈なキスだ。

ジェームズは妻の体を引きはがすと、少し距離を置いて彼女を見つめ、そっけなく言った。「おれはまずデュガルドと話すつもりだ。だが、それ以上何もしないと約束することはできない」

夫が残りの武器を集め終えて部屋から大股で出ていった瞬間、ついにシーナの目から涙があふれ出た。そのあとは、とめどない涙とどうしようもない孤独感だけが待っていた。

37

翌朝は、ダフネでさえシーナを元気づけることはできなかった。大広間にある巨大な暖炉のそばに座ってはいるものの、シーナの目には何も映っていない。脳裏に浮かんでいるのはただ一つ。血にまみれながら戦う男たちの生々しい姿だけだ。

正午近くに、シーナの忌み嫌っている声が聞こえた。ふと気づくと、ジェシー・マーティンが向かい側の席に座っている。その全身から伝わってくるのは、異様なほどのうぬぼれの強さだ。自分でも、なぜジェシー・マーティンをこんなに嫌いなのかわからない。かつてはこの女性を哀れに思っていたこともあったのに。それでもなお、ジェシーにはいやおうなく嫌悪感をかき立てられる。

「いま、何か言いましたか？」シーナは礼儀正しく尋ねた。

「ええ。あなたはまだここを出ていかないのかと尋ねたの」

シーナは椅子に深く座り直した。「どうしてわたしが？　ここで、自分が求めているものすべてを手に入れられているのに。立派な家に、ハンサムな……夫も」

ジェシーはすっと目を細めた。「てっきり、あなたのファーガソンとしての誇りが許さないと思っていたわ。もう求められてもいないのに、ここにとどまっているなんて」

「ジェイミーは間違いなく求めてくれているもの。それも心の底から」

「でも、ほかの人間は誰一人あなたを求めていないわ」ジェシーは硬い口調で答えた。「もちろん、彼らもおおっぴらには認めないでしょう。でも心のなかではそう考えているはず。だって、あなたのせいでジェイミーが変わったから。いまの彼はもう以前の彼じゃない。そのせいで、あなたは嫌われているのよ」

「嘘はやめて」

「彼女が話しているのは真実だ、シーナ」

シーナが振り返ると、背後にブラック・ガウェインが立っていた。不意に息苦しくなる。二人に追い詰められたような気分だった。

「ジェイミー自身はまだそのことを気にしていない」ガウェインが続ける。「きみに対する目新しさは薄れていないからな。でもその日は必ずやってくる。きみに悪影響を及ぼされたことに気づき、ジェイミーがきみを心から憎む日がね。ただそのころにはもう手遅れだろう。ジェイミーの親族たちは、彼に反旗を翻しているはずだ。何もかもきみのせいでね。だがそれこそがきみの本当に求めていることじゃないのか？　きみの本当の狙いは、ジェイミーと彼の親族を仲たがいさせることなんだ」

シーナはすぐに答えを返すことができなかった。でもどのみち、二人とも答えを待っていたわけではない。彼らは突然その場から歩き去り、シーナを置き去りにした。

そして彼女は二人の悪意ある嘘について考えざるをえなくなった。とはいえ……本当に嘘と言いきれるだろうか？　きっとわたしはここで嫌われているのだろう。何しろ、宿敵ファーガソンの娘なのだ。結婚式の日にはあんな騒ぎが起きた。両氏族の確執がふたたび始まってしまったことで、わたし自身、自分を責めていたのでは？　それならば、ほかのみんなだってわたしのことを責めているに違いない。

しばらくぼんやりしたまま座っていたが、ゆっくりと立ちあがった。大広間をあとにして部屋に戻り、自分の古ぼけた緑色のドレスに着替える。急ぐことなく、ただ機械的に体を動かしながら身支度を調えた。そのあと中庭に出て、できるだけ早く馬の支度をするように命じた。馬屋の少年は飛びあがると、すぐに馬の用意を調えてくれた。今回は門番小屋でもなんの問題もなかった。門番はただ手をひらひらとさせ、彼女を通してくれたのだ。

あまりにもすべてが簡単に運んだ。牝馬（ひんば）にのって山腹をくだりながら、みじめな気分で考える。前にキノン城から脱出しようとした日は、何もかも簡単にはいかないと思い知らされたのに。思えば、あのときはジェームズに愛の営みの機会を与えたくない一心だった。もしあのとき逃げ出せていたら、いくら怒りや心の傷を抱いていても、自分は夫を求めずにはいられないと知ることもなかったのに。ああ、もし知らないままでいられたら、どんなによかっただろう！

　あれこれと考えながら、あてもなくひたすら馬を走らせていたが、ふと気づいた。わたしはいまどこにいるのだろう？　馬を止めてあたりを確認してみる。つい最近収穫が終わったばかりの畑の真ん中にある、小さな更地にいるようだ。そのとき突然、自分が一人の小作人の顔を見おろしているのに気づいた。

「娘さん、具合がよくないようだね」小作人は心配そうに話しかけてきた。

「わたしは大丈夫――本当に」

「サー・ジェイミーの新しい花嫁さん？」

　否定する理由はなかった。「ええ」

　彼はうなずいた。「サー・ジェイミーならすぐに戻ってきますよ。氏族長が心配で外へ出たんですね？」

「わたし……わたしは……」

「さあ奥様、こちらへ。本当に具合が悪そうです。このロイのうちで休んでいってください。妻のジャネットに強いウィスキーを用意させます」

　男はシーナの馬のくつわを取ると、小さな農場まで案内した。それからシーナが馬からおりる手助けをすると、家のなかへ招き入れた。室内は薄暗い。すべての窓が分厚い布で覆われている。一つしかない部屋の中心に赤々と炎が燃えている暖炉があり、くぐり戸が閉められると、シーナは心地いい暖かさに包まれた。

　ジャネットは赤ら顔の女性で、準備中の食事をすばやく脇へどけると、前へ進み出た。

「まあ、サー・ジェイミーの花嫁さんじゃありませんか！　結婚式であなたのことを見かけたんです。でもまさか、こんなに早くもう一度会えるなんて思いもしませんでした」

「彼女は具合が悪いんだ。ウィスキーを出してくれ」ロイは妻に事情を説明した。

「まあ、おかわいそうに」ジャネットが同情するような口調で言う。「すぐに気つけのウィスキーを用意します。それまで火のそばで休んでいてください。こんな寒い日に外に出るなんて体によくないですよ」

　シーナは暖炉のそばにあるスツールに腰かけ、出されたウィスキーをありがたく口に含んだ。ロイとジャネットは彼女のそばで立ったまま、心配そうに見つめている。部屋には家具がほとんどない。スツール二脚とテーブル一台、寝台一つ、それにわずかばかりの食事用の皿だけだ。子どもがいないようだが、この中年の夫婦はとても幸せそうだ。

　シーナはふと思った。先ほどガウェインは、みんながわたしを嫌っていると言っていた。この夫婦もそうなのだろうか？　二人は亡くなったハミッシュ・マッキノンのことをよく知っていたに違いない。でも、どちらもわたしに優しく接してくれる。

「どうして二人とも、わたしにそんなに優しくしてくれるんですか？」シーナは唐突に尋ねた。心のなかの疑問が、つい口をついて出たのだ。

ロイは心底驚いた様子だ。「だって当然でしょう?」

「でもわたしはファーガソン氏族なんです」シーナはきっぱりと答えた。「知らないふりをしても無駄だわ」

「知らないふりをする?」ロイは含み笑いをした。「おれが嫌々こうしていると、本気で考えているんですか?」

「だって、あなたたちはわたしのことを嫌っているはずだもの。ほかの人たちと同じように」

「ほかの者たちがあなたをどう思っているかは知りません。ただわかっているのは、おれは相手の人となりを見てその人を判断するってことです。なぜ奥様の生まれのせいで、おれが奥様を悪く思わなきゃいけないんですか? それにどのみち、奥様はいまはマッキノン氏族ですし、これから氏族長の息子を産む方です。そしてあなたの息子がいつの日か、うちの氏族長になるんです。あなたはもうおれたちの一員ですよ。まだそんなふうには感じられませんか?」

シーナはそんなふうに感じたことがなかった。これからそう感じられるようになるとも思えない。マッキノンであるか、ファーガソンであるかに関係なく、わたしは一人ぼっち……。

そう思い至ったとき、突然気づいた。わたしはもうファーガソンの家に帰ることはできないだろう。たとえ両氏族の確執がこんなに長く続いておらず、わたしが結婚してマッキノンの姓を名乗っていなかったとしてもだ。ファーガソン一族のなかでも、マッキノン一族のなかにいるような違和感を覚え続けることになるだろう。だったら、わたしはいったいどこへ行けばいい？

おりたばかりの馬を馬屋の少年に預けるや否や、ジェームズは近づいてきたジェシー・マーティンから行く手をさえぎられた。ここで彼女に引き止められたくない。それに氏族の男たちが注目しているなか、大騒ぎを起こしたくもない。いまはただひたすら眠りたかった。一度も休むことなくアンガスシャーへおもむき、また一度も休むことなくここまで馬を走らせて戻ってきたのだ。

ああ、本当に時間の無駄だった。思い出すだけで胸がむかつく。デュガルドとの話し合いに何を期待していたのか、自分でもよくわからない。ファーガソン氏族たちに渋々迎えられ、デュガルド老人が荒れ狂ったように怒鳴りちらすのをさんざん聞かされたあげく、何一つ解決しないままこうやって戻ってきたのだ。問題は、自分がデュガルド・ファーガソンという男の人となりをほとんど知らないことにあった。あの老人が嘘つきの名人なのか、それとも真実を語っているだけなのか見きわめられなかった。激しく怒っている最中でさえ、デュガルドが演技をしていた可能性は否めない。

ただあの老人の怒りだけは疑いようもなかった。シーナが心配していた通り、イアンは故郷へ戻る途中に死んだのだろう。今回、ジェームズはデュガルドにかなり高額な見舞い金を手渡した。誰かが事故死したときは、いつもそうするようにしているからだ。だがその見舞い金を受け取っても、老人の怒りをなだめることはできなかった。それに二人の面会にどうしても同席すると言い張った、シーナのいとこであるウィリアム・マカフィーの怒りもだ。

マカフィーを見て、ジェームズはナイルが嫌悪感たっぷりに彼の話をしていたのを思い出した。しかもナイルは、シーナもマカフィーを忌み嫌っていると打ち明けていたのだ。彼自身、マカフィーという男には嫌悪感を覚えた。あの背ばかり高くてひょろひょろの男さえ同席しなければ、休戦協定が破られた春の話になったとき、デュガルドの〝あの夜マッキノンを襲撃したのは断じてファーガソンではない〟という言葉を受け入れたかもしれない。だがその話になったとき、あろうことかマカフィーはほくそ笑んだ。それも、いかにも満足げな笑みを浮かべたのだ。ナイルと直接話せたらどれほどよかっただろう。だが、ナイルの姿はどこにも見当たらなかった。

ただ一つだけ、デュガルド老人と取りつけられた約束がある。シーナが言っていた通り、娘がジェームズの手のうちにある限りキノン城に攻め込むつもりはないとデュガルドは誓い、そもそもそんなことはできないと断言したのだ。だがあの言葉は……本当だろうか？

それとも真っ赤な嘘なのか？

あの春の夜の襲撃が本当にファーガソンによるものだったと、もっと確信が持てればいいのだが！　あのときもし、襲撃者たちのプラッドの色とときの声はファーガソンのものだったと言う証人が出てこなかったとしたら……。

今後どうすべきか、いまだに心を決められずにいる。もちろんこんな状態のまま、シーナとの再会を待ち望む気にはなれない。まだ何も解決できていないことを告げることしかできないのだ。おれが今後についてどういう計画を立てているのか、シーナは絶対に知りたがるだろう。

そしていま、こうしてジェシー・マーティンに行く手をさえぎられている。それがどうにも気に入らない。だからあえて皮肉っぽい調子で話しかけた。

「きみはまた性懲りもなく、おれの城のなかを勝手に歩き回っているんだな」

ジェシーは少し顔をしかめると、さらに近づいてきた。「わたしのいとこがここにいる限り、あなたはわたしにここから立ち去れとは言えないはずよ。そうでしょう？」

「きみはいとこの陰に隠れてこそこそしている」ジェームズはそっけなく答えた。「ダビンがここを立ち去るときは、必ず彼と一緒に出ていってくれ」

「それで、妻に拒絶されてしまって、あなたはこれから誰とつき合うつもり？」

ジェームズはジェシーの片腕を取ると、彼女を押しのけ、硬い口調で言った。「妻たるもの、夫を拒絶することなど許されない。それにおれたち夫婦のことに干渉するな。きみにはなんの関係もないことだ」

「彼女がその意見に同意するとは思わないわ」ジェシーは腕をこすりながら言い返した。「妻は夫を拒絶できるはずよ。それが彼女の選んだ道ならね」

ジェームズは低くうめいた。「シーナは結局はおれを受け入れる。結婚している状態に慣れたら」

「あら、本当に？」怒りのあまり、ジェシーは彼を挑発した。「どうやったら彼女にそんな芸当ができるというの？　もうここにさえいないのに？」

ジェームズは複雑な表情を浮かべたあと、ジェシーに背を向け、大広間へ歩き出した。

だがジェシーがすかさず叫び、彼を引き止めた。「捜しても時間の無駄よ。あなたの大切なシーナはここを出ていったんだもの。目撃者はわたし一人じゃないわ。ねえ、彼女はみんなの前であなたを拒絶し、あなたのことはいっさい求めていないと宣言したも同然なのよ」

ジェームズは体の向きを変え、大広間ではなく馬屋のほうへ走り出した。

背後からジェシーが声を限りに叫んでいる。「それでもまだ彼女を求めるつもり？　やめてよ、ジェイミー！　あなたには恥やプライドってものがないの？」

それでもジェームズはジェシーを完全に無視し、馬屋のほうへ歩き去った。

ジェシーは足を踏み鳴らしながら、彼とは正反対の方向へ歩き出した。ガウェインに失敗したと告げなくてはならない。結局ジェイミーは、あの愚かな妻のあとを追いかけるのをやめようとしなかった、と。

なんて頑固な男なんだろう。あのローランダーの女と一緒にいても、ジェイミーにとっていいことは何もない。彼にはそれがわからないのだろうか？　しかも、わたしがどれほど魅力的なものを差し出せるかもわからないなんて。だとしたら、ジェイミーは目が見えないも同然だ。

〝もうこれ以上キノン城でぐずぐずするのはやめるのよ！〟ジェシーは心のなかで自分を叱りつけた。ブラック・ガウェインのお粗末な行為に我慢してまで、こうしてとどまっていたのに。結局時間と、女としての才能を無駄遣いしてしまった。しかもガウェインはわたしのことをまったく気にかけてもいない。最初から彼が求めていたのはシーナだった。しかし、シーナがファーガソン一族だと知って態度を豹変（ひょうへん）させたのだ。

シーナ、シーナ、シーナ！　誰も彼もあの女のことばかり気にする。ジェシーは目の前が見えなくなるほど激しい怒りに駆られ、ガウェインを捜しに大股で城のなかへ戻った。通りすぎる者たちとぶつかりそうになり、彼らが慌てて離れるのもまるで気にせずに。

38

また馬にのれるほど回復したため、シーナは城へ戻ろうとした。しかし、小作地を離れようとしているそのとき、ジェームズが馬を猛然と走らせてきて、中庭で横滑りしながら馬を止めた。音を聞きつけた小作人ロイと妻ジャネットは慌てて小屋から出てきたが、激しい怒りに燃えた氏族長の顔を見たとたん押し黙り、そこへ突っ立っていることしかできなくなった。

シーナも同じく言葉を失い、恐怖を感じていた。体を休めている間、ハイランドを離れるつもりだとジャネットに打ち明けたところ、そんなことはやめたほうがいいと説得され、考えを変えたところなのだ。だがもちろん、ジェームズはそんなことなど知るよしもない。それに、そんな話に耳を傾ける様子でもなかった。

「故郷に戻るのはやめたのか?」ジェームズは非難するように、手厳しい声で尋ねた。

「よく考えたな。ここで一休みすれば、マッキノンの土地を離れる前におれがきみを見つけ出すとわかっていたんだろう?」

「そんなことをわざわざ誰のためにするというの？」シーナは大胆にも言い返した。

ジェームズは眉をさらにひそめ、瞳を危険なほど煙らせた。いまでは緑色に見える。

「きみはおれの警告に耳を貸そうとしなかった。そのうえ、そんなことを尋ねるのか？　まったく、なんてふてぶてしさだ」

「ジェイミー――」

「きみはおれをあざけり、おれに刃向かった。そうしておいて、二人の関係は何も変わらないとでも思ったのか？」

ジェームズは激しい怒りのせいで、自制心を失っていた。

「ジェイミー――」

「うるさい！」

ジェームズは馬をシーナの近くに移動させると、彼女の腕を取って強く引っ張った。本当なら妻の体を荒々しく揺さぶってやりたいところだ。でも彼女の肌に指をめり込ませ、腕を引っ張るだけにした。妻が痛みに顔をしかめているのを見ても、怒りはちっとも和らがない。

「きみはおれの気持ちをいいように利用した。おれがこれまで寛大に接してきたのをいいことに、なんでも自分の好き勝手にできると考えたんだ」ジェームズは怒鳴った。「だがきみはおれの妻だ！　今回はどんな言い訳も通用しない。おれをなだめられるなどと思うなよ!」

シーナは腕を引き離すと、抵抗するように顎をあげた。「だったら、言い訳なんて一つも口にしない」

あれからわたしは思い直したの――ここですぐに夫にそう伝えたい。いまのいままでそうしようと考えていた。でもジェームズから激しく非難され、伝えられなくなった。わたしにだってプライドはある。

「そう聞かされても驚かないわ――こんなに傲慢で怒りっぽい人と一緒に暮らすつもりなんてないから」

ジェームズは無言のまま、しばしシーナをにらみつけた。目をぎらぎらと光らせながら、体の脇でこぶしを握りしめている。

その姿を見ているうちに、シーナの怒りはややおさまった。夫は必死で自制心を取り戻そうとしている。その葛藤が伝わってきたのだ。

とうとう口を開いたとき、ジェームズの声はあまりに低かった。「おれはきみを連れ戻しにやってきたわけじゃない」

シーナは混乱した。「どういう意味?」

「きみはおれの妻だ。そのことに変わりはない。でもおれはもう二度ときみに恥をかかされるつもりはない。きみがおれのことをいいように利用するのも今回が最後だ。おれはきみに……城へ戻ってきてほしいとは思わない」ジェームズは唇を引き結んだ。「そう聞いてさぞ幸せだろう。たしかにおれは失敗した。きみを幸せにはできなかったんだ。まさかこんなことになるとはな」

シーナの胃がきりきりと痛んだ。視界がぼやけてきている。むせそうになりながらかすれ声で言った。「わたしをこのまま行かせるつもり？」

「いや」自制心を必死に働かせ続けようとするかのように、ジェームズはこわばった口調で答えた。「それは許さない。いまではきみはマッキノンの人間だ。だからマッキノンの土地で暮らしてもらう──ただしきみの願い通り、一人きりで。その土地で作物を作ってもいいし、そうしなくてもいい。どちらにせよ、きみが餓死しないよう、その点はおれが面倒を見る」

シーナは何も口にすることができなかった。

「自分でも、こんなことを言う日が来るとは思わなかったよ。だがきみは最初から、おれとはなんの関わりも持ちたくないとはっきり口にしていた。おれもとうとうきみの話を信じるようになったんだ」

シーナは込みあげてくる涙と怒りの両方を必死にこらえようとした。どうしてジェームズは、いまさらこんなことを言い出せるのだろう？

「わたしを妻として養い続けるけれど、わたしが妻としての務めを果たすのは拒否するということ？」

「そうだ」

「いいえ、わたしをそんなふうに扱うなんて許さない。父のもとへ帰るわ」

「だめだ、ここにいろ！　いいか、いまから口にする警告は一回しか言わないからよく聞け。もしきみが父親のところへ戻ったら、おれはきみを捜し出すためにあの塔をばらばらに壊してやる。くれぐれもこの警告を忘れるな！　おれはやると言ったら必ずやる」

ジェームズは言いたいことをすべて言い終えると、妻の牝馬の手綱を握り、猛然と走り去った。夫ののる馬の背後を、牝馬が慌てて追いかけていく。

シーナはその姿をぼんやりと見送った。あふれる涙のせいで、ジェームズの髪の金と、プラッドの緑色と黄金色が混ざり合って見える。

「奥様、泣くことはありませんよ」ジャネットはシーナを抱きしめると、ふたたび家のなかへいざなった。「時間が経てば、サー・ジェイミーの機嫌も直るはずです。あの方は前の氏族長、つまりご自分の父親とそっくりで、かんしゃく持ちなんです。でも怒りもいつかはおさまるものです」

「わたしと出会った日からずっと、彼は怒り続けているわ」

「それには理由があるのでは？」賢明にもジャネットは尋ねた。先ほどあれほど激しい言い争いをしているのを見て、二人の間にくすぶる強い感情に気づいたのだろう。

シーナは何も答えなかった。

こんなに心が痛むのはジェームズの激しい怒りに触れたせい。それに、家に戻ることを夫から止められたせい。そう――ただそれだけのこと。

自分に言い聞かせようとしたが、真実ではないことは自分が一番よくわかっていた。

ジャネットはシーナを慰めようと心を砕き、〝氏族長が正気に返るまでこの家に滞在するべきです〟と言い張った。でもその合間にも、シーナは一つのことしか考えられずにいた。

ジェームズはわたしから離れていった。馬で走り去り、わたしを置き去りにしたのだ。しかも、アンガスシャーでの両氏族の話し合いがどうなったかさえ、聞かせようともせずに。

39

シーナは外套(がいとう)とジャネットに借りたプラッドで体をくるみながら、暖炉のそばで体を丸めていた。外は強風が吹き荒れているわけではないものの、床から隙間風が吹いて底冷えしている。ただ少なくとも、冷たくて汚れた床に直接寝転んで眠ることはない。床下にある貯蔵庫の蓋代わりに、きれいな板を敷いている部分があるのだ。

小屋のなかに貯蔵庫が備えつけられているのを見て、そんなものを一度も見たことがなかったシーナは驚いた。ロイの説明によれば、この貯蔵庫は彼が妻のために土を掘り返して作ったものなのだという。ジャネットは南方の出身で、実家で迎える夏は暑かったため、クリームやバターをはじめとする作り立ての食料を保存するための冷暗所が必要だった。ハイランドの夏は南方に比べるとさほど暑くはないのだが、ジャネットはこの地方の夏の気候をよく知らず、嫁いできたとき、夫ロイにどうしても食料を貯蔵するための穴を掘ってほしいと頼んだのだという。

シーナは床に敷かれた板のなめらかな表面をありがたく思った。とはいえ、そう簡単に眠りにつけたわけではない。ロイとジャネットは部屋の隅ですでに眠り込んでいる。眠りにつく前、ロイが小屋の外を見回り、飼育しているヤギや羊たちの様子を確認するいっぽう、ジャネットは翌日の食事の下ごしらえをすませていた。

二人とも、シーナに優しく接してくれている。〝氏族長はかんしゃく持ちに見えるけれどそんなに悪い人ではないから、すべて二人にとっていいように丸くおさまるだろう〟と慰めてくれた。ただこのあと、二人から言われた予言のような言葉を何度も思い返すことになろうとは、そのときのシーナは知るよしもなかった。

煙が見えたとき、シーナは最初、何が起きたのかさっぱりわからなかった。煙は屋根からおりてきているようだ。真上をじっと見つめてみたものの、状況がまるで理解できない。屋根から煙がおりてくるなんてありえない。でも次の瞬間、目の前の光景を信じざるをえなくなった。突然炎が燃え広がり、わらぶき屋根に穴が空くのが見えたのだ。

逃げなければ！　心がそう叫んだ瞬間、つい最近の襲撃のことを思い出した。あの襲撃ではジョックとハミッシュの家が燃やされた。これはまたしても襲撃なのかもしれない。だとしたら、なんて卑怯(ひきょう)なやり方だろう。氏族の者たち全員が眠り込んでいる夜中にこっそりやってくるとは。名誉や誇りとは無縁の、下劣なやり方だ。

パニックを起こしてはだめ。必死に自分にそう言い聞かせながらも、シーナは屋根に空いた穴がどんどん大きくなっていくのをなすすべもなく見つめていた。もしこれが襲撃なら、襲撃者たちがこの小屋をそのまま放っておくわけがない。こうして火を放った以上、すでにこの小屋に侵入しようとしているのだろうか？　それともまだ外にいるの？

屋根からたいまつが一本落ちてきたため、シーナは慌ててプラッドでその火を消した。相手はたいまつを使って屋根に放火した——ということは、やはりこれは襲撃に違いない！

そのときジャネットが悪夢から目覚めたような悲鳴をあげた。シーナがそちらのほうを振り返ると、ロイがすでに武器をつかんでいる。たちまち胸が悪くなった。外へ出たら、ロイは間違いなく死ぬだろう。彼のような心優しい小作人が命を落とすなんて耐えられない。とはいえ、もしここで何か手を打たなければわたしたち全員が死ぬことになる。

シーナは窓辺に駆け寄った。どうか襲撃者たちがいなくなっていますように……。しかし、赤々と燃える炎に照らし出され、外に五人の男の姿が見えた。全員馬にのっていて、ひたすらに待っている。小屋のなかにいる全員が生きたまま焼き殺されるのを。

最初は彼らの顔がほとんど見えなかった。シーナに見えたのは、彼らのプラッドの色だけだ。ファーガソン氏族の色。自分が目の当たりにしている光景が、どうにも受け入れられない。でもそのとき、男たちの顔がほんの少し見えた。なんて愚かだったのだろう。以前あの男を一度も疑おうとしなかったなんて。

ウィリアム・ジェムソン！　五人の男たちのなかに、ウィリアムの顔がはっきりと見えている。

屋根の一部が崩落し、シーナは叫び声をあげた。ロイが扉を開けて外へ出ていこうとしている。彼女は慌ててロイに走り寄り、渾身（こんしん）の力を込めて引き戻した。

「外へ出てはだめ！　敵が多すぎるし、出ていったら彼らの思うつぼよ。あなたが出てくるのを待っているんだもの！」

ロイは袖なし上着（ジャーキン）にかけられたシーナの指を振り払って言った。「うしろに下がっていてくれ、奥様。ジャネットと一緒に寝台の下に隠れているんだ。助けがやってくるまで、おれが奴（やつ）らを食い止める。ここはキノン城からさほど遠くない」

「でも相手は五人もいるのよ！」シーナは叫んだ。「ジャネット、あなたからも言って。外へ出たら絶対にだめ。水はある？　水があれば火を消し止められる」

ジャネットがすぐに水が入った缶を持ってきた。シーナのドレスのスカートに火がついたため、すばやくスカートめがけて水をかける。ジャネットは夫やシーナよりもずっと冷静だった。

「奥様の言う通りよ、ロイ。外へ出てはだめ」

「だがもう水がないぞ！」

「わかってる。でももう一つ方法があるわ。貯蔵庫よ。貯蔵庫に隠れたら、外へ出て切り刻まれるよりも生き残れる可能性が高い。さあ、言った通りにして」

「だがこのままだと炎に包まれてしまう」妻を貯蔵庫のほうへ引きずりながらも、ロイは反論した。

「かもしれない」ジャネットが声の平静を保ちながら同意する。「でも火はそんなに早く回らないはず。さあ、上げ板をあげて貯蔵庫のなかへ入って」彼女はてきぱきと指示しながら、残りの水を上にのった板全体に撒いた。「奥様、あなたも早く！」

貯蔵庫のなかは狭かった。両側の壁に沿って棚が備えつけてあり、一人分の幅しかない。だが底は深く、大地にはのぼりおりするための段が刻みつけられていた。

ロイが最初に段をおり、シーナが続き、最後にジャネットが入ると上げ板を閉めた。頭上のきしり音とともに、三人が狭い穴蔵のなかに押し込められる。ロイは奥の壁に背中をぴたりとくっつけ、ジャネットは段の上でしゃがみ込み、シーナは二人の間に挟まれている。ひどく狭くて、呼吸をするのさえままならない。

「だから言ったでしょう？　もっと貯蔵庫を広くするべきだって」ジャネットは冗談を口にした。ほかの二人の恐怖を少しでも和らげるためだ。

「結局墓に埋葬されるんだったら、大した違いはないだろう？」ロイが反論した。

火の回りはあまりに速かった。三人にも音でそれがわかった。

シーナが心のなかでつぶやいた。城からの助けが間に合うとは思えない。でも、いまは間に合うと信じるしかない。

ロイは不安を募らせている。「ジャネット、もういいだろう！　奴らももうどこかへ行ったはずだ。ここから出よう」

「敵はもう行ったかもしれない。でも火はまだおさまっていないはず。火のいきおいがある程度おさまるまで、ここでじっと待っているしかないわ」

もし屋根の一部が上げ板の真上ではなく、横に焼け落ちていたら、ジャネットの計画もうまくいったかもしれない。何かが上げ板の上に落ちてぶつかった音を聞き、ジャネットは上げ板を押し開けようとした。だがびくともしない。上げ板に入った亀裂から見えるのは、白い炎だけだ。煙は見えないが、においが漂ってくる。やがて煙が貯蔵庫に蔓延(まんえん)するようになり、三人とも目に焼けるような痛みを感じた。もう息をすることもできない。

板に撒かれたわずかな水だけで、すべてを焼き尽くすような炎のいきおいをどれくらい食い止められるものだろう？　あとどれくらいで、上げ板が崩れ落ちてくる？

シーナは心のなかで問いかけていた。夫はなぜわたしをここへ置き去りにしたの？　そして、ロイとジャネットのことを思うと胸が痛くてしかたがない。二人とも何も悪くないのに、こんな目にあわされるなんて。

ジェームズは馬をひたすら駆って山腹をおり、現場へ駆けつけた。火の手があがったという報告を受け、火に包まれているのが誰の小屋か知らされたとき、自分の耳を疑った。というか、いまだに信じてはいない。こうして自分の目で現場を見ていてもだ。

火のいきおいは弱まってはいるが、小屋全体を包み込み、徹底的に破壊している。ジェームズは我を忘れ、燃え盛る小屋のなかへ足を踏み入れた。すぐに炎が襲いかかってきたが、燃えている木や残骸を払いのけながら前へ進む。無駄かもしれないとわかっていても、祈らずにはいられない。どうかシーナを見つけられますように。彼女が命を落としていませんように。しかし、可能性は限りなく低かった。

「これできみにもわかっただろう。妹が死んだとき、おれがどんな気持ちだったか」ブラック・ガウェインの静かな声が聞こえ、ジェームズの心をさらにかき乱した。

「彼女は死んでなどいない！　もし彼女を助けに来たのでなければ、ここから出ていけ！」

小屋から外へよろめき出たガウェインは、コーレンとあわやぶつかりそうになった。コーレンは少し遅れて、たったいま現場へ到着したところだ。

「おまえの兄貴は正気を失っている。壁がすべて崩れ落ちる前に、彼を小屋から連れ出せ。さもないと兄貴まで失うことになるぞ」

コーレンはガウェインを無視し、自分が引き連れてきた男たちに生存者を捜すよう命じると、自分も彼らのあとに続いて小屋のなかへ入った。

ガウェインはかぶりを振りながらその場をあとにした。シーナのことは憎んでいるが、彼女のこんな死に方を望んでいたわけではない。たとえ、妹のための復讐を望んでいたとしても。

がれきや木の燃え残りなどがすべて片づけられ、遺体を捜す作業が始まった。これほどまでに激しい火事の現場で、生き残っている者がいるとは考えられない。ジェームズは頭がどうにかなりそうだった。だがわずかに残っている正気が〝証拠を捜せ〟と叫んでいる。確たる証拠を見つけるまで、シーナが死んだことを信じるつもりはない。

床にある板張りの扉が見つかったとき、ジェームズの胸にわずかな希望が灯った。焦げてはいるものの、上げ板は無傷のままだ。周囲にいる男たちをかき分け、慌てて手を伸ばし、上げ板を持ちあげる。

なかには三人の遺体が転がっていた。全員の顔が布で覆われ、ぴくりとも動かない。ジェームズは動くことも、息をすることもできなかった。そのとき、遺体の一つが咳き込んだ。かすかな咳だったが、ジェームズはすばやく反応した。

彼は狭い空間のなかからジャネットの体を持ちあげ、コーレンに渡した。それからシーナの体をすくいあげると、ロイのことはほかの者たちに託し、そのまま小屋の外へ妻の体を運び出した。冷たい空気のなかでシーナの体をそっと地面に横たえたとたん、涙があふれ出た。誰もそばへ近づこうとはしない。みなが遠巻きに見守るなか、ジェームズは妻のかたわらにひざまずき、彼女の体を揺さぶったり頬を叩いたりし始めた。その間ずっと、祈りの言葉と悪態を交互に叫び続けながら。

とうとう火の手が貯蔵庫までたどり着いたに違いない――意識が戻ったシーナは真っ先にそう考えた。肺に焼けるような痛みを覚えたからだ。突然咳が止まらなくなり、息がうまくできなくなったが、それでも少しだけ呼吸することができた。驚いたことに、吸い込んだ空気はとてもひんやりとしていて、焼けつくような喉と肺の痛みをそっと和らげてくれた。

そのとき誰かの力強い腕に抱きしめられ、また息ができなくなった。苦しくてもがきながら抗うと、腕の力が少し緩められた。

コーレンは兄に近づきながら、目がくらむような嬉しさを感じていた。シーナは生きていたのだ。

「ジャネットとロイも無事だった」コーレンは兄に知らせたが、次に悪い知らせも伝えなければならなかった。「だが、下手にある小作地の住人たちは全滅だった。隠れる場所がなかったら、シーナとロイ、ジャネットもいまごろは死んでいただろう。それがどういうことか、兄貴にはわかっているのか?」

「ああ」

「だったら、なぜ護衛もつけないまま、彼女をここへ置き去りにした？」

ジェームズはシーナの頭越しにコーレンを見つめ、苦しげな表情を浮かべた。「おれが自分を許せると思うか？　激しい怒りにとらわれたせいで、おれはシーナに見張り役をつけることも思いつかなかったんだ。だが、そんなことはなんの言い訳にもならない。おれの愚かなかんしゃくのせいで、シーナは死ぬところだった」

コーレンはかぶりを振った。「だったら、この次は兄貴ももう少しかんしゃくを抑える努力をしてほしいもんだな」

「この次などありえない」

「ということは、これから敵を追いかけるつもりか？　まだそんなに遠くには行っていないはずだ」

「ああ。シーナを城に連れ帰ったらすぐに行く」

その瞬間、シーナは気づいた。わたしの聴力にはなんの問題もないようだ。生きていたという喜びと同時に、夫の言葉に怒りも覚えている。彼女はジェームズの体を押しやった。

「わたしがあなたの城へ戻りたがっているか……あなたは尋ねもしないのね」

ささやくような声しか出てこない。シーナはまだひりひりしている目を手でこすった。

「そうだな。それに、尋ねるつもりもない」それがジェームズの答えだった。議論の余地はないとでも言いたげな口調だ。「シーナ、許してくれ。こうなったのはすべておれのせいだと、きみは考えているはずだ。おれもきみからの非難を逃れるつもりはない。おれがどれだけ申し訳なく思っているか、きみにはわからないだろうな」

「いいえ、わかるわ……でも、わかったところでなんの助けにもならない」シーナは泣き出し、両手で顔を隠した。「あなたはわたしを、ここへ置き去りにするべきじゃなかったのに」

ジェームズがまたしても妻を抱き寄せると、コーレンは二人に気づかれないよう、そっとその場から離れた。

「よし、よし、シーナ」ジェームズはあやすように妻の体を揺さぶった。「おれが本気できみを置き去りにしたいと考えていたと思うか？　いまだから言うが、昨日言ったことは何から何まで本気じゃなかった。おれはひどく傷ついていたんだ。誰かに自分の人生を支配されるのには慣れていないのに、きみはおれの人生を好きなように支配している。きみには、おれを苦しませたり喜ばせたりする力があるんだ。昨日はきみに苦しめられ、ひどい態度をとってしまった。だが今後、あんなことはいっさいしないと誓うよ、いとしい人。おれはきみを二度と離さない」

そこまでいっきに言うと、ジェームズは不安になった。もしいま口にしたのが、シーナの聞きたがっている言葉ではなかったらどうすればいい？　彼女が本当に望んでいるのは〝おれはきみを手放す〟という言葉だったとしたら？　だがそんなことができるはずもない。今回の件でいくら償いをさせられても、その気持ちは変わらないのだ。彼女が認めるか認めないかにかかわらず、シーナはおれの一部——彼女を手放すことなどできない。

　だがシーナは何も言い返してこなかった。夫の愛の言葉が胸に響いたからか、あるいは、疲労困憊(ひろうこんぱい)していたからかもしれない。どちらにせよ、シーナから両腕を巻きつけられ、体を預けられたとき、ジェームズは弾(はじ)けんばかりの喜びを感じた。

「いまからきみをうちに連れて帰る。おれが戻るまで、おばにきみの世話を任せるよ」彼は優しくささやいた。

　そして待たせていた馬までシーナを運ぶと、彼女を体の前に抱きかかえたまま二人で城へ戻った。道中ずっと、シーナは何も話そうとせず、ジェームズはその理由をあれこれ考えずにはいられなかった。

　実際のところ、シーナは言葉を失っていた。〝きみにはおれを苦しませたり喜ばせたりする力がある〟？　本当にわたしにそんな力が？　夫の怒りを簡単にかき立てられるのは、以前からよく知っている。でも、わたしがジェームズにそれほど大きな影響を及ぼしていたなんて……。

　城へ到着すると、ジェームズは馬からシーナがおりる手助けをした。だがそのまま彼女と一緒にいるのが気詰まりでたまらない。あの襲撃の報復をしないでほしいと妻から懇願される前に、この場から立ち去りたかった。

ありがたいことに使用人がリディアを呼んできてくれたうえに、ほかの氏族の者たちも続々と城へ戻ってきた。シーナが生きていたのを見て、ブラック・ガウェインはものも言えないほど仰天した様子だ。氏族の男たちが続々と集まり、それぞれが武器を手にして出発の準備を始めている。

シーナは夫をじっと待っていた。ジェームズが部屋まで連れていってくれるだろうと考えていたのだ。でもしばらく男たちの様子を見ているうちに、不意に気づいた。夫はこれから氏族の男たちとともに、襲撃者のあとを追いかけようとしている。たちまち顔が真っ青になった。夫は、本当の襲撃者が誰かをまだ知らない！　いまだにわたしの父親のせいだと考えている。

「ジェイミー――」

「何も言わないでくれ、シーナ」夫はきっぱりと言いきった。「わかるだろう？　今回はもうおれにも選択の余地がない。いくらきみでもおれを止めることはできないんだ」

「わたしはあなたを止めようとしているんじゃないわ」

その答えに驚き、ジェームズは妻を疑わしげな目で見つめた。「なぜだ？　火をつけた小作地にきみがいたことを、きみの親族は知らなかった。きみがあの一件で彼らを恨むとは思えない」

「ええ、もし彼らが本当にわたしの親族だったら、わたしも恨んだりはしなかったでしょう。でも、小作地に火を放ったのはファーガソン氏族じゃない。わたしは彼らの姿をはっきりとこの目で見たの」

ブラック・ガウェインは激昂した。「ジェイミー、彼女の話に耳を貸すな！　自分の一族を救うためなら、なんだって言うに決まっている」

「その通りよ」シーナはガウェインをにらみつけた。「でもそんなことをする必要さえないわ。だって、今夜襲ってきた悪魔たちはファーガソン一族ではないから。火の手が迫ってきて貯蔵庫に隠れるしかなくなったけれど、その前に窓から、彼らの顔をはっきりと見たのよ。ええ、彼らはファーガソン氏族と同じ色のプラッドを身につけていた。でもファーガソン一族じゃない。ジ、ジェ、ジェムソン、ソン、ソン一、族だったの！　火の手から逃げようとする者は一人残さず殺そうと、外で待ち構えていたのはウィリアム・ジェムソンだった！」

ガウェインはあざ笑った。「きみはもう少しよく考えて、非難すべき人物を選んだほうがいい。ジェムソンはどうしようもない臆病者だ。ここにいる誰もがそのことを知っている。彼はマッキノン氏族長に刃向かうような図太い神経の持ち主じゃない」

「でも必要に迫られた場合、臆病者はどんな攻撃手段に訴えるかしら？」ガウェインが困惑の表情を浮かべたのを見て、シーナは続けた。「臆病者であればあるほど、残酷な攻撃を一方的にしかけて逃走するでしょうね。まさにこれまで起きたのと同じように。彼がそんなことをしないと誰が言いきれる？」

「だがきみの父親はどうなんだ？　彼が臆病者でないと誰が言いきれる？」ガウェインは

すばやく反論した。

「わたしが言いきれるわ！」シーナは叫んだ。「今年の春、あなたたちによって平和を乱されたせいで、この夏ファーガソンはマッキノンを攻撃した。そのときは多くの氏族の男たちを失ったわ。ファーガソン一族は戦うことを恐れてなんていないから。よく思い出して。あの襲撃であなたたちの領地は放火されたかしら？　家畜が無残に虐殺されたことは？　いいえ、そんなことはなかったはずよ。わたしの父は、そういう卑怯な戦い方はしない」

「だがファーガソンのプラッドが見つかったんだ。ときの声もファーガソンのものだった」ガウェインは頑として認めようとはしない。

「あなたは、さっきの話をまったく聞いていなかったのね。言ったでしょう？　ジェムソンは自分の氏族のものではなく、うちの氏族のプラッドをまとっていたの。彼はあの襲撃の罪をほかの氏族になすりつけたかった。それでファーガソンを選んだのよ。ジェムソンはここ数カ月、あれとまったく同じやり方でマッキノン一族への襲撃を何度も繰り返し、罪を問われることが一度もなかった。そもそも、もしあの小屋の外にいるのがファーガソン一族だとわかったら、わたしが燃えている小屋のなかにじっと隠れていると思う？　ブラック・ガウェイン、あなたは妹さんを殺した相手として、間違った氏族を呪っていたのよ」

「だが……いったいなぜ？」ガウェインが叫ぶ。

「リビー・ジェムソンだ」ジェームズがかすれ声で答え、繰り返した。「リビーのせいだ」

「ええ」シーナはため息をついた。夫が正しい結論にたどり着いたことに感謝せずにはいられない。「ジェイミー、彼はわたしを通じてあなたを傷つけようとしていた。彼の塔に閉じ込められているときにそうわかったの」

「閉じ込められただと？」

シーナは小さくほほ笑んだ。「あのときのあなたは何も事情を知らなかったのに、それでもわたしを助けに駆けつけてくれたのね。サー・ウィリアムはあなたのことを忌み嫌っている。だからわたしを強姦しようとしたの。でもうまくいかなかった。それで今度はあなたに、わたしについての嘘をあれこれ吹き込んだのよ。あなたを傷つけるようなことはなんでも口にしたはずだわ。すべては彼の妹のせいで」

「どうして前にその話をおれにしなかった？」

「あなたはわたしに関するジェムソンの嘘を信じきっていた。そんなあなたに何を言っても無駄だったでしょう？」

彼女は正しい。ジェームズは何も反論することができなかった。

彼は妻を抱きしめ、荒々しいキスをした。「おれは必ず戻ってくる。きみはここにいてくれるな?」

「ええ、ここにいるわ」

そのときすでに、ブラック・ガウェインは自分の馬めがけて駆け出していた。

40

一刻も早くウィリアム・ジェムソンに追いつきたい一心で、ブラック・ガウェインは馬を飛ばし、氏族のほかの者たちを大きく引き離して先頭をひた走っている。

ジェームズにも、そんなガウェインの気持ちが痛いほどよくわかっていた。だが彼を先に一人でジェムソンの塔へのり込ませると、命を奪われるかもしれない。少し頭を冷やさせる必要がある。ジェームズはガウェインに追いつこうと馬を駆り、コーレンやほかの氏族の者たちをみるみるうちに引き離した。サー・ウィリアムの領地に近い川を渡るころには、完全にガウェインに追いついていた。二人で先を争うように土手沿いに馬を走らせ、境界線の目印となる一本の木へ近づいた。

そのとき、いきなり石弓が飛んできてガウェインの馬に命中した。馬の背から放り出されたガウェインが土手に叩きつけられ、川へと落下する。ジェームズの馬は尻込みをして、あわやガウェインを踏みつぶすところだったが、どうにかそばを通りすぎた。だがその石弓がどこから放たれたのか、ジェームズは確認することさえできなかった。次の瞬間、二発めの石弓が胸に突き刺さっていたからだ。がくんと前のめりになり、数歩よろけたあと、地面に倒れ込む。

木から石弓を放った男が地面に飛びおり、微動だにしないジェームズの体に慎重な足取りで近づいていく。いつでも放てるよう、石弓の準備も万端だ。男は先の襲撃に出かけた五人の一人であり、用心のために見張り役としてここへ残ることになった。ただし、見張る必要があると真剣に考えていた者など一人もいなかった。男自身も、こんな仕事は必要ないと思っていたのだ――マッキノン氏族は、一連の襲撃がジェムソン一族によるものではないかとは露ほども疑っていないと。

だがどうだろう。いま目の前に倒れている金髪の男は、あのマッキノン氏族長だ。しかもこの自分が彼を倒したのだ！　ぴくりとも動かないし、息もしていない。とはいえ、この男の体にじかに触れて、体が冷たくなっているか確かめる勇気はなかった。石弓が見事に命中したのは間違いない。鋭い切っ先が心臓に突き刺さったらしく、ジャーキンもプラッドも鮮血で真っ赤に染まっている。

もう一人は川のなかから半身を出して横たわったままだ。こいつのことを気にすることはないだろう。男は一刻も早くこの大手柄をジェムソン氏族長に伝えたかった。念のためにもう一度、マッキノン氏族長の体に石弓を放ったあと、すぐその場をあとにして、本拠地である塔へ向かった。

マッキノン氏族の者たちは、ジェームズを夫婦の部屋へ運び込むまではシーナを起こさないほうがいいだろうと考えた。それゆえ、いきなり起こされたシーナは、寝ぼけまなこのまま、おびただしい血を目の当たりにすることになった。悲鳴をあげながら、慌ててベッドから飛び出した彼女は、ベッドの隣に横たえられているのが夫だと気づき、自分の髪を引っ張りながら叫び続けた。ようやく叫ぶのをやめたのは、ダフネから強く体をつかまれ、激しく揺さぶられたせいだ。

「シーナ！　ジェイミーは死んでなんかいない！」ダフネが叫ぶ。「わたしの話をよく聞いて――ジェイミーは死んでいない！」

ダフネはシーナをベッドから引き離そうとしたが、シーナは頑として動こうとしない。シーツについたおびただしい血と青ざめた夫の顔を見つめ続けている。

「でも――」

「ジェイミーは負傷しただけ。さあ、ここから出ていきましょう。そうすれば彼の傷の手当てをすることができるわ。ここにあなたがいては、治療の邪魔になってしまう」

シーナはとうとう自分を取り戻し、断言した。「わたしが彼の手当てをする」

「だけど、あなたのそんな状態では――」

「わたしが彼の手当てをするわ」シーナはきっぱりと言いきった。「彼はわたしの夫だもの」

ダフネが黙り込んだとき、ちょうどリディアが部屋へ入ってきて、ジェームズを見るなり悲鳴をあげ始めた。先ほどのシーナよりもさらに耳ざわりな悲鳴だ。リディアは慌てて部屋から飛び出していったが、石造りの廊下に彼女の金切り声がこだましている。

「あなたのおかげで、わたしはどうにか正気を取り戻せた」シーナはダフネに低い声で言った。「おば様のあとを追いかけて、彼女を慰めてあげて。わたしなら大丈夫。助けを借りながら夫をなんとか手当てするから」

シーナは言葉通りのことをやってのけた。常に込みあげてくる吐き気や恐怖と闘いながらも、使用人たちと一緒にどうにかジェームズの服を脱がせ、傷の洗浄をして包帯を巻いたのだ。二本の石弓はすでに抜き取られていた。そのうちの一本の傷痕を見て、シーナは不思議に思った。こんな場所に鋭い矢が命中したというのに、どうして夫はまだ生きていられるのだろう？　この感じだと、矢が当たったのは肋骨（ろっこつ）に違いない。あと少しで心臓に命中するところだったのだ。それでも夫はまだ呼吸をして、生きながらえている。もう一つの傷痕は、両の脇腹についていた。恐ろしいことに、石弓はジェームズの左脇から右脇まで貫通していたのだ。

戻ってきたダフネはシーナを見てすぐに、とても質問に答えられる状態ではないと判断した。それに、これ以上自分にできることがあるとも思えない。だから使用人たちに部屋から出ていくよう命じたあと、自分もその場から立ち去った。

一人きりになると、シーナはベッドをなるべく揺らさないよう注意を払いながら、ジェームズのかたわらに横になった。夫の青ざめた顔に視線を走らせ、優しく体に触れてみると、彼の肌から熱が伝わってきた。夫は目を閉じたまま、荒い呼吸を繰り返している。シーナは指先でジェームズの唇に軽く触れると、夫に頰をすり寄せた。あふれる感情で胸がいっぱいだ。ジェームズの肌に涙をこぼしながら話しかけた。

「あなたは死んだりなんかしない。わたしの声が聞こえる？」彼女は夫の腕を軽くつねったが、何も反応を返してこないことに落胆した。「ねえ、聞こえている？　あなたはわたしの夫なのよ。わたしには……わたしにはあなたが必要なの」思わず口をついて出たその言葉に心をかき乱され、シーナはすすり泣いた。「ジェイミー、あなたを愛しているわ。死んではだめ。死んだら許さない！」

そのまま長いこと泣き続けていたが、やがてシーナは眠り込んだ。

シーナが目覚めたのは夜明けごろだった。ベッド脇の椅子に座り、ジェームズの様子をじっと見つめてみる。目覚めたのは、彼の体から伝わってきた高熱のせいだろう。だから、湧き水で夫の体を冷やしてあげることにした。少し効果はあったようだ。

「彼を哀れんだりしなくていいのよ。わかっているでしょう？」

シーナははっと息をのんだ。振り返ると、ベッドの足元にリディアが立っていた。彼女は音もなく部屋へ入ってきていたのだ。

リディアはネグリジェ姿で、両肩にウールの外套を引っかけただけだった。ひどいありさまだ。目の下にはどす黒いくまができているし、髪の毛も梳かさずもつれたまま。普段のリディアはきちんとしていて、身なりにも気を遣っているのに。

彼女はシーナのほうを見ないまま、繰り返した。「彼を哀れんだりしなくていいのよ。哀れみに値する人じゃないもの」

シーナは混乱し、眉をひそめた。「でも、わたしは彼を哀れんだりしていません」

「だったらいいの。彼が自分でやったことだもの。そうでしょう?」

「自分でやったって、何を?」

「もちろん、自分で自分を殺したのよ」

「誰のこと?」

「わたしの父親よ!」リディアは非難するようにジェームズを指さした。

「いったいどうしたんです?」シーナは鋭い口調で尋ねた。「自分の甥っ子のことがわからないんですか?」

「甥っ子ですって? わたしには甥っ子なんていないわ。弟のロビーには息子なんていないもの。もし息子なんかいたら、父はロビーを殴るはずだわ。だってロビーはあまりに小さくて……」そのあとリディアは突然眉をひそめ、不安そうな顔になった。「でも父はロビーを殴れないわ。だってもう死んでいるもの。それとも父は死んでいないの？」

なんてことだろう！「リディア、あなたはいま何歳？」

「八歳よ」年老いたリディアはジェームズを見つめたまま答えた。

シーナは椅子の両端を握りしめた。こんなことがあるわけがない。それでも……たしかジェームズはこう言っていたはずだ。子どものころ、彼女の両親がナイル・ファーガソンによって殺された現場を目撃して以来、リディアは正気でなくなることがあるのだと。でも、その事実といまのリディアの話は食い違っている。

「ねえリディア、あなたは自分のお父様が亡くなったのを見たのよね？」シーナは優しい声で尋ねた。ここは慎重にならなければ。「そのときのことを覚えている？」

「忘れられると思う？」それがリディアの答えだった。「でも彼はあんなことをすべきじゃなかったの。それにあのファーガソン氏族長もやってくるべきじゃなかった。彼女を自分のものにできると考えるなんて愚かだわ」

「彼女ってあなたのお母様のこと？」

リディアの頬に涙が一粒だけこぼれ落ちた。もはやシーナの話を聞いているようには思えない。それにひどく寂しそうに見える。シーナはそれ以上話をうながす気になれなかったが、リディアは自ら話を続けた。

「彼はハンサムだった。あのファーガソン氏族長のことよ。濃い赤い髪に、明るく輝くブルーの瞳の持ち主だった。ただ、わたしのおじのドナルドはひどく腹を立てて、あのファーガソン氏族長を追い払ったの。だけど、おじは彼を傷つけたわけじゃない。そうよね？　だってファーガソン氏族長に落ち度があったとすれば、彼女を愛してしまったことだけだもの」

リディアは知らないのだろうか？　彼女のおじのドナルドこそ、何十年も前にナイル・ファーガソンを殺した張本人であり――しかも残忍きわまりないやり方で殺したことを。当時ナイルはリディアの母親を愛し、彼女に会うためにこの城までやってきた。逢引(あいびき)の約束でもしていたのだろうか？　でもジェームズは、祖父母二人を殺害したのはナイルだと話していた。恋人同士が密会するはずだったのに、いったいなぜ殺人事件が起きたのだろう？

リディアはシーナの考えを読んだかのように話を続けた。「母さんはわたしに、ここを出ていくつもりだと話してくれたの。そんな話をしなければよかったのに。もし話を聞かなかったなら、わたしだって母さんのあとを追いかけたりしなかったはずなのに。でもきっと、母さんはわたしに心配をかけたくなかったのね。すぐにわたしを呼び寄せるからと言ってくれた。彼と一緒にフランスへ行く予定だって言っていたわ。彼にも家族がいるけれど、その人たちを置いてフランスへ行くのだと。二人ともスコットランドにとどまるわけにはいかないって。

　わたしは泣き出したけれど、母さんは気持ちを変えようとしなかった。わたしは母さんに出ていってほしくなかったの。そう知ったら、父が怒り出すことがわかっていたから。実際父は怒りくるって、中庭にいた二人の行く手をさえぎった。明るい月明かりが差し込んでいたから、わたしは隠れていた場所から三人の姿を見ることができたわ。彼らは立ったまま激しく口論していた。父はひどく腹を立てていて——いいえ、ただ腹を立てていただけじゃなくて、何かもっと普通じゃない様子だった。正気を保てていないようで……それで彼は……父は……」

　リディアは目を閉じて涙を流すと、自分で自分の体を抱きしめ、体を揺さぶりながらすすり泣いた。遠い昔に目撃した光景を、いままさにこの瞬間目にしているのだろう。シーナにもその様子が見えるようだった——自分の妻と愛人と対峙している、夫の姿が。もし夫が妻を愛していたならば、これ以上ないほどの怒りと苦しみにさいなまれていたに違いない。でも、彼は本当に妻を愛していたのだろうか？　それとも彼女を自分の所有物のように考え、手放したくないと考えただけ？　男としてのプライドのために。

　リディアにこれ以上何もしゃべらせないほうがいい。彼女はひどく取り乱している。しかも、何がきっかけで昔の記憶をよみがえらせたのかがわからなかった。

　シーナはリディアの体に片腕を巻きつけた。「リディア、さあ、あなたのお部屋に戻りましょう」

「でもわたしはここで待っていなければいけないの。母さんが戻ってくるから。それに、もう彼があの二人を見つけてしまったから。わたしは母さんに心配しないでと伝えなければいけないの。父さんは母さんを愛しているし、母さんのことを許すはずだって」

「もちろんそうよね」シーナは同意した。ほかにどう答えていいのかわからない。「でもリディア、あなたはいま休む必要があるわ」

「いや!」リディアは瞳を光らせながら、驚くほどの力を込めてシーナを突き飛ばした。「彼が短剣を抜いている! ファーガソン氏族長も自分の短剣を手にしていて、母さんが泣いている。二人は争っていて、ファーガソンが武器を落として……いま父がその武器を手に取った……父は自分の短剣を投げ捨てて、ファーガソンの短剣を握りしめ……それから母さんを見つめている。いや! 母さんを刺している! ファーガソンも父さんを止められない! 父さんがファーガソンを脇へ押しやっている。

母さんが倒れてしまった……ああ、大変。一面が血だらけだわ。父さんが大声で何か警告しているのに、ファーガソンは逃げようとしない。母さんをじっと見つめている。父さんも母さんを見つめたままで――だめ! 父さんが短剣を自分の胸に突き刺した! ああ、至るところに血しぶきが飛び散っている! 短剣はファーガソンの足元に落ちたけれど、彼はその短剣を見ようともしていない。なぜここから逃げ出さないの? ほら、おじがやってきて……」

シーナは吐き気が込みあげるのを感じた。まだいたいけな少女だったというのに、リディアはこのすべてを目撃しなければならなかったなんて。

「リディア、大丈夫よ。もう終わったことだから」

「終わってなんかいない。おじは、ファーガソンが二人を殺したと考えている。だからおじに本当のことを話したの。でもおじはわたしを何度もひっぱたき、嘘つきだとののしった。ねえ、まさかおじはあのファーガソン氏族長を傷つけたりしないわよね？　わたしは誰にもこの話をしてはいけないの。もし誰かに話したら、母さんがここへ戻ってこられなくなるから。わたしは母さんが戻ってくるまで待たなければいけないの」

リディアは慰めようもないほど泣きじゃくっている。シーナは彼女を優しく導いて部屋から出ると、子どもを相手にしているかのように慰めた。リディアはこの先、我に返ることができるだろうか？　いま感じているあの夜の恐怖を、これからもずっと忘れられないのでは？

シーナはリディアを彼女の部屋へ連れていき、ベッドに寝かしつけると、リディアの使用人の一人を呼び出した。そばに誰かついていてほしい。取り乱したり、彼女にしか見えない妄想に悩まされたりしているリディアを一人にすることはできない。とはいえ、わたしが優先すべきなのは夫ジェームズの看病だ。

やってきたのはリディアの使用人コリーンだった。日ごろからリディアには使用人というよりも友人のように接しているから、安心して任せられる。

　そのあと、夫が休んでいる夫婦の部屋へ戻る途中も、シーナの頭のなかはリディアのことでいっぱいだった。だから部屋の扉を開けてからも、しばらくは何も気づかなかった。先ほどとは決定的に違う、驚くべき変化が起きていたというのに。

　ジェームズが目を見開き、こちらをじっと見つめている！　夫には、先ほどのリディアの話が聞こえていたのだろうか？　もしそうならどの程度まで？　脳裏にいろいろな考えがめまぐるしく浮かんでは消えていく。彼はわたしからリディアの話をすべて聞きたいと望んでいるのだろうか？　そもそも話を聞かせて、夫はすべて理解できる状態なの？

　ジェームズをふたたび見つめた瞬間、シーナは息をのんだ。心臓が早鐘のようだ。それからゆっくりと時間をかけて、体の力を抜くように心がけた。ジェームズはおばの告白について、いまはまだ話す気がないのだろう。それにわたしもそんな気にはなれない。二人は無言のまま、ひたすら見つめ合った。それだけでお互いに同じ考えだとわかった。

　この長い歳月繰り返されてきた憎悪と殺戮(さつりく)の連鎖は、一人の男の激しい怒りから始まったことなのだ。何よりも悲しいのは、いまでもその連鎖が続いていることだろう。人々は殺し合いをし、両氏族の確執はいまだに連綿と続いている。恐怖や怒りの感情もいっこうに薄れてはいない。

マッキノンとファーガソンがふたたび争いを始めることなどあってはならない。たとえどちらの氏族に非があったとしてもだ。あれから四十七年もの歳月が経(た)っている。そろそろ醜い確執に終止符を打つべきときだ。

41

それからもシーナが献身的に看病を続けたおかげで、ジェームズはことのほか早く回復した。妻が最初から手当てしていたと知ると、彼はシーナに看病を続けてほしいと言い張ったのだ。夫がすでにベッドを離れられるほど回復しているのがわかっていたにもかかわらず、もちろん彼女も快くその求めに応じた。だからある日寝室に入り、ジェームズがとうとうベッドから出ているのを見て驚いた。しかも夫はしっかり服を着て暖炉のそばに立っている。

「シーナ、また新たな確執が始まろうとしている――今度の相手はジェムソン氏族だ」

シーナはうなずいた。負傷したジェームズとガウェインがキノン城へ戻ってきたときに、コーレンから何が起きたかの一部始終を聞かされたのだ。その後コーレンはジェムソンの塔を攻撃したが、全面降伏させることはできなかった。降伏させるためには、コーレンが率いたよりもさらに大人数の力が必要だったのだ。

ところが驚くべきことに、ジェームズはその塔を攻略しないことに決めた。実際、多くの死を招いたジェムソン氏族には罪を償わせるべきだろう。それでもジェームズは、相手の氏族を根絶やしにするのは忍びないと考えたのだ。いまや本当の敵は誰かはっきりとわかった。いつものやり方でその敵に相対すればいい。ジェムソン氏族にはいつでも襲撃をかけられるし、こちらには襲撃するだけの正当な理由もある。

氏族長の決定を聞き、ガウェインは激しく怒りを募らせた。あの日、片腕を骨折したせいでしばらく戦うことができずにいたが、彼はジェムソンを自分の手で殺してやると誓っていたのだ。そのことでジェームズと言い争いになり、結局ガウェインは怒りに任せてキノン城から出ていった。いまだに戻ってきていない。

「この確執にはそれなりの理由がある。きみもそのことはわかってくれるね？」ジェームズはシーナに尋ねた。

シーナは彼に笑みを向けた。夫は自分の承認を必要としている様子だ。もちろん、シーナも同意している。これまでに受けたむごいしうちに対する報復を、ジェームズがしようとしていることがわかっているからだ。

「スコットランドの男って、いつも襲撃をしているわ。相手が敵であれ――友であれ」シーナはからかうように答え、ジェームズが不機嫌そうに顔をしかめたのを見て笑い声をあげた。つい最近、父デュガルドがマッキノン氏族に襲撃をしかけ、ジェームズご自慢の馬たちを彼の目の前でかっさらっていったばかりなのだ。デュガルドはその馬たちと引き換えに身の代金を要求してきている。それもかなり高額な身の代金だ。

「きみは自分の父親がおれに不意討ちを食らわせたのを面白がっているようだな？」

「父は今年の夏に自分が失ったものをすべて取り戻そうとしているんだと思うわ。でもそれは当然だと思うの。だって結局、休戦協定を破ったのは父ではなかったのだから」

ジェームズは低くうなった。「身の代金の支払いには、きみも一緒に行きたいんじゃないのか？」

「いいの？」シーナは嬉しそうに目を輝かせた。

ジェームズは一瞬ためらったものの、すぐに答えた。「ああ。両氏族の間でもう二度とこんなことが起きないよう、きみに証人になってほしいんだ」

「ええ、その役目は果たせると思う。でもブラック・ガウェインについてはどうするの？彼があのときわざと騒ぎを起こしたのは、あなたもわかっているでしょう？」

「彼はもういない。この国から立ち去ったらしい。つい先ほど、ガウェインの配下の者たちからそう聞かされたところだ」

その言葉にシーナは驚かなかった。「ガウェインはイアンの件で、遅かれ早かれ、なんらかの処分を下されると考えたのかしら？」

「ああ、そうだと思う。ガウェインからきみに伝言がある。す、べ、て、の、件、に、関、し、て、自分を許してほしいと言っていたそうだ。どういう意味だろう？」

「彼とわたしは何度か衝突したことがあったの」シーナは言葉を濁した。わざわざ詳しく説明する必要はないだろう。「わたしが何者かわかってから、ガウェインはわたしのことを忌み嫌っていた。無理もないわ。だって彼は、自分の妹が殺されたのは、わたしの一族のせいだと考えていたんだもの」

ジェームズは妻の答えに納得したが、心配そうに尋ねた。「ガウェインを罪に問うため、捜し出してほしいとは思っていないのか?」

「そうは思わないわ。彼はこの国から出ていった。そうすることで自分自身を罰したんだもの」

「だがきみの父親は、それでじゅうぶんだと納得してくれるだろうか?」

「父は公明正大な精神の持ち主よ。父なら同意してくれると思うわ。それに――」シーナは含み笑いをしながら言葉を継いだ。「あなたから身の代金を受け取ったらすっかり満足するでしょうし。幸せいっぱいになって、ガウェインのことなんか尋ねもしないはずよ」

そのあと、二人の間に奇妙な沈黙が落ちた。ジェームズが大けがを負って以来ずっと、二人は自分たちのことについて一度も話し合おうとしてこなかった。

シーナには話をする心の準備ができていない。目の前にいるこの男性を愛しているという事実に、まだ慣れずにいるせいだ。そんなことは絶対に起きないと思っていたのに、そのありえないはずのことが現実に起きた。とはいえ、ジェームズの口から〝愛している〟

という同じ気持ちを伝えられたことはまだ一度もない。夫は以前からシーナを求めていることは認めているが、もはやそれだけでは満足できなくなっている。

緊迫した雰囲気を破ったのはダフネだった。彼女はジェームズがベッドから起きあがったのを見て喜ぶあまり、からかいながら部屋に飛び込んできたのだ。

「あら、よかった！　あなたの大きな図体は腐ったわけじゃなかったのね！」ダフネはジェームズのしかめっ面を見て笑い、言葉を継いだ。「これでもう、ここに滞在する必要もなくなったわ。ダビンにすぐに出発するよう言っておくわね」

「もう帰ってしまうの？」シーナが尋ねた。

ダフネは笑いながら答えた。「ええ。知っての通り、わたしも自分の城のことにあれこれ気を配らなくてはいけないから。ただし、今回の滞在は面白かったわ。弟が自分には手も足も出せない妻をめとってやきもきする姿を見られるなんて、そうないことだもの」

ジェームズが赤面するのを見て、シーナとダフネは顔を見合わせて含み笑いをした。

彼は女性二人をにらみつけると、鋭く尋ねた。「いつここを出発する予定だ？」

「今日よ。ご心配なく、ジェシーも一緒に連れ帰るわ。ジェシーはここに長居しすぎて嫌われているようだから」ダフネはシーナにまた含み笑いを向けると、優しい口調で言った。「ねえジェイミー、あなたもきっと驚くはずよ。なんとリディアおば様がわたしたちの城を訪れたいと言っているの。もしあなたさえ反対でなければ、今日おば様も一緒に連れていくわ」

ジェームズは自分の耳を疑った。姉は頭がおかしくなったのだろうか？

「なんだって？　リディアがキノン城から出ていくだと？　おばはもう何十年もこの城から離れたことがないんだぞ！」

「ええ、知っているわ。ようやくそういう気になったのはすばらしいことだと思わない？おば様は、あなたよりもわたしのほうがはるかにもてなし上手なはずだと言ってくれているの。それにそろそろ自分も新しい人たちと知り合って……夫を見つけてもいいころだって」

「夫だと？」

ダフネはくすくす笑いをした。「ねえ、想像できる？　わたしたちのおば様が、あの年になって夫をほしがっているなんて。たしかに、とっくに夫を見つけてもいい年齢だわね」

「ばかな」ジェームズは低くうなったが、ダフネはしゃべり続けた。

「それにおば様なら、夫を見つけられると思うの。それも彼女自身の魅力でね。最近は気分が落ち着いているし、光り輝いているから」

シーナとジェームズは顔を見合わせて笑みを交わした。シーナが望んだ通り、リディアは自分の告白を何一つ覚えてはいなかった。でもあの話を打ち明けてから、リディアは明らかに変わった。悲劇的な記憶という重荷をようやくおろしたせいで、それにもう二度と目を向けることがなくなったのか、常に穏やかな気分で過ごせるようになったのだ。

「おれに異存はない」ジェームズは答えた。「ただ、おばがここからいなくなると考えると、ものすごく不思議な気分になるのは事実だ」

「あなたはおば様のことがひどく恋しくなるはずだわ」ダフネは訳知り顔で答えた。「それにこうして元気に歩き回れるようになった以上、これからあなたにはやるべきことがたくさんあるはずよ。あなたが自分を甘やかすはずはないとは思っていたけれど、あまりに回復に時間がかかったせいで、もしかしてベッドから出てこないつもりじゃないかと疑い始めていたの」

ジェームズはわざとさりげない口調で答えた。「実はベッドで休んでいるとき、夢を見たんだ」

「あら、いまも夢見心地みたいな言い方だけど?」ダフネは、弟がわざと謎めいた言い方をしたのに憤慨した様子で尋ねた。

ジェームズは姉の憤りをあっさり無視して続けた。「妻がおれに愛していると話しかけている夢だ。回復に時間がかかったのは、ベッドで長く休んでいれば、またあの夢が見られるのではと期待していたからかもしれない」

ジェームズから目を合わせられ、シーナは頬をピンク色に染めた。大けがによる熱に浮かされていたあの夜、夫はわたしの言葉を本当に聞き取れていたのだろうか？　ジェームズから目をそらすことができない。

「さあ、そろそろ失礼したほうがよさそうね。もう行くわ」ダフネは弟に厳しい口調で警告した。「ジェイミー、あなたの大切な宝石をくれぐれも大事にするのよ」

ダフネは二人にキスをすると、早足で部屋から出ていった。扉が閉められた瞬間、シーナはひどく気まずい気分になった。ジェームズはまだじっとこちらを見つめたままだ。彼女はとうとう視線を落とした。

「あれはすてきな夢だったよ、シーナ」

「そうなの」シーナはほかになんと答えるべきなのかわからなかった。

ジェームズは眉をひそめた。妻のせいで、雰囲気が気まずくなりかけている。こんなふうに視線をそらされたら、うまくいくものもいかなくなるだろう。でもおれにはどうしても知りたいことがある。それをどうやってシーナに尋ねればいい？　どうしても答えが知りたい。もうこれ以上待てない。

もともと相手に優しい言葉をかけられるたちではないし、自分の気持ちを表現するのも得意ではない。自分の心のなかにあるのがどういう感情か、ずっと前から気づいていたが、いままで機会がなくて、その感情を言葉で表現することができずにいた。だがもうこれ以上は待てそうにない。おれは知る必要がある——彼女も同じ気持ちかどうかを。

「シーナ……きみはおれのことを愛せそうか?」

ようやく口にできた。

夫の質問を聞き、シーナは混乱した。どう答えればいいのだろう? 彼に真実を告げるべきだろうか? すでにわたしは彼のことを愛しているのだと? でもそんな本音を打ち明けたら、自分を無防備にさらけ出すような気がして怖かった。こんな強烈な感情は、いままで経験したことがない。だから答える代わりに、夫にも同じ質問を投げかけることにした。

「あなたはわたしのことを愛せそう?」

ジェームズはシーナに近づき、大きな両手で彼女の頬を挟み込むと、キスをした。ごく軽く優しいキスだが、愛情をたっぷり込めて。この心はシーナに対する愛情ではち切れそうだ。そういう男なのだと、妻にも知ってもらう必要がある。

キスをされたシーナは、息も絶え絶えになりながらしがみついてきた。

「わざわざ答えを口に出して言う必要があるのか?」

「ええ」シーナは静かな口調で答えた。

「まったく……」ジェームズはため息をついた。「おれはきみを……愛している。ほら、答えたぞ! もう二度と、おれにこんな言葉を期待しないでくれ」それから不安げに尋ねた。「きみはどうなんだ?」

シーナは輝かんばかりの笑顔を夫に向けた。「あなたを愛しているわ、ジェイミー。心の底から」

ジェームズは安堵と喜びが込みあげるのを感じながら笑い声をあげ、シーナをしっかりと抱きしめた。「いとしい人、きみにはわからないだろうな。きみといると、おれは本当に幸せなんだ」

「あら、わたしには全部お見通しよ」シーナは夫をからかった。かつてないほどの幸せな気分に全身を包まれながら。

42

彼らはエスク塔の大広間にある氏族長のテーブルに座っていた。食事はほとんど終わったところで、心地いいひとときが流れている。自分の父とジェームズが談笑するのを見ながら、シーナはほっと胸を撫でおろしていた。それでも、今夜二人で泊まる招待客用の寝室に一刻も早く戻りたくてたまらない。

二人は明日の朝、エスク塔を出発することになっている。この塔を訪れている間、シーナはジェームズとほとんど顔を合わせることがなく、少しはがゆさを感じていた。ここでは、キノン城にいるときとすべて同じというわけにはいかない。やはり、自分の城にいるジェームズのほうがのびのびしているようだ。あれほど戻りたかった実家に戻れたというのに、いまシーナはひたすら〝新しいほうの我が家〟に戻りたくてたまらなかった。

片時も離れることなくジェームズと一緒にいたい。時間が経てば、こんなたまらない気持ちも少しは落ち着くものなのだろうか？　とはいえ、そんな気持ちを抱いている自分を不安に思っているわけではない。夫と一緒にいたいという、切なる願いを抱くのはけっして悪い気分ではなかった。

テーブルの下、シーナはプラッドの下でむき出しになっている夫の膝に軽く触れた。すると、ジェームズが目を輝かせて含み笑いを向けてきた。

彼は体をかがめ、シーナの耳元でささやいた。「自分が何をしようとしているか、わかっているのか?」

「ええ、よくわかっているわ」彼女はいたずらっぽい笑みを浮かべ、夫の脚を撫であげた。ジェームズは妻の手を取り、突然立ちあがると、適当な理由をつけてシーナをエスコートし、大広間から出た。

人目につかない場所へたどり着くなり、二人は子どものように駆け出し、笑いながら自分たちの部屋へ向かった。部屋のなかへ入って扉を閉めると、ジェームズはシーナをベッドに押し倒した。いつものことながら、二人の情熱はとどまるところを知らない。だが荒々しいだけでなく、互いを思いやる優しさも忘れなかった。このうえなくすばらしい関係だ。

「もしこんなに寒くなければ、明日の朝、きみのお気に入りの池に連れていきたかった」キスの合間にジェームズは言った。「思い出のために」

シーナは突然ベッドの上で起きあがると尋ねた。「お気に入りの池? 誰からその話を聞いたの? ナイル?」

「いや、違う。きみの弟はきみのことをいろいろ教えてくれたが、あの渓谷にある池の話をする必要はなかった。今年の春、おれはこの目できみがあそこで水浴びするのを見ていたからな」

「わたしを見ていた？」シーナは頬を染めてあえいだ。「そんな……」

「ああ」ジェームズは得意げににやりとした。「それにいとしい人、一言言わせてもらえば、おれはあの日見たきみほど美しい女性にはお目にかかったことがない。実際、きみがとても現実に存在する人間とは思えなかったんだ」

「でも、ずっと見ていたなんて……」

シーナが憤慨する姿を目の当たりにして、ジェームズはますます嬉しくなった。「そう、ちょうどこんなふうな姿だった」妻のむき出しの胸にキスをする。「あの池で見た妖精の姿が、どうしても忘れられなかったんだ。コーレンの部屋にいるきみを見たとき、おれがなぜあんなに驚いたか、いまならきみもわかるだろう？　あのあと、いくら捜しても見つけられなかったきみが突然目の前に現れたんだ——それもおれの弟と一緒に」

「わたしを捜していたの？」

「どうしてもきみが忘れられなかった。だからもう一度会いたくて、何度もあの池へ行ったんだ。きみの父上の臣下たちに捕まったとき、どうしておれが一人だったのか、きみはいっさい不思議に思わなかったのか？」

シーナは目を見開いた。「あなたはわたしを捜しにやってきたせいで捕まったの？」

「ああ」

シーナはしばし考え込み、口を開いた。「当然の報いかもしれない。だってあなたはわたしをこっそり盗み見ていたんだもの」

「もしきみを見つけ出していたら、もう盗み見るだけでは我慢できなかったはずだ」

シーナはくすくすと笑い出した。もはや怒り続けることはできそうにない。特に夫から全身にキスの雨を降らせられているいまは。

「まったく、あなたって悪魔のような人。でもいまに始まったことじゃない。いつだってそうだとわかっていたわ」

「いまも？」ジェームズは顔をあげて低い声で尋ねた。

「ええ。それにもう一度、あなたがわたしをあの池で見つけてくれたらよかったのにと思っているの」シーナは衝動的につけ加えた。「あなたが何者か知らず、あなたもわたしが何者か知らないままで会えたらよかったのに。そうすれば、もっと早くこうやって愛し合えていたかもしれない」

ジェームズは頬を緩め、声を立てずに笑った。「いとしい人、だがおれはいま、きみのことを心から愛しているよ」

「あなたはもう二度とその言葉を言ってくれないのかと思っていたわ」彼女はにっこりと

ほほ笑んだ。

「まさか。おれはこの言葉を言うのがたまらなく好きなんだ。だが言葉にするよりも態度で示すほうがはるかにいい。もう一度態度で示してもいいかな?」

シーナは満足げにため息をつくと、両手を夫の体に巻きつけた。「もしあなたが態度で示してくれなかったら、わたしは立ち直れなくなってしまうわ。ええ、絶対に」